사라진
금오신화

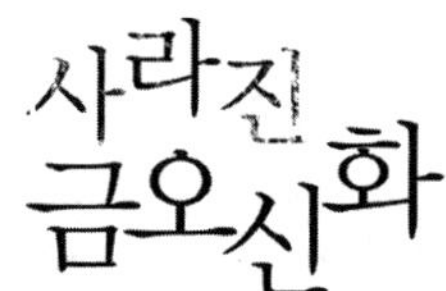

엄광용 지음

1판 1쇄 발행 | 2013. 4. 10

발행처 | **Human & Books**
발행인 | 하응백
출판등록 | 2002년 6월 5일 제2002-113호
서울특별시 종로구 경운동 88 수운회관 1009호
기획 홍보부 | 02-6327-3535, 편집부 | 02-6327-3537, 팩시밀리 | 02-6327-5353
이메일 | hbooks@empal.com

값은 뒤표지에 있습니다.
ISBN 978-89-6078-157-3 03810

사라진 금오신화

엄광용 장편소설

Human & Books

차례

　신문사 차장에서 부장을 거치지 않고 논설위원으로 발령이 날 때만 해도 나는 다시 필드로 갈 수 있다는 조그만 희망에 기대를 걸었었다. 전에 선배들 중 그런 케이스가 전혀 없었던 것이 아니었기 때문이다.

　그래서 몇 년 전 논설위원이 되었을 때, 나는 여유를 빙자해 덜컥 대학원 박사과정에 등록했다. 아주 오래전 석사를 마쳤으므로, 나이가 좀 들었지만 박사학위를 따두는 것도 괜찮지 않겠냐는 생각에서였다. 물론 언감생심 뒤늦게 교수가 되겠다는 과대망상에 사로잡힌 것은 아니었다. 다만 언론사에서 퇴직하고 난 뒤 대학 강사 자리라도 기웃거려 보려면 박사학위라는 허울의 이른바 '스펙' 쌓기라도 해두는 것이 좋지 않겠냐는 생각이 문득 들었던 것이다.

　그렇게 해서 겨우 박사과정을 수료했을 때, 나는 논설위원에서 '전문 기자'로 발령을 받았다. 나는 '전문기자'라는 자리를 놓고 한동안 고심을 거듭했다. 과연 회사에서 나에게 바라는 것이 무엇인지 애매모호했기 때문이다. 신문사의 간판을 내걸고 나에게 '전문기자'란 명분을 준 것인지, 아니면 퇴출의 단계를 밟는 수순으로 판단해야 할지 도무지 짐작할 수 없었던 것이다.

그런 가운데, 한편으로 나는 박사논문 준비를 하였다. 석사논문이 〈김시습의 한시와 사회성 연구〉였기 때문에, 박사논문 역시 '김시습'과 관련한 주제를 잡는 것이 유리하다고 판단했다. 따라서 나는 '김시습의 《금오신화》'를 연구 주제로 잡고 자료 조사에 착수했다.

시간이 날 때마다 나는 논문들이 잘 정리되어 있는 국회도서관으로 달려갔다. 때마침 대학원 후배가 임시직으로 그곳에서 일하고 있어 자료를 찾는 데 많은 도움을 주었다.

이처럼 '김시습'과 관련한 논문들을 찾는 한편으로, 나는 《금오신화》를 다시 면밀하게 읽기 시작했다. 전에 읽은 적이 있었지만, 이번에는 좀 더 분석적인 눈으로 작품들을 읽어 나가면서 김시습의 《금오신화》 다섯 편에 대한 장점보다는 단점을 찾아보려고 노력했다. 그런 과정을 거치면서 나는 비판적 시각에 새롭게 눈을 뜨게 되었는데, 《금오신화》 다섯 편 모두가 소품에 불과하다고 나름의 판단을 내린 것이었다. 기존의 학자들이 쓴 논문을 읽어보면 거의 천편일률적으로 《금오신화》가 갖고 있는 장점들에 대해서만 논하였다. 그러나 그 장점이라고 말하는 것들이 세조 찬탈에 대한 작가의 분개를 작품에 녹여낸 것처럼 좀 억지스러운 논리를 갖다 붙인 듯한 인상을 받았다. 이는 조선의 명군 세종까지도 인정한 '오세신동'이라는 김시습의 천재성에 대한 선입관이 논문을 쓴 사람들의 인식 속에 너무 깊이 뿌리박혀서, 《금오신화》의 단점을 애써 외면하고 장점만 돋보이게 만들었기 때문에 빚어진 오류라고 나는 생각했다.

감히 말하건대 현존하는 김시습의 《금오신화》는 당시 최고의 지식인이었던 작가의 강렬한 사회성이 거의 배제된, 주로 귀신 이야기로 점철

된 환상소설에 불과할 뿐이었다. 다섯 편 모두 다시 읽어봐도 상상력에 의존해 만들어낸 판타지 형식의 연애소설이 대부분임을 나는 깨닫지 않을 수 없었다.

혹자는 김시습이 살았던 15세기에 그 정도의 문장과 구성으로 이야기를 꾸며낸다는 것은 실로 대단한 일이라고 말할지도 모른다. 한국 최초의 한문소설이라는 것 하나만으로도 그 가치는 충분히 인정받을 수 있었다.

분명 그것이 일리 있는 주장임을 나 역시 모르지 않았다. 그러나 현존하는 다섯 편의 단편소설은 그것 자체로도 훌륭한 문학이 될 수는 있으나, '오세신동'이라 일컬어진 당대의 대표적인 지식인이자 천재적인 대문장가인 김시습이 쓴 작품으로서는 조금 함량미달이라는 느낌을 끝내 지우기 어려웠다.

당시 최고의 지성이었던 김시습은 어린 임금(端宗)의 복위를 꿈꾸다 반역 죄인이 되어 형장의 이슬로 사라진 충신들의 시신을 직접 거두어 유택(幽宅)을 마련해 준 행동하는 지식인의 표상이었다. 그런 그가 대표적인 작품으로 남긴 것이 환상소설로 점철되는 《금오신화》라고 한다면 앞뒤가 잘 맞지 않는 모순이 발생하는 것이다. 더군다나 그 작품들을 쓰기 위해 경주 금오산(金鰲山: 경주 南山)에 들어가 산중에 초당을 짓고 살았다는 것은 이해가 되지 않는 일이었다. 뿐더러 김시습이 《금오신화》라는 작품을 써서 자신만이 아는 석실(石室) 속에 감추어 두었다는 사실은 도무지 이해가 가지 않는 대목이었다. 김시습보다 조금 후대였던 김안노(金安老)는 그의 저서 《용천담적기(龍泉談寂記)》에서 '매월당이 금오산에 들어가 책을 써서 석실에 넣어두고는 후세에 반드시 나를 알아줄 사람이 있을 것이다'라고 말하였다고 밝히고 있기 때문이다.

현존하는 《금오신화》 다섯 편을 아무리 꼼꼼하게 읽어봐도, 그것들은 작가가 자신만이 아는 석실 속에 몰래 감추어 둘 만큼 비밀을 요하는 내용들이 결코 아니었던 것이다. 당시 반체제 인사를 대표하는 작가로서 글을 써서 감추어 둘 정도의 작품이란 분명 세조의 왕위 찬탈과 직접적인 연관이 있는 내용일 것이 분명했다.

이러한 판단에 따라 나는 현존하는 《금오신화》는 가짜이고, 진짜 작품은 사라져 버렸다는 결론을 도출해 냈다. 김시습은 《금오신화》를 쓰면서 다른 사람들의 눈을 속이기 위해 현존하는 다섯 작품을 그냥 여기로 쓰는 한편, 진짜 《금오신화》는 문헌 기록에도 보이듯이 그만이 아는 석실 속에 감추어 두었다는 유추가 가능하기 때문이었다. 그런데 그 원고가 어느 날 갑자기 사라져 버린 것이었다.

다만 여기서 내가 내린 이러한 판단은 추론에 불과할 뿐이었다. 그러나 어떤 일이든 처음에는 추론에서부터 출발하며, 그 논리적 근거가 될 만한 증거들을 확보해 가는 과정에서 도달하고자 하는 목적에 가까이 접근하게 되는 것이다. 나의 추론은 이른바 착상이었다. 모든 예술의 작품 구상도 그렇고, 논문의 문제 제기도 처음의 출발은 추론에서 비롯된다는 것이 나의 생각이었다.

이렇게 결론을 내린 나는, 마침내 논문 지도교수를 찾아가 박사학위 논문 주제에 대해 상의하기로 했다.

"교수님께서 강의하실 때 일단 의심을 하는 데서부터 문제를 출발시켜야 한다고 하셨지요? 논문 역시 그런 의심에서 시작해서 논리적 전개를 통해 얻고자 하는 결론을 도출해 내는 것이라고요."

나의 말에 교수는 입가에 미묘한 웃음을 흘리며 고개를 끄덕거렸다.

"하 선생께서 뭔가 좋은 주제를 건지신 모양입니다. 사건을 추적하고 문제성을 찾아내는 분야에 대해서는 하 선생께서 나보다 전문가시니까 더 잘 아실 테고. 어디 논문 주제가 무엇인지나 들어봅시다.”

교수는 나와 비슷한 연배였다. 그래서 지도하는 학생이지만 나를 편하게 대할 수 없어 나이에 맞게 예우를 해주는 편이었다. 다만 학문에 있어서만은 스승과 제자의 관계이므로, 가르치는 입장과 가르침을 받는 입장을 철저하게 견지하고 있었다.

“결론적으로 말씀드리면, 김시습의 《금오신화》를 기존 학설과는 전혀 다른 새로운 방향에서 접근해 보려고 합니다.”

나는 약간 긴장된 목소리로 말했다.

“아, 그래요? 어떤 접근 방법이 있을 수 있을까요?”

교수는 고개를 갸우뚱거렸다. ‘박지원’으로 박사학위를 받았지만, 그는 고전소설 분야에선 전문가이므로 김시습과 관련한 논문은 거의 다 독파하고 있었다.

“교수님께서도 잘 아시겠지만, 현존하는 김시습의 《금오신화》는 다섯 편의 단편소설로 되어 있습니다. 그런데 그 소설들을 면밀히 살펴보면 당시 사회성이 강했던 지식인의 작품으로 보기에는 내용이 너무 빈약한 게 아닌가 하는 의문이 듭니다. 저는 논문의 출발을 바로 그런 의문에서부터 시작하려고 합니다.”

나의 말에 교수의 반응이 바로 나타났다.

“재미있는 시도네요. 그 추론을 어떻게 논리적으로 이끌어 갈지가 문제이겠군요. 문헌상으로 근거를 찾아야 할 터인데, 그와 관련한 현존하는 자료가 있을지 모르겠습니다.”

이러한 교수의 반응에 나는 일단 안심을 했다.

“그건 제가 발로 뛰어서 해결해야죠, 뭐. 석사논문 쓸 때 김시습의 한

시에선 사회 비판 정신이 엿보이는 시들이 꽤 있었어요. 그런데 그의 산문 중에서도 대표작이라 할 수 있는 《금오신화》에선 그런 사회성이 잘 보이지 않는다는 겁니다. 교수님께서 논문은 일단 의문에서 출발해야 한다고 말씀하신 것처럼, 저도 왜 《금오신화》 속에 김시습의 사회 비판 정신이 빠져 있는가를 추적해 볼 생각입니다."

나는 약간 들뜬 기분으로 자신감 있게 말했다.

"하 선생께선 오래도록 사건을 추적하는 사회부 기자 생활을 하셨으니 나름대로 방법론을 찾아내실 수는 있겠지요. 그러나 일반적인 기사와 논문은 그 성격이 엄격하게 다르다는 것만은 염두에 두셔야 할 겁니다."

교수가 염려하고 있는 것이 무엇인지 나는 잘 알았다. 사실상 《금오신화》가 사라졌다는 가설을 세워 논문 자료를 모으고, 거기에서 논리적 근거를 찾아 설득력 있는 결론을 얻어낸다는 것은 일종의 모험일 수밖에 없었다.

그러나 나는 일단 모험을 즐기기로 했다. 국회도서관에 근무하는 후배에게 부탁해서 자료를 찾는 데는 한계가 있었다. 내가 직접 도서관에 가서 찾는다 하더라도 쉽지 않다는 걸 잘 알았다. 자료의 추적은 기존의 확보된 자료를 면밀히 검토하여, 거기서 원전을 찾아내 주제에 맞게 나름대로 새롭게 해석을 해야만 하기 때문이었다.

그러므로 직장을 갖고 있는 나로서는 따로 시간을 내기가 매우 어려웠다. 그러던 어느 날, 내 책상 위에 흰 봉투가 하나 놓여 있었다. 열어 보니 인사부에서 내려온 명예퇴직 의향을 묻는 서류였다. 그 서류는 명예퇴직을 신청할 경우 받게 되는 퇴직금과 정년까지 가서 받게 되는 퇴직금을 비교해 보여주고 있었다. 나 외에도 명예퇴직 권유 봉투를 받은 사람은 여러 명이었다. 모두 부장으로 승진하지 못하고 차장에서 제자리걸음을 하고 있는 동기나 선후배들이었다. 며칠 고민 끝에 나는 명예퇴직을 신청했다. 그리고 본격적으로 박사학위 논문 준비에 착수하기로 한 것이었다.

신문사에서 명예퇴직을 한 후, 나는 거의 매일 국회도서관에 가서 살다시피 했다. 논문 자료가 있는 열람실에서 김시습과 관련한 논문들을 찾아 복사하는 일부터 시작했다. 복사기가 열람실 안에 비치되어 있었으므로, 자료만 찾아내면 복사를 하여 파일 정리를 하는 것은 쉬운 일이었다.

그런데 어느 날부터인가 내가 찾는 자료를 누군가가 먼저 가져가서 복사를 하고 있다는 사실을 발견했다. 대학원생으로 보이는 젊은 청년이었다. 김시습과 관련한 자료를 찾는 데 있어서 그는 꼭 나보다 한발 앞서 나갔다. 학술지가 꽂힌 서가에 내가 찾는 책이 없을 경우, 복사기가 있는 곳에 가면 바로 예의 그 청년이 자료를 복사하고 있곤 했다.

"대학원생인가요?"

나는 복사에 열중하고 있는 그 청년에게 말을 걸었다.

"네, 석사논문을 준비 중에 있습니다."

"주제가 김시습에 관한 논문인 모양이군요."

내가 그렇게 말하자, 청년은 해맑은 미소를 보냈다.

"네, 맞습니다. 선생님이 찾고 계신 자료도 김시습에 관한 것이라는 걸 잘 알고 있습니다."

"아니, 어떻게 그걸 알죠?"

"선생님이 제가 찾고 있는 자료가 무엇인지 알게 된 것과 같은 경우라고 할 수 있지요. 제가 자료를 찾으려고 서가를 열심히 뒤질 때 보면 선생님이 꼭 한발 앞서 그 자료를 찾아내 복사를 하고 계시더군요."

"하하, 그리고 보면 우리는 같은 자료를 찾으며 숨바꼭질을 하고 있던 셈이로군!"

나는 묘한 인연이 아닐 수 없다며 청년에게 악수를 청했다.

그런데 더욱 묘한 것은 청년의 이름이 '김시습'이라는 것이었다. 처음에 나는 농담으로 그런 소리를 하는 줄 알았다.

"제 아버님께서 한시를 좋아하셨는데, 특히 매월당에 깊이 심취하셨지요. 그래서 저를 낳았을 때 신동이 되라는 염원을 담아 이름을 '김시습'이라고 지으셨답니다. 그 이름 때문에 학교에서 '오세신동'이라는 놀림도 많이 받았어요."

서로 통성명을 한 이후, 나는 청년 김시습과 국회도서관에서 자주 만났다. 도서관 지하식당에 내려가 점심 식사도 같이 하고, 때로는 저녁 때 술도 한 잔씩 하는 친한 사이가 되었다. 뿐만이 아니었다. 우리는 자료 조사도 함께 나누어서 했다. 나는 주로 학술지에 게재되었던 논문들을 복사하는 일을 맡았다. 그리고 내가 김시습과 구분하기 위해 '김신동'이라고 부르기 시작한 그 청년은 컴퓨터를 잘 다루었으므로, 인터넷 검색을 통해 각종 자료들을 수집하여 자료 찾는 일을 보다 수월하게 했던 것이다.

논문을 쓰기 위해서는 아무래도 별도의 사무실이 하나 필요하다는 생각에 나는 여의도에서 가까운 마포에 조그만 오피스텔을 하나 얻었다. 김신동은 새로 컴퓨터를 사는 것에서부터 인터넷 설치하는 일, 파일을 만들어 자료를 정리하는 일 등을 두루두루 도와주었다.

그렇게 6개월을 보내는 동안 김시습과 관련한 자료는 상당 부분 모아진 것 같았다. 그 자료를 읽어내는 것만 해도 만만한 일이 아닌데, 자료상에 나온 중요한 대목은 원전까지 찾아내야만 했다. 그러다보니 나는 머리에 쥐가 날 지경이었다. 비로소 박사학위 논문이 이렇게 힘든 것이로구나, 하는 생각을 하게 되었다. 더군다나 나를 초조하게 만든 것은 《금오신화》는 사라졌다'는 가설을 사실성 있는 이론으로 이끌어 낼 만한 논리적 근거를 찾기가 쉽지 않다는 것이었다. 자료를 읽고 분석해 나갈수록 그럴 가능성은 점점 희박해져 간다는 사실에 나는 절망했다.

결국 내가 내린 결론은 이것이었다.

'가설은 가설일 뿐이다.'

이때 번뜩 내 뇌리를 스치고 지나간 것이 하나 있었다. 논문의 주제로는 합당치 않더라도 소설의 소재로는 훌륭하지 않느냐는 생각이 그것이었다. 더구나 요즘 판타지니 역사 팩션이니 하는 장르소설들이 풍미하고 있는 마당이니, 《사라진 금오신화》라는 제목으로 장편소설을 하나 써봐도 좋겠다는 판단을 하게 된 것이었다. 더 오래 시간을 끌 것도 없이, 그것은 거의 결심으로 굳어져 갔다. 그동안 고생하면서 찾아낸 자료들이 아까워서라도 반드시 뭔가 결과물을 얻어내야겠다는 욕심이 나에게 그런 엉뚱한 발상을 하게 만들었던 것이다. 이러한 결심이 가능했던 것은 대학시절에 어쩌다 쓴 단편소설이 학보사에서 주관하는 문학상에 덜컥 당선되어 대학신문에 게재된 적이 있었는데, 아직까지도 그것에 대한 자부심이 내 마음속에 남아 있었기 때문이다. 그리고 신문사 기자 생활을 하면서도 언젠가는 멋진 소설 한 편 쓰겠다는 생각을 결코 잊은 적이 없었던 터라, 감히 만용이라고 할 수 있는 그런 용기가 생긴 것인지도 몰랐다.

내가 고민 끝에 새로 결심한 바를 털어놓자, 김신동이 맞장구를 치고 나섰다.

"그거 좋은 생각이네요. 일단 자료는 확보해 놓았으니, 논문 주제가 새로 정해질 때까지는 논문 작성에 착수할 수 없는 일이고요. 그 사이 소설을 써보는 것도 괜찮은 방법 같습니다. 소설 한 편이 완성되면 김시습의 생애가 일단 선생님의 머릿속에서 어느 정도 정리될 테니, 그러는 가운데 새로운 논문 주제가 떠오를지도 모른다는 생각이 듭니다."

김신동의 이러한 말은 내가 《사라진 금오신화》라는 소설을 착수하는 데 큰 힘으로 작용하였다.

나는 곧바로 소설 쓰기 작업에 들어갔고, 소설 진행 과정에서 틈틈이 김신동과 의견을 교환하여 좋은 아이디어를 얻어내기도 했다. 김신동의 아이디어는 기발한 것이 많았다. 그래서 소설은 정작 내가 쓰고 있었지만, 그와의 합작품이라고 할 수 있을 만큼 큰 도움을 받은 것이 사실이었다.

제1장 — 암중모색 暗中摸索

1.

달이 뜨기 직전, 산은 몸을 잔뜩 웅크린 채 어둠 속에서 거친 숨을 몰아쉬고 있었다. 너무 많이 먹어 제 몸을 이기지 못하고 드러누운 짐승처럼 식식거리며 신트림을 해대고 있었다.

해 떨어진 뒤의 산자락은 언제나 물 먹은 솜처럼 축축한 야기를 뿜어내게 마련이었다. 바짓가랑이가 젖는 줄도 모른 채 한 사내가 캄캄한 어둠 속을 허청걸음으로 헤매고 있었다. 길은 없었다. 아니 그는 일부러 길을 놔두고 험한 산비탈을 오르고 있었다. 그는 그냥 어둠 속에서 직감으로 산의 형세를 짚어가며 걷고 있을 뿐이었다.

사내의 입에서는 단내가 물씬 풍겼다. 저절로 헉헉 소리가 입천장에 닿았다. 오래도록 산에서 살아온 몸이지만, 그는 지금 몹시 허둥대고 있었다. 그리 높지 않은 산인 데도 보기보다 가팔라서 오르기가 쉽지 않았고, 그래서 자꾸 가쁜 숨만 몰아쉬고 있는 것이었다.

그것은 낯섦이었다. 산이 거부하고 있는 것이었다. 문득 사내는 속으로 그렇게 생각해 보았다. 그는 지금까지 산을 오르면서 이처럼 두려움을 느껴본 적이 없었다.

"도대체 이 산에 안거하고 있다는 작자가 누구란 말인가."

사내는 이렇게 혼잣소리로 중얼거리며 마른침을 꿀꺽 삼켰다. 심한 갈증이 느껴졌다. 그는 잠시 걸음을 멈추고 귀를 기울였다. 저쪽 계곡 아래에서 물소리가 들려왔다. 그는 어두운 숲을 헤치며 짐승처럼 날렵한 몸놀림으로 계곡을 찾아 내려갔다.

군데군데 웅덩이도 있는 제법 큰 계곡이었다. 사내는 물가에 엎드려

꿀꺽꿀꺽 물을 마셨다.

"커, 시원타."

사내는 물을 마시느라 참았던 숨을 길게 몰아쉬며 외쳤다.

바로 그때, 산 능선을 넘어온 달이 웅덩이의 수면 위에 반짝 드러났다. 보름달이었다. 그 둥근 달이 웅덩이에 첨벙 빠져 물속이 다 환할 지경이었다.

사내는 물속에 잠긴 자신의 얼굴을 잠시 들여다보았다. 흐릿했지만 얽음 곰보의 얼굴이 그 속에서 잔뜩 냉소를 머금고 있었다. 그는 자신의 얼굴을 들여다보다 말고 씩, 씁쓸하게 웃었다. 그의 얼굴 위에 아버지의 얼굴이 겹쳐지면서 물속에서 흔들리고 있었다. 사내는 이내 일그러진 얼굴로 돌아섰다.

심한 시장기가 느껴졌다. 사내는 바짝 긴장을 하고 주위를 살피며 걸었다. 숲 사이로 언뜻언뜻 달빛이 스며들었다. 그래서 달빛이 깔린 땅을 밟으며 길을 만들어 걷기가 수월했다.

바로 그때, 사내의 손이 잽싸게 허리춤으로 갔다. 그와 거의 동시에, 저만치 수풀 속에서 날랜 산짐승 하나가 푹 고꾸라졌다. 그것은 방금 인기척에 놀라 뛰어 달아나던 산토끼였다.

사내가 그쪽으로 달려갔을 때, 이미 산토끼는 등가죽에 비수를 맞아 파들파들 떨며 죽어가고 있었다. 그가 깊숙이 박힌 비수를 빼내자 산토끼는 두 다리를 쭉 뻗으며 서서히 몸이 굳어갔다.

"아직 손이 녹슬진 않았군. 갈 길이 바쁘지 않다면 좋은 요깃거리가 됐을 터인데……."

사내는 피 묻은 비수를 죽은 산토끼의 뱃가죽 털에 쓱쓱 문지르며 만족스런 웃음을 흘렸다.

그런데 그 순간, 사내의 얼굴에서 웃음을 걷어가는 소리가 들렸다. 어디선가 아주 가늘고 여린 선율이 달빛을 타고 흘러내리고 있었다. 그것은 살을 헤집고 들어와 뼈를 깎아내는 듯한 신묘한 소리였다.

사내는 갑자기 전신에서 힘이 빠져 달아나는 느낌을 받았다. 그는 묘한 선율에 끌려 자신도 모르게 발걸음을 그쪽으로 옮겼다. 그렇게 산등성이를 하나 넘으면서 그는 손아귀에 잔뜩 힘을 주었다.

"그 작자가 틀림없어. 이상한 악기를 다룬다더니 바로 저 소리로군!"

사내가 소리 나는 쪽으로 달빛을 밟으며 조심조심 다가가자, 저쪽 둔덕 아래 초당이 한 채 보였다. 호롱 불빛이 초당의 봉창을 뚫고 일렁이는 선율을 따라 길게 꼬리를 끌며 새어나오고 있었다.

다시금 사내는 땀이 밴 손아귀에 잔뜩 힘을 주며 둔덕 아래 초당을 향해 성큼 발을 내디뎠다. 연기인지 안개인지 구분이 잘 안 되는 희뿌연 야기 속에 무심한 달빛만이 은가루처럼 부서져 내리고 있었다.

초당 앞마당에서는 검은 옷을 걸친 선비가 나무 평상 위에 앉아 산금(山琴)을 타고 있었다. 반들반들 빛이 나는 중머리에 수염을 기른 그는, 다름 아닌 매월당(梅月堂) 김시습(金時習)이었다. 마당 가득 쏟아져 내리는 달빛을 조율하듯 그는 아주 가벼운 손놀림으로 악기의 현을 골랐다.

사위는 조용했다. 바람 한 점 없는 가운데 음악만이 새로운 공간을 형성해 주위로 잔물결을 이루며 퍼져나갔다. 눈을 감은 채 김시습은 그 잔물결의 선율 위에 자신의 몸을 띄워놓고 있었다. 그가 악기로 선율을 만드는 것이 아니라, 어쩌면 산금이 그를 연주하고 있는 것인지도 몰랐다. 어쨌든 그와 악기는 분리될 수 없는 하나였다. 그것으로 하나의 우

주었다.

　바로 그때, 김시습은 등 뒤로 한 줄기 찬바람이 이는 것을 느꼈다. 아니, 그것은 바람이 아니라 인기척이었다. 그러나 그는 그런 인기척에는 아랑곳하지 않고 그저 편안하게 산금을 타고 있었다.

　등 뒤의 인기척은 한동안 침묵을 지킨 채 움직이는 낌새가 없었으나, 김시습은 그다지 두려움을 느끼지 않았다. 음악 속에는 두려움이 없었다. 선율 위에 몸을 맡기고 있으면 줄을 타는 광대처럼 위험하다는 생각 자체를 잊어버렸다. 광대는 자신이 줄을 밟고 있다고 생각할 때, 그 잡념 때문에 줄 위에서 떨어지는 법이었다. 그러나 선율에는 줄이 없기 때문에 잡념이 생기지 않았고, 떨어질 공간 또한 없었던 것이다.

　바로 그 순간, 그 무주공산을 맴도는 선율 속으로 낯선 인기척이 성큼 한 발을 들여놓았다.

　"어흠!"

　인기척을 낸 것은 방금 산길을 짚어 올라온 사내였다. 그의 헛기침 소리에 산금 소리도 그쳤다.

　"이 무주공산에 뉘시오?"

　김시습은 뒤도 돌아보지 않고 물었다.

　"지나가던 객이오. 신묘한 가락에 이끌려 그만 이곳까지 따라왔소이다. 밤도 야심하고 뱃속이 허전해서 좀 쉬어갈까 하오만……."

　"이곳에 그대가 쉬어간다고 말릴 사람은 없소. 마음대로 하시오. 방에 들어가면 서속이지만 찬밥 덩어리가 조금 있을 게요. 끼니가 될까 모르겠소."

　김시습은 언뜻 사내의 옷깃에서 비린내를 맡았다. 짐승의 피 냄새가 분명했다.

"이렇게 고마울 수가. 그럼 주인장은 하던 가락이나 계속 뜯으시오."

사내가 꾸부정한 자세로 허리를 굽힐 때, 김시습은 무심스런 얼굴로 그를 일별했다. 달빛을 등진 어스름 속에서였지만 사내의 눈빛은 제법 날카로웠다.

김시습은 상대의 몸에서 나는 짐승의 피 냄새와 날카로운 눈빛에서 섬뜩함을 느꼈다. 그 눈빛은 뭔가를 잔뜩 숨기고 있었다. 그래서 교활해 보이기까지 했다. 몸을 어두운 숲 속에 감춘 채 달빛 속에 드러난 먹이를 노리는 맹수의 눈빛이, 낯선 방문자의 눈에서 빛나고 있었다.

방금 초당 안으로 들어선 사내의 차가운 눈빛에서 금세 산사람의 냄새를 맡았지만, 산금을 타던 김시습은 또 한편으로 그 얽음 곰보의 얼굴에서 말할 수 없는 외로움을 보았다. 그의 얼굴 위에는 엄청난 외로움의 덩어리가 덕지덕지 붙어 있었던 것이다.

그 외로움이란, 산사람들 사이에선 동질성의 그 무엇이었다. 그래서일까, 김시습은 문득 등을 보이며 방 안으로 들어서는 상대에게 측은함 같은 감정을 느꼈다.

'저자는 무슨 괴로움을 안고 이 세상을 살아가는 것일까…….'

김시습은 마음속으로 이렇게 되뇌며 자신도 모르는 사이에 다시 산금을 집어 들었다.

달빛을 타고 흐르는 산금의 소리는 이제 무주공산을 외로움의 허공 위로 들어 올리고 있었다. 달빛은 물론 별빛조차 숨을 죽이는 깊은 밤의 적요가, 팽팽한 긴장의 선율 속에서 산자락을 쓰다듬고 있었다.

산금의 소리는 초당 안으로도 스며들었다. 초당 안으로 들어간 사내는 그 소리에 숨을 죽였다. 산금의 소리가 문지방을 넘어오자, 묘하게도 방 안의 어둠이 포위망을 형성하며 바짝바짝 조여들기 시작한 것이었다. 게 눈 감추듯 식은 밥으로 허기를 모면한 그는, 갑작스런 포만감으로 느긋해지다 말고 밖에서 들려오는 음악의 선율에 일순 긴장하지 않을 수 없었다. 묘하게도 그 선율은 그의 뼈와 뼈가 만나는 온몸의 마디를 시큰시큰 저리게 만들었다.

숨 막히는 선율을 가늠하며 사내는 밖의 동정을 살폈다. 산금을 타고 있는 김시습은 이쪽으로 등을 보인 채 태연하게 나무 평상에 걸터앉아 있었다. 비수를 날릴 수 있는 절호의 기회였다. 그러나 그는 망설였다. 죽이기 전에 상대의 얼굴을 정면으로 한번 보고 싶었다.

사실 아까 방 안으로 들어올 때, 사내는 언뜻 김시습의 얼굴을 훔쳐보았다. 그러나 그의 얼굴에는 두려움의 빛이 전혀 없었다. 이런 산중에 낯선 과객이 집을 찾아들면 우선 의심부터 하는 법인데, 그는 전혀 그렇지가 않았다. 마치 늘 얼굴을 마주치며 살던 살붙이처럼 덤덤하게 대했을 뿐이었다.

오히려 두려운 느낌이 드는 것은 사내, 그 자신이었다. 그래서 그는 비수를 찬 허리춤 쪽으로 손이 가는 걸 망설였다. 도무지 비수가 울지 않았던 것이다.

이제까지 오랜 경험으로 느껴온 것이지만, 사내는 비수가 우는 소리를 들을 수 있었다. 증오심이 극도로 달아올랐을 때, 상대가 엄청난 두려움을 느낄 때, 그의 비수는 허리춤에서 여지없이 울곤 했다. 아니, 그의 증오심이 극에 달하여 비수에서 그런 울림으로 전달되는 듯이 느껴지는 것인지도 몰랐다. 손목에 쥐가 나는 듯한 짜르르함을 느끼는 것과 동시에 그의 비수는 자신도 모르는 사이에 상대의 급소를 향해 정확하게 날아가 꽂히곤 했던 것이다.

그런데 지금 사내의 허리춤에 있는 비수는 좀처럼 울지 않았다. 그것은 곧 그의 내부에서 증오심이 불타오르지 않았고, 또 상대가 이쪽을 전혀 두려워하지 않고 있다는 증거였다.

'좀 더 기다려야겠군!'

사내는 지금 그가 죽여야 할 상대가 누구인지 몰랐다. 그는 비밀 경로를 통해 엽전 꾸러미를 건네받았을 뿐, 누가 누구에게 원한을 품어 죽이려고 하는지 알지 못했다. 아니, 알 필요가 없었다. 그는 다만 돈을 받고 거기에 값하는 뜻으로 비수만 날려주면 되는 것이었다.

산금의 소리가 뚝 그쳤다. 그리고 밖에서 안에다 대고 외치는 김시습의 소리가 들렸다.

"거, 정 심심하면 술이라도 한 잔 드시우. 내 먹다 놔둔 것이지만, 더덕 술이 좀 있을 거외다."

사내는 밖에서 들려온 소리에 움찔 놀랐다. 그러고는 곧 김시습의 말대로 희미한 등잔불 밑을 더듬어 호리병을 찾아냈다. 흔들어 보니 제법 술이 그득하게 남아 있었다.

원래 일을 할 때 사내는 술을 마시지 않았다. 그러나 이번에는 술이라도 마셔야 증오심이 불타오를 것 같았다. 마치 술을 마시고 잔뜩 취해 춤을 추다가 입술로 멋지게 푸우, 하고 칼날에 물 무지개를 뿜어대던 망나니 아버지처럼, 그는 술에 잔뜩 취하고 싶었다.

그래서 사내는 술을 마셨다. 호리병을 입 안으로 기울이자 곧 뜨거운 것이 목울대를 타고 흘러들어갔다. 독한 술이었다. 독한 만큼 더덕 향기 또한 진했다. 연거푸 서너 번에 걸쳐 호리병을 기울이자 술은 곧 바닥이 났다.

술기운이 오르기 시작하자 사내의 얼굴은 벌겋게 달아올랐다. 손등에는 핏줄이 곤두서서 마치 거머리가 그 속에 든 것처럼 툭 불거져 올라왔다. 손가락의 마디마디에서 우둑우둑, 하는 소리가 나는 듯 온몸에 팽팽한 긴장감이 살아나기 시작했다. 그때 초당 밖에서는 은가루 같은 달빛이 비질을 하듯 산비탈을 곱게 쓸어내리고 있었다. 그 달빛 위로 산금 소리가 비단결처럼 깔렸다.

　사내의 인기척이 등 뒤에서 느껴졌지만, 김시습은 산금 위에서 노니는 손가락을 멈추지 않았다. 더덕 향이 짙은 술 냄새가 사내의 숨소리에 섞여 전해 왔다.

　김시습은 금세 그 술 냄새에 취해버리기라도 한 듯 스르르 눈을 감았다. 이제 음악은 그의 손끝에서 빚어지는 것이 아니라, 까닭 모를 마음의 저 끝자락으로부터 감응의 줄기를 찾아 솟아오르고 있었다.

　음악은 곧 마음의 가닥을 잡는 것에 다름 아니었다. 김시습이 세상을 등지고 산속에 들어와 산금을 가까이하며 익힌 것은 바로 그러한 마음의 다스림이었다. 그는 처음 산속에 들어올 때 온갖 증오심을 가슴에 담아두고 있었다. 십여 년 전 거열형에 처해져 사지가 흩어진 충신들의 시신을 밤새 끌어다 묻으며 폭발할 것 같은 증오심을 달랠 길이 없었다. 미친놈처럼 행세를 해도 소용이 없었고, 몇 날 며칠을 술독에 빠져보았지만 별무신통이었다.

　김시습은 세상을 등지기로 했다. 세상의 인간들보다 산속의 날짐승을 친구 삼아 살아보기로 했다. 십 년 세월을 그렇게 이 산 저 산 떠돌아다니며 살다보니, 그는 나름대로 산을 터득하는 경지에 이르렀다. 산에서 사는 법, 산과 친하게 지내는 법을 스스로 알게 되었던 것이다. 그중에서도 산금을 알게 된 것은 그에게 큰 위안이 아닐 수 없었다.

　산속에서 오래 살다보니 김시습은 극심한 외로움에 시달렸다. 증오심을 삭이는 것도 어렵지만 외로움을 달래는 것은 더더욱 힘든 일이었다. 오히려 외로움은 세상의 인간들을 그리워하게 만들면서 삭아 내리던 가슴속의 증오심까지도 불러내는 것이었다. 그래서 외로움을 달래기 전까지는 완전히 증오심을 삭일 수가 없었다. 그는 생각다 못해 외로움을 달랠 수 있는 친구를 하나 만들기로 했다. 바로 그것이 산금이었다.

김시습은 어느 산문(山門)에 들 때면 맨 먼저 그 산에서 자란 나무 한 토막을 베어 금으로 쓸 통을 깎았다. 그리고 그 산에 사는 살쾡이나 산토끼를 잡아 심줄을 빼내어 현을 만들었다. 가야금은 열두 줄이고 거문고는 여섯 줄이지만, 그가 만든 악기는 일곱 줄이었다. 여섯 줄은 어린 임금의 복위를 꿈꾸었던 여섯 충신들의 원혼을 달래기 위한 것이고, 나머지 한 줄은 죽지 못하고 살아 숨 쉬는 그 자신의 시름을 잊기 위해 만든 것이었다. 이른바 '칠현금(七絃琴)'이었다. 그는 이 조악하기 그지없는 악기에 '산금'이란 이름을 붙였다. 그리고 틈이 날 때마다 즐겨 손때를 묻혀 길들이고, 그 산문에 있는 동안 내내 산금을 뜯다가 떠날 때는 아낌없이 그곳에 버렸다. 그렇게 길들였다 버린 산금이 벌써 십여 개는 되었다. 오랜 세월이 흐른 것이었다. 그러는 동안 그는 자신도 모르는 사이에 산의 소리를 산금으로 풀어내는 명인의 경지에까지 올라 있었다.

이제 김시습은 자신의 가슴속에 남아 있던 증오심을 어느 정도 씻어냈다. 산금의 선율은 마치 맑은 계류처럼 그의 가슴속 구석구석을 헤집고 흘러들어 욕망의 때를 벗겨주고, 증오의 응혈을 풀어주는 역할을 했던 것이다.

그 이후부터 김시습은 자신이 아닌 타인의 가슴에 산금의 선율을 흘려보내는 일로 세월을 보냈다. 나무를 하러 온 산 아래 사람들이 그 오

묘한 소리를 듣고 마음의 시름을 달랬으며, 산나물을 뜯는 아낙의 남모
르는 한숨도 그의 산금이 다독거려 주었다. 그 산에 사는 산짐승들도
산금 소리에 잠이 들고, 산금 소리에 깨어나곤 했다.

그러니 지금 등 뒤에 있는 낯선 사내의 증오심을 모른 체 지나칠 김
시습이 아니었다. 더구나 그 사내는 산 냄새가 물씬 풍기는 산인이었다.
그 사내가 외로움에 몹시 지친, 인간의 정에 기갈이 들려 있는 아주 메
마른 가슴의 소유자라는 걸 이미 깨달았다.

김시습은 낯선 사내의 증오심을 산금으로 풀어주고 싶었다. 마침 사
내는 술에 얼큰하게 취해 있는 상태이므로 쉽게 음악 속으로 빨려들 수
있을 것이었다. 너무 증오심이 깊고 외로움의 껍질이 두꺼우면 아무리
신묘한 선율이라도 쉽게 가슴속 깊이까지 파고들기 어려운 법이었다. 그
러나 술은 인간의 모든 말초 신경을 자극하기 때문에 그만큼 빠르게 소
리를 흡수하게 되어 있었다.

김시습의 손가락은 마치 나비의 춤사위처럼 산금 위에서 놀았다. 일
곱 줄의 현은 팽팽한 긴장 속에서 싸리 잎에 물방울 구르듯 맑은 선율
을 허공 위로 퉁겨냈다. 베틀에 늘여놓은 실 가닥 사이로 북이 좌우로
오가며 옷감을 짜듯, 그는 산금의 선율로 달빛의 가닥을 엮어내고 있었
다.

사내의 인기척이 등 뒤에서 여전히 느껴지고 있었지만, 그 순간 김시
습은 산금을 뜯는 데 온 신경을 집중했다. 그의 신경은 오로지 일곱 줄
의 현에만 가서 올올이 매달려 있었다. 그는 그 일곱 줄의 현을 통해 등
뒤의 사내에게 오묘한 선율로 자신의 뜻을 전하면 그것으로 그만이었
다. 사내가 그 뜻을 알아듣고 말고는 그가 신경 쓸 일이 아니었다. 그는
다만 산금을 뜯는 일이 중요하다는, 오직 그 생각 하나뿐이었다.

연주하는 자와 악기가 하나로 되어야만 다른 사람의 가슴을 울리는 선율을 자아낼 수 있다는 걸, 김시습은 너무나도 잘 알고 있었다. 그래서 그는 자신을 산금의 일곱 개 현 위에 띄워놓았다. 실제로는 손가락이 뛰놀고 있는 형국이지만, 그의 상상 속에서는 그 자신이 현 위에서 춤을 추고 있는 것이었다.

이처럼 김시습이 산금의 선율에 몸을 맡겨놓고 있을 때, 등 뒤의 낯선 사내는 거칠게 숨을 몰아쉬고 있었다. 그 숨소리가 극한까지 다다랐을 때였다. 쉬잇, 하는 소리와 함께 허공 위로 하얗게 튀는 물체가 있었다. 그 날카로운 물체는 반짝거리며 허공의 달빛을 퉁겨내더니 이내 수직으로 급속히 떨어졌다. 그것은 등 뒤의 사내가 날린 비수였다.

비수가 떨어진 곳은 산금 위였다. 절묘하게도 산금의 현 하나가 툭, 끊겼다. 그러나 김시습은 그것을 아는지 모르는지 나머지 여섯 줄의 현을 열심히 뜯고 있었다. 이것을 보자 사내의 숨소리는 더욱 거칠어졌다.

잠시 후 사내의 비수 하나가 또다시 허공으로 날아올랐다. 달빛을 가르며 허공을 맴돌다 수직으로 떨어진 비수는 여지없이 김시습을 벗어나 산금 위로 떨어졌다.

그러나 김시습은 미동도 하지 않았다. 사내는 세 번, 네 번, 다섯 번, 여섯 번, 그렇게 연속적으로 비수를 날렸다. 그때마다 산금 위에 비수가 꽂혔다.

그러거나 말거나 김시습은 계속해서 산금을 뜯고 있었다. 아니 그 역시 무서웠다. 하지만 죽을 목숨이라면 아무리 구걸을 해도 소용없는 짓임을 잘 알았다. 그렇다고 체념도 하지 않았다. 어차피 죽음은 자연의 것이라고 생각했다.

그래서 김시습은 오히려 마음이 편안했다. 그런 마음의 여유가 비수를 날리는 사내를 무시한 채 산금을 탈 수 있게 만들어 주었다. 손가락 마디의 여리고 강한 힘과, 내쉬고 들이쉬는 호흡과, 그리고 현의 장단음을 이용하여, 그는 긴장감과 여운의 미묘한 파장을 아름다운 가락으로 이끌어 내고 있었다. 붓글씨를 쓸 때 글씨 못지않게 중요한 것이 획과 획 사이, 글자와 글자 사이, 또는 행과 행 사이의 여백이었다. 그와 마찬가지로 음악도 소리와 소리 사이의 여운이 그만큼 중요하다는 걸 그는 이미 터득하고 있었다. 그것은 호흡과 관계된 것이지만, 아무튼 그는 단전호흡을 익혀둔 보람이 있어 그만큼 음악에서도 여운을 오래도록 잡아두어 긴장미를 돋우는 비법을 저절로 알게 되었다. 어쩌면 음악에서는 소리보다 중요한 것이 여운인지도 몰랐다. 뼈에 사무치는 긴장미는 바로 여운에서 나오는 것이었다.

산금의 선율은 가늘되 바늘 끝처럼 예리하고, 느리되 끝 간 데 없이 유장하고, 맺고 끊음이 또한 비구의 머리털을 미는 삭도처럼 섬뜩하였다. 김시습은 마지막 선율을 다 풀어낸 후에 산금을 천천히 나무 평상 위로 물려놓았다.

"왜 나를 해치지 않았소?"

김시습은 뒤도 돌아보지 않고 등 뒤의 사내에게 말했다. 이제 사내의 숨소리는 들리지 않았다. 마치 어둠의 일부가 되어 버리기라도 한 듯 사내에게서는 도무지 인기척이 느껴지지 않았다. 한참의 시간이 흐른 뒤에야 사내의 입에서는 다음과 같은 한숨 섞인 가위눌림의 소리가 흘러나왔다.

"비수가 없었소. 하나 남은 비수는 이미 피 맛을 봤기 때문에 쓸 수가 없었던 거요. 아니, 비수가 남아 있더라도 손끝이 떨려서 더 이상 날릴 수 없었을 것이오."

그 소리를 듣고 김시습은 껄껄 웃었다.

"산짐승 하나가 내 목숨을 살려주었구려."

그때 등 뒤의 사내가 성큼성큼 김시습 앞으로 걸어 나와 너부죽이 엎드리며 무릎을 꿇었다.

"이 미천한 인생이 처사님의 높으신 도력을 미처 알아보지 못했습니다. 용서해 주시옵소서."

사내는 어깨를 들먹이며 크억크억, 소리 내어 울기 시작했다.

"한이나 증오심은 욕망과 같아서 쌓으면 쌓을수록 자신의 가슴에 응혈만 남길 뿐이오. 나는 이미 그대를 용서했소. 그래서 나는 그대에게 내 목숨을 맡길 수 있었던 것이오. 그런데 그대는, 내 산금의 현은 끊으면서 어찌하여 내 목숨을 끊지 않았소? 나는 그것이 궁금할 뿐이오."

김시습은 무연히 앞에 엎드려 우는 사내를 내려다보았다.

"처사님! 여섯 개의 비수는 처사님이 놀라 뒤돌아보도록 하기 위해 날린 것이옵니다. 만약 그때 어느 한 개의 비수에 놀라 뒤를 돌아보셨다면 처사님은 지금 살아 있는 목숨이 아닐 것입니다. 제 허리춤에 있는 비수가 울 테니까요. 그러나 비수는 도무지 울지 않았습니다. 비수가 울지 않으면 제 손끝이 저려서 제대로 날릴 수가 없사옵니다. 그래서 저는 처사님을 죽이지 못한 것이옵니다."

사내는 번쩍 얼굴을 쳐들고 눈물이 번들거리는 시선으로 김시습을 올려다보았다.

"아니오. 그대는 이미 나를 죽였소. 이 산금이 바로 나란 말이오. 아마 그대 허리춤에 찬 비수보다 이 산금의 현이 더 무섭다는 걸 알게 되었을 것이오. 비수의 끝은 항상 다른 사람의 가슴을 향하지만, 산금의 현은 바로 자기 자신의 가슴을 향해 파고들기 때문이라오."

　김시습은 산금을 내려놓은 채 나무 평상에서 일어섰다. 그리고 나서 곧 초당에 들어가 낡은 삿갓을 쓰고 어깨에 바랑을 걸머진 채 산 아래로 표표히 걸어 내려가기 시작했다. 중천에 뜬 보름달이 그의 앞길을 훤히 밝혀주고 있었다.

2.

사람이 떠나간 초당은 고요했다. 김시습이 산을 내려간 뒤 보름달을 바라본 채 어깨를 들먹이며 흐느끼던 얽음 곰보의 사내 역시 어디론가 사라지고 보이지 않았다. 고요한 달빛만 시간을 조율하고 있을 뿐이었다.

그런데 이번에는 머리에 삿갓을 쓰고 검은 도포에 칼을 찬 사내가 주위를 조심스럽게 살피며 초당 쪽으로 접근해 왔다. 삿갓 그늘에 가려 얼굴은 보이지 않았다. 간혹 고개를 들어 하늘을 바라볼 때 사내의 차가운 눈빛만 날카롭게 빛나고 있었다.

삿갓은 초당 근처를 한동안 배회하다가 마당 가운데 우뚝 섰다. 그는 나무 평상 위에 놓여 있는 현이 끊어진 산금을 유심히 바라보다가 그리로 성큼 다가가 독수리가 먹이를 낚아채듯 그것을 들어올렸다.

"흠, 이것은 그 산지니란 작자의 비수 자국이 틀림없어. 헌데 그 작자가 왜 이 조악한 악기에다 비수를 모두 날렸단 말인가?"

삿갓은 나무 평상 주변을 샅샅이 살폈다.

"핏자국 하나 없질 않은가? 그렇다면 산지니가 실패한 게 틀림없어."

이제 삿갓은 주저함 없이 초당 안으로 불쑥 들어갔다. 호롱불은 여전히 찌르륵 거리며 타고 있었다. 방금 전까지 누군가가 있었던 듯 방 안에선 따뜻한 온기가 느껴졌다. 술을 비운 호리병도 방구석에 나뒹굴고 있었다.

호리병을 들고 냄새를 맡아보던 삿갓이 혼잣말로 중얼거렸다.

"음, 더덕주로군! 이건 김시습이 마신 걸까, 아니면 산지니가 마신 걸까? 혹시 같이 마신 건 아니겠지?"

삿갓은 아무래도 수상쩍은 점이 한두 가지가 아니라는 듯 고개를 갸우뚱거렸다.

다시 초당 밖으로 나온 삿갓은 김시습이 버리고 떠난 산금을 어깨에 메고 산을 내려갔다.

삿갓의 발걸음은 빨랐다. 산을 벗어난 그는 부지런히 걸어 불과 한 식경도 지나기 전에 한양 저잣거리로 들어섰다. 기와집이 즐비한 골목을 더듬어 가던 그는 잠시 주변을 살피다가 어느 솟을대문이 높은 집 안으로 사라졌다.

"대감마님, 다녀왔사옵니다."

불이 환하게 켜진 사랑채 앞에서 삿갓은 방을 향해 조용히 말했다.

"오, 그래! 거복(車僕)이로구나! 어서 들어와 고하라."

방문 안의 그림자가 말했다.

거복이라 불린 사내는 삿갓을 벗어들고 조심스럽게 문을 열고 방 안으로 들어섰다. 다급한 것은 '대감마님'이라 불리는 쪽이었다. 그는 거복 앞으로 바짝 몸을 들이밀며 물었다.

"그래, 어찌되었느냐?"

"실패한 것 같사옵니다."

"무엇이라?"

"이 조악한 악기에 산지니의 비수가 꽂힌 흔적이 있사옵니다. 놈은 사람을 향해 비수를 날린 게 아니라 이 악기에다 모두 꽂아 버렸사옵니다."

거복은 김시습의 산금을 대감 앞으로 밀어놓았다.

"이런 변괴가 있나?"

　대감은 김시습의 산금을 들어 요리조리 살펴보았다. 그는 형조판서 김질(金礩)이었다.

　"초당에는 호롱불이 켜져 있었고, 얼마 전까지 사람이 있었던 듯 방 안에서 온기가 느껴졌사옵니다."

　"허헛, 참! 김시습의 목숨이 질기긴 질긴 모양이로구나. 헌데 김시습은 초당을 버리고 산을 내려갔다 치더라도, 그 산지니란 자는 또 어디로 간 것이냐?"

　김질은 산금을 방바닥에 내려놓으며 이마에 잔뜩 주름을 잡았다.

　"도무지 그것을 알 길이 없사옵니다."

　"혹여 김시습을 따라간 것은 아닌지 모르겠군."

　김질은 혼잣소리처럼 중얼거렸다.

　"만약 산지니가 실패했다면, 도망치는 김시습의 뒤를 밟고 있을지도 모릅니다."

　"비수의 명수라는 놈이 실패를 했다면, 김시습이 신출귀몰하는 재주라도 가졌단 말이더냐? 네놈은 어찌 그런 허접한 녀석을 자객으로 추천한 것이냐?"

　김질은 준엄하게 거복을 꾸짖었다.

　"소인의 불찰이옵니다. 그래서 혹시 몰라 뒤를 밟았던 것인데, 그만 한 발 늦었사옵니다."

　거복은 고개를 푹 꺾었다.

　"수하들을 놓아 산지니란 놈의 행적을 쫓아라. 그리고 김시습이 어디로 도망을 쳤는지 그것도 수소문해 알아보도록 하라. 절대로 소문나지 않게 비밀리에 뒤를 밟아야 하느니라. 알겠느냐? 거복이, 네놈의 목숨이 내 손안에 쥐어져 있다는 걸 명심해라."

김질의 목소리는 낮았으나, 칼끝처럼 예리하게 날이 서 있었다.

"네, 대감마님! 이를 말씀이오니까. 이미 전에 죽을 목숨을 살려주실 때부터, 소인은 대감마님께 생명을 내놓았사옵니다."

거복은 거의 머리가 방바닥에 닿도록 잔뜩 허리를 구부렸다.

"나가 보거라."

거복이 나가고 나서 김질은 질끈 눈을 감은 채 깊은 생각에 잠겼다.

다음 날 밤, 김질은 장인 정창손(鄭昌孫)을 찾아갔다. 그의 발걸음은 집을 나설 때부터 조심스러웠으며, 누구에겐가 미행을 당할까 두려운 듯 주변을 두리번거리며 처갓집 대문 안으로 몸을 숨겼다. 그의 손에는 길쭉한 물건이 든 검은 자루가 하나 들려 있었다.

장지문에 어스름이 먹물처럼 번지기 시작하자 방 안의 황촉불이 더욱 환하게 불타오르고 있었다. 심지는 불꽃 속에서 짜르륵대며 제 몸을 태우고, 촛농은 소리 없이 넘쳐 촛대 위에 눈물 자국을 그렸다. 그렇게 황촉불이 녹아나는 밀실에서 두 사람의 그림자가 춤을 추듯 일렁이고 있었다. 바람도 없는데 우쭐대는 그림자는 벽을 더듬다가 천장을 치고 받기도 하면서 도무지 가만히 있지를 않았다. 바싹 다가앉아 머리를 맞대다시피 한 두 사람의 심리를, 휘황한 황촉불은 불안한 그림자의 우쭐거림을 통해 복사해내고 있었던 것이다.

"대감, 이번 일은 실패한 것 같사옵니다."

김질이 정창손을 향해 입을 열었다.

"무엇이? 어찌 그런 실수가 있을 수 있단 말인가? 당사자조차 죽는 것을 느끼지 못할 정도로 순식간에, 쥐도 새도 모르게 감쪽같이 해치우라 했거늘."

광대뼈 아래로 하관이 빠르게 미끄러져 내려 얼굴이 더욱 길어 보이는 정창손이 미간을 잔뜩 찡그린 채 호통을 쳐댔다. 턱에 매달린 흰 수염이 덜덜 떨릴 정도로 진노한 표정이 역력하였다.

"네, 대감! 놈을 믿은 것이 불찰이옵니다."

김질은 마치 자신이 죄를 지은 것처럼 몸 둘 바를 몰랐다. 황촉불 아래 서안을 사이에 둔 장인과 사위의 나직하게 밀담을 주고받는 분위기가 그러했다.

정창손은 그 얼굴의 생김새처럼 깐깐하기 그지없었다. 광대뼈 아래로 빠르게 턱까지 내려뻗은 하관의 모양은 상대의 입장을 생각하기보다 먼저 자기 생각을 직설적으로 쏟아내야만 직성이 풀리는 그런 얼굴형이었다.

몇 년 전에 정창손은 영의정으로 있을 때 세자에게 양위할 것을 임금 수양(首陽)에게 주청하다 삭탈관직 된 적이 있었다. 그러나 공신에 대한 처우가 그래서는 안 된다고 생각한 수양은 곧 용서하고 그를 봉원부원 군에 복작(復爵)시켜 주었다. 그 이후 그는 벼슬자리에서 물러나 권토중래(捲土重來)를 꿈꾸며 사저에서 하릴없이 사랑방을 지키고 있었다.

김질은 앞에 앉아 있는 정창손이 사사롭게는 장인인 데다 삼정승(三政丞)을 지낸 위세 또한 예전 그대로여서, 자신이 형조판서의 자리에 있지만 감히 함부로 대할 수가 없었다.

"대체 실패를 했다는 그자가 누구인가?"

정창손은 자꾸만 장지문 밖으로 눈길을 보내며 애써 목소리를 죽였다. 그러나 서안을 부여잡은 두 손끝은 폐부로부터 치밀어 오르는 분노로 인해 바들바들 떨리고 있었다.

"비수를 백발백중시킨다는 자였는데, 세간에선 '산지니'라 불리고 있사옵니다."

"어찌 그런 솜씨로 허수아비 같은 놈 하나 처치하지 못했단 말인가?"

정창손은 마침내 주먹으로 서안을 내리쳤다. 밖에서 누가 들을까봐 목소리를 애써 낮췄으나, 주먹의 세례를 받은 서안이 부서지지 않은 것만도 다행이었다. 그만큼 그는 노기를 삭이지 못해 얼굴까지 벌겋게 달아올랐다.

"대감! 놈 하나로는 미심쩍어 뒤미처 믿을 만한 자를 다시 딸려 보냈사온데, 그자가 돌아와서 하는 말이 분명 산지니가 비수를 날린 흔적은 있었다 하옵니다. 바로 이 물건이온데……."

김질은 김시습이 쓰던 예의 그 산금을 검은 자루 속에서 꺼냈다.

산금은 현이 두세 개 끊어진 채였고, 그 몸통에는 비수가 박혔던 흔적이 뚜렷하게 남아 있었다.

정창손은 김질에게서 산금을 건네받아 이리저리 살펴보았다. 조악하기 그지없는 악기였다. 그는 끊어지지 않은 산금의 줄을 몇 번 튕겨보았다. 그런데 보기보다 소리는 맑고 그윽했다. 처음에는 둔중하게 울리던 그 소리가 가늘게 여운을 남기면서 방 안의 분위기를 더욱 초조와 긴장으로 몰고 갔다. 그때 밤새의 소리가 어둠을 질러왔다.

마치 산금의 소리에 응답이라도 하듯, 그 소리의 여운을 물고 어디선가 소쩍새가 울고 있었던 것이다. 솟소쩍 소쩍, 깊어가는 밤을 우는 소쩍새 소리에 두 사람은 귀를 기울인 채 잠시 침묵에 잠겼다. 소쩍새는 한가롭게 울고 있었지만, 방 안에서 그것을 듣는 두 사람은 마음이 더욱 조급해졌다.

문득 정창손이 침묵을 깼다.

"헛헛! 김시습, 그 인사가 대체 이 물건을 가지고 무얼 했단 말인가?"

"그 스스로 산속에 들어가면 이런 조악한 악기를 만들어 '산금'이라 부르며 연주를 했다 들었사옵니다. 괴씸하게도 산금의 줄이 일곱 개인데, 여섯 줄은 성삼문 등 병자년(丙子年) 역도들을, 마지막 한 줄은 김시습 자신을 상징하는 것이라 하옵니다."

김질이 어디선가 귀동냥으로 주워들은 이야기를 주절주절 읊어댔다.

"무엇이라? 이 조악한 물건으로 증오심을 키우고 있었다는 얘기가 아닌가?"

"말하자면 그렇다고도 할……."

"그냥 '그렇다고'가 아니라, 이는 명약관화한 역심이네. 그러니 이를 어찌 방관하고만 있겠는가?"

정창손의 산금을 쥔 손이 부들부들 떨렸다.

"허나, 풍문에 들리는 말이 그렇다는 것이지……."

"허허, 병판! 자네는 너무 일을 지지부진하게 처리하는 게 흠이야. 이번 일도 그렇고……."

정창손은 참으로 한심하다는 듯 삐딱한 얼굴로 턱을 바짝 들어 올려 사위를 바라보았다. 그의 말끝에 끌끌 혀를 차는 소리가 따라붙었다.

"대감! 아직 실패라고 말하기는 어렵습니다. 김시습도 초당에서 온데간데없고, 산지니란 자도 어디론가 자취를 감추어 버렸으니까요. 이 악기만 초당 앞 나무 평상 위에 덜렁 놓여 있더랍니다."

김질은 다급하게 변명을 해대기에 바빴다.

"도대체 백발백중이란 자가 이렇게 여러 개의 비수를 날리고도 실패를 했단 말인가?"

"그 산지니란 자에게 뭔가 남다른 이유가 있었을 것입니다."

"산지니란 자가 자취를 감추었다면 실패를 한 것이 틀림없는 일 아닌가? 임무를 완수하고 오면 주기로 약조한 행하(行下)가 있는데, 그걸 포기할 놈이 어디 있겠는가? 이는 필시 실패를 했기 때문에 나타나지 않는 것일세. 그놈 참 명이 길기도 하구나. 성공하고 돌아와도 어차피 죽을 목숨이었던 것을……."

그러더니 정창손은 서안을 손바닥으로 톡톡 두드리며 깊은 생각에 빠져들었다. 조금은 노기가 누그러진 것 같지만, 그럴수록 김질은 더욱 좌불안석이 되었다. 장인의 서늘한 눈길과 마주치는 것이 두려워 그는 방바닥만 응시하고 있었다.

김질은 병자년에 성삼문(成三問)·박팽년(朴彭年)·이개(李塏)·하위지(河緯地)·유성원(柳誠源)·유응부(兪應孚) 등과 함께 어린 임금(端宗)의 복위를 모의했던 인물이었다. 애초에 거사는 창덕궁에서 명나라 사신을 맞는 연회 자리에서 벌이기로 되어 있었다. 당시 임금을 호위하는 별운검(別雲劍)으로 참여하게 된 성삼문의 아버지 성승(成勝), 그리고 유응부 등의 무장이 수양을 한 칼에 제거하기로 밀약이 되어 있었다. 그런데 그날 하필이면 연회 장소가 좁다 하여 별운검을 세우지 않는 바람에 모든 계획에 차질이 생겨 거사를 뒤로 미루기로 한 것이었다.

이렇게 되자 거사가 실패로 돌아갈 것을 두려워한 김질은 겁을 잔뜩 집어먹고 아무도 몰래 장인 정창손에게로 가서 모의 사실을 일러바쳤다. 그리고 두 사람은 곧바로 대전으로 달려가 옥좌에 높이 앉아 있는 수양에게 역모 사실을 고변하였다. 결국 어린 임금의 복위 계획은 사전에 발각이 되는 바람에 수포로 돌아갔고, 여섯 명의 충신들은 체포되기 전에 집에서 자결하거나 또는 잡혀서 모진 고문 끝에 거열형을 당해 백관 앞에 효수되었다. 이들이 이른바 '사육신(死六臣)'이었다.

그 뒤 정창손과 김질은 임금 수양의 신임을 받아 두 사람 모두 좌익

공신 2등과 3등으로 추봉되었다. 그들은 권세에 날개를 달아 승승장구 사다리를 오르듯 높은 벼슬자리를 갈아타기에 이르렀다. 즉, 정창손은 대사성을 거쳐 대제학으로, 다시 우의정·좌의정·영의정의 삼정승을 거치는 최고의 권세를 누렸다. 그리고 김질은 판군기감사를 거쳐 승정원의 동부승지, 병조와 형조의 판서를 지내는 등 육조(六曹)를 두루 섭렵하는 권력의 핵심을 차지했다.

그런데 두 사람에게 한 가지 걸림돌이 있었다. 바로 김시습이었다. 그는 반역죄로 거열형을 당해 사지가 찢겨나간 성삼문 등의 시신을 거두어 노량진 둔덕에 유택까지 만들어 주었다고 세간에 소문이 자자하게 나 있었다. 그 후 바람처럼 세상을 떠돌며 한스런 세월을 보낸 그가, 연전에는 경주 금오산(金鰲山)에 머물러 본격적으로 글을 쓰기 시작했다는 것이었다. 그러니 어린 시절부터 '오세신동'으로 이름을 날린 그가 언제 어느 때 두 사람에게 칼끝 같은 글로 옆구리를 찔러올지 도무지 장담할 수 없는 노릇이었다. 도둑이 제 발 저린다는 속담이 그냥 나온 것이 아님을 그들의 심리가 그대로 대변해 주고 있었다.

더더군다나 특히 정창손이 두려워하는 것은 임금 수양의 김시습에 대한 특별한 배려였다. 얼마 전에 수양은 숙부 효령대군(孝寧大君)에게 명하여 원각사(圓覺寺) 낙성회에 김시습을 참석시키도록 당부하였다.

김시습은 오래전부터 효령대군과 친분이 두터웠다. 그래서 효령대군은 임금 수양의 명을 받아 한때 경주 금오산에 머물러 있던 그를 한양으로 불러올려 불경언해작업에 참여케 한 적도 있었다. 그리고 바로 얼마 전에는 그를 원각사 낙성회에까지 참석토록 했던 것이다.

당시 불경언해사업은 김시습에게 마땅히 해볼 만한 일이기도 했던 게 사실이었다. 그는 명색이 '설잠(雪岑)'이란 승명을 가지고 있었고, 그래서 그 자신은 임금 수양의 숭불사업이라는 점에서 그리 마음이 편치는 않았지만 승려의 신분으로서 기꺼이 응할 수 있었던 것이다.

그런데 봉원부원군 정창손이 두려워하는 것은 눈엣가시 같은 김시습을 임금 수양이 은근히 곁에 두고 싶어 한다는 데 있었다. '오세신동'의 천재성을 활용하여 정사를 같이 펴고자 하는 수양의 마음을 그는 이미 간파하고 있었던 것이다.

정창손은 원각사 낙성회에 참여했다가, 거기서 효령대군이 김시습에게 넌지시 하는 말을 들은 적이 있었다.

"여보게, 설잠! 이미 지나간 일은 그만 잊어도 되지 않겠는가? 주상께선 그대를 중하게 쓰시고 싶어 하네. 부왕이신 세종 임금께서 그대를 특히 아껴했던 만큼, 지금의 주상도 그걸 잊지 않고 계시네. 주상을 만나 보지 않으시겠는가?"

효령대군은 김시습의 강직한 성격을 잘 알고 있기에, 조심스럽게 그 의향을 물어본 것이었다.

"대전이야 무서워서 도무지 가지 못하겠고, 숭불사업을 하는 데 대한 크신 주상의 공업을 글로 대신하겠사옵니다."

김시습은 당장에 붓을 들어 임금 수양을 찬양하는 시를 썼다. 어찌 생각해 보면 그답지 않은 행동이었고, 마음이 내키지 않는 일을 저지른 셈이었다. 그러나 그의 생각은 다른 데 있었다.

효령대군과의 친분을 거스르지 않으면서 임금 수양의 뜻을 우회적으로 거부하는 김시습다운 기발한 착상이었던 것이다. 결국 그는 시 한 수를 써서 임금에게 바치는 것으로 발이 묶여 있던 원각사를 떠나 자유의 몸이 될 수 있었다.

그렇지 않아도 산으로 돌아가고 싶어 좀이 쑤시던 참이었는데, 낙성회가 끝나고 나서도 효령대군이 붙잡는 바람에 원각사 경내에 머물러 있던 김시습은 수양에게 찬시 하나를 써주고 다음과 같이 말했다.

"그럼 이만 소승은 귀산(歸山)하렵니다. 멀리서도 성군이 되시기를 빌겠다고 부디 전해주소서."

이렇게 말을 던지고 바랑을 걸머지는 김시습을 효령대군은 더 이상 잡을 길이 없었다.

곧 효령대군은 임금 수양에게 그러한 사실을 전하였고, 그 직후 김시습과 관련한 일련의 일화들은 조정 대신들에게 널리 퍼져나갔다. 수양이 그를 특별하게 대우하여 같이 정사를 논하고자 했다는 사실에 공신들은 마음 한구석으로 찜찜한 기분을 털어내기 어려웠다.

만약 나중에라도 김시습이 임금의 명을 받고 벼슬자리에 나온다면 공신들의 자리가 그만큼 위태로워질 수밖에 없었다. 그중에서도 특히 위기의식을 느낀 것은 어린 임금 복위 음모를 사전에 고해 바쳐 일신의 영화를 누리고 있는 정창손과 김질, 그 두 사람이었다.

임금 수양은 가끔 신하들을 불러 김시습에 관해 묻곤 하였다. 그가 어디서 무엇을 하는지, 어떤 묘책을 부려서라도 그에게 벼슬자리를 주어 가까이 머물게 할 수는 있겠는지 넌지시 알아보았던 것이다.

이처럼 임금이 김시습을 가까이 두고 싶어 하는 까닭을 잘 알고 있는 정창손은, 그럴수록 내심 더욱 불안을 느끼지 않을 수 없었다.

"이번에는 실수 없이 처치할 수 있게, 무술이 아주 뛰어난 자객을 보내도록 하게. 한두 명으로 안 되면 수십 명이라도 보내. 단 쥐도 새도 모르게 처치해야 하네."

정창손이 눈에 힘을 주며 사위 김질을 쳐다보았다. 얼굴을 불에 덴 듯 김질은 매우 당황한 눈빛으로 허둥댔다.

"그 산지니란 자도 자객으로 소문난 자이온데 실패를 한 걸 보면 김시습을 만만하게 보아선 안 될 것이옵니다."

"그래봤자 붓을 든 일개 서생이 아닐 것인가?"

"소문에 듣기로 김시습은 계유년(癸酉年) 이후 전국의 명산 대첩을 두루 찾아다니며 심신 수양을 했고, 도력이 깊은 선승이나 거사들을 만나 자기 앞가림은 할 수 있을 정도로 호신술을 익혔다고 합니다. 단전호흡뿐만 아니라 태견도 제법 한다고 들었사옵니다. 도력이 깊어 사람의 마음을 읽을 줄 아는 독심술도 갖고 있다는 소문이 자자하옵니다."

김질이 말하는 '계유년'은 수양이 대군 시절에 그의 수하들과 더불어 계략을 꾸며 원로대신 황보인(皇甫仁)·김종서(金宗瑞) 등을 죽이고 영의정에 올라, 어린 임금 대신 조정을 좌지우지하던 때를 가리키는 것이었다. 당시 정창손은 그 공으로 좌익공신 3등에 책정된 바 있었다. 그로부터 2년 후에 수양은 그의 추종세력인 정인지(鄭麟趾)·신숙주(申叔舟) 등에 의하여 임금으로 추대되었고, 어린 임금은 상왕으로 뒤에 물러나 앉았다.

정창손은 도대체 책상물림에 불과한 김시습을 두려워하는 사위의 태도가 영 못마땅하다는 듯 눈을 외로 꼬며 말했다.

"자네 그렇게 마음이 약해서야 무슨 일을 하겠나? 참으로 딱하이. 아무리 날고 기는 재주를 가진 자라 해도 쥐도 새도 모르게 해치울 수 있는 실력자를 보내란 말일세. 비수로 안 될 때는 칼이 더 확실하게 명줄을 끊어놓을 수 있지. 이름난 칼잡이를 찾아보게."

이렇게 정창손은 거듭 강조를 하였다. 그러고는 사위의 면상조차 보기 싫다는 듯, 몸을 돌려 벽을 쳐다보았다. 장인의 등을 맥없이 한참 동안 바라보던 김질은, 이내 그 등에다 대고 예를 한 번 올리고 일어섰다.

"분부대로 다시 자객을 물색해 보내겠나이다. 그럼 이만 물러가옵니다."

사위가 방에서 나가고 나서도 정창손은 한동안 등 돌린 자세를 풀지 않은 채 마주 보이는 벽에 눈 화살을 꽂았다. 저절로 진저리가 쳐지는 듯, 순간 몸을 부르르 떨었다. 사실상 사위에게 말은 그렇게 했지만, 그 역시 김시습의 얼굴을 떠올리는 것만으로도 분노가 치밀어 오르는 것이었다.

정창손은 시시때때로 김시습이 한양 저잣거리에서 술에 만취되어 공신들을 욕하고 돌아다닌다는 소문을 들은 바 있었다. 특히 김시습은 정창손을 향해 삼정승을 두루 거쳤다 하여 '욕심 많은 늙은이'라 마음껏 비웃었으며, 옥황상제는 어찌하여 그런 산 귀신을 안 잡아가는지 모르겠다는 아주 듣기 고약한 저주스런 말까지 내뱉곤 했다는 것이다.

뿐만 아니라 김시습은 계유정난과 어린 임금 복위를 모의했던 병자년(丙子年) 사건으로 공신이 된 한명회·정인지·신숙주·정창손·김질 등을 '오흉(五兇)'이라고 싸잡아 욕하였다. 또한 사육신을 생각할 때마다 그 원흉(元兇)이라고 할 수 있는 정창손과 김질을 따로 '이흉(二兇)'이라 칭하며 이를 갈았다고 했다. 정창손은 '오흉'에도 들고 또 '이흉'에도 이름이 거론되어 심히 불쾌하기 짝이 없었다.

그래서 정창손은 영의정에서 물러난 이후 사위 김질에게 지시하여 김시습의 일거수일투족을 감시하라 일렀다. 그리하여 죄가 될 만한 결정적인 꼬투리가 잡히면 여지없이 잡아들이라는 밀명을 내렸다.

하지만 김시습은 묘하게도 그런 사찰의 감시망을 잘도 피해 다녔다. 공신들을 비방하는 것은 여전하였지만, 결코 감옥에 처넣을 정도의 죄를 범한 적은 없었던 것이다.

'이대로는 안 되겠어.'

정창손은 하루라도 빨리 시급한 대책을 마련해야겠다고 마음속으로 다짐했다. 그가 가장 두려워하는 것은 김시습의 글이었다. 글은 곧 사상의 집이라고도 할 수 있었다. 말은 아무리 떠들어대도 실체가 남지 않아 기억에서 점차 사라지게 되지만, 글은 그 생명력이 오래도록 남아 먼 후대에까지 전해지기 때문에 더더욱 무서운 것이었다.

더군다나 정창손이 김시습을 두려워하는 것은 그의 사상이었다. 김시습의 학문은 유학의 텃밭에서 싹이 텄지만, 김질의 말처럼 그는 계유년 이후 승려가 되어 전국 명산을 돌며 선승(仙僧)을 만나 선도(仙道)를 익혔다. 즉 그의 사상은 뿌리를 유교에 두고 있으면서 불교와 선도를 접목시켜 '유불선(儒佛仙)'이라는 큰 나무를 만들어 세계를 하나의 사상으로 아우르는 데 심혈을 기울이고 있었다.

조선은 건국 초기부터 유교 정치를 표방하고 있었고, 따라서 불교를 배척하여 사찰을 산속으로 몰아넣었다. 그러나 역대 군주들은 완전하게 불교 배척에 앞장을 서지 못했다. 정창손은 그것이 불만이었다. 그는 사마시와 식년문과를 거쳐 벼슬자리에 올랐는데, 당시 세종이 불경을 간행하려고 하자 왕실의 불교숭상을 강력히 반대하다 좌천되기도 했다. 또한 근자에 이르러서는 수양이 효령대군으로 하여금 김시습을 불러 불경언해사업을 펼치고 원각사 낙성회에 참여케 했는데, 그는 그러한 숭불사업에 대하여 매우 못마땅하게 생각하고 있었다.

그런데 정창손을 더욱 불안하게 만드는 것은 수양의 숭불사업과 김시습에 대한 기우가 묘하게도 맞물려 있었기 때문이었다. 임금이 김시습을 가까이 두려고 하는 것이 숭불사업과 깊은 연관을 갖고 있음을 그는 이미 간파하고 있었던 것이다. 그렇다면 김시습이 궁궐에 들어와 불경언해작업을 할 경우 유학 정치를 표방하고 있는 조선의 근간이 흔들릴 우려가 있었고, 그렇게 되면 유학자를 자처하는 공신들의 입지가 그만큼 좁아질 것임은 불을 보듯 뻔한 일이었다.

유교를 숭상하는 정창손으로서는, 그래서 더욱 '김시습'이라는 인물이야말로 그의 앞길을 가로막는 걸림돌이라고 생각하고 있었던 것이다.

밤새도록 고민을 거듭하던 정창손은, 다음 날 아침 큰마음을 먹고 입궐하여 임금 수양에게 다음과 같이 아뢰었다.

"소문에 듣기로 김시습이 경주 금오산에 초당을 세우고 거기 머물러 해괴한 글을 짓고 있다 하옵니다. 하도 그 글들이 어지러워 양반을 농락하고 백성을 현혹시킨다 하니, 더 이상 이를 두고 볼 수만은 없는 일이라 사료되옵니다."

"해괴한 글이라니요? 봉원부원군께선 너무 김시습을 폄하하려고 드는 게 아니오?"

수양의 눈길이 휘어졌다.

앞뒤 가리지 않고 자기의 주장을 내세우는 정창손을 수양은 아직도 고깝게 생각하고 있었다. 언젠가 갑자기 세자에게 양위하라는 말을 듣고 진노했던, 당시의 그 찜찜한 마음이 완전히 가신 것은 아니었다.

"그럴 리가 있겠사옵니까? 물론 김시습의 글은 천하의 명문으로 알려져 있사옵니다. 허나 그가 금오산에서 지어내고 있다는 작금의 글들은 불순한 의도가 있는 것이 분명하옵니다."

"불순한 의도라니? 봉원부원군께선 그 해괴하다는 김시습의 글을 직접 읽은 적이 있으시오?"

수양의 말은 추궁에 가까웠다.

"듣기에 김시습은 노들에 버려진 병자년 역도들의 시신을 수습하여 노량 언덕 어디엔가 묻었다고 하는 자이옵니다. 그 죄만 해도 괘씸한데, 그것도 모자라 저잣거리에서 공신들에게 차마 입에 담지 못할 욕을 하고 다닌다 하옵니다. 그러한 자가 문장에 능하다는 것은 손에 칼을 쥐어준 것보다 더 위험한 일이옵니다. 김시습이 금오산에서 짓고 있다는 글이 대략 어떤 내용일 것이라는 것은 불을 보듯 뻔한 일이 아니옵니까? 아직 그 글들은 읽지는 못했사오나, 해괴한 소문이 나도는 것은 사실이옵니다."

"누구에게서 들었소?"

"얼마 전 경주부윤이 소신에게 보내온 서찰에 그런 내용이 적혀 있었사옵니다."

정창손이 말하는 경주부윤은 그의 친형인 정흥손(鄭興孫)이었다. 정창손은 형제들 중 넷째였는데, 정흥손은 바로 그 위의 셋째 형이었던 것이다.

수양도 경주부윤 정흥손이 보내온 소식이라면 그냥 간과하고 넘어갈 수 없는 일이라고 생각했다.

"경주부윤이 그리 생각하고 있다면 틀림없겠구려. 그렇다면 어찌 정 부윤은 그러한 사실을 장계로 올리지 않은 것이오?"

수양은 미심쩍은 눈길을 거두지 않은 채 조금 언성을 높였다. 사사롭게 형제간이라고 정흥손이 실제(實弟)인 정창손에게만 서찰 형식의 글을 보냈다는 것이 마음에 들지 않았던 것이다.

"아직 그럴 단계는 아니라 정식으로 장계를 올리지는 않은 것으로 사료되옵니다. 하오나 사안이 사안인지라……."

정창손의 말이 채 끝나기도 전에 수양이 되물었다.

"사안이 어찌 됐다는 것이오? 봉원부원군께선 너무 김시습을 위험한 인물로 보는 것 같소이다."

"위험한 인물이라는 것은 전하께서도 잘 아시지 않사옵니까? 김시습은 성격이 괴팍하여 도무지 어디로 튈지 모르는 위인이옵니다. 늘 감시자를 붙이지 않으면 안심이 안 된다고 사료되옵니다."

정창손은 이제 속에 감추고 있던 말까지 다 꺼내놓았다.

"벌써 봉원부원군께선 김시습을 사찰하고 있지 않소이까?"

수양은 정창손을 넌지시 꼬나보았다.

"사찰이라니요? 전하! 천부당만부당하옵니다. 어이 그런 말씀을……."

정창손은 갑자기 당황하여 고개를 늘어뜨렸다.

"과인은 이미 봉원부원군이 가형(家兄)을 경주부윤으로 보내달라고 청할 때부터 알아봤소이다. 이미 정 부윤이 김시습을 감시하고 있지 않소이까?"

"전하! 소신은 정 부윤에게 절대로 그런 부탁을 한 바 없사옵니다. 믿어 주시옵소서."

"핫핫핫! 봉원부원군이 어찌하나 보려고 잠시 농을 해본 것뿐이오."

수양이 이렇게 말했으나, 정창손은 그 속에 진담이 담겨 있음을 모르지 않았다. 등에서 식은땀이 쭉 흘렀다. 그는 손에 땀을 쥐고 다시 말했다.

"소신은 이미 공직을 떠나 있는 몸이옵니다. 그럴 자격조차 없다는 걸 전하께오서도 잘 아시고 계시지 않사옵니까?"

"과인도 김시습이 가는 곳마다 봉원부원군을 거론하며 대놓고 힐난하고 있다는 얘길 들은 바 있소. 하지만 공신들치고 김시습의 욕을 안 들어먹은 사람 보았소이까? 하다못해 어린 시절 같은 문하에서 수학한

사가정(四佳亭)에게조차 대놓고 막말을 한다고 하지 않소? 허허헛!"

수양은 말끝에 너털웃음을 빼어 물었다. '사가정'은 서거정(徐居正)의 호였다.

일찍이 김시습은 이계전(李季甸)에게서 학문을 익혔다. 스승 이계전은 서거정의 고종사촌 누이의 남편이었다. 김시습과 서거정은 스승 이계전 밑에서 학문을 익히며 친교를 맺고 있었던 것이다. 나이는 서거정이 15세 연상이었지만, 김시습은 그가 조카를 내쫓고 임금이 된 수양 밑에서 화려한 벼슬살이를 하는 것에 대해 불만이 많았다. 그래서 김시습은 서거정에게 막말을 하고, 다른 공신들과 함께 싸잡아 험구를 늘어놓고 다녔던 것이다.

수양도 그러한 사실을 들어서 알고 있기 때문에 너털웃음을 웃은 것인데, 그 웃음 끝에 묘한 여운이 남았다. 개운한 웃음이라기보다는, 서거정에게 막말을 함으로써 임금을 간접적으로 비꼬고 있는 김시습의 수작을 모르지 않기에 약간 비위가 상하기도 했던 것이다.

"말은 입에서 나오면 곧 사라지지만 글은 한번 지어놓으면 지워버릴 수 없기에 무서운 것이옵니다. 그러하오니, 신은 김시습이 어떤 글을 남길지 알 수 없기에 사전에 막을 방법을 강구하지 않으면 안 된다고 사료되옵니다."

단단히 마음먹고 입궐한 마당이라 정창손도 그냥 얌전하게 물러서지는 않겠다는 결심을 굳혔다. 그 속내를 모르지 않는 수양이 이번에는 정색을 하고 말했다.

"봉원부원군께서 우선 김시습이 지었다는 그 해괴한 글을 입수하여, 대체 무슨 내용인지 확인해 보도록 하시오. 그런 연후에 다시 김시습에 대해서는 논의키로 하십시다."

"전하! 성은이 망극하오이다."

일단 소기의 목적을 달성했다고 생각한 정창손은 곧 어전에서 물러나왔다. 궁궐을 나서는 그의 발걸음은 가벼웠다. 그는 중천에 뜬 해를 손으로 가리며 편편이 흘러가는 새털구름을 바라보았다. 새털구름이 흐르는 서편 하늘 아래 보이는 인왕산이 그날따라 유난히도 산뜻해 보였다. 햇빛에 비치는 바위산은 방금 소금을 구워낸 듯 하얗게 빛나고 있었다.

3.

　어둠과 빛은 서로 다른 세계이면서 한데 섞이면 길항 작용을 하는 미묘한 관계에 놓여 있다. 서로 물러서지 않고 버티면서 자기 세계를 유지하려는 속성을 갖고 있는데, 이러한 빛과 어둠의 교차지점에 놓인 석양이야말로 자연이 만들어내는 아름다움의 극치인 것이다. 이처럼 어둠이 배를 깔듯 낮게 밀려들면 빛은 사라지면서 길게 꼬리를 끄는 여운을 남기는데, 그 주황빛 연막 속에서 한동안 두 세계가 공존하는 것처럼 보일 때가 있다. 또한 이와 반대로 빛이 어둠을 밀어낼 때도 그와 같은 현상이 일어나곤 하는데, 아침에 동녘에서 밝아오는 붉은 하늘빛이 그렇다.

　사랑과 미움 또한 바로 그와 같은 이치라고 할 수 있었다. 사랑하는 마음은 미워하는 감정 때문에 더욱 고귀해지며, 미워하는 마음은 사랑의 감정 때문에 더욱 고통스러워질 수 있는 것이다. 그러나 그 고통스러움은 괴로움이 아니라 안타까움이며 동시에 연민의 정이기도 했다. 참으로 알 수 없는 것이 사랑과 미움의 갈등구조인 것이다.

　정창손이 물러가고 나자 수양은 홀로 고민에 휩싸여 있었다. 그는 김시습의 학문과 문장을 아깝게 여겼다. 그는 부왕인 세종이 어린 시절부터 김시습의 글재주를 매우 아꼈던 사실을 잘 알고 있었다.

　당시 김시습은 어린 시절부터 글을 잘 지어 세간에 신동으로 알려져 있었다. 그는 이미 다섯 살 때 《중용(中庸)》과 《대학(大學)》을 공부했으며, 특히 글을 잘 짓기로 소문이 나 있었다. 그 소문을 듣고 좌의정 허조(許稠)는 일부러 그의 집을 찾아가 넌지시 시험을 해보기까지 했다.

"네가 시를 잘 짓는다고 들었다. 내가 운을 댈 테니 시 한 구절 지어 보아라."

허조는 자신이 이미 늙었다고 하면서, 늙을 노(老) 자를 운으로 불렀다. 그러자 다섯 살 난 김시습이 다음과 같이 읊었다.

늙은 나무에 꽃이 피었으니 마음은 늙지 않았구려(老木開花心不老)

이때 허조는 무릎을 쳤다.
"과연 신동이로구나!"

이러한 김시습의 글재주에 대한 소문은 당시 임금이었던 세종의 귀에도 들어갔다. 세종은 승정원에 분부를 내려 김시습을 궁궐로 부른 후, 지신사(知申事) 박이창(朴以昌)으로 하여금 그의 글 솜씨를 시험케 하였다.

어린아이의 학문이 흰 학이 푸른 소나무 끝에서 춤추는 것 같더라(童子之學 白鶴舞靑松之末)

이렇게 먼저 박이창이 시구를 부르면서, 김시습으로 하여금 이에 대한 대구를 읊어보게 하였다.

성스러운 임금님의 덕은 황룡이 푸른 바다 가운데서 번뜩이는 것 같아라(聖主之德 黃龍翻碧海之中)

곧바로 나온 김시습의 이러한 대구에 세종을 위시하여 그 아래 모든 신하들이 놀람을 금치 못했다. 당시 세종은 아주 흡족한 기분이 들어 바로 곁에 서 있던 세자를 가리키며 김시습에게 말했다.

"과연 신동이로다. 앞으로 우리 세자가 임금이 될 테니, 잘 기억해 두도록 해라."

세종은 김시습에게 명주를 하사하였다. 그러고는 그 무거운 것을 어찌 가지고 가나 눈여겨보기로 하였다. 그때 다섯 살의 신동은 명주를 풀어 그 끝을 허리에 매고 끌고 나갔다. '오세신동'은 그렇게 하여 붙여진 호였다.

당시 세종이 세자에게 차후 왕위를 이어받으면 김시습과 정사를 논하라는 당부를 할 때 수양 또한 그 자리에 있었다. 그 말을 듣고 수양은 형 세자에 대한 시기심 때문에 마음이 몹시 아팠던 기억을 지울 수가 없었다.

사실상 그때부터 수양은 야심을 갖고 있었다. 형인 세자가 문약했던 반면, 바로 밑의 동생인 수양은 신체도 강건하거니와 문무를 두루 겸비하고 있었다. 그러나 부왕 세종은 머리가 명석하고 특히 천문과 역법과 산술에 조예가 깊은 세자야말로 자신의 대를 이을 왕재임을 의심치 않았다.

그런데 말년에 이르러 세종은 병약한 세자를 보고 잠시 마음이 흔들리기도 하였다. 그저 문약하기만 한 세자와 야심이 많은 수양을 놓고 과연 누구를 다음 임금의 자리에 앉힐 것인가 망설이기까지 했던 것이다. 하지만 이미 맏아들 향(珦)을 세자로 책봉한 지 오래되었고, 뒤늦게 그것을 번복한다는 것은 혼란만 가중되어 자칫 선왕인 태종 때처럼 왕자들 간에 피를 부르는 정쟁에 휩싸일 위험이 있다고 생각했다. 그래서 결국은 세자 향이 세종의 뒤를 이어 왕위에 올랐는데, 그가 바로 문종이었다.

　그러나 문종은 재위 2년 4개월 만에 병사하였고, 열두 살의 어린 나이였던 세자 홍위(弘暐)가 대를 이어 임금이 되었다. 이때 수양의 야망이 되살아났다.

　결국 수양은 어린 임금인 조카를 죽이고 왕이 되었다. 그러나 이때 그에게 가장 껄끄러운 존재는 김시습이었다. 여건만 허락된다면 같이 정사를 논하고 싶은 인물이었지만, 계유년 이후 벼슬에 뜻을 두지 않고 외방으로만 떠돌며 방랑 생활을 하는 김시습을 회유하기란 결코 쉬운 일이 아니었던 것이다. 그래서 숙부인 효령대군에게 부탁하여 김시습으로 하여금 불경언해사업에 참여토록 했으나, 끝내 그의 마음까지 사로잡지는 못했다.

　수양은 어떻게 해서든지 김시습의 마음을 돌려 같이 정사를 논하고 싶었다. 그것은 두 가지 이유 때문이었다.

　하나는 어떤 방식으로든 김시습의 천재성을 활용해 정치를 안돈시키고자 하는 것이었다. 임금의 주변에는 공신들만 있었고, 바른 소리를 하는 신하가 드물었다. 아부하는 공신들이 헛바닥에 당의정을 발라 귀에 듣기 좋은 소리만 지껄이는 것에도 이젠 진력이 났다. 그렇다고 공신들의 말을 무시할 수도 없는 처지어서, 그들의 반대 입장에서 신랄하게 비판도 할 줄 아는 신하가 필요했던 것이다. 바로 그 적임자가 김시습이라고 수양은 생각하고 있었다.

　다른 하나는 타고난 글재주를 가진 김시습에 대한 두려움 때문에 멀리 방치해 두는 것보다 가까이에 두고 감시를 하는 것이 좋을 것이라는 판단이었다. 정창손이 김시습에 대해 두려움을 느끼고 있는 것과 별반 다르지 않은 감정을 수양 또한 갖고 있었던 것이다.

수양은 공신들 중에서 그래도 믿을 만한 인물로 신숙주를 꼽고 있었다. 더구나 신숙주는 다른 공신들보다 김시습과 오래전부터 친분이 두터운 사이였다.

며칠 동안 김시습에 대하여 장고를 거듭하던 끝에, 수양은 대전 내시에게 명했다.

"신숙주 대감을 입조케 하라."

그로부터 얼마 후 급히 신숙주가 어전으로 입시하여 알현을 청하였다. 그는 한 해 전까지 영의정을 지냈으나, 너무 일찍 삼정승을 거쳤다고 생각해 스스로 물러나 있는 상태였다.

"전하, 찾아계시옵니까?"

"오, 보한재(保閑齋)! 과인이 좀 보자고 하였소."

수양은 친근함을 나타낼 때 '보한재'란 신숙주의 호를 불렀다.

집현전 학사였던 신숙주는 문종 1년 명나라 사신단을 맞았을 때 역시 집현전 학사였던 성삼문과 함께 왕명으로 시를 지어 '동방거벽(東方巨擘)'이란 찬사를 받았던 인물이었다. 다음 해인 문종 2년에는 수양이 사은사로 명나라에 갈 때 서장관(書狀官)으로 동행하면서 두 사람 사이에 돈독한 유대관계가 맺어졌다.

그때 이미 신숙주는 수양의 야망을 알고 있었다. 그리고 그는 계유년 이후 수양을 왕으로 추대하는 데 중심적 역할을 함으로써 나중에 어린 임금의 복위를 꿈꾸었던 성삼문을 비롯한 집현전 학사 출신들로부터 숱한 비난의 화살을 받았다. 당시 집현전 학사들은 김시습과의 나이 차이가 스무 살 가까이 되었다. 따라서 신숙주에 대해서도 역시 함부로 할 수 없는 연배였지만, 김시습은 그가 수양의 구주 노릇을 했다고 하여 계유년 이후 철천지원수처럼 미워하고 있었다.

　신숙주는 계유년 당시 외직에 나가 있었다. 그러나 그는 이때 정난공신 2등에 책훈되었고, 곧바로 도승지로 전격 발령이 났다. 그 이후 예문관 대제학, 우찬성과 좌찬성, 우의정·좌의정·영의정의 최고 관직을 두루 거쳤다.

　"하명하실 일이 있으시면 하시라도 분부를 받잡겠사옵니다."

　"며칠 전 봉원부원군이 다녀갔소. 김시습에 대해 말하더군. 보한재는 김시습을 어떻게 생각하시오?"

　"전하, 김시습은 백년에 한 번 나오기 힘든 영걸이옵니다. 간혹 저잣거리에서 광인처럼 난삽하게 객기를 부리는 일이 있사오나, 그런 추태는 그의 본모습이 아니옵니다. 나름대로 자기 처신을 하기 위한 고육지책이 그런 겉모습으로 나타난 것이라 사료되옵니다."

　신숙주는 정색을 하고 말하였다.

　"과인도 그러리라 짐작은 하고 있소. 헌데 광기와 추태가 김시습의 겉모습이라면 그의 본모습은 무엇이라 생각하시오?"

　"소신도 그것을 도무지 종잡을 수가 없사옵니다."

　"보한재도 들었는지 모르지만, 근자에 이르러 김시습이 경주 금오산에서 해괴한 글을 짓고 있다 하오. 그것도 역시 그의 광기 어린 겉모습이라 생각하시오?"

　수양은 짐짓 신숙주의 의향을 떠보고 싶었다.

　"김시습의 속내를 알 수는 없사오나, 그의 그런 글장난도 외부에 일부러 보여주기 위한 것이 아닐까 사료되옵니다."

　신숙주는 그렇게 집요하게 김시습에 대해 파고드는 수양의 속 깊은 내막을 마음속으로 점쳐보면서 조심스럽게 대답했다.

　"일부러 그러는 것은 뭔가 그 스스로가 꾸미는 비밀스런 일을 숨기고

자 하는 것이 아니겠소? 일종의 연막전술이라고나 할까?"

"소신도 그 점이 염려되옵니다. 스스로 《금오신화(金鰲神話)》를 쓴다고 하면서 황당무계하고 난삽한 이야기들을 꾸며내고 있다 들었사온데, 그 글 속에 담긴 진의가 무엇인지 도무지 알 길이 없사옵니다."

"오, 보한재도 그 이야기를 들은 바 있구려. 바로 김시습이 쓰고 있다는 글의 진의가 무엇인지 반드시 알아내야만 하오. 만약 그것이 노산군과 관계된 이야기라면 철저하게 막아야 할 일이 아니겠소? 사관보다 김시습의 글이 더 무섭소. 칼보다 무서운 게 붓끝이라 하지 않소이까? 무불통지로 알려진 김시습의 붓끝이 어떠하리란 건 보한재도 잘 알 것이오."

수양은 며칠 동안 자신이 장고를 거듭하며 고뇌하던 바를 솔직하게 털어놓았다. 신하들 그 누구에게도 털어놓을 수 없는 나약한 생각이지만, 그는 신숙주에게만큼은 그런 속내를 숨기고 싶지 않았다.

"소신이 걱정하는 것도 바로 그 점이옵니다. 역도들의 시신을 거두어 준 것도 김시습이라 하고, 동학사에서는 노산군의 제사를 지냈다는 소문도 들었사옵니다. 글이란 어느 한쪽을 두둔하다 보면 다른 한쪽을 깎아내리는 우를 범하기 쉬우니, 실로 그것이 걱정이옵니다."

신숙주가 말하는 다른 한쪽이란 바로 수양과 그 일파, 즉 그를 포함한 공신들을 가리키는 말이었다.

"보한재! 과인은 김시습을 가까이 두고 싶소. 그는 부왕께서도 매우 아끼던 인재이고, 과인 또한 그렇게 생각하오. 그가 한으로 얼룩진 왜곡된 글을 후세에 남기게 하고 싶지 않소. 더구나 김시습은 우리 조선의 유학 발전은 물론이거니와 불경언해사업을 위해서도 크게 쓰일 인재요. 그래서 과인은 무엇보다도 특히 그의 타고난 글재주가 아까울 뿐이오.

그를 과인 가까이에 둘 수 있는 묘책을 마련해 보시오."

수양은 비로소 신숙주에게 자신이 장고를 거듭한 끝에 내린 결론을 털어놓았다.

"전하, 분부대로 성심을 다하겠나이다."

신숙주는 부복한 채 감동한 목소리로 말했다.

"봉원부원군에게는 따로 김시습의 글을 입수하라 일렀소. 다만 그런 와중에 김시습에게 어떤 위해를 가하는 일이 없도록 보한재가 가림막이 되어주시오. 봉원부원군이 가형인 경주부윤 정홍손을 통해 김시습을 사찰하고 있는 것 같기도 하고, 또한 사위인 형판 김질을 부추겨 불미스런 일을 저지를 수도 있기 때문이오."

수양이 밤새 고민을 하던 것은 바로 김시습에 대하여 정창손을 위시한 측근의 무리들이 어떤 위해를 가할지도 모른다는 우려였다. 그래서 더욱 김시습을 가까이 두고 싶었다. 임금 측근에 있게 되면 그 누구도 함부로 그에게 사갈(蛇蝎)의 손길을 뻗지는 못할 것이기 때문이었다.

"전하, 성은이 망극하오이다. 과연 후영(侯嬴)이 무례를 범하여 신릉군(信陵君)의 명예를 더욱 드높여 준 바와 같사옵니다. 전하야말로 성군이시옵니다."

신숙주의 감동 어린 목소리는 더욱 절절하게 들렸다. 그는 사마천의 《사기(史記)》에 나오는 신릉군의 이야기를 빗대어 수양의 인덕을 높이 찬양하고 있는 것이었다.

중국 위나라 공자 출신인 신릉군은 부귀한 몸이지만 빈한한 선비들에게까지 겸손함을 잃지 않았다고 한다. 어느 날 후영이란 선비를 초청했는데, 신릉군에게 몹시 거만하게 굴었다. 그가 현명하다는 이야기를 들은 바 있는 신릉군은 그 태도를 이상하게 여겨 어찌된 까닭인지를 물

었다. 그랬더니 후영은 스스로를 낮춰 다른 사람들로 하여금 오히려 신
릉군의 인품이 높음을 알게 하려는 의도였다고 말했다는 것이다.

신숙주는 바로 그런 고사를 들어 신릉군을 수양에, 후영을 김시습에
비유한 것이었다. 즉 김시습의 광태까지도 감싸주는 수양이야말로 너그
러운 인덕을 가진 군주임을 강조한 것인데, 어찌 보면 낯간지러운 아부
가 아닐 수 없었다.

"허허허! 보한재가 나에게 앞으로 성군이 되라 이르는 말 같구려. 과
인은 그동안 많은 피를 보아왔소. 어찌 그런 임금을 성군이라 할 수 있
겠소? 과인이 김시습을 불러 불경언해사업을 벌이게 하고 원각사를 중
창한 것도 다 그 억울한 피를 흘린 원혼들의 극락왕생을 빌기 위한 일이
었소. 이제는 더 이상 피를 부르는 일이 일어나선 안 될 것이오."

수양의 얼굴에는 수심이 가득하였다. 참회하는 마음이 그 표정에 역
력하게 드러났다. 적어도 그 순간만큼은 진심을 이야기하고 있음을, 신
숙주도 절절하게 가슴으로 느끼고 있었다.

4.

김질은 사랑방에서 거복과 마주앉아 있었다.

"그래, 알아보았느냐?"

"쓸 만한 자들로 일곱을 확보해 놓았사옵니다."

거복이 경직된 얼굴을 들어 대답하였다.

"어떤 자들이냐?"

"양주 땅에 사기막골이라는 곳이 있사옵니다. 삼각산 뒤쪽의 깊은 계곡인데, 그곳에 움막을 짓고 무술을 연마하는 자들이옵니다. 모두 칼을 잘 다룹니다."

거복은 자신이 직접 눈으로 그들의 실력을 확인했다는 설명을 덧붙였다.

"해괴한 노릇이로고. 그놈들이 어찌 작당을 하여 몰래 숨어서 무술을 익히고 있단 말이더냐?"

김질은 흘끔 눈을 치떠 거복을 노려보았다.

"소인도 처음엔 의심이 가서 뒷조사를 해봤사옵니다. 그들은 모두 양주와 파주 인근에 사는 백정과 갓바치의 자식들인데, 사냥을 좋아해 어울리다 의기투합이 되어 동고동락하며 무술을 익히고 있다 하옵니다."

"허허, 들을수록 괴이하구나. 그 천한 놈들이 무술을 익혀 대체 어디에 써먹으려는지 그것부터 알아야 할 것이 아니더냐?"

김질은 벌컥 성질을 돋우었다.

"모두 아비가 하던 백정이나 갓바치는 싫다고 하여 집에서 뛰쳐나온 자들인데, 사냥을 하여 짐승 가죽을 팔아 생계를 유지하거나 간혹 먹고 살기 힘들 때는 도적질도 한다고 들었사옵니다.”

“어찌 그런 자들과 일을 도모할 수 있단 말인가? 당장 잡아들여 치죄를 해야 마땅하거늘!”

김질의 소리가 더욱 높아졌다.

“소인도 처음에는 도적질을 한다는 소리에 그런 생각을 아니 해본 것은 아니옵니다. 허나 사기막골에 가서 그들의 무술을 보고는 마음이 바뀌었사옵니다. 사기막골 깊은 계곡을 거슬러 오르면 ‘숨은벽’이 나오는데, 그 험악한 바위 능선을 날다람쥐처럼 한달음에 뛰어오릅니다. 칼솜씨도 날래기가 전광석화인 데다, 원숭이처럼 재주를 넘는 몸놀림이 보통을 넘사옵니다. 그놈들은 거기 그냥 놔두면 좀도적밖에 안 되나, 대감마님께서 거둬 주신다면 나중에 크게 쓰일 것이옵니다. 이 기회에 소인이 놈들을 수하에 거느릴 수 있도록 해주시길 감히 바라옵니다.”

거복은 이미 작정해 둔 바가 있었던 모양으로, 김질이 야단을 치는 데도 불구하고 말이 술술 풀려나왔다.

김질은 그런 거복을 한동안 노려보았다.

거복은 차마 마주 바라보기가 어려워 눈길을 내리깔았다. 그는 김질이 별도로 운영하는 비밀 조직책이었다. 몸이 날래고 칼솜씨가 뛰어나 김질이 곁에 두고 부린 지 오래되었다. 명색이 양반 자제이나 서출이라서 일찍부터 집안을 뛰쳐나와 야인 생활을 하던 자를 붙잡아 두었다.

당시 거복은 어쩌다 저잣거리에서 싸움질을 하다 사람을 죽여 옥에 갇혔는데, 그에게 죽임을 당한 자가 바로 포도청에서 찾고 있던 사람 백정이었다. 사람을 파리 목숨처럼 죽이던 도적놈이었는데, 난전에서 장사꾼의 돈을 강탈하려다 칼을 잘 쓰는 거복에게 걸려 한 칼에 당한 것이었다.

신문을 하던 김질은 거복이 정당방위를 했다는 점을 인정하고, 또한 그의 칼 쓰는 솜씨를 아껴 훈방 조치했다. 그리고 나서 곁에 가까이에 두고 수하로 부리게 되었던 것이다.

거복은 어려서 어깨 너머로 학문을 익혀 글줄깨나 읽을 줄 알았고, 양반 서출들과 교류를 통하여 세상 돌아가는 사정을 두루 꿰고 있었다. 서출들과 자주 어울려 그들의 불만 토로를 통하여 권신들의 동태 파악도 할 수 있었으므로, 때로 요긴하게 쓰일 때가 많았다.

그래서 김질은 알게 모르게 거복을 사조직의 정보통으로 활용하고 있었다. 가끔 민간 사찰을 할 때도 그를 중간에 넣어 암약토록 하였으며, 그러다 꼬리가 잡힐 것 같은 위험이 닥칠 때는 쥐도 새도 모르게 처치토록 하는 역할까지 맡겨두고 있었던 것이다.

잠시 숨을 고르고 결기를 죽인 김질이 자못 부드러운 눈길로 거복을 바라보며 말했다.

"흐음, 네 얘길 듣고 보니 일거양득이겠구나. 좀도적을 없애 좋고, 요긴할 때 부려먹을 수 있어 좋고. 허나 긁어 부스럼이 되지 않을까, 그게 좀 걱정이구나."

"정 의심이 가신다면 대감마님께서 놈들을 한번 만나보시는 것도 좋을 듯싶사옵니다. 놈들의 무술도 구경하실 겸……."

거복은 자신감 있게 말했다.

"그것도 나쁘지는 않겠지."

김질은 거복의 말만 믿고 산지니를 자객으로 이용하려다 실패하였으므로, 이번에는 그가 직접 믿을 만한 자들인지 눈으로 확인하고 싶기도 했던 것이다.

"그럼, 빠른 시일 내에 대감마님이 놈들의 무술을 확인해 보실 수 있게 기회를 마련토록 하겠사옵니다."

"그건 그렇고, 그 산지니란 작자가 지금 어디서 무슨 짓을 하고 있는지 수소문은 해보았느냐?"

김질은 문득 산지니의 행적이 궁금해졌다.

"한동안 놈의 행적이 오리무중이었사온데, 어제 소인이 풀어놓은 수하 중 한 놈이 바로 그 얽음 곰보를 보았다고 하옵니다. 해괴한 것은 그 놈이 바로 김시습의 뒤를 몰래 쫓고 있다는 것이옵니다."

"뭐라? 산지니가 김시습의 뒤를 쫓는다? 허면, 아직도 임무를 완수하기 위해 노심초사하고 있단 말이렷다?"

김질은 귀가 번쩍 트이는 기분이었다.

"산지니 그놈의 솜씨라면 비수 한 번에 목숨 줄을 끊어놓을 수 있을 텐데, 사실은 그렇지도 않은 것 같사옵니다. 그저 몰래 김시습의 뒤만 밟고 있다는 것이 수상쩍단 말씀이옵니다."

"허허, 그것 참! 도무지 종잡을 수가 없는 일이로다. 계속 김시습과 산지니 그놈의 동태를 주시하도록 하고, 오늘은 일단 물러가 있도록 해라. 양주 땅에 걸음 하는 것은 조만간 날짜를 맞춰보도록 하자꾸나."

김질은 일단 거복을 사랑방에서 내보냈다. 산지니 이야기를 들으니 마음이 더욱 뒤죽박죽이 되어, 혼자 조용히 그 자의 심리를 추적해 보고 싶었던 것이다.

사실 김질은 산지니를 만나본 적이 없었다. 거복을 통하여 비밀리에 모든 일을 수행토록 했기 때문이었다. 엽전 꾸러미를 챙겨 행하를 건넨 것도 거복이 한 일이었다.

그래서 김질은 산지니가 김시습의 목숨을 거두지 못했을 때 잠시 거복을 의심한 적도 있었다. 중간에서 배달사고가 일어났을 가능성도 없지 않다고 생각했던 것이다. 즉 산지니에게 건넬 행하를 슬쩍 자기 주머니에 챙기고, 그의 실패를 가장해 거복 스스로가 김시습을 살해할 욕심을 가졌을지도 모를 일이었다. 헌데 김시습의 거처인 초당에 당도해 보니 이미 그곳에는 아무도 없었던 것이다. 나무 평상에 놓인 김시습의 산금에 비수 자국을 내기란 칼 다루는 자로서는 식은 죽 먹기이니 충분히 눈속임을 할 수 있었다. 세간에 듣기에 단 한 번 날리는 비수로 백발백중 상대의 숨통을 끊어놓는 자객이란 자가 엉뚱하게도 산금에다 자국만 남겨놓을 수는 없는 일이라고 생각했다.

'흠, 그래도 지금으로선 거복을 믿는 수밖에. 헌데 산지니란 놈은 어찌하여 김시습의 뒤만 몰래 쫓고 있단 말인가?'

김질은 이렇게 자문자답을 하며 심리를 추적해 보지만, 거복이도 산지니도 그 꼬리를 잡기가 쉽지 않았다.

그때 김질은 다시 김시습의 얼굴을 떠올려 보았다. 만약 김시습이 산지니의 비수를 산금으로 막을 수 있었다면, 이는 좌시하고 넘어갈 일이 아니었다. 정말로 김시습이 십 년 세월 방랑 생활을 하면서 무불통지(無不通知)의 도력을 익혔을지도 모를 일이었다. 만약 그러하다면 그를 쥐도 새도 모르게 없애기가 쉽지 않을 것이었다.

문득 김질은, 산지니가 함부로 비수를 날리지 못한 채 김시습의 뒤만 쫓고 있는 데는 충분히 그럴 만한 이유가 있을 것이란 생각이 들었다. 그렇다면 거복과 그가 고용하려는 양주 사기막골에 숨어서 무술을 닦고 있다는 자들만으로 김시습을 제거하기가 쉽지 않을 거였다.

바로 그때 번뜩 김질의 머리를 스치는 생각이 있었다. 산지니와 거복 일행의 협공 작전이었다. 거복 일행이 김시습을 포위하여 칼로 위협하는 틈을 이용하여 산지니가 비수를 날릴 수만 있다면 산 목숨 하나 제거하기는 식은 죽 먹기일 수 있었다.

하늘은 쾌청했다. 새털구름이 편편이 떠서 흐르는 가운데 삼각산의 위용이 날카로운 톱니가 되어 하늘을 찌르고 있었다. 말 두 필이 박석고개(薄石峴)를 지나 검암참(黔庵站:구파발)에서 오른쪽으로 꺾어들어 제법 큰 개천을 끼고 달렸다. 송추 쪽으로 가는 길은 오른쪽으로 삼각산 자락을 끼고 있어 경치가 아주 빼어났다. 달리는 말 위에서 보는 경치는 들쭉날쭉한 삼각산의 날선 봉우리들을 춤추게 하여 마치 공룡이 어깨를 세우고 뒤뚱거리며 뛰는 듯한 생동감을 더해주고 있었다.

앞서거니 뒤서거니 뛰는 두 말의 잔등에는 김질과 거복이 타고 있었다. 두 사람 다 평상복 차림이었다. 거복이 말고삐를 천천히 당기며 속도를 늦추었다. 앞서 달리던 김질도 속도를 낮춰 보조를 맞추었다.

"다 와가는 모양이로구나. 사기막골이라고 했느냐?"

김질이 숨을 가다듬으며 물었다.

"네, 대감마님! 저쪽 골짜기가 사기막골이옵니다."

"사기를 굽는 곳이로구나?"

"그렇사옵니다. 그 골짜기에 사기를 굽는 가마가 있사옵니다."

"역시 삼각산은 뒤에서 봐도 아름답구나."

김질은 높은 산봉우리를 올려다보았다. 반대쪽인 다락원에서 바라보던 도봉과는 또 다른 느낌이 있었다.

"저기 보이는 봉우리가 백운대고, 그 왼쪽으로 높이 솟은 것이 인수봉이옵니다. 바로 그 봉우리 사이에 숨은 듯 솟아 있는 조금 작은 봉우리가 있지 않사옵니까?"

거복이 말 위에서 손을 들어 삼각산 봉우리들을 가리켰다.

"음, 그러고 보니 봉우리 하나가 숨어 있구나."

"바로 두 봉우리 가운데 숨어 있다고 해서 '숨은벽'이라고 부르옵니다. 저 반대쪽에서는 안 보이니까, 그렇게 부른답니다."

거복은 말을 세운 채 숨은벽을 올려다보았다.

"거 이름이 참 재미있구나."

"그 백정과 갖바치의 자식 일곱 놈이 하루에도 몇 번씩 저 숨은벽을 날다람쥐처럼 오르내립니다요."

"경사가 매우 가팔라 오르기 힘들 터인데, 하루에도 몇 번씩 오르내린다고?"

김질도 그 말에는 입이 딱 벌어졌다.

"그 짓도 안 한다면 어디 혈기를 쓸 데가 없어 환장할 놈들입죠."

그러면서 거복은 어깨를 한 번 으쓱해 보였다. 그때서야 김질은 문득 엊그제 마음속에 사려두었던 생각을 되살릴 수 있었다.

"거 산지니란 놈 말이다."

김질은 말을 천천히 걸렸다.

"네, 대감마님!"

"가만히 생각해보니, 그놈이 김시습의 뒤를 몰래 쫓고 있다면 딴마음을 먹은 건 아닌 것 같구나. 여전히 김시습의 목숨을 노리고 있는 것이야."

김질은 단정하듯이 말했다.

"조금 행동이 이상하게 느껴지긴 하지만, 소인도 그렇게 생각하고 있사옵니다."

"그래서 말인데, 김시습을 너무 얕잡아 보아선 안 될 것 같구나. 이번에 네가 저 일곱 놈들을 데리고 김시습의 목숨을 거두러 갈 때는 산지니와 합동을 해서 단 한 치의 실수도 없이 해치우도록 하는 것이 좋겠다."

"산지니와 합동작전을 펴라는 말씀이오니까?"

"그렇다."

김질은 단호할 정도로 짧게 잘라 말했다.

"소인은 아직도 산지니를 믿을 수 없사옵니다. 의심스러운 것이 한두 가지여야 말이지요. 김시습 정도는 소인과 저들 일곱 놈만 있어도 충분하옵니다."

"내 말 허투루 들으면 안 돼. 김시습이 그렇게 호락호락하지 않을 것이야. 비수 날리기 명수라는 산지니조차 함부로 하지 못하는 걸 보면 모르겠나? 내 말 명심하게."

김질은 다시 한 번 거복에게 다짐을 받아두었다.

"네, 대감마님!"

이렇게 그들이 대화를 주고받는 사이에 두 말은 어느새 사기막골 입구로 들어서고 있었다. 사기막골을 지나 인적이 드문 골짜기로 들어서자 나무들이 울울창창 하늘을 찌르고 있었다. 마을 바로 뒤쪽은 아름드리 밤나무가 숲을 이루었고, 계곡을 따라 올라가면서 잡목 숲 사이로 잘생긴 소나무들이 머리를 처들고 고풍스런 위용을 자랑하였다.

김질은 지금 거복의 안내를 받아 정체도 잘 알 수 없는 일곱 도당들을 만나러 가고 있지만, 사실은 께름칙한 면이 없지 않았다. 그들에게 자신의 얼굴이 알려져서 좋을 것이 없다는 생각 때문이었다.

그러나 이번에는 확실하게 김시습의 목숨을 거두어야 한다는 조급한 마음이 앞서, 거복에게만 모든 것을 맡겨둘 수가 없었다. 자신이 일곱 도당의 무술을 직접 눈으로 확인하지 않고는 도무지 안심이 안 되었던 것이다.

"여기서부터는 산이 가팔라서 말을 매어두고 걸어야 하옵니다. 조금만 올라가면 되니 크게 염려하실 필요는 없사옵니다."

거복이 말에서 내리며 얼른 김질의 말고삐를 잡아주었다.

김질이 말에서 내리자 거복은 말 두 필을 근처 소나무 둥치에 매어두고 앞장서서 산길을 오르기 시작했다.

소로를 따라 언덕을 하나 넘어서자 소나무 숲이 나왔다. 늘씬하게 빠진 적송이 빽빽하게 들어서 있었다. 나무 둥치 사이로 숲 저쪽에 너른 공터가 보였고, 한창 무술을 연마하고 있는 사내들이 시야에 들어왔다.

"저들인가?"

"네, 대감마님!"

거복의 말에 문득 김질은 그를 힐책하는 눈빛으로 쳐다보았다.

"대감마님이란 말을 빼게. 저들에게 얘기한 것은 아니겠지?"

"물론이옵니다. 저들은 다만 한양에 사는 박 진사 어른으로 알고 있을 뿐이옵니다."

"그럼 가보세."

김질은 거복을 앞장세우고 천천히 그 뒤를 따랐다. 소나무 숲을 벗어나 공터에 이르자 거복이 소리쳤다.

"여보게들! 여기 박 진사 어른께서 오셨네. 인사들 하게."

검술 연습을 하던 일곱 도당들이 달려와 김질 앞에 이르러 허리를 꺾었다. 모두들 산발한 머리에 검은 천으로 이마를 질끈 동여매고 있었다.

"과연 헌걸찬 장한들이구먼!"

김질은 일곱 도당들을 천천히 좌에서 우로 둘러보았다.

"박 진사 어른께서 오늘 이곳에 오신 것은 자네들의 실력을 직접 보기 위해서라네. 자, 그동안 갈고 닦은 기량을 맘껏 펼쳐보게."

거복의 말이 떨어지기 무섭게 일곱 도당들은 재빠르게 움직였다.

검을 들지 않고 물푸레나무 몽둥이를 쓰는데, 그들의 동작은 하나같이 날쌔고 유연하였다. 허리 꺾기, 공중돌기를 자유자재로 할 뿐만 아니라 찌르고, 막고, 베는 동작이 전광석화처럼 빨랐다.

"이얍!"

"엇!"

"툭!"

"탁!"

기합 넣는 소리와 물푸레나무 몽둥이끼리 부딪치는 소리가 숲 속의 적요를 깨뜨렸다.

"됐네."

김질이 낮은 소리로 짧게 말했다.

"그만!"

거복이 일곱 도당의 동작을 중지시켰다.

"저놈들이 백정과 갖바치의 자식들이라니 사냥 솜씨를 한번 보고 싶군!"

김질은 거복에게만 들릴 정도로 작게 소리 죽여 말했다.

"여보게들! 박 진사 어른께서 자네들 검술 솜씨에 매우 흡족해 하시네. 다음은 사냥 솜씨를 보고 싶어 하시는데, 자네들 의향은 어떤가?"

거복이 소리치자 일곱 도당은 다시 달려와 김질 앞에 깊이 허리를 숙였다.

"이렇게 먼 걸음을 해주신 진사 어르신께 오늘은 멧돼지 고기를 접대해 드리리다."

일곱 도당 중 가장 나이가 많아 보이는 자가 우렁우렁 계곡이 울릴 정도의 큰 목소리로 말했다.

"잠시 예서 쉬고 계시면 멧돼지뿐만 아니라 꿩고기도 구워 올리리다."

다른 한 명이 퉁방울 같은 눈을 굴리며 말했다.

그들은 곧 움막으로 들어가 사냥 채비를 챙겨 산비탈을 타고 올라갔다. 모두들 어깨에 활을 메고, 허리에 칼을 찼으며, 손에는 창을 들고 있었다. 또한 노끈을 꼬아 만든 밧줄을 사려서 어깨에 대각선으로 가로질러 멘 자도 있었다.

산비탈을 오르는 일곱 도당의 모습은 마치 삽살개가 닭을 쫓는 것 같았다. 눈 깜짝할 사이에 그들은 숲을 벗어나 급경사의 바위 능선을 타고 다람쥐처럼 달려 올라가고 있었다.

김질은 눈을 들어 바위 능선 위의 하늘을 바라보았다. 다락원이 아닌 정반대 쪽에서 바라보는 백운대와 인수봉은 또 다른 모습으로 눈에 잡혀왔다. 그 사이 곰처럼 엎드려 있는 숨은벽이 햇볕을 받아 하얗게 빛나고 있었다.

두 식경쯤 지났을 때 일곱 도당이 나타났다. 나무를 질러 둘이서 어깨에 메고 오는 것은 짐승이 분명하였고, 서너 명은 각자 꿩을 한 마리씩 허리에 차고 있었다.

"진사 어르신, 죄송합니다. 멧돼지는 못 잡고 대신 노루 한 놈을 잡았습니다."

일곱 도당은 곧 모닥불을 피우고 노루의 가죽을 벗긴다, 가마솥에 물을 끓여 꿩의 털을 뽑는다, 하며 온갖 부산을 떨었다.

김질은 그들의 노루 가죽을 벗기는 솜씨를 보고 백정과 갖바치의 자식들이 틀림없다는 것을 알 수 있었다. 피도 몇 방울 내지 않고 칼은 가죽과 살 사이를 비집고 들어가 노루를 금세 알몸뚱이로 만들었다.

곧 모닥불 위에서는 쇠꼬챙이에 꽂은 노루가 지글지글 타면서 노린내를 풍겨내고 있었다. 김질은 자신도 모르게 외면을 했다. 방금 노루 가죽 벗기는 것을 본 뒤라서 그런지 메스꺼운 느낌이 식도를 타고 올라왔던 것이다.

"자, 우린 가겠네. 노루 고기를 안주로 해서 막걸리나 받아다 마시도록 하게나."

김질이 눈짓을 하자, 거복이 엽전 꾸러미 하나를 일곱 도당 앞에 던졌다. 곧 김질과 거복은 산을 내려와 말을 타고 서둘러 한양으로 향했다.

金鰲亭舍

1.

구름도 흐르고 산도 흐르고 물도 흘렀다. 구불구불한 산능선이 높낮이에 따라 출렁이는 파고처럼 느껴진 것은 구름이 봉우리를 감싸고, 때론 안개가 계곡을 가득 메우곤 하는 일사불란한 움직임 때문인지도 몰랐다. 떠도는 구름과 안개에 휩싸인 봉우리는 느닷없이 나타난 섬이 되었고, 혹은 고래의 등처럼 미끈거리며 솟아올랐다 사라지기를 반복하곤 했다.

그날 삼각산 도봉 아래 계곡에 자리한 초당에서 비수를 날리는 사내와 조우했던 김시습은 그저 바랑 하나만 걸머지고 하산하여 경기 북부 일원의 산들을 두루 돌았다. 그가 한양 땅을 밟으면 가끔 머물던 초당이었는데, 이제는 쥐새끼들이 냄새를 맡고 기웃거리는 것이 싫어 아예 발길을 끊기로 했다.

산은 오르라고 있는 것이고, 정상에 오르면 자연히 내리막길이 발걸음을 재촉케 하였다. 그렇게 그는 불암산을 올랐고, 수락산 능선 길을 밟았으며, 구름처럼 안개처럼 자연과 하나가 되어 떠돌았다. 수락산 계곡 아래 있는 폭음정사는 그렇게 자연의 일부가 되어 얼마간 쉬어갈 만한 초당이었다.

이렇게 김시습이 한양을 멀리 벗어나지 못하고 그 인근의 산을 떠돌고 있는 것은 서거정에게 부탁한 서책을 구할 충분한 시간을 주기 위해서였다. 그는 보름을 그렇게 떠돌았다. 마지막으로 그는 수락산 계곡 폭음정사에서 사나흘을 보내고 나서 바람처럼 구름처럼 천천히 걸어 한양 땅에 당도했다.

바랑 하나를 걸머진 채 산을 내려온 김시습은 일단 서거정을 찾아가 미리 구해달라고 부탁해 놓았던 서책들부터 찾았다. 《맹자대전(孟子大全)》, 《성리대전(性理大全)》, 《자치통감(資治通鑑)》, 《노자(老子)》 같은 책들이었다.

김시습이 원각사 낙성회에 참석하여 임금 수양을 위한 '찬시(讚詩)'를 지었을 때, 효령대군은 그것을 고맙게 여겨 두둑한 여비를 챙겨주었다. 그 여비를 덜어 그동안 읽고 싶었던 책을 구입할 수 있었던 것이다.

이때 김시습은 효령대군의 주선으로 임금 수양이 내려주는 도첩(度牒)을 받기도 했다. 중머리에 수염을 기른 그는 행색이 스님이라기보다는 거사에 가까웠는데, 임금이 내린 도첩을 갖고 있으면 어느 절에 가도 대우를 받을 수 있어 마음이 든든하였다.

김시습은 서거정에게서 서책들을 받아들고 매우 흡족하였다. 그는 서거정과 어릴 때 동문수학한 사이였지만, 그 이후 만남은 계속 이어지지 않았다. 오다가다 한두 번씩 만나기는 했으나, 실로 두 사람은 오랜만에 해후를 한 것이었다.

그때 김시습은 서거정에게 내심 마음의 위로를 받고자 다음과 같이 청하였다.

"저는 작년부터 계림 땅 남산에 정사를 짓고 독서를 하며 지내고 있사옵니다. 금오산이라고도 하는 그 산은 계절마다 산색의 변화가 아름다워, 저는 그곳에서 늙어 죽을 때까지 살 작정입니다. 근자에 원각사 낙성회에 참석하느라 천 리 먼 길을 떠나 한양 땅을 밟았으나, 이곳은 오래 있을 곳이 못 되는 것 같습니다. 그래서 이제 다시 금오정사(金鰲亭舍)로 돌아갈 예정입니다. 문득 옛날 생각이 떠올라 선생을 뵙고, 정사를 빛내줄 기념이 될 만한 시를 한 수 부탁드리는 바이오니 금오정사 벽에 걸 찬시 한 수 지어 주시지요."

김시습이 이런 부탁을 한 것은 서거정에 대하여 남다른 존경심을 갖고 있었기 때문이었다. 다만 임금 수양이 내려주는 녹을 받으며 벼슬살이를 하는 것이 못마땅하기는 했지만, 시문에 능한 서거정을 어려서부터 잘 알기에 마치 스승처럼 우러러보고 있었던 것이다. 가끔 많은 사람들이 있는 저잣거리나 시회를 여는 연회장 같은 곳에서 서거정을 만나면 불뚝하는 오심(惡心)에 객기를 부려본 것도 여러 번이지만, 단 두 사람이 마주할 때는 깍듯하게 대하였다.

서거정 역시 김시습이 술김에 부리는 광태에 가까운 객기가 그의 마음속에 잠자던 어떤 오심이 충동질을 해 나온 것인 줄을 잘 알기에 그냥 쓰게 웃는 것으로 지나쳐 버리곤 했다. 오히려 그의 광태를 보면 그 스스로 마음의 빚으로 생각했던 어떤 것이 조금은 상쇄되는 느낌 또한 없지 않았다.

스승 이계전을 모시고 함께 공부할 때부터 서거정은 김시습의 글재주를 끔찍이 아꼈으며, 비록 자신보다 15세 어린 나이지만 그를 상인(上人)이라 부를 정도였다. '상인'은 '스님'을 높여서 부르는 말이었다.

아무튼 서거정은 전에 금오산의 경치를 본 적이 있었으므로, 금오정사의 위치에 대하여 김시습에게 몇 번 물어보고는 곧 다음과 같은 시를 써주었다.

어느 해에 정사를 돈 들여 지었는가(何年精舍側金開)
만 리 강산을 들어앉아서 볼 수 있네(萬里江山入座來)
금오산 하늘 아래 넓은 바다 이어지고(鰲極天低連瀚海)
계림의 일출 풍경 봉래산과 가깝다네(鷄林日出近蓬萊)

반월성 머리에 주황빛 낙엽 떨어지고(半月城頭黃葉落)

첨성대 아래로는 흰 구름이 모이더라(瞻星臺下白雲堆)

스님 홀로 건곤을 꿰뚫어보는 눈으로(上人一隻乾坤眼)

앉아 굽어보니 동해가 술잔처럼 작네(坐瞰東溟小似杯)

서거정은 방금 자신이 한지 위에 일필휘지로 쓴 시를 김시습에게 건네주며 말했다.

"상인께서 마음에 드실지 모르겠소."

김시습은 그 시를 읽어보고 나서 빙그레 웃었다.

"사가정께선 빈도를 너무 크게 보셨나이다. 빈도가 어찌 동해를 술잔 삼아 술을 마실 수 있겠나이까?"

"허허허, 상인께선 충분히 그럴 만큼 배포가 넓지 아니하신가?"

"과찬이시옵니다."

김시습은 서거정의 찬시 두루마리를 소중하게 바랑에 챙기고 일어섰다.

"내가 가끔 인편에 글을 보낼 터이니, 멀리 떨어져 있어도 시로 문답이나 주고받도록 하세."

인사를 하고 뒷모습을 보이는 김시습에게 서거정이 한 말이었다.

"동해를 담을 술잔도 주셨으니, 겸하여 반야탕(般若湯)도 부탁드립니다."

김시습은 얼굴만 뒤로 돌린 채 껄껄 웃었다. '반야탕'은 스님들이 마시는 술을 이르는 말이었다.

책이 들어 있는 바랑이 조금 무겁긴 했지만, 그것 때문에 마음이 뿌듯해진 김시습은 한결 발걸음이 가벼웠다. 시 한 수가 저절로 나왔다.

십 년을 명아주와 비름으로 내 창자 달랬는데(十年藜莧慣吾腸)

궁궐의 기름진 음식을 어찌 부끄러워 먹겠는가(天廚珍羞豈可常)

명예는 사람에게 손해니 마땅히 물러나야 하네(名譽損人宜退屈)

남의 이야기 뜻을 잃게 하니 맡을 수가 없구나(淸談喪志莫承當)

베풀어 주신 돈은 이미 교서각에 가져다 바쳤고(嚫錢已納校書閣)

남아 있는 돈은 다시 공화방에 갖다가 주었다네(餘貨更賒工畫房)

토란과 밤은 동산에 가득, 걱정 없이 익었으니(芋栗滿園無恙熟)

잔나비와 더불어 나누어 한 해 양식 삼으리라(與狙分作一年糧)

김시습은 이 시의 제목을 〈소친자재진매도서환고산(所嚫貲財盡買圖書還故山)〉이라고 지었다. 즉 '임금이 내린 돈으로 서책을 사서 다 소진한 후 본래의 산으로 돌아간다'는 뜻이다. '본래의 산'이란 금오산을 말하는 것이고, 그는 금오정사에 들어앉아 가져온 서책을 읽으면서 열정적으로 글을 쓰겠다고 작심을 한 마당이었다.

이처럼 김시습은 바랑에 걸머진 서책이 무거웠지만 마음만은 흡족하였다. 얼마 전 원각사 낙성회 때 효령대군을 통해 임금 수양이 내리는 돈을 받았을 때의 무거운 마음이 시 한 수로 깨끗이 씻기는 기분이었다. 그 돈은 서책을 구입하고 종이를 샀으니 결국은 '교서각'과 '공화방'에 되돌려준 셈이었다. 그런데다 앞으로 읽을 책과 글을 쓸 종이가 바랑에 가득하니 마음이 뿌듯하지 않을 수 없었다.

김시습은 이렇게 기분이 한껏 충전되어 걷고 또 걸었다. 한양 땅이 싫어서 부지런히 발걸음을 옮겨 경기도를 벗어나 충청도로 향했다. 경주 금오산으로 돌아가기 전에, 계룡산 동학사에 들러 오랜만에 단종 영전에 참배를 하려는 것이었다. 동학사에는 고려 말의 충신인 포은(圃隱)

정몽주, 목은(牧隱) 이색, 야은(冶隱) 길재 등을 모시는 삼은각(三隱閣)이 있었다. 그리고 그 옆에 따로 단종과 사육신을 모시는 초혼각(招魂閣)이 세워진 것은 십 년이 채 안 된 병자년과 정축년(丁丑年), 그 어름의 일이었다. 병자년에 여섯 충신이 형장의 이슬로 사라졌고, 그 다음 해인 정축년에 단종이 또한 그들의 뒤를 따랐던 것이다.

하늘은 맑고 구름은 한가로웠다. 김시습은 바쁠 이유가 전혀 없었다. 그래서 걷다가 다리가 아프면 정자 그늘에서 쉬고, 졸음이 오면 나무 등치에 기대 잠도 자다가, 배가 고프면 주막에 들어가 막걸리 사발로 목을 축이며 허기를 메웠다. 먼 길을 갈 때는 허리춤에 찬 호리병을 기울여 막걸리를 마시며 그것으로 끼니를 대신하기도 했다.

경기도 어름을 벗어나 충청도 땅을 밟을 때 김시습은 누군가 뒤를 밟는 인기척을 느꼈다. 그러나 그는 짐짓 모른 체하였다. 애써 몸을 숨긴 채 그의 뒤를 밟는 그림자의 정체를 금세 알아차렸기 때문이다. 그자는 도봉산 자락의 초당에서 비수를 날리던 얽음 곰보가 틀림없었다. 삼각산을 벗어나 불암산, 수락산을 돌 때도 그가 멀리서 뒤를 밟는 걸 가끔 목격하곤 했었다.

그러나 김시습은 그것에 대해 크게 개의치 않기로 하였다. 그는 이미 느낌으로 알았다. 그의 뒤를 밟는 자는 적의가 없었다. 왜 자꾸 따라오는지는 알 수 없었으나 적어도 자신에게 다시 비수를 날리지는 않을 것이라는 확신이 있었던 것이다.

길모퉁이를 돌 때 김시습이 슬쩍 뒤를 엿보면, 그 사내는 얼른 숲 속의 나무 뒤로 몸을 숨겼다. 그런데 그 동작이 민첩하지 못하고 매우 어설퍼 보였다. 작정을 하고 몰래 뒤를 밟는다면 그렇게 허술한 동작을 취하지는 않을 것이었다. 따라서 그 사내의 행동에선 적의보다는 호기심에 가까운 심리가 엿보였다.

한양 땅을 벗어난 지 엿새 만에 드디어 김시습은 계룡산 갑사에서 노독을 풀었다. 하룻밤 푹 쉬고 나서 다음 날 산을 넘으면 거기가 바로 동학사였다. 뒤따르던 그림자는 모습을 보이지 않았으나, 이미 그는 그 사내에 대하여 신경을 끊은 지 오래였다.

김시습이 갑사 일주문으로 들어서는 것을 본 산지니는 몸을 돌려 왔던 길을 되밟아 내려갔다. 절 아래 사하촌이 형성돼 있었고, 거기 길가에 늘어선 주막 하나를 잡아 노독을 풀 심산이었다. 그런데 한참 길을 걸어 내려가다 보니 뒤통수가 바짝 당겨지는 느낌이 들었다. 그는 분명 자신이 아까부터 누군가로부터 미행을 당하고 있다고 생각했다. 아니 며칠 전부터 그런 낌새를 느꼈으나 모른 척하고 지나쳤다. 자칫하면 자신이 쫓고 있던 처사조차 놓칠 수 있다는 생각에, 그는 뒤쪽보다 앞쪽에 더 신경을 곤두세우고 있었던 것이다.

이제는 달랐다. 앞쪽에 신경을 쓸 필요가 없으므로 산지니는 뒤쪽에서 미행하는 자를 경계하기만 하면 되었다. 그는 뒤쫓는 자가 분명 자신에게 엽전 꾸러미를 던져주며 처사를 죽여 달라고 주문한 그 패거리 중의 하나일 거라고 짐작하였다. 며칠 전부터 미행을 당하는 느낌이 강하게 들었는데, 날이 바뀔 때마다 미행하는 사람이 달라졌다. 걸친 옷이며, 행동거지나 그 민첩함에 다소 차이가 있었다. 한 사람이 매일 옷을 바꿔 입으며 위장술을 쓰는 것은 행동거지만 보면 알 수 있는 일이었다. 그런데 걸음걸이며 팔을 휘젓는 모양이 어제와 오늘 확연한 차이를 보였던 것이다.

산지니는 사하촌을 향해 빠른 걸음으로 걸어 내려가다가 구부러지는

길에서 재빠르게 빽빽한 나무숲으로 몸을 감추었다. 미행하던 자는 그
가 사라지자 갑자기 걸음을 멈추었다. 구부러진 길모퉁이에서 한참 동
안 두리번거리던 사내는 조심스럽게 나무숲으로 발을 들여놓았다.

그때 재빠른 동작으로 나무숲을 빠져나와 길 옆 바위 뒤에 숨어 있
던 산지니는 허리춤에서 비수 하나를 빼어들고 민첩하게 사내의 뒤로
접근해 갔다.

작은 인기척에 놀라 사내가 뒤를 돌아보려고 할 때 이미 선뜻한 느낌
의 비수가 자신의 오른쪽 옆구리에서 느껴졌다. 그는 산지니가 바로 뒤
에 서 있는 것을 보고 움찔 놀랐다.

"가만히 있어!"

산지니는 작지만 위협적인 목소리로 사내의 귓불에 대고 속삭였다.

"누, 누구냐?"

사내가 뒤도 돌아보지 못한 채 겁먹은 소리로 물었다.

"그건 내가 묻고 싶은 말이다. 왜 나를 미행하는 거냐?"

"같은 편끼리 이러기냐?"

사내가 조금 마음의 여유를 찾은 듯 허리를 쭉 펴며 말했다.

"뭐? 같은 편이라고?"

"그쪽이 더 잘 알면서 그러는가? 나는 그쪽이 아니라 바랑을 걸머진
걸승 차림의 처사를 미행하고 있었다."

"누가 보낸 것이냐?"

"이제 그 비수부터 치우고 얘기하시지?"

사내가 돌아서며 빙긋이 웃었다.

이미 그 사이 숲은 어둑어둑해지고 있었고, 산지니의 눈에는 사내의
얼굴보다 희게 드러난 이빨이 더 먼저 들어왔다.

사내가 숲을 벗어나려고 하자, 산지니가 그의 허리춤을 움켜쥐며 말했다.

"아직 내 물음에 대답하지 않았다."

"제기랄! 거, 이제 긴장 풀고 얘기하시지. 사하촌 주막에 행수님과 우리 일행이 있으니 그리로 가서 오해를 풀자니까요. 그쪽이 산지니 맞지요? 처사가 갑사로 들어가는 것을 확인한 뒤, 행수님이 오늘 그쪽을 데리고 오라 해서 되돌아 나오며 본의 아니게 뒤를 바짝 따라오게 된 것뿐이오."

사내는 그러더니 먼저 숲을 벗어나 큰길로 나왔다. 산지니는 비수를 다시 허리춤에 꽂고 사내의 뒤를 따라 걷기 시작했다. 낮부터 떠 있던 반달이 서편으로 기운 상태에서 희미하게 길을 비추고 있었다. 그래서 이미 어두워졌지만 걷는 데는 큰 불편이 없었다.

사하촌 주막으로 두 사람이 들어서자, 막 국밥을 시켜 놓고 막걸리를 반주로 마시던 거복과 그의 일행이 일시에 쳐다보았다. 모든 사람의 시선이 산지니에게로 꽂혔다.

"행수님이시네. 인사드리게."

산지니는 단번에 거복을 알아보았다. 얼마 전 그에게 엽전 꾸러미를 던지며 도봉산 아래 초당에 기거하고 있는 처사 하나를 죽여 달라고 부탁한 자를 기억하지 못할 리가 없었다.

"나를 알아보겠는가?"

거복이 산지니를 올려다보며 물었다.

"예."

산지니는 허리를 굽혀 예를 올렸다.

"거기 앉게. 시장들 할 테니 우선 국밥과 막걸리를 배불리 들게나."

거복이 좌우를 둘러보며 말했다.

"네, 행수님!"

나중에 온 사내와 산지니에게도 국밥이 한 그릇씩 앞에 놓였다.

밥을 다 먹고 나서 거복은 봉놋방으로 조용히 산지니를 불러들였다. 다른 사내들은 여전히 주막 안마당 평상에서 왁자하니 떠들며 막걸리를 마시고 있었다.

"자네, 대체 어찌된 것인가?"

거복이 째진 눈을 휘어지게 뜨면서 산지니를 노려보았다.

"용서하십시오. 만만하게 볼 인사가 아니올시다. 그동안 비수를 날려 실수를 한 적이 단 한 번도 없었는데, 이번만은……."

산지니는 거복 앞에 무릎을 꿇은 자세로 말했다.

"이번만은? 그것이 말이나 되는 소리인가? 내가 수긍할 수 있도록 자세히 얘길 해보게."

거복의 목소리는 나직했으나, 거기에는 잔뜩 긴장 어린 무게가 실려 있었다.

"그 처사는 뭔가 다른 데가 있사옵니다. 도무지 손이 떨려서 비수를 제대로 날릴 수가 없었사옵니다."

"손이 떨리다니? 자네 수전증이라도 있단 말인가?"

"그 요망한 악기가 내는 소리 때문이었사옵니다. 처사가 달밤에 악기를 켜는데, 그 음악이 제 마음을 옥죄어서 도무지 정신을 차릴 수 없었사옵니다."

"그래서 비수를 날리지 못했단 말인가?"

"날리긴 했사오나, 엉뚱하게도 악기를 맞추고 말았사옵니다."

산지니는 그러면서 슬쩍 거복의 눈치를 살폈다.

"이것이 그 요망한 악기인가?"

거복은 검은 자루에 넣어가지고 온 산금을 꺼냈다.

"……네!"

산지니는 순간 긴장했다. 그 악기를 보는 순간, 거복이 그 초막에 갔었다는 걸 알게 되었기 때문이다.

"비수가 꽂혔던 흔적은 여섯 개네. 여섯 개의 비수를 날려 모두 이 악기에 꽂았다는 게 말이 되나? 내게 거짓을 말했다가는 이 칼이 당장 자네 목으로 날아들 것이야."

거복은 벽에 기대어 두었던 칼자루를 잡았다.

"비수는 단 한 번 날렸을 뿐이옵니다."

"무엇이라?"

"대체 그 처사가 무얼 하는 자인지 모르겠으나, 도력이 매우 깊은 것 같았사옵니다. 제가 아무리 손이 떨렸다 하더라도 아마 첫 번째 비수는 정확하게 날렸을 것이옵니다. 그런데 순간적으로 그 처사가 악기로 막았던 것 같습니다. 제가 당황하여 다시 비수를 날리려고 하는데, 처사의 발길이 명치를 걷어찼습니다. 그 빠르기가 마치 비호 같았사옵니다. 잠시 기절했다 깨어났을 때 나무 평상에 저 악기만 놓여 있었고, 처사는 온데간데없이 감쪽같이 없어졌사옵니다. 그래서 하도 억울하고 분통이 터져 비수를 꺼내 저 악기에다 분풀이를 했을 따름이옵니다."

산지니는 거짓말을 하고 있었다. 그런데도 그 스스로가 놀랄 정도로 거짓말이 술술 잘도 나온다고 생각했다.

거복의 눈길은 긴가민가한 듯 의심으로 가득 차 있었다. 산지니의 말을 믿지 않을 수도 없고, 그렇다고 믿자니 당최 이해가 되지 않는 구석이 한두 군데가 아니었다. 우선 일개 서생에 불과한 김시습이 그런 무술을 겸비하고 있을 것이라는 게 미심쩍었고, 민첩하기로 소문난 비수 날리기의 명수가 그런 실수를 저질렀다는 것도 믿기지 않았다.

그러나 거복은 일단 산지니의 말을 믿어두기로 하였다. 김질이 산지니와 합동을 해서 김시습을 일시에 치는 것이 좋겠다고 한 당부를 잊지 않고 있었기 때문이었다.

"이번에는 반드시 성공해야 하네. 그 처사가 갑사에서 하룻밤 묶는 것을 보면, 내일 아침에는 고개를 넘어 동학사로 갈 모양이야. 우리는 미리 고갯마루에 가서 잠복해 있을 것이네. 자네도 비수 날리기 좋은 장소에 숨어 있다가 우리 패거리가 그 처사를 에워싸서 오도 가도 못할 바로 그 순간에 비수를 날리게. 처사는 아마도 우리 패거리들에게 신경을 쓰느라 자네의 공격에 대비할 겨를이 없을 것일세."

거복은 그때까지도 무릎을 꿇고 있는 산지니를 일으켜 세웠다.

"네, 분부 받잡겠사옵니다."

산지니는 일어섰다. 막 봉놋방의 문을 열고 나가려는데, 뒤에서 거복이 말했다.

"박 진사 어른께서 자네 몫으로 행하를 두둑하게 준비해 두었다고 하니, 그리 알고 있게."

거복은 산지니에게도 김질의 정체를 숨기기 위하여 '박 진사'라고 해 두고 있었다.

다음 날, 김시습은 일찌감치 행장을 꾸려 절문을 나섰다. 서거정에게서 받은 서책이 제법 무거워 바랑의 끈이 양 어깨를 지그시 파고들었다. 그래서 가파른 산길을 오를 때는 양손을 뒤로 하여 바랑을 받쳐야만 했다. 갑사 뒤편의 산길을 따라 오르면 고개가 나오고, 그 고개를 넘어가면 계룡산 자락의 품에 안긴 동학사가 있었다. 언제 다시 올지 모르는 일이라, 그는 여섯 충신과 단종의 위패를 모신 초혼각에 들러 제사를 올릴 생각이었다.

김시습이 막 가파른 고갯길을 숨차게 올라가 소나무 그늘에서 잠시 쉬려고 할 때였다. 길 앞과 뒤에서 인기척이 들리더니 복면을 한 낯선 사내들이 나타났다. 길 양쪽 숲 속에서도 인기척이 느껴졌다. 김시습은 졸지에 복면한 사내들에게 둘러싸이고 말았다.

"무엇하는 자들이냐?"

김시습이 결기를 세워 외쳤다.

복면의 사내들은 아무 소리도 없이 다짜고짜 칼부터 휘둘렀다.

그런데 그 순간, 맨 앞에서 칼을 뽑고 달려들던 사내가 허깨비처럼 쓰러졌다. 어디선가 비수가 날아와 칼을 든 사내의 가슴에 꽂혔던 것이다.

"아앗! 저, 저놈이?"

복면의 사내 중 우두머리인 듯한 자가 짤막하게 외쳤다.

그런 와중에 김시습은 소나무 위를 쳐다보았다. 아무래도 비수가 그 쪽에서 날아온 듯싶었기 때문이었다.

바로 그때 산지니가 높은 소나무 가지 위에서 훌쩍 뛰어내리며 김시습의 앞을 가로막았다.

"누구든 공격을 하는 자는 가만두지 않겠다. 물러가라."

산지니가 소리쳤다. 칼을 든 자들은 여러 명이었고, 비수를 날리는 쪽은 한 명이었다.

"저, 저놈부터 죽여라!"

복면의 우두머리가 칼끝으로 산지니를 가리켰다. 그러자 복면의 무리들은 공격을 멈추지 않고 사방에서 한꺼번에 달려들었다.

쉬, 쉬, 쉬, 쉭!

산지니의 동작은 빨랐다. 그 자리에서 한 바퀴 몸을 돌리는가 싶었는데, 사방에서 네 명의 칼을 든 자들이 비명도 제대로 지르지 못한 채 쓰러졌다.

이제 남은 자는 우두머리와 졸개 두 명뿐이었다. 그들은 뒤로 슬금슬금 물러서다가 꽁지가 빠지게 숲 속 저편으로 도망을 쳐버렸다.

"선비님! 어디 다치신 데는 없는지요?"

그때서야 산지니는 뒤로 돌아서서 김시습을 향해 허리를 굽히며 물었다.

"나는 괜찮소만……. 그런데 왜 나를 구해주시는 거요? 그대 또한 나를 죽이려던 자객임을 알고 있소만."

김시습은 산지니의 눈을 똑바로 쳐다보았다.

"선비님! 지금은 어서 이 자리를 피하셔야 합니다요. 도망친 놈들이 또 다른 무리들을 끌고 올지도 모르니까요."

산지니의 말을 듣고 나서야, 김시습은 주위에 비수를 맞고 쓰러진 자들을 둘러보았다.

"헌데, 이자들은 어찌하면 좋겠소?"

김시습이 볼 때 죽은 것 같지는 않으나, 쓰러진 자들은 그 자리에서 꼼짝도 하지 않았다.

"생명에는 지장이 없을 것이옵니다. 비수가 급소를 비켜갔으니까요. 그냥 놔두면 같은 패거리들이 와서 데려갈 것이니 염려하지 않으셔도 됩니다."

산지니는 허리 굽힌 자세를 풀지도 못한 채 말했다. 그는 차마 김시습을 마주 쳐다보지도 못했다.

"불행 중 다행이로세!"

김시습은 일단 그 자리를 벗어나는 것이 좋겠다는 생각에 서둘러 걸음을 재촉했다. 쓰러진 자들로부터 비수를 챙겨든 산지니가, 바로 김시습의 뒤를 따라오며 앞뒤와 좌우 주변을 살폈다.

빠른 걸음으로 걷다 보니 어느새 동학사 가까이까지 와 있었다. 일주문이 보일 때쯤 해서 김시습은 걸음을 멈추고 뒤를 돌아보았다. 산지니가 멈칫하고 서서 다시 허리를 굽혔다.

"저 아래 계곡에서 잠시 땀이라도 식혀야겠네."

산지니에게 따라오라는 손짓을 보내며, 김시습은 곧 계곡으로 들어섰다.

김시습은 무거운 바랑을 벗어놓고 물웅덩이에서 세수부터 하였다. 산지니도 손을 씻고 나서 그 자리에서 엎드려 웅덩이에 그대로 입을 대고 물을 들이켰다. 갈증이 심했는지 한동안 일어설 줄 몰랐다.

"커어!"

산지니는 참았던 숨을 크게 쉬고 나서야 얼굴을 들었다. 바위에 앉아 그 모습을 지켜보던 김시습이 입을 열었다.

"그대의 사연이나 들어보세."

그러자 산지니는 김시습을 향해 무릎을 꿇었다.

"선비님, 소인이 죽을죄를 지었습니다요."

"그대가 무슨 죄인가? 방금 전에 내 생명을 구해주지 않았는가?"

"아니옵니다. 소인의 죄 또한 그 복면을 한 자들과 다를 바 없사옵니다."

산지니는 땅바닥에다 닭똥 같은 눈물을 뚝뚝 흘리며 말했다.

"누가 그대에게 나를 죽이라고 시켰는지는 묻지 않겠네. 그리고 이미 나는 그날 밤에 그대를 용서했네. 그러니 이제 일어나 편히 앉게."

김시습이 이렇게 말했지만, 산지니는 무릎 꿇은 자세를 풀지 않았다.

"선비님, 이제 저는 죽을 목숨입니다요. 오직 선비님만이 제 목숨을 구해주실 수 있게 되었습니다. 그래서 염치 불고하고 드리는 말씀이지만, 소인을 데려가 주시면 안 되겠습니까? 뭐든지 시키시는 대로 다 하겠습니다요."

"허허, 이런 변고가 있나!"

김시습 또한 갑작스런 사태를 수습할 길이 없었다. 잠시 생각 끝에 어쨌든 사내가 자신의 목숨을 앗으려 했고, 그러고 나서 나중에는 자신의 목숨을 구해준 깊은 내막이나마 듣고 싶은 충동이 일었다.

그때 산지니가 천천히 입을 열었다.

"소인의 아비는 망나니였습죠. 그동안 아비는 무수하게 죄수들의 목을 쳤지요. 그런데 지금으로부터 십 년 전, 아비 역시 억울하게 죄를 뒤집어쓰고 참수형을 당했사옵니다."

산지니는 목에 가시가 걸린 듯 껵껵대며 울음 섞인 목소리로 자신의 이야기를 계속해서 이어나갔다.

어느 날, 산지니의 아버지는 역적으로 몰린 죄수들이 거열형(車裂刑)을 당해 효수(梟首)될 때 그들의 목을 베었다. 죽은 자의 목을 다시 베어 두 번 죽이는 꼴이 되었던 것이다. 그로 인하여 뼈아픈 반성으로 다시는 칼을 잡지 않겠다고 결심하였다. 그런데 동료 망나니 중 하나가 그것을 빌미로 역적들과 한통속이라 고발하여 어처구니없이 아까운 목숨을 잃고 말았다.

그것은 산지니가 십여 세가 되었을 때의 일이었다. 그는 아버지의 처형 장면을 몰래 숨어서 지켜보았다. 그리고 이를 악물었다. 그는 아버지가 왜 죽어야 하는지 그 이유를 알 수 없었다. 그는 그때부터 아버지의 원수를 갚겠다고 맹세했다. 그리고 깊은 산속으로 들어가 산사람이 되었다.

나이 십여 세를 전후해서 산으로 들어간 산지니는, 매 바위 밑의 바위 동굴에서 오랜 세월을 살면서 무술을 익혔다. 그는 수없이 비수를 날리면서 증오심을 키웠다. 또한 수없이 칼을 갈면서 원수의 얼굴을 떠올렸다.

그러나 산지니가 무술을 다 익히고 산에서 내려왔을 때 그의 원수는 이미 죽고 없었다. 아버지를 고발한 망나니는 그가 산속에서 무술을 익히는 동안 중병이 들어 세상을 떠나고 만 것이었다. 그는 그 사실을 알고 나서 밤새도록 크억크억, 피눈물이 나도록 울었다.

오랜 세월 산속에서 칼을 갈며 키워온 증오심을 산지니는 도저히 가슴속에서 잠재울 수가 없었다. 그는 누구든 죽이지 않고는 그 증오심을 풀어낼 길이 없을 것만 같았다. 그래서 그는 스스로 남의 원수를 갚아주는 자객이 되었다. 돈에 대한 욕심보다 증오심을 풀어내기 위해 그는 수없이 비수를 날렸다.

산지니는 가끔 아버지가 죽으러 가기 전에 그에게 했던 말을 떠올렸다.

"망나니가 죄수의 목을 치는 것은 증오심을 끊는 일에 다름 아니란다. 증오심 없이 함부로 사람의 목을 치는 일은 죄일 수밖에 없기 때문에, 망나니는 술을 마시고 춤을 추며 누구인지 알지 못하는 죄수를 향해 잔뜩 증오심을 키워, 그것이 가장 극심한 경지에 이르렀을 때 일격에 끊어버리는 것이야. 만약 고의로 증오심을 키우지 않고 죄인의 목을 친다면 망나니는 그 이후 더 이상 칼을 들 수 없게 되지. 왜냐하면 가슴에 죄책감이 남아 그것이 망나니 자신의 병으로 돌아오기 때문이니라."

아버지가 마지막으로 거열형을 당한 반역 죄인들의 목을 쳐 두 번 죽일 때 바로 그랬다는 말을 산지니는 지금도 생생하게 기억하고 있었다.

산지니는 자객이 되어 비수를 날리면서 부지불식간에 아버지를 떠올리곤 했다. 망나니인 아버지가 죄수의 목을 칠 때의 그 증오심을 생각했다. 그리고 그 자신도 극도의 증오심이 일 때까지 기다렸다가 비수를 날리곤 했다.

"이럴 수가? 십 년 전 사건이라면 어린 임금의 복위 운동을 하다 목숨을 잃은 충신들의 죽음을 이르는 말이 아닌가?"

김시습은 바로 앞에 있는 사내가 비운에 저세상으로 떠난 사육신에 대하여 이야기할 줄은 꿈에도 생각지 못했다.

"네, 그렇습니다요. 소인의 아비는 그 충신들이 누군지도 모르고 그저 거열형을 당한 죽은 목숨들을 다시 효수했다고 합니다요. 그런데 나중에 그 사실을 알고 아비는 사흘 밤낮을 울었습니다요. 비록 아비는 살아 있는 죄수들의 목을 치는 망나니였지만, 죽은 목숨을 두 번 거둔 것은 그때가 처음이었다고 하옵니다. 다소 믿기시지 않겠사오나, 아비는 죄수들의 주검에 대하여 평소 경배하는 마음을 갖고 있었다고 하옵니다. 그것이 망나니로서의 자세라고 어린 저에게 가르치곤 하였사옵니다. 죽어서라도 좋은 곳에 가라는 기도를 잊지 않았지요. 그런데 그날 충신들의 주검을 다시 죽인 죄 죽어 마땅하다며, 아비는 며칠 동안 식음을 전폐한 채 통곡했습니다요. 그것은 소인이 열두 살 때의 일이라 똑똑히 기억합니다요."

산지니는 이야기를 다 끝내고 나서 손등으로 눈물을 훔쳐냈다.

그 순간, 김시습은 사육신을 위해 두 손을 모으고 기도를 드렸다. 두 눈에 주르르 낙루가 흐르는 것을 그는 개의치 않았다. 그런데 속도 모르고 산지니 역시 그가 하는 대로 따라서 했다.

"부디 극락왕생 하소서, 나무관세음보살!"

이렇게 기도를 마친 김시습이 이번에는 무릎 꿇고 있는 눈앞의 사내를 가만히 내려다보았다.

"선비님……!"

산지니는 간절한 눈빛으로 김시습을 쳐다보았다.

"그랬었구먼, 그런 일이 있었어! 이것이 그대와 나에게 있어 악연인지 혹은 좋은 인연이지 알 수가 없구나. 허허허, 이것도 업보가 아니겠는가?"

"선비님, 무슨 말씀이온지?"

산지니가 도무지 영문을 알 수 없다는 듯 두 눈을 휘둥그레 뜬 채 껌뻑거렸다.

"그때 노들에 버려진 충신들의 시신을 팔, 다리, 몸통 일일이 수습하여 강 건너 노량 둔덕에 모신 것이 바로 이 몸이라네."

김시습의 말이 떨어지기 무섭게, 산지니는 무릎 꿇은 자세 그대로 말했다.

"소인을 죽여 주시옵소서. 제 아비의 죄를 소인이 달게 받겠사옵니다."

"아니, 그것이 어찌 그대 아비의 죄이겠는가? 어린 조카를 내몰고 주상의 자리를 차지한 자와 그를 추종하는 수하들이 충신을 반역으로 몰았으니, 모두가 그자들의 잘못이지."

김시습은 삿갓을 숙여 얼굴을 감춘 채 울음 섞인 목소리로 말했다.

"오세 어르신! 소인이 어찌해야 아비의 죄업을 대신할 수 있겠나이까?"

산지니의 말에 문득 김시습은 움찔하고 놀라 자세를 바로 했다.

"그대가 어찌 나를 아는가? 나를 죽이라고 보낸 자들이 그리 알려주던가?"

"아니옵니다. 그들은 다만 어느 어느 산에 가면 이상한 악기를 타는 처사가 있다고만 하였사옵니다. 소인이 어르신의 높으신 명성을 들은 것은 아비가 알려준 것입니다요. 아비가 죽기 전에, 충신들의 시신을 수습하여 어딘가에 유택을 마련한 분이 바로 '오세신동'으로 이름난 어르신이라 하였사옵니다."

산지니가 말하는 '오세'는 어린 시절부터 불리던 김시습의 호였다.

김시습은 잠시 자신의 어린 시절을 생각하며 감회에 젖었다. 당시 세종은 그를 아꼈다. 곁에 있던 세자에게 어린 그를 잘 기억해 두라고 부탁까지 했었다. 그런데 세종의 뒤를 이어 다음 임금이 된 문종은 건강이 좋지 않아 일찍 붕어하였고, 그 아들 단종마저도 숙부인 수양에게 임금의 자리를 빼앗긴 채 비운의 삶을 마쳤다.

어린 임금 단종의 비참한 최후를 생각하자, 감회에 젖어 있던 김시습의 눈에서는 순간적으로 불이 번쩍이는 듯했다. 뜨거운 눈물이 흘렀다. 그것은 피보다 진한 울분의 덩어리였다.

문득 그러한 김시습의 눈앞에 한 사내가 무릎을 꿇고 있는 것이 보였다. 그때서야 그는 과거 회상에서 벗어나 현실로 돌아왔다.

"허면, 그대 이름은 어찌되는가?"

김시습이 사내에게 물었다.

"어린 시절 이름은 '개똥'이었고, 커서는 깊은 산속의 매 바위 밑에서 살았다 하여 '산지니'라 불렸사옵니다."

"산지니라? 그건 맹조(猛鳥)의 이름이 아닌가? 내가 살펴보니 그대는 겉모습이 거칠어 보여서 그렇지 마음이 참으로 곱다. 그러니 맹조보다 '금조(金鳥)'가 나을 것 같구나. 앞으론 그 이름으로 부르겠네. 어서 일어나게."

김시습이 이름을 지어 주었다는 것은 앞으로 자신의 그림자로 삼겠다는 뜻이었다. 불가에서 스님이 시동에게 법명을 내리는 것과 같은 이치라고 할 수 있었다.

"선비님, 미천한 소인을 거두어 주셔서 백골이 난망이로소이다. 앞으로 뼈가 으스러지고 몸이 흙처럼 부서질 때까지 선비님을 보좌하고 지켜드리겠사옵니다."

산지니는, 아니 금조는 기쁨에 찬 목소리로 말하고는 그 자리에서 벌떡 일어나 신도가 스님에게 그러하듯 김시습을 향해 크게 세 번 절을 하였다.

2.

　금오산의 여름은 일교차가 큰 차이를 보일 만큼 밤은 춥고, 낮은 더웠다. 김시습은 계룡산·덕유산·지리산·가야산 등지를 두루 거쳐 한여름이 되어서야 경주의 금오정사로 돌아왔다.

　원래 금오산은 신라시대부터 남산(南山)이라 불리고 있었다. 경주의 남산에는 큰 봉우리가 두 개 있는데, 고위봉과 금오봉이었다. 그중에서 조금 낮은 봉우리가 금오봉으로, 그 중턱에 용장사(茸長寺)란 작은 암자가 있었다. 김시습이 자리를 잡은 곳은 바로 용장사 아래 있는 금오산 자락 어느 어름이었다.

　용장사가 있는 금오산 중턱은 기기묘묘한 바위들이 엎드리거나 혹은 우뚝하게 서서 암반이 되고, 장승이 되고, 절벽이 되어 저마다의 모양새를 뽐내고 있었다. 그것들은 모두 조물주의 손길이 아니고서는 빚어내기 힘든 아름다움의 극치를 보여주었다. 그 기암절벽이 주변 곳곳의 녹음 짙은 숲과 한데 어우러져 자연의 함축미를 한껏 얻어내고 있었던 것이다. 높이 솟은 것은 봉우리와 능선이고 낮게 가라앉은 것은 계곡과 벼랑이어서, 그 높낮이의 조화가 또한 눈여겨볼 만하였다.

　한여름에도 나무숲에 들어서면 바람이 설렁설렁 불어 시원했으나, 그늘을 벗어나면 맨발로는 햇볕에 달구어진 바위를 밟기가 어려웠다. 이처럼 한낮에도 온도의 차이를 보이는데, 밤중이 되면 기온이 뚝 떨어져 감기에 걸리기 십상이었다.

　그래서일까, 금오산으로 돌아온 직후 김시습은 몹시 앓았다. 전에 '산지니'라 불리던 금조가 옆에서 지성껏 수발을 들기는 했으나, 몸살이 너무 심하여 열흘 남짓 앓고 나서야 겨우 자리를 털고 일어날 수 있었다.

아직은 병색이 짙은 퀭한 눈으로, 김시습은 벼루에 먹을 갈고 붓을 들어 종이 위에 다음과 같이 휘갈겼다.

객중에 병이 나서 눕게 되니(客中仍病臥)
근심이 삼실같이 어지럽구나(愁緒亂如麻)

그러나 김시습은 또 기운을 차려 다음과 같이 쓰기도 했다.

몸은 파리하나 근력은 강건하여(身羸筋力健)
흡사 팔뚝 위에 앉은 매 같구나(恰似在韝鷹)

김시습이 거처하는 금오정사는 용장사 아래 양지바른 솔숲 속에 있었다. 숲과 숲 사이에 작은 공터가 있었는데, 그 사이를 비집고 초당이 들어앉았다. '금오정사'라 부르는 이 초당은 그가 효령대군의 부름을 받고 원각사 낙성회에 참여키 위해 한양으로 떠나기 전에 지은 것인데, 그저 모양만 갖추었을 뿐 초라하기 그지없던 것을 금조가 더욱 손을 보아 제대로 된 모습을 갖추었다.

김시습이 몸살감기로 앓아누워 있는 사이, 금조는 시키지도 않았는데 저 스스로 알아서 지붕을 고치고, 장마로 무너질 염려가 있는 곳엔 축대를 쌓았다. 너무 엉성하여 비가 들이치던 부엌도 산죽(山竹)을 베어다 칡넝쿨로 촘촘하게 엮어 둘러쳤다. 마른 소나무 가지를 잘라다 부엌 안에 그득하게 쌓아놓아 오래 장마가 계속되더라도 땔감 걱정을 하지 않도록 방비했다. 뿐만이 아니었다. 계곡 아래서 황토를 파다 부뚜막을 새로 만들고, 아궁이도 불이 잘 들도록 손을 보아 습기 찬 방에 구들을 덥히는 데 한결 수월하도록 했다.

마침내 몸살기운을 회복한 김시습은 먹을 갈고 붓을 들어 전부터 구상해 둔 글을 쓰기 시작했다. 한번 붓을 손에 쥐자 종이 아래로 용이 지나간 자국처럼 꿈틀거리며 글자들이 나타났다. 글씨는 명필이었고, 그 내용 또한 선계를 넘나들 듯 이승과 저승이 절묘하게 겹치고, 떨어지고, 다시 이어지기를 거듭하였다.

그렇게 김시습이 보름 동안 두문불출 글쓰기에 매달리고 났을 때, 이미 가을은 산중 깊이 스며들어 황갈색으로 채색되었다. 간밤에 비가 내리고 나자 기온 또한 뚝 떨어졌다.

글을 한 편 탈고한 김시습은 서안을 물린 뒤 벌떡 일어섰다. 술이 고팠다. 아니, 도도한 취흥에 겨워 거문고 가락을 듣고 싶었다. 문득 거문고를 탄주하며 창을 부르던 백화(白花)의 얼굴이 떠올랐다.

이른 봄 효령대군의 부름을 받고 원각사 낙성회에 가기 전에 백화를 본 후 반 년이 지나도록 얼굴을 대하지 못했다. 김시습이 한양에서도 멀리 떨어진 경주까지 내려와서 시름을 잊을 수 있는 것은 그녀 덕분이었다.

김시습은 삿갓을 쓰고 바랑을 짊어진 채 일어섰다.

"스승님! 어디 가시게요?"

초당 뜰을 내려서는 김시습에게 금조가 물었다. 이미 그들은 스승과 제자의 관계를 맺기로 묵계가 되어 있었다. 그래서 매일 이른 새벽 용장사로 오르는 계곡의 공터에서 심신 수련을 위하여 태견을 배우고 활 쏘는 법을 익혔다.

김시습은 금조에게 태견을, 금조는 김시습에게 활 쏘는 법을 전수해

주었다. 금조가 칼 쓰는 법을 권했으나, 김시습은 그보다 활 쏘는 법이 더 운치 있다고 생각했던 것이다. 그들은 서로 신분이 달랐지만, 김시습은 애써 그런 것을 따지지 않았다. 그래서 그들은 스승이 되고 제자도 될 수 있었던 것이다.

"한 사나흘 저잣거리에 나가 술이나 마시다 오련다. 글을 쓰고 났더니 술이 고프구나."

김시습은 사립문을 나섰다.

"스승님, 제가 뫼시겠습니다요."

금조가 따라나서려 했다.

"아니다. 이번에는 네가 따라나설 자리가 못된다."

김시습은 얼굴을 붉히며 어설프게 웃었다. 오랜만에 회포를 풀러 가는데 그림자까지 따라붙으면 오히려 방해가 될 것이기 때문이었다.

"그래도 혹시 스승님 신변이……."

"염려 말거라. 저잣거리에서조차 놈들이 해코지를 하려 들겠느냐?"

"그럼, 산 아래까지만 소인이 뫼시겠습니다."

금조의 말에 김시습은 굳이 대답을 하지 않았다. 그러자 금조는 스스로 알아서 하라는 뜻으로 알고 김시습을 따라나섰다.

계룡산에서 복면을 한 칼잡이 무리들을 만난 이후 금조는 김시습의 그림자 역할을 충실히 하였다. 김시습은 스스로 위기 대처를 할 수 있을 만큼 호신술을 익혔기 때문에 그럴 필요 없다고 했지만, 금조는 그래도 만약을 모른다며 그림자 보위를 자청했던 것이다.

산 아래까지 따라왔다가 금조는 다시 금오정사로 돌아갔다. 김시습이 없는 초당을 애써 지키고 있을 필요는 없었다. 그래서 금조는 며칠 전부터 초당 앞에 행랑채 역할을 할 수 있는 허름한 초막을 하나 더 짓겠다고 마음먹었다. 부엌에 딸린 방까지 두 개의 방이 있었지만, 스승과 초당을 같이 쓰는 것이 아무래도 불편하기 짝이 없었던 것이다.

금조가 새로운 초막을 짓기 위해 부지런을 떨고 있을 때, 김시습은 경주 저잣거리의 기생집에서 오랜만에 백화와 오붓한 정을 나누고 있었다.
김시습은 술상을 앞에 놓고 불콰해진 얼굴로 가부좌를 튼 채 말했다.
"네 거문고 소리가 듣고 싶구나."
그러자 옆에서 술시중을 들던 백화가 벽에 기대 두었던 거문고를 끌어당겨 무릎 위에 올려놓았다. 곧 거문고 소리가 울려왔다. 김시습은 스르르 눈을 감고 낮게 흐르는 선율에 자신의 몸을 맡겼다. 음악은 낮으면서 굴곡진 흐름으로 방 안을 휘감아 돌기 시작했다. 어느 순간 그 낮은 흐름은 수위를 높여가며 무릎을 적시고, 가슴을 적시고, 어깨 위에 얹혀 찰랑대며 노닐고 있었다.
김시습은 저절로 어깨에 소리의 물결처럼 출렁이며 신명이 실리는 것을 느꼈다. 백화의 거문고 타는 소리가 그로 하여금 신명을 불러내게 했던 것이다. 가슴 저 밑바닥에 가라앉아 있던 마음의 앙금까지 어지럽게 휘저었다가 가라앉히기를 여러 번, 신명은 어깨에서 팔과 다리로, 온몸으로 번지면서 전율에 가까운 몸서리를 치게 만들었다. 신명은 분노와 원망과 설움까지도 실어 날라 온몸을 휘감아 돌다 어느 순간 조용히 가라앉으며 마음을 정화시키는 작용을 하였다.
거문고 소리는 김시습에게 있어서 마음의 때를 씻어내는 일종의 씻김굿과도 같은 역할을 하였다. 그래서 그는 오욕이 뼈에 사무쳐 올 때 백화의 거문고 소리가 그리워지곤 했던 것이다.

김시습이 이성(異性)을 안 것은 열여덟 살 때 훈련원 도정(都正) 남효례(南孝禮)의 무남독녀와 혼인을 하면서부터였지만, 사실상 그것은 마음과 마음의 교류를 통한 사랑이라고 하기 어려웠다. 아내와 잠자리를 갖긴 하였으나, 혼례에 따른 일종의 통과의례 같은 의식에 불과할 따름이었다.

당시 김시습은 혼례 후 얼마 안 되어 과거 공부를 하기 위해 삼각산 중흥사로 들어갔다. 그래서 부부간의 살가운 정을 나누지 못한 데다, 아내는 선천적으로 허약체질을 타고 나서 지병을 앓았다. 결국 그런 아내가 일찍 세상을 떠나는 바람에 두 사람 사이에선 자식 하나 두지 못했다.

그 무렵, 김시습에게 불운이 겹쳐서 일어났다. 결혼 한 해 후인 열아홉 살 봄에 과거에 응시했다 낙방하였고, 아내가 지병으로 세상을 떠났던 것이다. 그런데다 바로 그해 수양대군이 조카인 어린 임금의 자리를 빼앗는 사건이 일어나자, 그는 책을 불사르고 방랑길에 올랐다. 일부러 뒷산에 가서 똥통에 빠져 허우적대며 기행을 저질렀고, 술에 취해 고주망태가 되어 고래고래 소리를 지르며 난동을 일삼기도 했다. 그래도 가슴속에 맺힌 응어리는 잘 풀리지 않았다.

김시습이 스물두 살 때는 어린 임금을 복위시키려다 충신들이 형장의 이슬로 사라졌고, 그는 그들의 시신을 몰래 거두어 노량 둔덕에 모셨다. 그리고 다시 그로부터 두 해 후에는 어린 임금이 영월에서 억울한 죽음을 당하자, 그는 사육신을 위한 초혼각이 세워진 동학사로 가서 제사를 지냈다.

이러한 일련의 사건들은 김시습의 젊은 영혼을 원망과 좌절, 각혈과도 같은 통분의 격한 감정으로 어지럽게 흔들어 놓았다. 그런 정신적 방황을 거치면서 그는 이십대의 청춘을 한으로 불살랐다. 그것이 다른 사람들 눈에는 때로 미친 짓으로 비쳤고, 때로 자학적인 방탕으로 느껴지기도 했을 것이었다. 술이 아니었으면 극복하기 힘든 나날들이었다. 그러다 보니 술김에 여자를 취한 적도 간혹 있지만, 그것은 한낱 객기에 불과하였다.

서른 살이 못 미친 스물여덟 살이 되어서야 김시습은 오랜 방랑 생활을 접고 경주 금오산 중턱 용장사 경실(經室)에 머물러 새로운 삶을 설계했다. 그는 암자 생활을 하면서 그 아래 양지바른 소나무 숲 가운데 초당을 짓기로 하였다. 혼자 거처하는 집이니 화려할 것도 없었고, 그저 하늘을 가리는 지붕과 바람을 막는 벽만 튼튼하면 되었다. 그렇게 초당을 마련해 들어앉은 그는, 자신의 영혼을 달래줄 수 있는 것은 오직 글쓰기밖에 없다는 생각으로 붓을 잡았다.

김시습이 오랜 방랑 생활을 하면서 얻은 결론은 글을 통해서만이 이 세상에 태어나 무언가 떳떳한 일을 한 가지라도 할 수 있을 것이라는 막연한 위로 같은 것이었다. 그것은 자기 정체성의 문제였으며, 어지러운 난세를 헤쳐 나갈 그 나름대로의 살아가는 방식이라고도 할 수 있었다.

그러나 글을 쓰되 과연 무엇을 어떻게 쓸 것인가에 대한 확답을 김시습은 얻지 못했다. 방황하던 청춘 시절에는 그가 쓴 글들이 한으로 사무쳐 있었다. 그가 글로 토해내는 한의 양상은 때로 엇나가는 경우가 많아서 희화된 묘사로 얼룩지기도 했지만, 그것으로는 도무지 분이 풀리지 않았다. 한은 그의 가슴 깊은 저 밑바닥에 심지처럼 박혀서 부지불식간에 명치끝을 치밀고 올라와 화마(火魔)처럼 그를 미쳐 발광하도록 만드는 것이었다.

김시습은 그런 감정이 일 때마다 붓을 들어 종이 위에 휘갈기는 것으로 분을 풀어 보려고 했다. 그러나 그것은 결국 일시적으로 화마를 잠재우는 데 불과했다. 문제는 가슴 저 깊은 곳에 뿌리박힌 한의 응어리를 송두리째 뽑아내는 일이었는데, 그것을 도려낼 예리한 칼은 그가 갖고 있는 글재주밖에 없음을 깨달은 것이었다.

그러나 글이 그리 쉽게 나오는 것은 아니었다. 그래서 재미 삼아 종이 위에 붓질을 하면, 평소 김시습에게 관심을 갖고 있던 관리와 선비들이 곡식이며 술이며 안주거리를 가지고 찾아와 보자고 하였다. 그때마다 그는 술을 얻어 마시는 턱으로 스스럼없이 자신이 쓴 글들을 보여주곤 했다. 글을 손에 익히기 위해 쓴 것들이었으므로, 그저 이야기를 주섬주섬 엮어놓은 잡스러운 문장에 불과할 뿐이었다. 그런데도 유학이나 좀 한다는 그들은 그의 글을 보며 꽤나 궁금해 하였다. 그는 그때마다, 금오산에서 이야기를 엮었으니 〈금오신화〉가 아니겠느냐며 너털웃음을 웃곤 했다. 그 글들이 남녀의 사랑 놀음인 데다, 이승과 저승을 오락가락하는 귀신 이야기이니, 아마도 그들은 그가 글재주를 가지고 부리는 객기쯤으로 생각한 모양이었다. 그러나 그의 생각은 달랐다. 실상은 그 주인공의 삶을 통하여 자신의 이루어질 수 없는 사랑에 대한 안타까운 마음을 그린 것이었다.

바로 그 주인공이 김시습 앞에서 다소곳한 모습으로 거문고를 타고 있는 기생 백화였다. 경주에 와서 판관 업무를 맡은 통판 양석견(楊石堅) 등과 친분을 쌓으면서 우연히 인연을 맺게 된 사이였지만, 그는 그녀를 통해서 비로소 이성을 알았던 것이다.

기생 백화는 특히 거문고를 잘 탔다. 뿐만 아니라 글을 익혀 시문에도 일가견을 갖고 있었다. 그녀는 원래 어느 시골 양반 가문의 서녀(庶

女)로 태어났다. 벼슬은 하지 않았지만 유학에 정통했던 아버지에게 학문을 익힌 그녀는 어려서부터 시를 잘 지었을 정도로 영특했으나, 서녀라는 신분 때문에 결혼을 해도 첩실로 들어갈 수밖에 없었다. 그래서 그녀는 결혼을 포기하고 아예 자유분방한 기생으로 살기로 작정했던 것이다.

그런 점에서 김시습과 백화의 만남은 어쩌면 숙명적인 것이었다고 할 수 있었다. 두 사람은 가슴속에 한의 응어리를 안고 있었다. 그것을 술로 풀고, 글로 위안을 삼는 것까지도 닮았다. 그래서 두 사람은 처음 만나자마자 서로 통했다. 남녀의 사랑이란 그런 것이었다. 서로 말을 하지 않아도 눈빛만으로 충분히 감정 교환이 되고, 그것은 마음속에 사랑의 화인(火印)처럼 각인되어 영원히 지워지지 않기 때문에 가슴앓이 또한 심할 수밖에 없는 노릇이었다.

김시습이 일찍이 상처한 몸이라는 것을 알고 있는 경주 통판 양석견은 백화를 기적에서 빼어주어 두 사람이 부부의 연을 맺기를 권하였다. 그러나 김시습은 자유로운 몸으로 살고 싶었다. 더구나 자신으로 인하여 더 이상 희생적인 삶을 살아가야 하는 기구한 여인을 만들고 싶지 않았던 것이다.

백화가 타는 거문고 소리를 다 듣고 난 김시습은 저절로 시흥에 겨워 다음과 같이 읊었다.

가을바람 낙엽 지는 소리에 찬이슬 맺히고(秋風策策秋露凝)

가을 달빛 고우니 가을 물빛 더욱 푸르구나(秋月娟娟秋水碧)

한 소리 또 한 소리 기러기 울며 돌아가는데(一聲二聲鴻雁歸)

우물에 오동잎 지는 소리 다시금 듣고 싶네(更聽金井梧桐葉)

때는 가을이었고, 어느새 처마 밑으로 기어든 밤은 술 익는 냄새처럼 그렇게 그윽하게 깊어가고 있었다. 들창 밖으로 가을의 낙엽 떨어지는 바람 소리까지 소소하게 들려오니, 김시습의 시가 제격으로 어우러졌다.

"나리의 시를 들으니 저절로 마음이 시려옵니다."

백화가 김시습의 곁으로 다가와 빈 잔에 술을 따른 후 살며시 어깨에 얼굴을 기대며 말했다

"금오정사에서 낙엽 지는 소리를 들으며 지은 것이니라. 네 거문고 소리에 대한 화답이다."

김시습은 바로 며칠 전 산을 내려오기 전에 완성한 〈이생규장전(李生 窺墻傳)〉 속의 한 구절을 읊은 것이었다.

〈이생규장전〉에 나오는 이생은 바로 김시습 자신이었고, 최랑은 백화 였다. 그는 백화와의 안타까운 사랑을 최랑이란 인물을 통해 묘사하고 자 한 것이었다. 글을 통한 간접적인 사랑의 고백이라고 할 수 있었다. 이루어질 수 없는 사랑이었기에 지어낸 이야기를 통해서라도 보상을 받고 싶었다.

그러나 김시습은 자신이 쓴 글에 대해 백화에게 이야기하지 않았다. 그것을 그녀에게 보여준다는 것은 심히 부끄러운 일이 아닐 수 없었던 것이다.

백화가 따라준 술을 단숨에 비우니 취기가 더하였다.

"백화야, 너도 한 잔 하여라."

김시습이 백화에게 잔을 넘겨 술을 따랐다.

그렇게 권커니 잣거니 하다 보니 이미 김시습은 얼큰하게 취해 있었다. 술에 취하고, 거문고 소리에 취하고, 백화의 아름다움에 취해 몸조차 가누기가 힘들었다. 그는 어느새 그녀의 무릎을 베고 누워 드르렁

드르렁 코를 골았다.

백화는 곧 이부자리를 폈다. 그러고 나서 김시습의 의관을 조심스럽게 벗기고 비단금침 위에 눕혔다. 촛불을 끄자 들창으로 달빛 한 자락이 비쳐들었다.

달빛 그늘에 얼비친 김시습의 얼굴을 바라보던 백화는 살포시 한숨을 토해냈다. 그런 연후 그녀도 달빛 자락을 밟고 저고리와 치마를 차례차례 벗었다. 어느 사이 속곳바람이 된 그녀는 김시습의 곁에 살며시 누웠다.

그때 깊은 잠에 곯아 떨어진 줄 알았던 김시습이 백화의 몸뚱어리를 으스러지도록 끌어안았다. 두 사람은 어느새 한 몸이 되었다. 들창으로 방 안을 엿보던 달빛 자락이 두 사람의 거친 호흡을 저울질하고 있었다.

3.

경주부윤 정홍손은 동생인 봉원부원군 정창손이 보낸 서찰을 읽고 있었다. 겉으로 드러내 내색은 하지 않았지만 입맛이 씁쓰름하였다. 그 서찰에는 김시습이 금오정사에서 쓴 글을 입수하라는 내용이 적혀 있었다. 아무리 삼정승을 지낸 지체 높은 원상(院相)이라 하지만, 바로 밑의 동생이 이래라 저래라 하는 것이 영 못마땅했던 것이다.

그러나 한편으로 정홍손은 이 기회를 잘 활용해 큰 공을 세워, 보다 높은 자리를 꿰차고 상경하겠다는 야망을 꿈꾸고 있었다. 그는 경주부윤 자리를 마땅치 않게 생각하고 있었다. 동생이 권력을 좌지우지하는 세도가인 만큼, 자신에게 적어도 판서 자리 하나는 돌아와야 한다는 것이 그의 욕심이었다.

"그래서 봉원부원군께선 김시습을 어찌할 셈이라던가?"

정홍손이 주위를 의식한 듯 정창손의 서찰을 가져온 사내에게 작은 소리로 물었다. 그러자 사내는 손을 들어 자신의 목을 긋는 시늉을 하였다. 정창손의 명을 받아 김질이 자객의 우두머리로 뽑아 보낸 그 사내는 바로 거복이었다.

"먼저는 방해를 하는 자가 있어 실수를 했습니다만, 이번에는 틀림없이 해치울 것이옵니다."

거복은 이를 사려 물었다.

"흐음……. 한 치도 실수가 있어서는 안 될 것이네. 꼬리가 밟힐 만한 흔적을 남겨서도 안 되고. 그리고 꼭 그자가 쓴 두루마리 종이를 입수해야 하네."

경주에서 일어난 일에 대해서는 그 책임이 부윤에게 돌아올 수 있으므로, 정홍손도 은근히 걱정이 되었던 것이다.

"쥐도 새도 모르게 해치울 테니 염려 놓으시옵소서."

거복은 그러더니 바람처럼 사라졌다.

정홍손의 집을 나선 거복은 졸개들이 숨어 있는 숲으로 향했다. 빽빽하게 대나무가 들어선 숲 속은 대낮인데도 어스름이 내리는 저녁나절처럼 어두컴컴하였다. 바람이 불자 대나무 이파리끼리 몸을 비벼대는 소리가 무척이나 어수선하였다.

거복이 입 사이에 손가락을 넣어 휘파람을 불자 숲 속 여기저기에 숨어 있던 무리들이 튀어나왔다. 모두 일곱 명이었는데, 검은 복장을 한 그들은 등에 칼을 메고 있었다.

"자, 지금부터 놈의 거처인 금오산으로 이동한다. 남의 이목이 있으니 길이 아닌 계곡을 통해 목적지까지 올라가야 한다. 각자 흩어져서 가되 초당 근처에서 합류한다. 알겠는가?"

"넷!"

거복의 명이 떨어지자 졸개들은 일제히 대답했다. 그와 동시에 그들은 재빠르게 흩어졌다.

거복 역시 일곱 명 중에서 골라 뽑은 졸개 하나를 데리고 서둘러 금오산으로 향했다. 김시습의 금오정사 근처에 당도한 그들은 나머지 졸개들을 기다렸다.

계곡의 숲 속에 몸을 잔뜩 웅크리고 있는데, 어디선가 나무를 찍어 넘기는 도끼질 소리가 들려왔다. 거복은 동행한 졸개에게 말했다.

"저 도끼질 소리가 신경에 거슬리는군. 누가 나무를 찍고 있는지 보고 와라. 상대가 눈치를 채서는 절대 안 된다."

졸개는 곧 거복의 시선에서 사라졌다.

한참 동안 기다리자 졸개들이 모두 금오정사 근처로 모였다. 조금 더 기다리자 도끼질 소리가 나는 곳에 다녀온 졸개가 거복에게 보고했다.

"얼굴에 마마자국이 있는 자이옵니다."

"바로 그놈이로구나. 너는 우리가 행동을 개시할 때 놈이 초당으로 접근하는 것을 막아라. 비수를 지니고 있으니 특히 조심하도록."

거복은 그렇게 지시하고, 나머지 졸개들을 데리고 초당을 급습하였다. 그러나 초당은 비어 있었다. 김시습이 거기에 없었던 것이다. 낭패가 아닐 수 없었다. 거복이 방을 뒤져보니 서안 위에 글을 쓴 종이 두루마리들이 있었다. 그는 얼른 그것들을 챙겨 품속에 넣었다.

거복과 졸개들이 초당을 나설 때까지도 도끼질 소리는 산을 울리고 있었다. 그들은 그 울림을 뒤로 한 채 급히 산을 내려갔다.

졸개들에게 대나무 숲 속에 숨어 있으라고 명한 후, 거복은 다시 정홍손의 집으로 찾아갔다.

"어찌 되었는가?"

초조하게 소식을 기다리던 정홍손이 다급하게 물었다.

"초당에 놈이 없었사옵니다. 그래서 서안에 놓여 있던 글이 적힌 종이 두루마리만 가져왔사옵니다."

거복이 품속에서 종이 두루마리를 꺼냈다.

"이리 줘보게."

정홍손은 거복이 건네는 종이 두루마리를 받아 글을 읽어 보았다.

"어떤 내용인지 살펴볼 겨를이 없어 글이 쓰여 있는 종이는 다 가져왔사옵니다."

"잘했네. 바로 이걸세. 봉원부원군께서 찾고 있는 것이 바로 이것이야."

정홍손은 만면에 미소를 지었다. 일단 정창손이 부탁한 김시습의 글을 확보해 놓았으니, 그 자신은 책임을 다한 셈이었다.

"사또! 과연 그놈은 어디로 간 것일까요?"

초조한 기색으로 거복이 물었다.

"초당에 없다? 허면 아마도 김시습은 기방에 있을 것이다. 백화라는 기생집을 찾아가 보거라. 그러나 지금은 곤란하다. 번다한 저잣거리라 남의 이목이 있으니, 밤을 이용해 기습을 해야 할 것이다."

정홍손은 김시습이 가끔 산에서 내려와 백화의 집에 들러 술을 마시곤 한다는 사실을 잘 알고 있었다. 통판 양석견을 통해 그와 같은 사실을 보고받고 있었던 것이다.

거복은 밤이 되기를 기다리기로 했다. 그리고 인적이 드문 이경(二更) 무렵을 기하여, 그는 정홍손이 붙여준 수하의 안내를 받아 졸개들을 이끌고 기생집으로 향했다.

중천에 뜬 달은 보름이 가까워 불룩하게 배가 불렀으나, 흐르는 구름 사이로 얼굴을 드러냈다 숨기를 반복하곤 했다. 바람이 스산하게 불었다. 어디서 불어와 어디로 가는지 모르게 바람은 어지럽게 나무숲을 흔들었다.

정홍손의 수하는 백화의 집을 거복에게 손가락으로 가리켜 준 후 얼른 그 자리를 피했다.

거복은 졸개들을 두 패로 나누어 한 패는 담장을 타넘어 집 안으로 숨고, 다른 한 패는 집 둘레를 철저히 봉쇄토록 하였다. 만약에 김시습이 탈출을 시도할 경우 이중 방어벽을 쳐서 완벽하게 해치울 생각이었던 것이다.

졸개들과 집 안으로 숨어든 거복은 불빛이 새어나오는 방의 들창 옆으로 다가섰다. 방 안에서는 거문고 소리가 들려오고 있었다. 그는 바짝 벽에 몸을 밀착시킨 채 손가락에 침을 발라 창호지를 뚫고 안을 엿보았다.

김시습은 불콰해진 얼굴로 눈을 스르르 감은 채 거문고 가락에 심취해 있었다. 거복의 시선에는 백화의 등 돌린 모습만 보였는데, 거문고 현 위에서 뛰노는 그녀의 손가락에 잠시 넋을 잃었다. 그 가녀린, 길고도 백옥 같은 손가락이 마치 나비가 이 꽃에서 저 꽃으로 옮겨 앉는 듯 신비스럽게 보였던 것이다. 그래서일까, 잠시 시간은 멈추어 있는 것 같은데, 그 손가락의 날렵한 움직임 속에 거문고의 가락만 촛불의 일렁임처럼 높고 낮은 흐름을 지속하고 있었다.

졸개들이 숨어 있는 정원의 나무 그늘로 돌아온 거복은 손가락으로 지시를 내렸다. 그러자 졸개 둘이 칼을 빼어들고 방문 쪽으로 소리 없이 접근해 갔다. 그들은 방문을 열자마자 안으로 뛰어들며 소리쳤다.

"꼼짝하지 마라."

거문고 소리가 뚝, 그쳤다. 문득 눈을 뜬 김시습이 두 침입자들을 노려보며 나직하게 물었다.

"그대들은 누구인가? 누가 시켜서 하는 짓인가?"

"잔말 말고 이 칼을 받아라!"

졸개 하나가 김시습을 향해 칼을 휘둘렀다. 바로 그때, 백화가 그 앞으로 뛰어들며 거문고로 칼을 막았다. 그 바람에 거문고 현이 모두 끊어졌다.

그 사이 김시습은 술상을 두 졸개 앞으로 밀어 던지며 벽에 기대어 방어 자세를 취하였다.

"백화야, 너는 저리 비켜 있어라."

이렇게 말하는 김시습의 얼굴에선 어느 사이 취기가 싹 가셔 있었다. 그의 자세는 두 손을 내려뜨린 채 무방비 상태 같았으나, 그 나름대로 태껸을 익혀둔 바 있어 빈틈이 없었다.

백화는 방구석으로 몸을 피했고, 두 졸개는 양편에서 김시습을 향해 칼을 거누었다. 그들은 동시에 칼을 휘두르며 공격을 가하였다. 김시습은 몸을 낮게 숙여 칼을 피하면서 발길로 졸개 하나의 고환(睾丸)을 걸어찼다.

"어이쿠!"

졸개 하나가 칼을 떨어뜨리며 두 손으로 자신의 고환을 움켜쥔 채 나뒹굴었다. 김시습의 발길이 정확하게 상대의 급소를 걸어찼던 것이다. 이렇게 되자 다른 졸개가 조금 겁을 먹은 듯 주춤주춤 뒤로 물러섰다. 그 사이를 틈타 김시습은 다시 는질러차기로 상대의 가슴팍을 밀어 박질러 쓰러뜨리며 방을 뛰쳐나갔다.

"놈이 나왔다! 일제히 공격하라!"

정원의 나무 그늘에 숨어 있던 거복이 외쳤다. 그러자 미리 대기하고 있던 졸개들이 김시습을 에워쌌다.

이때만큼은 김시습도 당황하지 않을 수 없었다. 상대의 숫자가 너무 많았던 것이다. 그들은 방어할 틈도 주지 않고 공격을 가해왔다. 한두 명의 공격은 피할 수 있겠으나, 여러 명이 한꺼번에 달려드는 바람에 다시 방어 자세를 취할 겨를이 없었다.

김시습이 몸의 균형을 잃고 비틀거릴 때, 그 기회를 틈타 공격을 가해오던 졸개 하나가 갑자기 비명을 지르며 쓰러졌다. 그 순간 뭔가 바람 같은 그림자가 그의 곁을 스치고 지나간 듯하였다.

그림자의 동작은 매우 민첩하였다. 그림자의 칼이 번뜩일 때마다 졸개들이 한 명씩 비명을 지르며 쓰러졌다.

"넌 누구냐?"

나무 그늘에 숨어 있던 거복이 그림자를 막아섰다. 그때 구름에 가렸던 달이 얼굴을 내밀고 정원 마당을 환히 비추었다. 졸개들은 여기저기 쓰러져 뒹굴고 있었고, 이젠 거복과 낯선 그림자 단둘이서 칼로 맞서고 있었다.

김시습은 경황 중에도 그들의 얼굴을 살펴보았다. 나무 그늘에서 튀어나온 사내는 검은 천으로 얼굴을 가려 그 모습을 알 수 없었으나, 바람처럼 나타난 낯선 그림자의 얼굴은 달빛에 환히 드러났다. 눈매가 매우 날카로운 것이 칼을 능수능란하게 다루는 검객임을 알 수 있게 하였다.

거복과 검객은 두세 번 칼을 부딪치며 겨루었다. 검객의 칼이 검은 복면을 한 거복의 얼굴을 스쳤다. 그 바람에 복면이 벗겨지고, 얼굴 모습이 드러났다. 거복의 왼쪽 뺨에서 피가 흘렀다.

그때 담 밖에서 또 다른 비명 소리가 들려왔다. 담장 밖에서 집을 에워싸고 있던 졸개들과 누군가 대결을 하고 있었던 것이다. 그러나 대결이라고 할 것도 없었다. 졸개들을 향해 비수를 날리는 사내는 바로 금조였다. 그의 비수를 맞은 졸개들이 순식간에 시체처럼 나뒹굴었다.

잠시 후 금조는 담장을 훌쩍 타넘어 정원 마당으로 내려서며 먼저 검객을 향해 비수를 날렸다. 검객은 칼로 가볍게 비수를 쳐냈다. 그 사이 얼굴에 자상을 입은 거복은 담장을 훌쩍 뛰어넘어 도망쳐 버렸다. 금조는 그에게도 비수를 날리려다 말았다. 일단 자신의 비수를 쳐낸 검객의 칼 솜씨가 만만찮다는 걸 감지하고 그쪽에 신경을 쓴 것이다.

금조가 다시 검객을 향해 비수를 날리려는 동작을 취할 때였다.

"잠깐! 금조야, 비수를 거두어라. 그 사람이 나를 도와주었다."

그때서야 금조가 비수를 거두고 김시습 앞에 무릎을 꿇었다.

"스승님, 다치신 데는 없사옵니까?"

"나는 괜찮다. 그런데 어찌 알고 예까지 온 것이냐?"

김시습이 금조에게 물었다.

"소인이 없는 사이 놈들에게 초당을 기습당했습니다. 뒤미처 스승님이 글을 쓰신 종이 두루마리가 없어진 것을 알고 급히 산을 내려와 저 잿거리를 헤매고 있던 중, 갑자기 들려온 비명 소리를 듣고 이곳으로 달려오던 참이었사옵니다."

금조의 말에 머리를 끄덕이던 김시습이 달빛 가운데 우뚝 서 있는 검객을 향해 말했다.

"뉘신지 모르지만, 목숨을 구해줘 고맙소이다."

그러자 검객이 김시습 앞에 무릎을 꿇고 말했다.

"매월당 어르신을 이렇게 뵙습니다. 소인은 신숙주 대감이 보내서 왔사옵니다."

"무엇이라? 보한재가 그대를 보냈다고?"

김시습은 신숙주가 원상의 권세를 누리는 것이 못마땅했다. 그래서 애써 '대감'이란 호칭을 빼고 그의 호를 사용한 것이었다.

"그러하옵니다."

"허헛, 참! 영문을 알 수 없는 일이나 우선 들어가서 자세한 이야기를 나누기로 하세."

김시습은 앞장서서 방 안으로 들어서다 말고 몸을 사렸다. 살기가 느

114

껴졌던 것이다.

그때 백화의 날카로운 소리가 들렸다.

"나리! 들어오시면 안 돼요!"

그 소리에 뒤미처 백화의 비명 소리가 들렸다.

"백화야!"

김시습은 방 안으로 뛰어들려고 했다. 그때 재빠르게 금조가 방문을 밀치며 낮은 자세로 뛰어들어 칼을 든 졸개 하나를 넘어뜨렸다. 그리고 이어 넘어진 백화 앞에 서 있는 다른 졸개에게도 비수를 날렸다.

그때서야 김시습은 자신의 실수를 깨달았다. 방 안에서 발길질로 두 졸개의 급소를 차서 쓰러뜨린 후 밖으로 나왔던 것이 잘못이었다. 정원 마당에서 한창 칼부림이 일어나는 사이, 그 두 졸개들이 깨어나 백화를 인질로 삼을 것이라는 예상을 미처 하지 못했던 것이다.

급기야 방 안으로 뛰어든 김시습은 방구석에 쓰러진 백화를 안았다.

"백화야! 눈을 떠보아라!"

김시습이 소리쳤다. 그의 가슴에 안긴 백화의 몸에서는 피가 샘처럼 솟아나고 있었다. 졸개 하나가 칼로 내려치는 바람에 어깨에서 가슴으로 깊은 상처를 입은 것이었다.

"나리!"

백화의 입이 간신히 열렸다.

"그래, 백화야! 정신 차려라!"

"나리, 부디……."

백화는 더 이상 말을 잇지 못한 채 고개를 떨어뜨렸다.

"백화야, 백화야!"

김시습은 백화를 부둥켜안은 채 망연자실하여 그저 이름만 외쳐 부르고 있었다.

그러나 아무리 불러도 백화는 대답이 없었다. 김시습은 피가 뿜어져 나오는 그녀의 가슴을 자신의 몸으로 감싸안은 채 외쳐댔다.

"금조야! 어서 의원을……."

그때 김시습을 도와준 검객이 백화의 코끝에 손을 대보고, 감긴 눈을 열어보더니 말했다.

"어르신, 이미 숨이 끊어졌사옵니다."

김시습은 절망하여 망연자실한 표정으로 그저 천장만 바라보았다.

4.

　밤새도록 가을비가 추적대며 들창을 두드리더니, 아침이 되자 세우(細雨)로 바뀌어 있었다. 산 아래로부터 물안개가 피어오르고 있었다. 곧 날이 갤 모양이었다.

　백화의 사십구재를 마치고 돌아와 김시습은 몹시 앓았다. 상심이 너무 컸다. 몸이 피곤해서 아픈 것이 아니라 마음의 병이 깊었던 것이다.

　김시습을 위해하려 했던 무리들이 누구인지는 밝혀지지 않았다. 그들의 칼에 백화가 죽었지만, 경주부윤 정홍손은 그 사건을 제대로 조사하지도 않은 채 묻어버렸다. 그래서 정홍손에게 더욱 혐의가 갔지만, 김시습은 내색을 하지 않았다. 금오산방에 들어가 그의 글을 도둑질한 것이나, 백화의 집을 급습한 일이 모두 한 가닥으로 연결되는 사건임을 잘 알고 있었지만 따지고 들어봤자 통할 리가 없었다.

　김시습은 정홍손을 그저 하수인으로 생각했다. 그의 뒤에는 봉원부원군 정창손이 있었기 때문이었다. 다만 의혹이 풀리지 않는 점은 신숙주가 보낸 검객이 김시습의 생명을 구했다는 사실이었다. 아무래도 신숙주 역시 같은 통속일 터인데, 그가 보낸 검객이 오히려 정창손의 수하들을 공격했다는 것이 도무지 이해가 되지 않았다.

　그 검객은 자신의 이름을 밝히지 않았다. 백화의 장례를 치르는 동안 조용히 뒤에서 금조와 함께 뒤치다꺼리를 도맡아 했을 뿐이었다. 그리고 장례를 마치고 났을 때 검객은 김시습 앞에 한 통의 서찰을 내놓았다.

　"경황 중에 전해 올리지 못했사옵니다."

서찰을 뜯어본 김시습은 그것이 곧 신숙주의 글임을 알 수 있었다. 내용은 간단했다. 빠른 시일 내에 한양에 올라와 꼭 한 번 자신을 만나 달라는 간곡한 부탁을 담고 있었다.

"그런데 그대는 왜 나를 도와준 것인가?"

김시습이 궁금해 하던 것을 물었다.

"어르신의 신변에 위험이 닥칠지 모르니 특별히 보호하라는 대감마님의 분부를 따랐을 뿐이옵니다."

"보한재가 왜 나를?"

"소인은 더 이상 모르는 일이옵니다."

검객은 그 말만 남기고 김시습 곁을 떠났다.

신숙주가 특히 칼 잘 쓰는 검객에게 서찰을 들려 보낸 것은, 분명 그가 뭔가 음모를 꾸민 자들의 행각을 알고 있었음을 뜻했다. 그래서 더욱 김시습은 자신을 위해하려던 무리들이 누가 보낸 자들인지 짐작하기 어렵지 않았다. 정창손이나 혹은 그의 사위 김질이 보낸 자객들일 것이었다.

그러나 김시습은 그 스스로가 정창손이나 김질을 의심하는 것에 대하여 의문을 갖지 않을 수 없었다. 그들이 자신을 죽여야 할 이유가 분명치 않았던 것이다. 그가 한때 한양 저잣거리에서 술에 취해 그들을 싸잡아 욕지거리를 하고 다닌 것은 사실이었다. 어린 임금의 복위를 꾀하려다 같이 계획한 충신들을 밀고하고 높은 벼슬자리에 앉은 김질이나, 그 기회를 노려 일신의 영달을 취한 그의 장인 정창손을 대놓고 비웃어 주었다. 거기에다 당시 억울하게 죽은 충신들의 부인과 딸들을 데려다 종으로 삼은 데 대해서는 육두문자가 아니 나올 수 없었던 것이다.

그러나 비록 그러했다고 하여 그들이 자신을 죽이려고까지 마음먹지는 않았을 것이라고 김시습은 생각했다. 문제는 더 깊은 곳에 숨어 있었다. 초당을 뒤져 그가 쓴 글들을 훔쳐간 것을 보면, 그들이 두려워하는 바를 미루어 짐작하기 어렵지 않았다. 그들에 대한 욕설이나 비방은 당대에, 그것도 그 순간만 지나면 사라지는 일들이었다. 그러나 만약 그가 그들에 대한 비판의 글을 쓴다면, 그것은 만대에 걸쳐 전해져 백골이 진토가 되도록 욕을 들어먹을 중대 사안일 것이었다.

김시습이 금오산에 초당을 짓고 들어앉아 글을 쓴다는 소문이 퍼지자, 봉원부원군 정창손은 그의 형 정흥손을 경주부윤으로 내려 보냈다. 아마도 정흥손은 한양을 떠나고 싶지 않았을 것이다. 아무리 경주부윤이라 하지만, 그것은 지방 관리에 불과할 뿐이므로 좌천이라고 할 수밖에 없었다. 아마도 동생인 정창손은 형에게 김시습을 감시하라고 부탁하면서, 후일 좋은 자리를 천거하여 불러올리겠다는 약속을 했을 것이었다.

아무튼 정흥손은 부임한 이후 금오산으로 김시습을 찾아온 적이 있었다. 수하들에게 술과 안주 등 먹을거리들을 장만케 하여 직접 금오정사를 방문하였던 것이다. 그 후에도 정흥손은 통판이나 이방 등속을 보내 서책과 식량을 전하면서 김시습의 동태를 살피는 데 게을리 하지 않았다.

이번 백화를 죽게 한 자객들의 기습도 하수인은 정흥손이고, 그 뒤에서 조종을 하고 있는 몸통은 정창손이 분명할 것이라고 김시습은 단정하고 있었다. 그들이 노리는 것이 자신의 글일 수도 있다는 것을 짐작한 김시습은, 그래서 본격적으로 글을 쓰기 전에 감각을 익히기 위한 목적으로 가벼운 사랑 이야기를 다룬 소편을 썼던 것이다. 그는 이미 그들이 그의 글을 손에 넣으려고 할지도 모른다고 예견하고 있었는데, 그것이 이번 사건을 통하여 명약관화한 사실로 판명이 났다고 볼 수 있었다. 도둑맞은 그의 글은 금오정사를 짓자마자 써놓은 〈만복사저포기(萬福寺樗蒲記)〉와 〈이생규장전〉 두 편이었다.

여기까지 추리를 하며 마음의 갈피를 잡지 못해 노심초사하던 김시습은, 잠시 바람이라도 쐬어야겠다는 생각에 벌떡 자리에서 일어섰다. 문살에 화사하게 어른거리는 빛을 보니 날이 완전히 갠 모양이었다.

김시습이 밖으로 나왔을 때 이미 안개는 말끔히 걷힌 상태였다. 하늘까지 맑아, 가을 햇살이 도둑고양이 같은 혓바닥으로 비에 젖은 산야를 핥아대고 있었다. 이끼가 채 마르지 않은 바위들은 검었고, 단풍이 짙게 물든 나무 이파리들은 물기를 번뜩여 더욱 붉었다.

햇살은 초당의 지붕과 뜰과 마당으로도 눈부시게 쏟아지고 있었다. 김시습은 눅눅한 방에서 나와 마당에 우두커니 서서 맞은편 산자락을 바라보았다. 비로 말끔하게 얼굴을 씻어낸 산은, 그 샛노랗고 불그죽죽하게 물들어가는 단풍의 색깔로 인하여 더욱 선명하게 보였다.

"산천은 여전히 변함이 없구나."

김시습은 혼잣소리로 중얼거렸다. 그 말 속에는 백화가 이젠 이 세상에 없음을 안타까워하는 마음이 숨어 있었다. 산천은 어제나 오늘이나 변함이 없는데, 인간사는 그렇지 않았던 것이다. 이제 더 이상 백화의 거문고 소리를 듣지 못하게 됐다는 생각이 들자, 그는 문득 가슴이 텅 비어오는 느낌을 지울 수가 없었다.

백화가 타던 현이 끊어진 거문고는 방 안에 있었다. 김시습은 백화의 유품 중 유일하게 거문고 하나만을 챙겨왔던 것이다. 백화의 유품을 불사를 때, 금조가 거문고까지 불 속에 집어던지려는 것을 그는 말렸다.

백화가 생각날 때마다 무현금(無絃琴)으로나마 시름을 달래기 위해서였다.

바람이 건듯 불었다. 찬바람이 옷깃 속으로 스며들면서 한기가 느껴지자, 김시습은 방 안으로 들어가기 위해 몸을 돌렸다. 바로 그때, 그의 눈길을 휘어잡는 것이 있었다. 초당 앞의 뜰 위에 백화사(白花蛇) 한 마리가 길게 몸을 늘인 채 햇빛에 몸을 말리고 있었던 것이다.

백화사는 김시습을 보자 고개를 바짝 들어 올리며 길고 가는 혀를 날름거렸다.

"허허, 오늘 백화사를 보다니?"

김시습은 백화사 가까이로 다가가며 중얼거렸다. 그때 막 사립문을 밀고 들어서던 금조가 소리쳤다.

"앗, 스승님! 조심하세요."

어느새 금조의 손에는 비수가 들려 있었다.

"안 돼! 백화사를 죽이면 안 된다. 어쩌면 백화가 나를 보기 위해 온 것인지도 모르지 않느냐? 저 몸에 그려진 무늬를 보거라. 얼마나 아름다우냐? 마치 백화를 다시 보는 듯하구나."

김시습은 반쯤 넋이 나간 표정으로 백화사를 바라보았다.

"그래도 독이 있을지 모르니 더 가까이 가시면 안 되옵니다."

금조가 등에 짊어졌던 망태를 벗어 마당에 내려놓으며 말했다. 망태 속에는 도토리가 가득했다.

"저 뱀도 간밤에 비가 내려서 젖은 몸을 말리려고 나온 모양이다. 아마도 우리 초당을 지키는 뱀인 모양이다."

김시습은 그러면서 백화사가 몸을 다 말리고 천천히 산초나무 그늘 속으로 사라질 때까지 그 자리에 서 있었다.

　이미 금조는 사랑채로 들어가고 없었다. 그동안 그는 초당 앞에 마당을 사이에 두고 바깥채를 지어 자신의 처소로 쓰고 있었다. 생나무를 베어 지었기 때문에 아직도 송진 냄새가 은은하게 풍겼다.

　방으로 들어온 김시습은 벽 한쪽에 기대어 둔 거문고를 가져다 무릎 위에 올려놓았다. 백화가 자객의 칼을 막아 그의 생명을 지켜준 거문고였다. 그래서 거문고에는 현이 없었다. 그는 그것을 백화의 분신처럼 생각하고 있었다.

　김시습은 스르르 눈을 감았다. 무릎 위에 있는 거문고를 통하여 전에 백화가 타던 그 선율이 감지되는 듯하였다.

　"저 옛날 오류선생(五柳先生)은 무현금을 즐겼다지 않던가? 현이 없어도 이 거문고는 소리를 낼 줄 아는구나."

　다시 눈을 뜨고 거문고의 몸통을 쓸어보며 김시습은 중얼거렸다.

　'오류선생'은 중국 송나라의 시인 도연명(陶淵明)의 호였다. 그는 나이 사십 세를 넘기면서부터 은둔생활을 하였는데, 이때 줄이 없는 무현금을 타고 홀로 술을 마시며 유유자적하였다고 한다. 김시습은 문득 그의 흉내를 내고 싶었다. 술 생각이 났던 것이다.

　"금조야, 여기 술상 좀 봐 오너라."

　김시습이 문밖을 향해 소리쳤다.

　금조가 그 소리를 알아듣고 얼른 술상을 마련해 들여왔다. 술은 소주였다. 경주의 전통주로 통판 양석견이 보낸 술이었다. 안주로 나온 육포와 곶감, 대추 등속도 그때 같이 보낸 것들이었다.

　"저잣거리에 내려가 거문고 줄이라도 구해다 드릴까요?"

　현 없는 거문고를 무릎 위에 올려놓고 있는 김시습을 보고 금조가 한 말이었다.

"놔둬라. 귀가 밝으면 현이 없는 거문고 소리도 들리는 법이니라. 아까 보니 망태에 도토리가 가득하더구나. 간밤의 비바람에 도토리가 많이 떨어졌던 모양이구나?"

김시습이 앉은 자세로 금조의 얼굴을 올려다보았다.

"네, 도토리를 잘 말려서 겨울에는 묵을 쑤어볼까 합니다."

"허허, 금조 덕에 내가 한겨울에 도토리묵을 다 먹어보게 생겼구나."

김시습의 말에 금조는 허리를 한 번 굽히고 방에서 나갔다.

다시 혼자가 된 김시습은 자작으로 술을 따라 마시며 무현금의 선율에 귀를 기울였다. 몇 잔 거푸 들이켜자 취흥이 절로 돌았다.

"백화야, 오늘 너의 현신을 보고 시 한 수 아니 읊을 수가 없구나."

김시습은 서안을 끌어당겨 먹을 갈고 붓을 들어 종이에 적어 내려갔다. 백지에 곧 글자의 형용이 꿈틀꿈틀 살아났다.

비록 독이 있으나 네 천성 아름답구나(嘉爾稟形雖至毒)
살신으로 이마 갈아 어진 성품 이루어(殺身摩頂使成仁)
꿈틀꿈틀 산초 그늘 속에서 뜻을 얻더니(蜿蜒得意椒陰裏)
발자국 소리 듣고 짐짓 속인에게 놀라네(時聽跫音驚俗人)

김시습은 이 시에 '백화사'란 제목을 붙였다. 글씨가 흰 종이의 바탕 위에서 마치 사행(蛇行)을 하듯 꼬리를 물고 이어져 있었다.

시를 다시 한 번 음미하며 김시습은 백화의 얼굴을 떠올렸다. 얼마 전 초당에서 사라진 글은 백화와의 사랑에 관한 이야기였다. 그는 백화를 사랑하였지만, 온전히 가질 수 없었다. 그것은 욕심이었고, 그래서 그는 마음을 비웠다. 그는 현실 속에서 이루지 못하는 사랑을 상상 속에

서나마 이루고자 했다.

〈이생규장전〉에 나오는 이생은 최랑을 연모하여 밤마다 그녀의 집 담
장을 넘었고, 서로 시로 화답하며 사랑을 나누었다. 그러나 이생의 아버
지가 그 사실을 알고 아들을 멀리 울주로 보냈다. 나중에 그 소식을 접
한 최랑이 병석에 드러눕자 결국 양가에선 두 사람을 결혼시켰다. 그리
고 이듬해에 이생은 문과에 급제하여 출세를 하였다. 그런데 어느 날 최
랑은 도적들에게 죽임을 당했다. 따라서 이생은 안타까운 마음에 이승
과 저승을 넘나들며 최랑의 원혼을 만나 못다 한 사랑을 나누었다.

"아아, 결국은 내가 글로써 백화의 죽음을 자초한 것이 아닌가?"

문득 김시습은 그 소설의 내용이 현실에서 이미 백화의 죽음으로 나
타난 것을 깨닫고 가슴을 치며 절망하였다.

제3장 ─ 허허실실 虛虛實實

1.

“멍청한 녀석들! 두 번씩이나 산지니에게 당했다고? 어쩌다 놈이 김시습의 수하가 되었단 말이냐?”

김질은 얼굴에 자상이 있는 거복을 닦달하고 있었다. 거복의 뒤에 졸개 서넛이 부복을 한 채 얼굴조차 들지 못했다.

“지난번엔 말씀을 드리지 못했사옵니다만, 두 번째는 산지니란 사내뿐만 아니라 칼솜씨가 뛰어난 놈 하나가 더 있어 실패를 한 것이옵니다. 그런데 그놈이 누구인지 이제야 알아냈사옵니다. 그놈의 얼굴이…….”

거복은 거기서 잠시 말을 끊고 김질을 쳐다보았다.

“또 한 놈이 있었다? 해서 그놈 얼굴이 어쨌단 말이더냐?”

“어디서 많이 본 듯한 자라 생각되었는데, 그자가 엊그제 고령군(高靈君) 대감댁으로 들어가는 것을 목격했사옵니다. 그러고 보니 오래전 고령군 대감이 강원도와 함길도 도체찰사(都體察使)가 되어 야인 정벌에 나섰을 때 본 놈이었사옵니다. 당시 놈은 고령군 대감의 호위무사였었지요.”

거복의 말에 김질은 적이 놀라지 않을 수 없었다. 그가 말하는 ‘고령군’은 바로 신숙주를 가리키는 것이기 때문이었다. 신숙주는 수양이 임금의 자리에 올랐을 때 좌익공신으로 예문관 대제학에 초배되었으며, 그때 고령군에 봉해졌다.

“보한재가 어찌……?”

김질은 뭔가 말을 하려다 말고, 급히 입을 닫았다.

“소인도 그것이 도무지…….”

"네 눈으로 똑똑히 보았단 말이냐?"

"네, 틀림없습니다요."

"그자가 네 얼굴도 보았느냐?"

"놈의 칼이 소인의 얼굴을 살짝 스칠 때 두건이 벗겨지는 바람에……. 그, 그러나 순간적인 일인 데다 밤중이라 놈도 자세히는 보지 못했을 것이옵니다."

"이런 칠칠치 못한 놈! 네가 그자의 얼굴을 똑똑히 기억한다면 그자 역시 네놈 얼굴을 기억할 것이 아니겠느냐? 만약을 모르니 앞으로 당분간 그 얼굴을 하고 함부로 저잣거리에 나다니지 말거라. 꼭꼭 숨어 있는 것이 좋겠다. 꼴도 보기 싫으니 어서 썩 물러들 가거라."

김질은 혀를 끌끌 찼다.

거복과 졸개들이 방을 나가고 나서 김질은 깊은 고민에 빠졌다. 신숙주의 호위무사가 사건 현장에 있었다면 문제가 심각해질 수밖에 없는 노릇이었다. 호위무사가 눈썰미가 있는 자라면, 그 보고를 듣고 신숙주는 분명 누가 김시습에게 자객들을 보냈는지 눈치를 챌 수 있을 것이었다.

'그런데 왜 하필이면 보한재의 호위무사가 그곳에 나타났을까?'

김질은 좌시할 수 없는 문제라고 판단하고, 그 길로 장인 정창손에게로 달려갔다.

그때 정창손은 형 정홍손이 경주에서 올려 보낸 김시습의 글을 읽고 있었다. 그는 서안 앞에서 가끔 고개를 끄덕였으며, 다소 안심이 되는 듯한 미소를 짓고 있었다.

"역시 글 솜씨는 김시습이 당대 최고야. 허나 이 글은 그리 염려할 바가 못 되는군."

그 말이 끝나기 무섭게 사위 김질이 급히 방 안으로 들어섰다.

"대감, 일이 참 묘하게 꼬여가고 있사옵니다."

김질이 앉기 바쁘게 꺼낸 말이었다.

"또 무슨 일이야? 두 번씩이나 실패한 놈들이 또 뭔 일을 그르쳤단 말인가?"

"아니옵니다. 그것이 참……."

"허허, 자네는 혼자 꿍꿍이를 앓고 있는 것이 단점일세. 꿍꿍대지 말고 속 시원히 털어놓게."

정창손은 외로 꼰 눈으로 사위를 쳐다보았다. 지난번에 김질은 정창손에게 자객들이 두 번 다 실패했다는 보고만 했지 자세한 이야기는 어물쩍 생략한 채 넘어갔었다. 자객들이 비수를 날리는 산지니에게 당했다는 사실을 알게 되면 장인의 분노가 더욱 폭발할 것이란 생각이 들었기 때문이었다. 그래서 거복이 금오산방에서 훔쳐 내온 김시습의 글만 전하고는 급한 일이 있다는 핑계를 대고 일어서 버렸다. 그러나 이제는 산지니와, 그리고 신숙주가 보낸 수하의 이야기를 아니할 수가 없었다.

"이해가 되지 않는 두 가지를 말씀드리겠사옵니다. 첫째, 비수를 날리는 자객으로 갔던 산지니란 자가 김시습의 수하가 되었다는 것이옵니다."

"무엇이라?"

"어떻게 김시습이 그자를 수하로 부리는지는 모르겠고……."

"그리고 또?"

"다른 하나는 경주 기생 백화의 집을 기습했을 때 그 산지니는 물론이거니와 또 다른 자가 김시습을 돕는 바람에 실패할 수밖에 없었다는 것이옵니다. 칼을 아주 잘 다루는 자였는데, 그놈이 바로 보한재의 호위무사라 하옵니다.”

김질은 그러면서 슬쩍 정창손의 표정을 살폈다.

“허허, 변고로세. 어찌 보한재가 김시습을 보호해 주려고 한단 말인가?”

정창손은 천장을 올려다보며 도무지 이해할 수 없다는 표정을 지었다. 그는 눈을 가늘게 뜬 채 한동안 깊은 생각에 잠겨 있었다.

“김시습의 글은 무슨 내용이었는지요?”

김질이 아까부터 궁금해 하던 것을 물었다.

“크게 염려할 내용은 아니네. 남녀상열지사에 지나지 않은 이야기로세. 자네도 일단 이 글들을 읽어보고, 나중에 주상께 정식으로 보고토록 하세나.”

정창손은 김시습의 글을 김질에게 넘겨주었다.

“보한재 대감 일은 어찌해야 할는지요?”

김질의 생각에 아무래도 뒤가 켕기는 일이 바로 그것이었다. 만약의 경우 김시습에게 자객을 보낸 배후가 누구라는 것을 신숙주가 알게 되면, 그 자신뿐만 아니라 정창손 역시 난처한 입장에 처할 것이 분명하기 때문이었다.

“우선 그자가 확실히 보한재의 호위무사인가 알아볼 필요가 있네. 어떤 방법으로든 자네가 직접 알아보되, 상대가 전혀 눈치를 채지 못하게 비밀리에 뒤를 캐란 말일세. 놈이 한동안 사라졌다 돌아왔다면 틀림없는 일 아니겠는가?”

정창손은 그래도 고민이 되지 않을 수 없다는 듯 오른손으로 이마를 짚었다.

“오래전부터 보한재와 김시습은 가까운 사이였사옵니다. 계유년 이후 소원해져서 그렇지, 심정적으로는 아직도 서로를 아끼는 마음을 갖고 있을 것이옵니다. 특히 김시습과 집현전 학사들은 학문적으로 통했으니까요."

김질이 한동안의 침묵을 깨뜨렸다.

그러나 정창손은 묵묵부답인 채 장고를 거듭하였다. 그는 깊은 생각에 잠길 때 오른손 끝으로 서안을 톡톡 두드리는 버릇이 있었다. 김질은 그 소리가 마치 장인이 자신의 심장을 콕콕 찌르는 것만 같아 잔뜩 긴장이 되었다. 그러다가 갑자기 무슨 불호령이 떨어질지 알 수 없었기 때문이었다.

그렇게 긴 침묵 끝에 마침내 정창손이 입을 열었다.

"이는 필시 주상의 뜻이로세. 보한재 혼자서 그런 결정을 할 리가 없어. 주상은 보한재를 통해 김시습을 정사에 끌어들이겠단 생각을 갖고 계신 것이야. 이거 김시습을 죽였다간 큰일 날 뻔했군. 한시가 급하이. 어서 김시습의 글을 여러 본 필사하여 많은 사람들에게 읽히도록 하게. 주상에게는 원본이 아닌 필사본을 보여드려야 할 것이야. 만약 원본이 우리 손에 있다는 것이 알려지면 김시습에게 자객을 보낸 사실이 그대로 드러나게 되네. 그러니 원본은 비밀 장소에 꼭꼭 숨겨두도록 하게."

정창손이 한동안 침묵을 지켰던 것은 바로 그러한 생각을 거듭하면서 앞으로의 대책을 궁구하기 위해서였던 것이다.

"옳으신 말씀이옵니다."

"또한, 이제부턴 작전을 바꿔야겠네. 김시습을 죽이는 것은 자칫 우리가 위험에 빠질 우려가 있어. 기름 동이를 안고 불 속으로 뛰어드는 꼴이란 말일세. 하여, 이제부터는 김시습이 쓰는 글을 어떻게 감쪽같이 빼돌릴 수 있는가를 연구해야 하네. 자넨 어서 가서 김시습의 글을 필사본으로 여러 부 만들어 세간에 뿌리도록 하게. 빠른 시일 내에 김시습의 글이 성균관 유생들에게까지 들어가게 하면 더욱 좋겠지. 그래서 주상에게도 그런 소문이 전해졌다고 짐작될 때까지 기다렸다가 필사본을 들고 어전에 들어가야 하네."

김질을 보내고 나서 정창손은 다시 깊은 생각에 빠져들었다.

그로부터 한 달이 지난 후, 정창손은 임금 수양을 알현하러 입궐하였다가 신숙주를 만났다. 신숙주는 방금 어전에서 나오고, 정창손은 곧 들어가려던 참이었다.

"보한재 대감, 그동안 격조했소이다."

정창손은 신숙주를 참으로 오랜만에 보는 것이었다. 두 사람 다 관직에서 물러난 후 궁궐에 들어올 일이 드물어 서로 마주칠 기회가 별로 없었기 때문이었다.

"봉원부원군께선 어인 일이시온지요?"

신숙주가 정중하게 물었다. 연배도 높은 데다 정창손이 먼저 영의정을 지냈으므로 그에 대한 예우를 하는 것이었다.

"주상 전하를 알현코자 걸음을 했소이다만. 대감께서도 주상 전하를 알현하고 나오는 길이신 것 같구려."

"그렇사옵니다. 참 전에도 한 번 봉원부원군께서 입궐한 적이 있다고 전하께서 말씀하시더이다."

신숙주는 그러면서 슬쩍 정창손의 눈치를 살폈다.

"그런 적이 있었지요."

정창손은 신숙주의 눈길을 피해 궁궐 기와지붕 위로 펼쳐진 하늘을 쳐다보며 그저 고개만 끄덕거릴 뿐이었다. 문득 그는 신숙주에게 자신의 은밀한 내면을 들킨 것 같아 눈길을 마주치기가 썩 내키지 않았던 것이다.

"매월당에 대한 주청을 드린 것으로 알고 있습니다만……."

신숙주는 여전히 짐짓 딴청을 부리고 있는 정창손의 심리를 잘 알고 있다는 듯 상대의 표정을 유심히 살폈다. 정창손은 이때야말로 자연스럽게 신숙주에게 김시습의 이야기를 드러내 놓고 할 수 있다는 생각에 기침을 두어 번 하고 목소리를 가다듬었다.

"그렇소이다. 매월당이 경주 금오산에 들어가 무슨 이상한 글을 짓고 있다는 소문이 있기에……. 대감께선 그것에 관하여 들은 바 있으신지?"

정창손도 은근히 신숙주의 눈치를 살폈다. 김질의 말이 사실이라면 신숙주가 왜 자기 수하를 경주에 내려 보내 김시습을 돕게 했는지 그 의도를 알고 싶었던 것이다.

"봉원부원군께선 매월당에 대해 관심이 참 많으신 것 같습니다."

그러나 신숙주는 좀처럼 정창손의 심리작전에 끌려들지 않았고, 오히려 되받아치고 나오는 듯 억양이 사뭇 휘어져 있었다.

"관심이라기보다는 꽤나 흥미가 있는 일이라서……. 과연 '오세신동'이라 일컫는 천재가 어떤 글을 짓고 있기에 그리 소문이 파다한지 보한재께선 궁금증이 일지 않습니까?"

정창손은 태연을 가장해 껄껄대고 웃으면서 점잖게 수염을 쓰다듬었다.

"세간에 매월당의 글이 필사본으로 떠돈다는 소문이 있더군요."

여전히 신숙주는 정창손의 심리를 넌지시 저울질하는 말투를 건넸다.

"아하, 보한재 대감께서도 그 소문을 들으셨군. 사실은 그 필사본이 내게도 굴러들어왔기에 이렇게 가져오는 길이올시다."

정창손은 소매 속에 감추어두었던 필사본을 꺼내들었다.

"벌써 봉원부원군께선 매월당의 글들을 다 읽으셨군요? 어디 한번 보십시다."

신숙주는 매우 관심이 많은 듯 필사본을 바라보았다.

"이건 주상 전하께 전해 올리려고 새로 필사본을 만든 것이고, 집에 한 부씩 더 있으니 따로 인편에 보내드리도록 하지요."

정창손은 서둘러 어전으로 들기 위해 발걸음을 떼었다.

"그리하시면 고맙기 그지없는 일이구요."

신숙주도 수인사를 건네고 나서, 바삐 걸어가는 정창손의 뒷모습을 한동안 바라보았다.

정창손은 소나무 밑을 지나가고 있었고, 그 위의 나무 끝에서 까치가 울었다. 나무 뒤편에 궁궐 기와지붕이 가로지르는 가운데, 그 위로 북악산이 푸른 하늘을 예리하게 찌르고 있었다. 하늘 위에 뜬 구름은 한가로웠다.

어전으로 들어서기 전에 정창손은 뒤를 한 번 돌아보았다. 신숙주가 막 뒷모습을 보이며 궁궐 중문 밖으로 사라지고 있었다.

"어헛, 흠!"

정창손은 멀어져 가는 신숙주의 뒤통수를 노려보며 매우 못마땅하다는 듯 헛기침을 해댔다. 그가 무엇보다도 신숙주를 경계하는 것은 자신처럼 공직을 떠나 있는 입장이면서도 임금의 총애를 한 몸에 받고 있다는 점이었다.

내심 정창손은 언젠가 다시 영의정 자리에 앉아 실권을 장악하고 싶었다. 그렇다면 그와 실권 경쟁을 다툴 상대로 가장 먼저 떠오르는 인물이 바로 신숙주였던 것이다.

신숙주의 뒷모습이 중문 저쪽으로 완전히 사라지는 것을 보고 나서 정창손은 곧 어전으로 들어섰다. 그는 내관에게 짤막하게 일렀다.

"아뢰게."

내관이 큰 소리로 아뢰었다.

"봉원부원군 입시오."

"들라 이르라."

임금 수양의 걸걸한 목소리가 어전 밖에까지 울려나왔다.

어전으로 들어가 수양을 알현한 정창손은 필사본으로 된 김시습의 글부터 올렸다.

"세간에 필사본으로 떠도는 김시습의 글들이옵니다."

"과인도 그 소문은 들었소. 봉원부원군께선 그래 김시습의 글을 읽어보시었소?"

수양은 연신 고개를 끄덕거리며 물었다.

"예, 김시습이 여기(餘技)로 쓴 글이라 사료되옵니다."

"어찌 그리 생각하시오?"

"전하께는 차마 아뢰옵기 민망하와……."

"과인은 어떤 내용이라도 괜찮으니 어서 말해보시오."

"내용이 남녀상열지사에 관한 것이라서……."

"김시습이 지었다면 미문일 것이고, 이야기 또한 재미있겠구려."

수양은 껄껄대고 호탕하게 웃었다.

"문장은 김시습을 따를 자가 다시없을 정도이나, 내용은 시정의 그렇고 그런 남녀가 나누는 사랑 놀음에 지나지 않사옵니다. 더구나 이

승과 저승을 넘나드는 귀신 이야기라 도무지 그 내용의 황당무계함이
란……."
　"황당무계하다? 김시습을 너무 격하시키는 것은 아니시오?"
　정창손의 말을 수양이 잘랐다.
　"그렇지 않사옵니다, 전하! 이승의 사람과 저승의 사람이 어찌 사랑을
이룰 수 있겠사옵니까?"
　정창손은 임금 앞이라 말이 조심스러웠다. 그러나 수양이 너무 김시
습을 감싸고돈다는 생각에, 그는 서운한 생각도 없지 않아 있었다.
　하지만 수양은 정창손이 건넨 필사본을 보면서 점점 재미가 붙은 모
양이었다.
　"허허헛, 〈이생규장전〉이라! 제목부터 그럴싸하군. 이생이 담 너머를
엿본 이야기로군! 김시습이 외로움에 지친 모양이오. 그동안 오래도록
방랑 생활을 했으니 정착도 하고 싶겠지. 아니 그렇소?"
　수양은 〈만복사저포기〉보다 먼저 〈이생규장전〉이라는 제목에 눈길이
갔던 것이다.
　"예, 그러한 듯하옵니다."
　"전에 김시습이 상처했다는 이야길 들은 적이 있소이다. 다시 가정을
갖고 싶은 모양인데, 어찌 김시습을 붙잡아 둘 방안이 없겠소?"
　"네에? 주상 전하! 천부당만부당한 말씀이옵니다. 김시습은 갓 벼려놓
은 칼과 같은 자이옵니다. 잘 다루지 않으면 베이기 십상이니, 가까이 두
지 않는 것이 좋을 것이라 사료되옵니다."
　정창손이 정색을 하고 말했다.
　"어찌 그리 생각하시오?"
　"김시습은 가슴에 한을 안고 살아가는 자이고, 그것이 부지불식간에

밖으로 튀어나올 때 그 글은 칼보다 더 무서운 흉기가 될 수 있음이오이다. 통촉하여 주시옵소서."

그러면서 정창손은 몸까지 부르르 떨었다.

"허허허! 과인도 봉원부원군이 염려하는 바가 무엇인지 모르지는 않소이다. 앞으로 좀 더 두고 보도록 하십시다."

수양은 〈이생규장전〉의 첫 장을 넘겼다.

"전하! 김시습은 모난 돌과 같은 자이옵니다. 산비탈을 구르면 도대체 어디로 튈지 모르니, 그런 모난 돌이야말로 위험천만하다 아니할 수 없사옵니다."

"재미있구려."

수양이 빙그레 웃었다.

"네에? 김시습의 글 말씀이오니까?"

순간 정창손은 당황하였다.

"아니, 봉원부원군의 말씀이 말이오. 김시습이 모난 돌이라……."

수양은 〈이생규장전〉을 덮으며 고개를 주억거렸다.

"그런 모난 돌은 가까이 하지 않는 것이……."

정창손의 입에서 곧바로 '상책'이란 말이 떨어지려는데, 그걸 수양이 급히 잘랐다.

"때론 멀리 있는 모난 돌보다 가까이 있는 믿는 도끼가 더 위험할 수도 있지 않겠소? 도무지 과인 곁에는 입에 발린 소리만 하는 신료들뿐이니. 요즘은 입바른 소리 잘하시는 봉원부원군이나 고령군이 곁에 없는 것이 더욱 불안하구려."

수양은 은근히 정창손의 의중을 떠보고 있는 것이었다.

머리가 빠르게 돌아가는 정창손은 임금 수양이 자신에게 병 주고 약

주고 있다는 것을 모르지 않았다. 수양이 말하는 '믿는 도끼'는 공신들을 이르는 말일 것이고, 뒤에 그와 신숙주를 거론하는 것은 말만 잘 들으면 다시 중용할 수도 있음을 내비치고 있는 것이었다.

어전에서 물러나온 정창손은 고개를 설레설레 흔들었다.

'아무래도 주상께서 변하셨어.'

정창손은 속으로 그렇게 중얼거리고 있었다. 다시는 전처럼 세자에게 양위하라는 말을 꺼낼 엄두를 못 내지만, 그러한 그의 생각은 예나 지금이나 변함이 없었다.

2.

    겨울은 길었고, 그리고 추위는 깊었다. 계곡의 바람은 차고 매섭게 몰아쳤다. 낙엽을 지운 앙상한 나무 가지들은 거미줄 망처럼 뒤엉켜 있었다. 나무 밑에서 고개를 쳐들면 하늘이 어지럽게 갈라져 거미줄처럼 보였고, 겨우내 그 엉성한 공간을 뚫고 새털처럼 가벼운 눈이 내려쌓였다. 특히 눈이 지붕처럼 내려앉은 소나무 가지는 무게를 지탱하지 못하고 끝내 제 가지를 부러뜨려 눈을 털어냈다.

    바람결에 설해목(雪害木) 부러지는 소리가 들려왔다. 김시습은 그 밤에 초롱불을 밝힌 채 글을 쓰고 있었다. 한겨울에는 금오산방을 찾아오는 사람도 없었다. 폭설이 자주 내리면 쌓인 길 위에 다시 눈이 덮여, 계곡의 응달은 봄이 되어서야 겨우 눈이 녹아내리며 비로소 길을 터주었다. 그러니 한겨울에는 눈을 헤치며 산길을 더듬어 깊은 산속까지 찾아오는 이가 있을 리 없었다.

    이러한 깊은 겨울은 김시습이 글쓰기에 아주 좋은 계절이기도 했다. 특히 찾아오는 이가 없으니 그가 쓴 글을 도둑질 당할 염려 또한 붙들어 매두어도 되었다. 겨울의 밤은 길었다. 독서와 글쓰기는 필수적으로 병행되는 일과였다. 특히 글을 쓸 때 그는 평소보다 독서를 더 많이 하였다. 더군다나 밤새도록 들창을 스치는 계곡의 바람소리는 그가 글쓰기와 독서를 하는 데 더욱 집중하도록 만드는 매개물 역할을 해주었다. 바람소리가 실어 나르는 자연의 운율이 문맥과 문맥을 이어주는 흐름으로 작용하였고, 그 행간 속에서 살아나는 상상력에 물기를 더해주곤 했던 것이다.

그 겨울에 김시습은 본격적으로 《금오신화》를 쓰기 시작했다. 아니, 그것을 쓰기 위해 몸부림을 쳤다. 계유년과 병자년의 '오흉'들이 눈앞에 와서 어른거렸다. 그는 일단 그 얼굴들을 지우려고 노력하였다. 지나온 십 년 남짓한 세월 동안 아무리 잊으려고 해도 거머리처럼 달라붙던 그 까마귀들의 얼굴을 기억 속에서 쫓아버리고 싶었다. 그들에 대한 뚜렷한 기억이 오히려 그의 글쓰기를 방해하고 있었던 것이다.

김시습은 지난 십여 년 동안 방황을 하면서 그 까마귀들에게 비밀리에 사찰을 당하고 있었다는 사실을 너무나도 잘 알았다. 그가 떠돌던 곳의 지방 수령들이 그들의 지시를 받고 있었고, 산속에 들어가 암자에 머물면 그 절에 기거하는 보살이나 산 아래서 불공을 드리기 위해 올라오는 거사들을 이용해 일거수일투족을 감시했던 것이다. 그래서 그는 그때마다 광태를 부려 짐짓 그들의 감시망에서 벗어나려고 나름대로 부단히 노력을 기울였다.

그런데 그렇게 십 년 이상이 지났는데도, 지금까지 까마귀들의 사찰은 멈출 줄을 모르고 있었다. 급기야 근자에는 자객들을 보내는 흉악한 음모를 꾸미기까지 하였다. 이런 마당이니 김시습이 무엇을 쓰려고 하면 그 오흉들이 발 없는 귀신이 되어 찾아와 그의 정신을 혼란스럽게 만들곤 하는 것이었다.

그럴 때마다 김시습은 서거정에게 부탁하여 구한 책들을 탐독했다. 특히 그 무렵에 그는 《노자》에 깊이 천착해 있었다. 그 책에 나오는 '상선약수(上善若水)'라는 말은 단숨에 그의 정신을 매료시켰다.

'최상의 도는 물과 같다.'

이렇게 김시습은 마음속으로 중얼거렸다.

그 긴 겨울 동안 김시습은 '노자'라는 물을 통하여 자신의 정신세계에 누적되어 있던 세속의 때를 씻어내려고 각고의 노력을 기울였다. 《노자》를 통독하고 나서 그는 십여 년의 세월 동안 증오심만 키워왔다는 사실을 비로소 깨달았다. 글을 쓰려고 하면 발 없는 귀신이 되어 달려드는 그 오흉들의 형상이 그 증거였다. 그런 증오심을 자신의 마음속에서 걷어내지 않고는 제대로 된 글을 쓸 수 없을 것이라고 그는 생각했다. 그 증오심을 씻어내는 물이 그에게는 바로 '노자'였던 것이다.

그렇게 겨울을 보내고 나자 김시습은 마음이 한결 가벼워졌다. 눈이 녹아내리는 금오산의 자연이 나뭇가지 끝에서부터 훈김을 불어대고 있었다. 그 훈김이 그를 문밖으로 불러냈다.

그러나 결코 겨울은 봄에게 호락호락하게 얼어붙은 자연을 풀어주지 않았다. 꽃나무에 봉오리가 맺혀 곧 붉은 울음을 터뜨리기 직전까지 매운 바람결이 가지 끝자락에 냉기를 뿜어대고 있었다. 해마다 봄은 그냥 오지 않았다. 첫울음을 터뜨리는 봄꽃에게 한바탕 혼찌검을 준 후에야 겨울은 물러갔다. 봄비가 내리는 줄 알고 살짝 고개를 내밀던 꽃들이 갑자기 찬바람이 불면서 눈발을 흩날리자, 봉오리 속으로 다시 얼굴을 파묻었다.

'그래도 봄은 오고 꽃은 피어나느니.'

김시습은 마당에 나와 서성이다가 매화나무 가지에 매달린 오동통한 꽃봉오리들을 바라보며 마음속으로 그렇게 중얼거리고 있었다. 그동안 풍찬노숙(風餐露宿)의 세월을 겪으면서 그는 반드시 꽃 피는 계절이 오리라는 것을 확신하였다.

봉오리를 열고 나오는 수줍은 매화꽃을 보자 김시습은 다시금 백화를 떠올리지 않을 수 없었다. 그는 매화를 사랑하였다. 그래서 '매월당'이라는 호도 사용하고 있었던 것이다. 매화를 사랑하듯 그는 백화를 사랑하는 마음 또한 변치 않았다. 그는 〈이생규장전〉에서의 이승과 저승처럼, 그 벽을 무너뜨릴 수 있는 것이 바로 사랑이라고 생각하였다. 그래서 매화꽃이 피는 걸 보고 그는 문득 백화의 화사한 얼굴을 떠올렸던 것이다. 백화는 이미 이 세상 사람이 아닌데, 겨울이 가고 봄이 오니 살아 있는 사람은 다시 활력을 찾고 있는 것이었다. 과연 생명의 이치가 그러하니, 자연의 미물일 뿐인 인간의 무상함을 어찌 탓할 수 있을까 싶었다.

김시습은 괭이를 챙겼다.

"금조야, 나무를 심자꾸나."

꽃샘추위에 무릎이 시릴 것이라며 아궁이에 군불을 지피고 있던 금조가 김시습의 부름을 받고 부엌에서 튀어나왔다. 초당 뒤켠의 아궁이로 검푸른 연기가 솟아오르고 있었다. 그것은 하늘로 퍼져 올라가면서 안개처럼 형용할 수 없는 무늬를 그리다 자취도 없이 사라져 버렸다. 회색빛이 감도는 푸른 연기는 그대로 푸른 하늘로 스며들었다. 청명한 하늘빛은 마치 푸른 물감을 풀어놓은 듯했다.

금조는 며칠 전 산 아래 농가에 가서 얻어온 묘목을 챙겼다. 매화와 장미, 잣나무와 소나무 묘목을 초당 앞마당 한쪽에 묻어 두었던 것이다. 차나무는 산에 자생하는 것을 캐어다 놓았는데, 금오정사 인근의 대나무 숲 곳곳에 심어 두기로 했다. 이미 전에 심어놓은 차나무에서 얻은 작설차를 즐겨 마시고 있었기 때문에 차에 대한 남다른 욕심이 생겼던 것이다.

"장미와 매화는 초당 앞에 심자꾸나. 창으로 내다보면 꽃이 보일 수 있도록 말이다."

김시습은 초당 앞뜰에 조그만 화단을 가꾸고 싶었다.

"네, 스승님!"

금조는 김시습의 지시에 따라 초당 앞에 땅을 파서 화단을 만들고 매화와 장미 묘목을 심었다. 그리고 잣나무는 초당 북쪽에 심어 바람막이로 삼고, 소나무는 남쪽에 심어 햇빛을 받고 자라나는 적송을 볼 수 있도록 했다. 또한 차나무는 초당 남쪽 대나무 숲에 심었다.

나무를 다 심고 난 저녁 무렵에는 갑자기 푸른 하늘이 먹구름으로 어두워지더니 후드득거리며 비가 몇 방울씩 머리 위로 듣기 시작했다.

"허허, 나무를 심고 나니 때마침 비가 오는구나. 묘목에게는 단비가 되겠다."

김시습은 문득 한기를 느끼며 비를 피하여 방 안으로 들어갔다.

서안 앞에 앉아서 김시습은 묵상에 잠겼다. 긴긴 겨울 동안 그의 머릿속에선 여러 가지 생각들이 오고갔다. 정창손과 김질의 교활한 얼굴이 떠올랐고, 신숙주의 뻔뻔스런 낯바닥도 눈앞에 그려졌다.

아무리 생각해도 김시습은 정창손과 김질이 자신의 목숨으로 노리는 의도를 짐작할 수가 없었다. 자신이 그들에게 목숨의 위협을 느낄 만큼 위험 인물인지부터가 심히 의심스러웠던 것이다. 한양 저잣거리에서 대놓고 그들에 대한 욕설을 퍼부은 것은 사실이지만, 그것 때문에 자객까지 보내지는 않았을 것이라고 생각했다. 어찌되었건 그들이 노리는 것은 그의 글이 분명한데, 도둑이 제 발 저린다고 그 내용 속에 자신들에 대한 비판이 실릴 것을 두려워한 나머지 아예 싹부터 잘라 화근을 없애자는 수작인지도 몰랐다. 그렇다면 초록이 동색인 신숙주는 왜 수하에서 부리는 검객을 보내 그들의 공작을 방해하고 있는 것인지, 그것 또한 풀리지 않는 수수께끼일 수밖에 없었다.

신숙주가 보냈다는 그 검객이 서찰을 건넸을 때, 김시습은 쓰다 달다 말을 하지 않았다. 빠른 시일 내에 꼭 한번 만나보고 싶다는 간단한 내용이었지만, 그는 까마귀들과 잠시도 어울리고 싶은 마음이 없었던 것이다. 십 년 세월 방랑 생활을 하던 끝에 마음을 다잡고 한곳에 정착하여 조용히 글 좀 쓰려고 하니, 주변에 온갖 까마귀 떼들이 몰려들어 시끄럽게 울어댔다. 거기까지 생각이 미치자 그는 혼자서 실소를 머금을 수밖에 없었다.

문득 김시습은 '허허실실(虛虛實實)'이란 문구를 떠올렸다. 십 년 세월 허허실실 전략으로 까마귀들을 속이기 위해 천둥벌거숭이처럼 생활했건만, 아직도 그들은 그의 일거수일투족을 감시하고 있는 것이 분명하였다. 그래서 그는 더욱 객기를 부려 그들의 눈을 속여야만, 금오정사의 생활이 좀 더 평안해질 것이라고 생각하였다.

김시습이 초당을 짓고 들어앉아 본격적으로 글을 쓰려는 것은 십 년 세월 방황하면서 가슴앓이하던 당대 지식인으로서의 양심을 어떤 식으로든 글로 옮겨 보고자 하는 마음에서 비롯되었다. 사실상 금오정사에서 쓰기 시작한 가전체(假傳體)의 글들은 중국 명나라의 구우(瞿佑)가 쓴 《전등신화(剪燈新話)》를 흉내 내본 것에 지나지 않았다. 오래전에 그는 명나라를 자주 오가는 역관을 통해 우연히 구우의 저술을 접하고 무릎을 치며 찬탄한 적이 있었다. 이야기체의 그 글들은 기존의 것들과는 다른 전혀 새로운 형식을 도입한, 그야말로 파격적인 서술 양식을 갖추고 있었기 때문이었다. 이야기의 재미뿐만 아니라 그 속에 전하고자 하는 날카로운 시대 비판 의식이 빛을 발휘하고 있었던 것이다.

처음 금오정사에 들어앉아서 글을 쓰겠다고 작정한 김시습은, 일단 여기(餘技)로 구우의 글쓰기 형식을 빌려 문장 연습을 해보고 싶었다. 제일 처음 쓴 〈만복사저포기〉는 구우의 〈등목취유취경원기(藤穆醉遊聚

景圓記)〉를 빌려온 것이고, 까마귀들이 훔쳐간 〈이생규장전〉은 구우의 〈위당기우기(渭塘奇遇記)〉를 보고 착상을 한 글이라고 할 수 있었다.

그러나 정작 김시습이 쓰고 싶었던 것은, 그가 십 년 세월 동안 방랑 생활을 하면서 내면적 갈등을 겪었던 시대와 사회의 비합리적 모순들에 관한 내용이었다. 그것을 구우의 《전등신화》처럼 이야기 서술 기법을 통하여 보여주고 싶었던 것이다. 당대 지식인의 양심으로 그것을 쓰지 않고는 도무지 앞으로 살아나갈 희망이 보이지 않았다.

천방지축으로 광태를 부리며 방황하던 십 년 세월 동안 김시습은 끊임없이 자기 자신에게 질문을 던졌다. 그것은 바로 그 자신의 정체성에 대한 것이었다. 그는 또 하나의 자신을 마치 거울 들여다보듯 앞에 세워놓고 물었다. 너는 누구인가, 대체 너는 지금 무엇을 하고 있는가, 묻고 또 물었지만 가슴 후련한 답을 얻을 수 없었다. 그러는 가운데 그는 숱하게 이중인격의 그 자신을 만났다. 세상으로부터 자꾸만 도망치려는 그와, 남들처럼 세상 속에 섞여들어 안주하고 싶은 또 다른 그가, 때로는 서로를 밀어내고 어느 때는 팽팽한 대결구도로 맞서기도 하면서 세월을 난도질하고 있었던 것이다. 그 세월이라는 흐름에 그는 자신의 심장과 간을 씻고 또 씻었다.

김시습은 그러한 자신의 내면풍경을 처음 금오산에 들어올 때 다음과 같은 시로 읊었다. 제목이 '십년(十年)'이었는데, 이는 계유년 이후 방랑 생활을 하던 기간을 이르는 것이었다.

십 년간 바위틈에서 나는 샘물에 심장과 간을 씻었지만(十年泉石洗心肝)
신세가 모두 취한 것만 같아 꿈처럼 어슷비슷하구나(身世都如醉夢闌)
달고 쓴 인생의 맛 다 겪지 않고도 바다 밖을 다 알지만(未盡甘苦窮海外)

부질없이 장난스런 글만 인간 세상에 가득 남겼구나(空留戲墨滿人間)

산언덕에 진실로 숨어 사는 게 전생부터의 소원인데(山阿眞隱前生願)

구름과 물 가운데 신선놀음 하는 것 오늘의 기쁨이로세(雲水仙遊此日歡)

서까래 같은 왕희지의 붓을 얻어 적이 안심이 되느니(安得如椽王氏筆)

일필휘지로 호기 있게 유생들을 눌러 신맛 보여주려네(一揮豪氣壓儒酸)

이것이 바로 김시습이 십 년 방황 끝에 금오정사에 들어앉은 이유이자 내면고백이었다. 십 년이란 신산스러운 세월이 꿈처럼 흘러가 버렸지만, 이제부턴 장난스러움이 아닌 진정한 글쓰기를 보여주겠다는 의지가 가득 담겨 있는 내용이었다. 특히 마지막 연은 일필휘지로 유생들을 눌러 신맛을 보여주려는 그의 작심이 호방하게 드러나는 대목이 아닐 수 없었다. 여기서 유생들이란 누구인가. 유학자입네 하면서 권력이나 탐하는 무리들을 일컫는 말임은 두말할 나위도 없는 일이었다.

그러한 의지가 있었으므로 김시습은 금오정사에 들어앉아 장고를 거듭하였다. 그러므로 그가 구우의 《전등신화》에서 그 기법을 가져다 글쓰기를 해본 것은 그저 연습에 불과할 뿐이었던 것이다. 십 년 세월 동안 장난 삼아 남긴 글들에 대해 스스로 반성하고 있듯이, 그는 이제 더 이상 부질없는 글쓰기로 시간을 낭비하고 싶지 않았다.

하지만 이러한 김시습의 글쓰기에 대해 겁을 먹고 있는 까마귀들이 있었다. 그는 그들의 눈과 귀를 속이기 위하여 허허실실의 전략을 짜지 않을 수 없었다. 겉으로는 하찮게 《전등신화》를 빗대어 남녀상열지사의 내용을 담은 환상적인 글쓰기를 하고, 그가 진정으로 쓰고 싶었던 참된 글은 아무도 모르게 써서 그만이 아는 비밀 석실 속에 감춰 두기로 한 것이었다.

자객들이 초당을 급습하여 자신이 쓴 글을 도둑질해 갔을 때 김시습이 크게 실망하지 않은 것은, 바로 그러한 이유 때문이었다. 그가 따로 비밀리에 마련한 석실은 용장사 뒤편 인적이 거의 없는 장소에 있었다. 그것은 제자인 금조에게마저도 가르쳐 주지 않은, 오직 그만이 알고 있는 극비사항이었다.

김시습은 다시금 마음을 바로잡았다. 그의 가식적인 글쓰기가 조금은 성과를 거둔 바 있으나, 아직도 까마귀들은 그가 금오정사에 들어앉아 있는 것에 대하여 의심이 많았다. 그가 다시 한 번 한양을 다녀와야겠다고 생각한 것은 허허실실의 전략을 실제 행동으로 보여줘야 할 필요성을 느꼈기 때문이었다. 또한 만나고 싶지 않은 사람이긴 하지만, 도대체 신숙주가 왜 그를 보자고 했는지, 그 의문만큼은 풀고 넘어가야 할 것 같았다.

"그래도 밭 갈고 씨 뿌리는 일은 마치고 나서 행차를 해야 할 터."

혼잣소리로 이렇게 내뱉은 김시습은 다음 날부터 금조와 함께 초당 근처에 개간해 놓은 밭에 나가 이랑을 만들고 파종을 하는 일로 분주하였다. 가끔 경주부윤이나 통판이 먹을거리를 보내주긴 하였지만, 그는 그것도 부담스럽게 생각하였다. 특히 정창손의 형인 경주부윤 정홍손이 보내온 것은 술이고 안주고 끝내 반려하였다. 이는 병 주고 약 주는 격이라 아니할 수 없었던 것이다.

그래서 김시습은 조석을 끓이고 찬을 마련하는 것만큼은 자급자족하는 것을 원칙으로 삼겠다고 마음먹었다. 그것도 금조가 옆에 있으니 든든한 마음에 밭을 갈고 파종도 할 수 있었던 것이다.

봄꽃이 시나브로 피었다 지고 숲이 연초록에서 짙푸른 색깔로 바뀌어갈 즈음, 김시습은 먼 길을 떠날 행장을 꾸렸다.

"내 한양에 좀 다녀오마."

김시습은 금조에게 금오정사를 지키라고 일렀다. 밭에 파종한 곡식이며 채소가 한창 자라나고 있고, 땅이 기름져 잡초가 더 기승을 부리기 때문에 오래도록 사람 손이 없으면 농사를 망치기 십상이기도 했던 것이다.

"스승님, 저도 따라가겠습니다. 혼자 가시면 위험합니다. 또 놈들이 어떤 수작을 부릴지 모르는 일이옵니다."

"아니다. 그만큼 혼찌검을 당했으면 됐지, 까마귀들이 또다시 떼거리로 덤벼들겠느냐?"

김시습은 그를 위해하려는 자들을 모조리 싸잡아 '까마귀들'이라고 말했다. 금조도 그 말을 금세 알아들었다.

"아직은 안심할 수 없사옵니다. 지난번 경주 저잣거리에서도 제가 따라가지 않은 관계로 봉변을 당하시지 않았습니까? 한양 땅은 더 위험합니다."

금조는 자신의 생각을 굽히지 않았다.

"나는 내 생명보다 저 귀물들이 더 소중하다. 네가 따라나서면 저 밭의 생명들은 누가 돌봐주느냐?"

김시습은 밭에 심은 곡식과 채소들을 더 걱정하고 있었다.

"종자들은 심으면 거두게 되어 있는 법이옵니다. 다소 잡초들이 기승을 부린다 하더라도, 그들 역시 다 같은 생명이니 곡식이나 채소들과 더불어 자라게 놔두시지요. 그렇게 자라서 살아남는 것만 거두어도 자급은 될 성싶습니다."

"허허, 녀석! 잡초까지 생각하는 네가 나보다 낫구나. 우리 스승과 제자 관계를 바꾸는 게 어떠하냐?"

김시습은 껄껄대고 웃지 않을 수 없었다.

"스승님, 제가 그만 헛소리를 지껄였나 보옵니다. 용서해 주시옵소서."

금조는 얼른 무릎을 꿇고 머리를 조아렸다.

"무슨 소리냐? 네 말이 모두 맞는 것을. 정 그렇다면 내 뒤를 따라는 오되 남이 눈치를 채지 못하도록 조심을 해야 되느니라. 우리가 일행인 줄 알면 안 된다는 말이다. 알겠느냐?"

"네, 스승님!"

김시습의 허락이 떨어지자 금조의 얼굴에 화색이 돌았다.

금조는 한양으로 떠나기 전에 초당의 문단속을 철저하게 하려고 자물쇠를 구해왔다.

"그냥 놔두어라. 누가 이 초당을 찾아오겠느냐? 혹 찾아왔다 한들 주인 없는 방에 들어가겠느냐?"

김시습은 문에 못질을 하고 있는 금조를 말렸다.

"혹시 지난번처럼 놈들이 초당을 급습해 스승님 글을 도둑질해 가면 어쩝니까?"

금조는 큰 눈을 꿈쩍거리며 김시습의 눈치를 살폈다.

"가져가면 가져가는 대로 좋지 않겠느냐? 벌써 내 글의 필사본이 경주는 물론 한양 저잣거리에까지 떠돌아다닌다 하더구나. 많은 사람이 읽어서 나쁠 것도 없겠지."

김시습은 제발 그래 주었으면 싶었다. 이미 그는 세 번째로 〈취유부 벽정기(醉遊浮碧亭記)〉를 써놓은 상태였다. 방 안의 서안에 그대로 놓여 있으니 누가 와서 가져가기도 쉬울 것이었다.

3.

정원에 심어놓은 모란이 활짝 피었다. 모란의 여린 꽃잎이 작열하는 햇빛을 받아 붉은 피를 토하고 있었다. 화려한 꽃은 오래 가지 못하는 법이었다. 꽃이 화려하고 꽃잎이 클수록 질 때는 처참하게 땅바닥에 떨어져 흙먼지를 뒤집어쓴 채 뒹굴곤 했다. 모란 역시 꽃이 피어나 이삼 일 동안 영화를 누리다가, 바람 잔잔한 날인데도 하릴없이 꽃잎이 날려 상처투성이의 모습으로 땅바닥에 떨어졌다. 종국에는 노란 꽃술만 대궁 위에 앙상하게 남아 옛 영화를 무색케 하는 것이었다. 다투어 피어나는 모란꽃은 그렇게 가는 봄을 채찍질해대고 있었다.

장지문을 열고 모란꽃을 내다보면서 신숙주는 바로 자신의 모습이 그러하다고 생각했다. 그는 계유년 이후 승승장구하여 삼정승의 위치에까지 오르는 최고의 당상관이 되었다. 짧은 기간에 그 누구보다 화려한 벼슬살이를 했던 것이다. 이미 지천명을 눈앞에 둔 나이였지만, 세간에선 그가 아직 영의정의 자리를 차지할 만한 경륜이 되지 않았다는 소문이 파다하게 떠돌고 있었다.

그런 말이 나돌자 신숙주는 한 해 전에 임금 수양에게 사직서를 내고 집 안에 들어앉았다. 당시 수양은 사직서를 반려하였지만, 끝내 그는 자신의 고집을 꺾지 않았다. 영의정이 되고 겨우 두 해만에 물러난 것이 모란꽃의 생명과 꼭 닮았다는 생각이 들었지만, 그래도 최고 권력의 자리를 내놓자 홀가분한 생각이 들기도 했다.

'모란은 구근이 있지 않은가?'

신숙주는 그러한 생각으로 자신의 아쉬운 마음을 달랬다. 사실상 그가 영의정 자리에서 물러난 것은 김시습의 매몰찬 비난에 대한 부끄러움 때문이기도 했다. 꼭 한번 만나보고 싶다는 서찰을 보냈으니, 언젠가는 그가 반드시 자신 앞에 나타나리라고 생각했다.

신숙주가 한 해 전에 사직서를 제출했을 때 임금 수양을 설득시킬 수 있었던 것은 바로 김시습의 문제를 거론한 것이 효력을 발휘하였기 때문이었다.

"소신이 영상의 자리에서 물러나야 김시습 앞에 떳떳하게 나설 수 있을 것이옵니다. 항간에 김시습이 소신의 입신출세를 두고 비아냥거리고 다닌다는 소문이 파다하옵니다. 김시습이 나타나면 대등한 입장에서 그를 설득해 보려고 하오니, 그 점 널리 혜량하여 주시옵소서."

신숙주의 말을 수양은 곧 알아들었다.

"영상의 뜻은 알겠으나, 그런다고 김시습을 과인 곁에 붙잡아 둘 수 있을지 모르겠소."

수양은 신숙주를 영상의 자리에서 물러나게 하는 것이 못내 서운하기만 하였던 것이다.

"소신은 김시습의 유유자적(悠悠自適)이 부럽사옵니다. 이제부터라도 전하께서 하명하신 편찬 업무에 매진할 수 있도록 소신에게도 무관(無冠)의 영광을 베풀어 주시옵소서. 정신적 여유가 있어야 제대로 된 글도 나오지 않겠사옵니까?"

신숙주는 수양의 명에 의하여 《동국통감(東國通鑑)》, 《국조오례의(國朝五禮儀)》 등의 편찬사업을 진행해 오고 있었다. 그러나 그동안 조정의 업무가 너무 바빠 글 쓰는 작업을 소홀히 할 수밖에 없었다.

"사실 과인이 김시습을 가까이 두고자 한 것도 그의 문장을 탐냈기 때문이오. 김시습을 설득할 수만 있다면, 과인은 그를 가까이에 두고 보한재와 함께 편찬사업을 크게 일으켜 보고자 하오. 보한재가 영상의 자리에서 물러나는 것을 과인은 원치 않지만, 김시습을 설득하는 조건이라니 그 청을 아니 들어줄 수가 없구려."

결과적으로 볼 때 수양으로서도 어쩔 수 없는 일이었지만, 어린 임금 복위 역모를 꾀했던 옛날 집현전 학사들의 죽음을 매우 안타까워하고 있었다. 그런 내심을 겉으로 드러내 밝힐 수는 없었다. 그러나 집현전 학사들 중 신숙주만 자신의 곁에 머물고 있다는 사실이 못내 아쉬웠던 것이다. 그러한 아쉬움이 김시습을 가까이 두고 정사를 논하는 것은 물론, 그의 글재주를 빌려 적극적으로 편찬사업을 펼쳐보겠다는 욕심을 갖게 하였다.

집현전 학사들은 세종이 아끼던 인재들이었다. 수양 또한 그들의 능력을 일찍부터 간파하고 있었다. 그래서 문종 2년 그가 사은사(謝恩使)로 명나라에 가게 되었을 때 집현전 학사 출신 중 누군가를 꼭 서장관으로 데려가고 싶었다. 그때 그의 심복인 한명회가 신숙주를 적극 추천하였다.

"집현전 학사들 중 보한재가 능력도 출중하고, 권력에 대한 욕심도 다른 이들보다 많습니다. 그가 서장관으로 가장 적합한 인물임은 바로 그런 이유 때문이옵니다. 연경에 머물게 되면 반드시 그를 데리고 영락제(永樂帝)의 장릉(長陵)을 찾아가십시오."

한명회의 이 같은 말에는 어떤 암시가 숨어 있었다. 수양도 그것을 모르지 않았다.

명나라 영락제는 태조 주원장(朱元璋)의 넷째 아들로 태어났다. 그는 부왕이 죽고 나서 그의 장조카인 건문제(建文帝)가 등극했을 때 반란을 일으켜 황제의 자리를 탈취한 인물이었다.

"보한재가 그 뜻을 알까?"

수양이 한명회에게 물었다.

"이심전심(以心傳心)이 아니오니까? 모를 까닭이 없사옵니다."

한명회는 한쪽 눈썹을 일그러뜨리며 묘하게 웃었다.

수양이 사은사로 갈 당시 그의 형인 문종은 병약하여 탕약을 입에 달고 살았다. 특히 세자 시절부터 앓았던 종기는 왕이 되고 나서 더욱 심해져 밤잠을 제대로 이루지 못하고 끙끙 앓을 정도로 뼛속 깊이 침투되어 있었다. 그런 형편이니 갑자기 임금이 붕어하면, 어린 세자가 왕위를 이어받아야 할 판이었다. 이러한 때에 한명회는 조카를 내쫓고 제위에 오른 명나라 영락제의 능을 돌아보도록 수양에게 적극 권하였던 것이다. 서장관으로 동행하는 신숙주로 하여금 그들의 음모에 가담케 하기 위한 고단수의 전략이 아닐 수 없었다.

그래서 당시 사은사로서의 공식적인 업무를 마치고 나서 수양은 서장관 신숙주와 함께 영락제가 묻힌 장릉을 찾아갔다. 다른 사신단 일행은 연경에 놔두고, 오직 두 사람만 거기서 조금 떨어진 장릉까지 일부러 동행한 것이었다.

수양은 장릉을 둘러보며 신숙주를 향해 넌지시 말했다.

"영락제는 명나라를 대제국으로 키운 명군입니다. 우선 외치에 힘써 다섯 차례나 친정을 단행하여 명나라의 국경을 크게 넓혔지요. 뿐만 아니라 내정에도 힘을 기울여 문화정책을 적극 추진, 무려 이만여 권에 이르는 편찬사업을 통하여 주자학을 국가 교학으로 육성시켰습니다. 보한재께서도 잘 아시는 바이지만, 나는 영락제야말로 정말 대단한 군주였다는 생각이 듭니다. 그렇지 않소이까?"

이렇게 수양은 신숙주로 하여금 자신의 의견에 동조하도록 애써 강요하고 있었던 것이다. 말은 부드러웠지만, 그 안에는 뼈가 들어 있었다.

"대군 말씀이 맞습니다. 영락제는 연왕(燕王) 시절부터 대단한 포부를 가지고 있었지요."

신숙주도 영락제에 대해서는 누구보다 잘 알고 있었다.

태조 주원장이 명나라를 세웠을 때 넷째 아들 주체(朱棣)는 수도 남경(南京)에서 멀리 떨어진 북쪽 변방의 연경(北京)과 그 주변 땅을 봉지로 받아 연왕에 봉해졌다. 황자들이 많았지만, 그는 명나라 건국에 큰 공을 세웠음에도 불구하고 가장 열악한 지역의 제후가 되었던 것이다. 그는 이때부터 남모르게 무술이 뛰어난 장수를 기르고 휘하의 군대를 강하게 훈련시켰다.

그로부터 몇 년 후, 태조 다음으로 적손(嫡孫)인 건문제가 즉위하여 삭봉책(削封策)을 취하자, 연왕은 이를 문제 삼아 수도 남경을 공략하였다. 그는 연군을 이끌고 파죽지세로 몰아붙여 남경을 함락시켰는데, 이때 건문제는 황궁을 불사른 후 승려로 변장하고 도망쳤다고 한다. 그리하여 연왕 주체는 수도를 남경에서 연경으로 옮겼다. 그리고 연호를 고쳐 '영락(永樂)'이라 천명하고, 그 스스로 황제가 되어 천하를 호령하였다.

"보한재는 영락제가 평소 즐겨한 말을 기억하시오?"

수양이 여전히 장릉에 시선을 묻은 채 물었다. 신숙주는 수양이 자신에게 무슨 대답을 요구하는지 잘 알고 있었다. 아무리 인의(仁義)를 내세우더라도 대세를 거스를 수는 없었다.

사은사로 연경까지 가는 길에 수양은 신숙주에게 어떤 언질도 주지 않았다. 그저 사람 좋게 허허거리고 웃었고, 더불어 학문을 논하였다. 그리고 눈에 들어오는 명나라의 유물과 유적, 선진 문명에 대한 일종의 부러움 같은 것을 지나가는 소리로 흘렸을 뿐이었다. 조금 의식적으로 표현한 것이 있다면 명나라의 선진 문명을 받아들여 조선의 문화를 화려하게 꽃피우자는 것이었고, 왕권을 더욱 강화하여 국가 기강을 바로잡아 연년세세 태평한 세상 천년왕국을 열어가야 하지 않겠느냐는 우국충정의 뜻을 서로 교환한 것밖에 없었다.

그런데 수양은 이제 노골적으로 신숙주에게 의향을 묻고 있었다. 명나라 영락제의 말을 빌려 우회적인 수법으로 자신이 꿈꾸는 세상에 대한 동의를 구하고 있었던 것이다.

신숙주는 긴장하지 않을 수 없었다. 수양이 사은사 일행을 다 놔두고 자신만 대동하고 영락제의 능을 찾은 이유를 벌써부터 알고는 있었지만, 이제 명확하게 자신의 의견을 말하지 않으면 안 되는 순간에 봉착한 것이었다.

한동안 침묵을 지키고 있던 신숙주는 마침내 조심스럽게 입을 열었다.

"패륜은 세월이 가면 잊혀지게 되지만, 위업은 역사에 오래도록 기록될 것이라는 말을 이르시는 것 아니옵니까?"

"나는 영락제의 그 말에 대한 보한재의 의견을 듣고 싶소."

수양이 불처럼 타오르는 눈빛으로 신숙주를 쳐다보았다. 그 눈빛은 거의 노골적으로 그 어떤 것을 요구하고 있었다. 신숙주는 짤막하게 대답했다.

"소신 역시 영락제의 말이 옳다고 생각하옵니다."

이 말은 중의법이었다. 겉으로는 '영락제'를 지칭하지만 속에 담은 의미는 '수양대군의 뜻에 따르겠다'는 것이었다.

"허허헛! 우리 조선도 이제 강해져야 합니다. 부왕께서 나라 기틀을 바로잡아 놓으셨으니, 이제부터는 더 강하고 더 성숙한 문화강국을 만들어 나가야 하지 않겠소이까?"

수양은 그러면서 은근히 신숙주의 손을 부여잡았다. 그 악력이 어찌나 센지 신숙주는 손가락이 다 아플 지경이었다. 신숙주 역시 수양에게 잡힌 손에 힘을 주었다. 이때 수양은 신숙주의 마음을 읽었다. 두 사람은 손을 잡는 순간, 한명회가 말한 이른바 '이심전심'을 체온으로 느꼈던 것이다.

사은사 일행이 압록강을 건너 한양으로 돌아올 때 수양은 신숙주를 당시 개성의 궁지기로 있던 한명회에게 데리고 갔다. 이들의 왕권탈취 계략은 이때부터 무르익어 갔던 것이다.

어쩔 수 없이 영의정 신숙주의 사직을 받아들이는 자리에서, 임금 수양은 문득 그에게 전날의 기억을 되살려 물었다.

"보한재, 오래전 명나라 사은사로 갔을 때 장릉에 들렀던 일을 기억하시오?"

"네, 전하! 그때의 기억을 어찌 잊을 수 있겠사옵니까?"

"영락제의 마음과 지금 과인의 마음이 같으오. 왜 과인이 불교에 관심을 갖고 역경사업과 아울러 원각사를 중창했는지 보한재는 잘 아실 거요. 그리고 이제 과인은 영락제가 그러했던 것처럼 역사에 오래도록 기억되는 군주가 되고 싶소. 과인이 김시습을 가까이 부르려는 것이나 그대로 하여금 편찬사업에 열과 성을 다하라는 것은 부왕의 과업을 이어 조선을 문화강국으로 만들기 위함이오."

이와 같은 수양의 목소리에는 물기가 어려 있었다. 직접 말로 '패륜'이라 표현하지 않았지만 그가 불교에 깊은 관심을 갖고 있는 것은, 조카 단종의 죽음과 복위 운동을 하다 형장의 이슬로 사라진 수많은 인재들의 목숨에 대한 일말의 양심적 가책 때문이었다. 그리고 부왕 세종이 집현전 학사들과 함께 쌓아올린 학문적 토대 위에서, 그는 다시 각종 편찬사업을 통하여 문화의 금자탑을 세우고 싶었던 것이다.

참으로 화창한 날씨였다. 잠시 옛날 생각에 잠겨 있던 신숙주는 방문을 열고 밖으로 나왔다. 가까이에서 모란꽃의 탐스럽고 아름다운 색채를 감상하고 싶었던 것이다. 그는 모란꽃 가까이 다가가 코를 대고 향기를 맡아보았다. 어떤 꽃은 향기가 있었고, 또 어떤 종류는 향기가 나지 않았다. 일연의 《삼국유사(三國遺事)》 선덕여왕조에 보면 '향기 없는 모란꽃' 이야기가 나오는데, 모란꽃에는 종자를 개량하는 데 따라 향기가 있는 것과 없는 것이 있었다.

화려한 모란꽃의 형상을 볼 때, 신숙주는 자신이 그처럼 영화를 누려왔다고 생각했다. 그런데 한편으로 생각하면 향기가 없는 인생을 살아왔다는 것을 부정할 수가 없었다. 꽃이나 인간이나 그 처한 환경에 따라 그 모양과 향기가 달랐다. 바닷바람이 찬 바위벼랑의 틈새를 뚫고 겨우 한 줌의 흙속에 뿌리내린 풍란은, 꽃이 비록 작고 볼품없어 보이나 그 향기가 멀리까지 간다는 사실을 그는 알고 있었다. 김시습을 꽃으로 표현한다면 바로 그러한 절해고도에 핀 풍란과 같지 않을까 생각해 보았다.

그때 누군가가 신숙주 뒤에 다가와 조용히 불렀다.

"대감마님!"

"음, 무슨 일이냐?"

신숙주는 돌아보지 않고도 그가 자신의 호위무사 겸 집사인 기주(箕朱)임을 알았다. 지난해 가을 김시습에게 편지를 가지고 경주로 내려갔던 바로 그 검객이었다.

"네, 지난해 가을 경주에서 매월당 어르신을 해하려고 했던 자객의 우두머리가 누구인지 알아냈사옵니다."

"그래?"

신숙주는 뒤로 돌아섰다.

"어딘가 낯이 익다 했더니, 몇 년 전 대감마님이 강원도와 함길도 도체찰사로 가셔서 야인들을 소탕할 때 별장으로 있던 자이옵니다. 엊그제 그자가 형조판서 대감 댁에 드나드는 것을 보았사옵니다. 소인이 검을 겨룰 때 그자의 뺨에 약간의 상처를 입혔는데, 그 상처까지 있는 걸 보면 틀림이 없사옵니다."

"형판이라? 그러면 쌍곡(雙谷)의 사저를 말하는 것이 아니냐?"

신숙주가 말하는 '쌍곡'은 김질의 호였다.

"그러하옵니다."

기주가 깍듯하게 군례를 올렸다. 그는 신숙주가 도체찰사였을 때 수하에 거느렸던 종사관이었다. 특히 검술이 뛰어나서 그를 아꼈는데, 그런 인연으로 야인 정벌을 마치고 한양으로 돌아와서도 가까이 두게 되었던 것이다.

"기주야, 지금 그 말은 누구에게도 입 밖에 내서는 안 된다. 나와 너만이 아는 비밀로 해야 한다, 알겠느냐?"

"네, 대감마님!"

기주가 물러가고 나서도 신숙주는 한참 동안 모란꽃의 아름다움에 취해 있었다.

김질이 정창손과 작당하여 김시습의 글을 도둑질하는 것도 모자라 그의 목숨까지 노린다는 사실을 신숙주는 전부터 어렴풋이 짐작하고 있던 터였다. 그는 정창손이 보내준 필사본으로 된 김시습의 글을 읽었을 때 실소를 머금었다. 글의 내용이 전혀 예상 밖이었기 때문이었다.

김시습이 십 년 세월 방황 끝에 경주 금오산에 정착하여 글을 쓴다는 소문을 들었을 때, 신숙주 역시 우려하던 바가 없지 않았다. 만약에 김시습이 진정으로 글을 쓰기로 마음먹었다면, 그가 과거시험을 포기하고 가족도 돌보지 않은 채 정신적 방황을 할 수밖에 없었던 그 이유에 관한 내용이 분명할 것이라고 생각했기 때문이었다. 김시습이 방황하기 시작한 것이 계유년 때부터이고, 어린 임금 복위 사건 이후 더욱 자학적으로 변하여 방랑벽이 심해졌다. 그러다가 갑자기 십 년 세월 끝에 금오산에 들어앉아 글을 쓰겠다고 작정을 했으니, 그 내용을 미루어 짐작하기 어렵지 않았던 것이다.

그런데 금오정사에서 김시습이 썼다는 글을 읽어 보고 나서 신숙주는 적이 안심이 되었다. 더불어서 그의 글에 대해 지레 겁부터 먹고 자객까지 동원하는 음모를 꾸민 정창손이나 김질의 행위에 대하여 실소를 금할 수가 없었다.

다만 신숙주가 이해할 수 없는 것 한 가지는, 김시습이 왜 그의 성향과도 맞지 않는 남녀상열지사와도 같은 이야기에 집착하고 있는지 모르겠다는 것이었다. 그것도 대놓고 명나라 구우의 《전등신화》를 모방하고 있는 꼴이니, 김시습답지 않다는 생각을 해보았다. 글을 아는 유학자로서 모방은 그야말로 수치였다. 그런데 김시습은 보란 듯이 《전등신화》를 모방하고 있는 꼴이었다. 거기에는 분명히 무슨 의도가 숨어 있을 것이었다. 그런데 그 의도를 도무지 짐작할 수가 없었다. 김시습을 직접 만나 은근히 떠보지 않고는 그의 내면을 짐작하기 어려웠다.

신숙주도 구우의 《전등신화》를 읽은 적이 있었다. 필사본으로 읽은 김시습의 〈이생규장전〉은 구우의 〈위당기우기〉와 그 이야기 전개 방식이 매우 흡사하였다. 〈위당기우기〉의 주인공은 '장생'과 '18세의 처녀'였는데, 〈이생규장전〉의 주인공은 '이생'과 '최씨 처녀'로 나오는 것이었다. '장생'은 처녀를 본 후 꿈속에서 그녀를 만나 사랑을 나누었는데 반하여, '이생'은 실제로 최씨 처녀의 집 담장을 타넘고 들어가 운우지정(雲雨之情)을 쌓았다. 이처럼 '꿈'과 '담장'이라는 만남의 형식만 다를 뿐, 두 글에 나오는 남녀 주인공들은 훗날 부부가 되어 사랑을 이루는 것 또한 똑같았다.

김시습의 〈이생규장전〉을 읽고 나서 신숙주는 다시 서가에서 전에 읽었던 구우의 《전등신화》를 찾아내 〈위당기우기〉란 작품을 꼼꼼하게 읽어보았다. 두 작품을 몇 번씩 되새겨 읽으며 검토한 결과, 만약 김시습이 일부러 구우의 작품을 모방한 것이라면 거기에는 반드시 어떤 이유가 있을 것이라는 결론에 도달하였다.

신숙주는 바로 김시습의 그런 모방적 글쓰기 속에서 그에 합당한 이유를 밝혀내기 위해서라도 반드시 그를 만나야 한다고 생각했다. 더구나 김시습은 구우의 《전등신화》에 빗대어 자신의 그러한 작품을 《금오신화》라고 하여 거의 의도적으로 모방하고 있음을 겉으로 드러내 보여주고 있는 것이었다. 물론 시가(詩歌)에서도 옛날 시인들의 명구들을 일부 가져다 적재적소에 넣어 글을 지을 경우 상찬(賞讚)을 해주는 것이 유자(儒者)들 사이에 풍미하고 있는 것은 사실이었다. 따라서 그런 정도의 모방은 부끄러운 일이라고 할 수 없으나, 지극히 자존심이 강한 김시습의 성격으로 볼 때 도무지 이해하기 어려운 일이었던 것이다. 더군다나 스스로 모방하고 있다는 것을 애써 밝히기라도 하듯이 '신화'라는 말까지 붙여놓고 있는 것을 보면, 김시습의 그런 회화적(戲畵的)인 작의(作

意)에 더욱 의심이 가지 않을 수 없었다.

"필시 뭔가 곡절이 있을 것이야."

모란꽃이 한창인 정원 뜰 앞을 하릴없이 왔다 갔다 하면서, 신숙주는 입을 일자로 다문 채 한참 동안 고개를 주억거리고 있었다.

4.

한양의 시전(市廛) 거리는 장사꾼과 물건을 사러 나온 사람들, 그냥 눈요기나 하러 시골에서 올라온 구경꾼들, 술 한 잔 걸치고 거리를 활보하는 왈패들로 연일 북적거렸다. 종루(鐘樓)가 있는 운종가(雲從街), 말 그대로 사람들이 구름처럼 몰려든다는 그 거리는 물건을 팔려는 장사꾼들의 시끄러운 외침과 물건을 고르고 흥정하는 사람들의 소리, 간혹 술에 취해 비틀거리는 주정꾼들의 타령조가 한데 어우러져 매우 시끌벅적하였다.

그 운종가 중심 거리 좌우로 기와집들이 추녀 끝을 마주대고 빽빽하게 들어서 있었는데, 골목과 골목 사이로도 사람들의 왕래가 잦아 시끄럽기는 마찬가지였다. 오히려 큰 거리는 비단·명주·모시·종이·어물·무명 등을 파는 상점이 번성하여 번듯한 규모를 자랑하였으나, 조금만 골목으로 들어가면 추녀 밑에 자리를 잡은 노점상과 갖가지 음식점이며 술집들이 즐비하여 더욱 번잡하였다. 골목이 좁아 사람과 사람들이 어깨를 부딪치고, 그러다 시비가 붙어 멱살잡이를 하는 광경도 심심찮게 볼 수 있었다. 그래서 사람 사는 맛은 번잡한 거리에 있는 육의전(六矣廛)보다 뒷골목의 풍경이 더욱 그럴듯했다.

그런 골목의 어느 허름한 주막에서 얼큰하게 한잔 걸친 김시습은 비틀거리는 걸음으로 나와 운종가 큰 거리를 갈지자걸음으로 활보하였다. 겉에 걸친 검은 장삼은 헤져 꿰맨 자국과 실밥이 너덜너덜하였고, 머리에 쓴 대삿갓은 테두리가 다 낡아 덜렁거렸다. 미투리도 신기는 했으나 진흙이 잔뜩 묻어 지저분하기 이를 데 없었다. 그런대로 모양새는 승려

차림이었지만, 거칠게 자란 수염이며 허리에 매달린 호리병을 보면 영락
없는 파계승에 다름 아니었다.

김시습은 어깨에 걸머진 바랑에 늘 붓과 벼루를 챙겨 가지고 다녔다.
문득 종이가 떨어졌다고 생각한 그는 지전(紙廛)을 찾았다. 육의전의 여
러 점포를 지나 지전이 즐비한 거리로 나온 그는, 온갖 종류의 종이들
이 쌓여 있는 풍경을 보고 자못 경이로운 시선을 보냈다. 방금 지나친
비단을 진열해 둔 점포처럼, 지전도 종이 두루마리로 차곡차곡 진열된
물건들이 층을 이루어 점포 벽을 가득 메웠다. 평상에 펼쳐진 종이들도
종류별로 색색이 다르게 진열되어 있어, 도대체 어느 것을 어떻게 골라
야 할지 모를 지경이었다.

"참으로 좋구먼! 비단 같은 종이가 지천이로구나."

김시습은 글을 쓸 종이를 한 두루마리 사서 바랑 속에 넣고 청계천
쪽으로 향했다. 골목에서부터 청계천까지 어느 정도 거리를 두고 김시
습의 뒤를 몰래 따라붙는 자가 있었는데, 그는 다름 아닌 금조였다.

청계천을 따라 천천히 걷던 김시습은 수표교(水標橋) 아래 자리를 잡
았다. 돌로 된 이 다리는 흐르는 물의 수량을 재기 위해 만든 것으로,
돌기둥에 경(庚)·진(辰)·지(地)·평(平) 등의 글자가 새겨져 있었다. 그는
바로 다리 밑의 그 돌기둥에 기대어 앉아 다리를 쭉 뻗은 채 허리에 찬
호리병을 꺼내 병나발을 불었다.

"크어, 참 좋다."

김시습은 붉게 충혈이 된 눈으로 청계천의 물길을 굽어보았다. 물속
에서 송사리 떼의 노는 모습들이 마냥 한가로워 보였다. 물굽이를 따라
아래위로 시선을 옮기던 그의 눈에 아낙들의 빨래하는 모습도 들어왔
다. 천변으로 휘휘 늘어진 수양버들과 그 아래 적삼과 치마 사이로 등

이 훤히 보이도록 엎드려 빨래를 하는 아낙들의 웃음소리가 오후 한낮의 한가로운 풍경을 연출해내고 있었다. 가까운 거리에 접해 있으면서도 번잡한 운종가의 저잣거리와 청계천의 분위기는 전혀 달랐다.

어디선가 천둥소리가 들려왔다. 하늘을 보니 비가 오려는 듯 구름이 시시각각 몰려들었다 흩어지며 변화무쌍한 형상을 보여주고 있었다. 비가 내리고 나면 곧 늦은 봄이 물러가고 진초록의 여름이 계절의 문턱을 넘어설지도 몰랐다.

저절로 시상이 떠오르는 걸, 김시습은 억제할 수 없었다. 그는 바랑에서 붓과 벼루, 종이를 꺼내 시 한 수를 적어 내려갔다. 글씨가 수양버들처럼 휘휘 늘어지며 꼬리를 물고 이어졌다.

비도 안 오는데 천둥소리는 어디서 나는가(無雨雷聲何處動)

김시습은 그렇게 칠언절구 한 연을 쓴 후 종이를 찢어 하천으로 던졌다. 그리고 이어서 또 한 연을 적었다.

누런 구름이 편편이 사방으로 흩어지는구나(黃雲片片四方分)

그렇게 쓴 종이도 다시 찢어서 흐르는 물에 띄워 보낸 후, 김시습은 호리병을 입에 대고 목울대가 씰룩이도록 술을 벌컥벌컥 들이켰다.

"어머, 이게 무엇일꼬?"

수표교 저 아래서 빨래를 하던 아낙이 떠내려 오는 종이를 보고 호들갑을 떨었다. 아낙들의 까르르, 하는 웃음소리가 천변 위로 늘어진 수양버들 줄기를 타고 아지랑이처럼 솟아올랐다.

"저기 또 하나가 내려오네."

옆에 앉은 다른 아낙이 소리쳤다.

"저기 저 수표교 밑에 있는 양반이 쓴 글씨로구먼. 그런데 왜 글을 써서 물 위에 떠내려 보내는 걸까?"

아낙들은 또 그러면서 호호거리고 웃었다.

"미쳤나봐!"

"술에 취한 모양이지!"

아낙들은 저마다 김시습의 존재를 의식하며 한마디씩 하는 걸 잊지 않았다. 청계천에서 빨래하는 아낙들은 이렇게 저마다 수다 떠는 것으로 아픈 허리를 참아냈고, 신산스러운 삶의 시름을 잊곤 했다.

그러거나 말거나 김시습은 호리병이 바닥나도록 연거푸 술을 들이켰다.

"커, 좋다."

김시습은 비틀거리며 일어섰다. 취기가 왈칵 얼굴로 몰려왔다. 머리가 무거웠다. 하늘이 빙빙 돌았다. 그러더니 그는 발을 헛딛는 바람에 청계천 물속으로 풍덩 빠지고 말았다. 물에 빠져서 아래로 허우적거리며 떠내려갔다.

"오메, 이번엔 사람이 떠내려온다."

아낙들이 이구동성으로 외쳐 댔다.

그때 멀리서 이쪽의 동태를 살피던 금조가 헐레벌떡 달려와 물속으로 뛰어들었다. 곧 김시습을 번쩍 안아 올린 그는 성큼성큼 수표교 밑으로 가서 내려놓았다.

김시습은 거기 그렇게 아무렇게나 사지를 벌리고 누워 코를 드르렁드르렁 골았다. 그런데도 금조는 가까이 다가가지 못하고 그저 멀리서 눈치만 살필 뿐이었다.

저녁 무렵, 하늘에 먹구름이 몰려들면서 바람이 청계천변을 휩쓸고 지나갔다. 그러자 천변의 버드나무들이 여인의 머리카락처럼 칭칭 늘어진 가지를 정신없이 흔들어 댔다.

그때서야 김시습은 깨어났다.

"어허, 춥구나."

아직 옷이 다 마르지 않아 서늘함을 느낀 김시습은 손으로 엉덩이를 툭툭 털고 일어났다.

"스승님, 곧 비가 올 모양입니다."

곁에 있던 금조가 하늘을 쳐다보며 말했다.

"네가 어찌 이곳에 있느냐? 썩 꺼지지 못할까? 그렇게 졸졸 따라다니며 귀찮게 굴려거든 너 먼저 금오산으로 돌아가거라."

김시습은 결기를 세워 준엄하게 금조를 꾸짖었다.

"스승님, 죄송합니다. 멀찌감치 떨어져 있겠나이다."

금조는 당혹스러움을 감추지 못하며 김시습에게서 도망쳐 어디론가 자취를 감추었다.

김시습은 끝까지 금조의 뒷모습을 눈길로 좇으며 혼자 껄껄대고 웃었다. 사실 그는 금조가 물에 빠진 자신을 구해준 것을 잘 알고 있었다. 그러나 금조가 계속 가까이에 붙어 있게 되면 허허실실의 전략에 방해가 된다는 것을 알고 일부러 쫓아 보낸 것이었다.

금조의 뒷모습이 사라지고 나자 김시습은 눈길을 거두어 자신의 행색을 살펴보았다. 영락없는 물에 빠진 생쥐의 꼬락서니였다. 그렇게 물에 젖은 채로 맨바닥에 누워 있었으므로, 옷은 온통 흙투성이로 범벅이 되어 있었다.

"이쯤 하면 분장은 된 셈이구먼!"

김시습은 천천히 걸음을 옮겨 종루 쪽으로 나왔다. 그는 대로 한가운데 떡 버티고 서서 광화문 앞 사거리를 바라보았다. 그 시각쯤이면 대감들이 퇴궐한다는 것을 그는 잘 알고 있었다.

대로에서 김시습은 기다렸다. 때로는 갈지자걸음으로 왔다 갔다 하면서, 입으로 흥얼흥얼 타령조의 말들을 주절거리며, 그는 대감들의 퇴궐 행차가 나타나기만을 학수고대하고 있었던 것이다.

그로부터 얼마의 시간이 흐른 후, 드디어 평교자가 하나 나타났다. 앞에 섰던 구종별배의 벽제 소리가 우렁차게 들려왔다.

"물럿거라! 좌상대감 행차시다! 길 앞에 있는 놈들은 어서 허리 굽혀 예를 갖추어라."

그러나 그러한 벽제 소리를 듣고도 김시습은 대로 가운데 떠억 하니 버티고 서서 움직이지 않았다. 오히려 그는 평교자 위에 높다랗게 올라앉은 대감을 무섭게 노려보며 손가락질을 해댔다.

"여보게, 자준(子濬)이! 젊어서는 나라를 망쳐먹더니, 그것도 모자라다 늙어서는 강호를 더럽혀서 쓰겠느냐?"

김시습이 이렇게 호통을 치는 상대는 좌의정 한명회였다. '자준'은 바로 그의 자였다. 한명회는 김시습보다 스무 살이나 많은 연배였다. 이미 지천명의 나이를 넘어섰고, 임금 수양의 '장자방'이란 소릴 듣고 있는 권세가였다.

그러나 김시습은 한양에 올라와 성 밖의 한강변을 거닐다 한명회가 지었다는 압구정에 올라가 보고 구역질이 나서 먹은 것을 다 토할 것만 같았던 것을 상기하지 않을 수 없었다. 그 정자에 걸린 한명회의 시를 보고 오장이 다 뒤틀렸던 것이다. 그 시는 이러하였다.

　　젊어서는 사직을 돕고(靑春扶社稷)
　　늙어서 강호에 누웠다(白首臥江湖)

김시습은 바로 그 시를 떠올리며 첫 연의 도울 부(扶) 자를 망할 망(亡) 자로, 두 번째 연의 누울 와(臥) 자를 더러울 오(汚) 자로 바꾸어 비아냥거린 것이었다.

"이놈, 어서 썩 물러서지 못할까? 감히 좌상대감 앞을 가로막다니? 네 놈이 죽으려고 환장을 한 모양이구나!"

평교자의 뒤를 따르던 육모방망이를 든 나졸들이 달려 나와 김시습에게 마구 호통을 쳐댔다.

한명회도 걸인 모습을 한 자가 김시습임을 알아보았다. 그리고 그가 비아냥거리는 것이, 바로 자신이 지은 압구정에 걸어놓은 시를 보고 하는 소리임을 직감하였다. 순간, 얼굴이 화끈거렸으나 노회한 그의 머리는 아주 빠르게 돌아갔다. 찍자를 붙자고 덤비는 자에게 같이 대거리를 하게 되면 체면만 더 구기고 말 것이었다.

"여봐라! 자중하고, 조용히 비켜서 가거라."

한명회는 앞에서 벽제 소리를 외치는 구종별배에게 조용히 일렀다.

좌의정 한명회의 평교자는 김시습을 비켜 빠르게 그 자리를 빠져나갔다. 한명회는 똑바로 김시습을 바라보지 않고 먹구름이 가득한 먼 하늘만 올려다보고 있었다.

종로 대로에 나와 구경을 하던 많은 사람들의 수군거리는 소리가 들렸다.

"저 거지는 누구여? 좌상대감이 피해 가다니?"

"매월당 김시습이라네. 아, 오세신동이라고 모르는가?"

"허허, 배짱 하나 좋구먼! 좌상대감에게 대로에서 술주정을 다하고."

"두고 보세나. 이번에는 어떤 대감이 당할지."

사람들은 저마다 침을 꿀깍 삼키며 기대에 찬 눈길로 김시습이 버티고 선 운종가 대로를 바라보았다.

다음 행차에는 형조판서 김질의 평교자가 나타났다.

"어이, 썩 물럿거라! 형조판서 나가신다!"

벽제 소리와 함께 평교자가 김시습 앞으로 다가섰다.

"뱀의 혓바닥 가지고 벼슬은 날름날름 잘도 주워먹는구나! 죄질 나쁜 김질에게 형판이 웬 말이냐? 장형으로 다스려야 할 놈은 바로 네놈이 아니더냐?"

김질은 멈칫하였다. 김시습이 분명한데, 앞서 가던 좌의정 행차가 피해 가는 것을 보고 잠시 망설이지 않을 수 없었다. 그러나 그의 꾀도 멀쩡하였다.

"똥이 무서워서 피하겠느냐? 어서 돌아서 가자꾸나."

김질의 평교자도 김시습을 피해서 지나쳐 갔다.

잠시 후 행차가 또 나서는데, 이번에는 이조참의 서거정의 평교자였다.

"강중(剛中)이, 요즘 평안하신가? 잘 먹고 잘 살아 아주 살이 뒤룩뒤룩 찌셨구려."

김시습이 말하는 '강중'은 서거정의 자였다. 서거정은 평소 나이 어린 김시습을 '선생'이라 부를 만큼 존경심을 갖고 대했다. 그래서일까, 앞에 간 한명회나 김질과는 달리 서거정을 대하는 김시습의 말이 자못 부드러웠다.

그때 서거정이 평교자에서 내려 김시습에게로 다가갔다.

"매월당, 반가우이. 나는 평안하네."

서거정은 얼굴을 환하게 펴고 웃었다. 김시습과는 한 해 전에 만난 바 있지만, 그래도 반갑지 아니할 수 없었다. 내심 서거정은 왜 김시습이 추태를 부리는지 잘 알기에 그가 무엇이라고 지껄이건 크게 마음에 두지 않았다.

"송설도인(宋雪道人)의 글자를 훔쳐서 꽤나 출세하셨구려."

김시습이 입술을 비틀며 빈정거렸다.

'송설도인'은 원나라 화가 조맹부(趙孟頫)의 호였다. 언젠가 서거정이 조맹부가 쓴 〈적벽부(赤壁賦)〉 글자를 모아 칠언절구 16수를 지었는데, 임금 수양이 찬탄해 마지않았다고 한다. 김시습은 바로 그러한 사실을 비꼬아 서거정을 비난하고 있는 것이었다.

"나만 살이 뒤룩뒤룩 쪄서 미안하이. 매월당은 여전히 의기가 충천하구만. 그것이 나는 부럽네."

"오흉이 먹다 남긴 팥고물이 살로만 간 모양이오."

내친김에 김시습은 서거정에게 계속 이죽거렸다.

"매월당! 술이 좀 과하신 것 같구먼."

서거정은 무엇보다 김시습의 건강이 걱정되었다.

"나중에 또 만나세. 어서 가던 길이나 가보시게."

김시습도 그만하면 서거정에게 객기를 부릴 만큼 부렸다고 생각했다.

"매월당, 이제 그만 고정하시게. 곧 비가 내릴 모양이니 몸부터 피하고 봐야 할 것 아니겠는가?"

서거정은 근심 어린 표정으로 김시습을 바라본 후, 천천히 다시 평교자에 올랐다.

김시습을 뒤로 하고 앞으로 나가던 서거정은 먼저 가다가 평교자를 멈추고 기다리는 김질을 발견하였다.

"사가정! 어찌 이런 모욕이 있을 수 있소? 나는 참을 수 있소만, 앞에 가신 좌상대감을 뵐 낯이 없소이다. 당장 저자를 잡아 가두고 곤장으로 다스려야 하겠소이다."

김질이 얼굴까지 벌겋게 달아올라 서거정에게 말했다.

"형판께서 참으시오. 광인(狂人)과 더불어 어찌 죄를 따질 것이오? 오늘의 일로 매월당, 저 사람에게 죄를 준다면 만천하가 웃을 것이오. 그리고 그 일로 인하여 후대에 이르러 형판의 이름에 반드시 누를 끼치게 될 것이니, 아예 죄를 묻지 않는 게 좋을 것이오."

서거정이 김시습을 두둔하고 나섰다. 김질도 서거정의 말을 듣고 보니 생각이 달라져서 조용히 평교자에 올랐다. 그는 집에 도착하자마자 거복을 불렀다.

"김시습이 한양 땅에 나타났다. 졸개들을 풀어 그자의 일거수일투족을 감시하여 내게 알리도록 하게. 자넨 함부로 나돌아 다니지 말고 졸개들에게 시키도록 하게."

김질은 신숙주의 심복이 혹시 거복의 정체를 알까 두려워 다시 한 번 주의를 시킨 것이었다.

제4장 — 취중설전 醉中舌戰

1.

밤중이었다. 빗줄기가 거세게 퍼부었다. 신숙주는 불을 밝히고 서책을 읽는 데 몰두해 있었다. 바람이 문틈으로 새어들어 촛불을 일렁이게 했다.

"대감마님!"

문밖에서 기주의 목소리가 들려왔다.

"무슨 일이냐?"

그러자 기주가 문을 열고, 김시습이 한양에 올라왔다는 소식을 전하였다. 그는 낮에 종루 근처에서 김시습이 대감들에게 모욕을 주던 광경을 전부 목격했던 것이었다. 그 전말을 듣고 신숙주는 빙그레 웃었다.

"매월당이 또 한 번 광기를 부렸군. 비가 내리는데 지금 매월당은 어디에 머물고 계시느냐?"

"주막으로 드시는 걸 보았사옵니다."

기주는 마지막으로 김시습이 주막에 들어가 술청에 앉는 것을 보고 급히 달려와 보고를 하고 있는 것이었다.

"다시 가서 잘 살펴보아라. 이런 날씨에 길바닥에 쓰러지기라도 하는 날엔 큰일이 아니겠느냐? 기회를 봐서 내가 전에 일러둔 홍매(紅梅)의 집으로 모시도록 하여라."

"네, 대감마님! 분부 받잡겠사옵니다."

기주는 그 길로 다시 김시습이 있는 주막으로 달려갔다.

주막 내부가 잘 바라다 보이는 곳에 자리를 잡은 기주는 멀리서 김시습의 거동을 살폈다. 비를 피하여 기와집 추녀 밑으로 들어선 그는 기

등 뒤에서 어떤 인기척을 느끼고 순간 긴장을 했다.

"놀라지 마시오. 우린 서로가 알 만한 사이니."

가까이 다가온 사람은 금조였다. 기주도 그를 알아보고 반가웠다.

"그대가 있었구먼. 내가 크게 염려하지 않아도 될 걸 그랬네 그려."

기주가 금조의 손을 잡았다.

"그런데 여긴 어쩐 일이시오?"

"우리 대감마님께서 저 어르신을 잘 모셔야 한다기에."

"삼정승을 지낸 분이라 들었소만, 그렇게 지체가 높으신 분이 우리 스승님에게 왜 그렇게 애써 도움을 주려고 하시는 거요?"

"그건 나도 모르오."

"혹시 두 분이 만나게 되면 오늘 저녁 퇴궐하던 대감들처럼 그 댁의 대감도 스승님께 호되게 당할지도 모르잖소?"

"그래도 우리 대감마님께선 잘 모셔야 한다고 신신당부를 하였소이다."

기주는 그러면서 주막에서 김시습이 나오면 자신이 모시고 가겠으니 도와달라고 금조에게 부탁하였다.

"스승님 앞에 나타나면 나는 경주로 곧장 내려가야 할 입장이라오. 나는 늘 뒤에 숨어서 스승님을 지켜드릴 뿐이니, 그리 아시오."

금조는 그러면서 낮에 김시습에게 자신이 호되게 꾸지람을 들은 얘기를 들려주었다.

멀리 기둥 사이로 김시습이 가부좌를 튼 채 조용히 술을 마시는 모습이 보였다. 바람이 불 때마다 등불이 흔들렸지만, 그는 좀처럼 흐트러진 모습을 보이지 않고 있었다. 그렇게 습관적으로 팔을 들어 올리듯 자작으로 술을 따르고 술잔을 기울였다.

"주모! 술 더 가져오시게."

김시습은 카랑카랑한 목소리로 외쳤다.

주모가 여러 번 새 술을 가지고 엉덩이를 요란스럽게 흔들며 오갔다. 시간이 지나면서 김시습의 모습도 허물어지기 시작했다. 그는 앉은 자리에서 꾸벅꾸벅 졸기 시작했다. 그러다가 술상을 밀치고 그 자리에 벌렁 드러누워 그대로 잠이 들고 말았다.

"아이고, 이를 어째? 예서 쓰러져 자면 어쩌자는 거유?"

주모는 어찌할 바를 몰라 발만 동동 굴렀다.

"자넨 기둥 뒤에 숨어 있으시게."

기주가 나섰다.

금조가 기둥 뒤로 몸을 숨기자, 기주는 성큼성큼 주막 안으로 들어섰다. 그러고는 주모에게 술값을 셈하고 김시습을 등에 업었다.

술에 취해 몸이 축 늘어졌지만, 김시습은 생각보다 가벼웠다.

다행히도 비는 그쳐 있었다. 나뭇가지가 꺾어질 듯 바람만 세차게 몰아쳤다. 기주가 김시습을 업고 어디론가 부지런히 걸어갈 때, 금조는 멀리서 그들의 뒤를 따랐다. 그러면서도 그는 앞과 뒤, 좌우를 살피는 데 게을리 하지 않았다.

금조는 앞에서 김시습을 업고 가는 기주를 믿었다. 그래서 좀 더 멀찌감치 떨어져서 주변을 경계하였다. 주막에서부터 뭔가 이상한 낌새가 있음을 감각적으로 알아차린 것이었다. 분명히 뒤쫓는 자가 있었다.

기주의 칼 쓰는 솜씨를 알기에, 금조는 앞쪽만큼은 크게 걱정하지 않아도 된다고 생각했다. 그래서 뒤쪽에만 잔뜩 신경을 곤두세우고 있었다.

골목은 거미줄처럼 사방으로 연결되어 있었다. 금조는 기주가 가던 골목을 따라 걷다가 골목과 골목이 만나는 지점에서 살짝 옆 골목으로 몸을 숨겼다. 그가 갑자기 사라지자 뒤를 쫓던 자들이 빠르게 움직였다.

금조는 골목에 숨어 있다가는 뒤쫓던 자에게 들킬 염려가 있다고 생각하여 근처에 있는 기와집 담장을 타고 넘어갔다. 마침 담장 바로 곁은 정원이어서 나무들이 있었고, 그는 나뭇가지를 타고 올라가 자신이 지나온 골목을 주시하였다.

수상한 그림자는 셋이었다. 하나는 골목길을 따라 달려왔고, 다른 둘은 골목길 양쪽의 기와지붕을 타고 움직였다. 금조는 양쪽 기와지붕 위에 있는 자들에게 비수를 날리는 것과 동시에, 나무에서 뛰어내리면서 골목으로 달려오는 검은 그림자의 뒤통수를 가격하였다.

검은 그림자는 갑작스럽게 기습을 당해 땅바닥에 쓰러져 버둥거렸다. 그때 한 손으로 상대의 옆구리를 바짝 틀어쥔 금조가 다른 한 손에 든 비수를 그의 목에 바짝 갖다 대고 낮게 소리쳤다.

"누가 시킨 짓이냐?"

"……."

검은 그림자는 우물거리며 말을 못했다.

"이래도 대지 않겠느냐?"

금조는 피가 나올 만큼 비수의 끝에 약간의 힘을 주었다.

"자, 잠깐! 그건 너도 잘 아는 일이 아니냐?"

"잘 알다니?"

"바, 박 진사 어른이라고."

검은 그림자는 거복의 졸개가 틀림없었다. 금조 역시 거복을 통해서 김시습을 죽이려는 자가 '박 진사'라 불리는 사람이란 걸 들어서 알고 있었다. 그러나 분명한 그의 정체는 모르고 있었다.

"넌 지금 이 순간부터 내 눈앞에 다시 나타나지 말거라. 다시 너를 보게 되는 순간 이 비수가 네 목숨을 그냥 두지 않을 것이다."

금조는 검은 그림자의 목에서 비수를 떼어 옆구리를 찔렀다. 그가 비명을 지르며 쓰러졌다.

그 순간 금조는 얼른 그 자리를 벗어나 골목으로 몸을 숨겼다. 한동안 기다리자 땅에 쓰러졌던 검은 그림자가 비틀거리며 일어섰다. 그는 피가 솟는 옆구리를 잔뜩 움켜쥔 채 비틀거리며 골목길을 뛰어갔다.

금조는 멀리서 천천히 검은 그림자의 뒤를 쫓았다. 거복과 그 졸개들의 근거지를 알아둘 필요가 있다고 생각했던 것이다.

기주가 탑골의 기와집과 기와집 사이 어두운 골목을 헤맨 끝에 당도한 곳은 기생 홍매의 집이었다.

"대감마님이 특별히 모시라는 어르신이올시다."

기주는 홍매에게 퉁명스럽게 한마디 던졌다.

"어머나! 그럼 바로 대감마님이 전에 말씀하시던 매월당, 그 어르신인가 보네? 얘들아, 이리 나와 보거라!"

홍매가 버선발로 뛰어나오며 급히 안에다 대고 소리쳤다. 그때 어린 기생 둘이 뛰어나와 김시습을 부축했다.

"부탁하오."

기주는 김시습을 홍매에게 맡기고 급히 돌아섰다. 뒤따르던 금조가 보이지 않았기 때문이었다.

김시습은 양편에서 부축하는 어린 기생들에 의해 내실로 안내되었다.

"너희들은 얼른 따뜻한 목욕물을 준비해라."

홍매는 김시습의 의관을 조심스럽게 벗기기 시작했다. 그런 일에 아주 익숙한 듯 손길이 부드러웠다. 팔의 소매를 빼는 것부터 다리에서 잠방이를 벗기는 일까지 늘어진 사람에게 아무런 불편이 없도록 옷을 벗겼는데, 그 손동작이 매우 민첩하면서 조리가 있었다.

그러거나 말거나 김시습은 만취한 상태로 늘어져 상대에게 아예 몸을 맡기고 있었다. 그러나 후각만은 살아 있는 듯 흥얼거리는 소리가 입 밖으로 흘러나왔다.

"어디서 지분 냄새가 진동하는구나? 매화 향이 이렇던가?"

김시습은 눈을 한 번 떴다 도로 감았다.

"범상치 않으신 어르신이네. 이렇게 취하셨는데도 사람을 알아보시다니? 이내 몸이 홍매화인 줄 어찌 아셨을까?"

홍매가 혼잣소리로 지껄이면서 김시습의 옷을 다 벗겼을 때, 어린 기생이 들어와 목욕물이 준비되었다고 알렸다.

"목욕물을 어찌할까요?"

"오지자배기에 담아 이리 가져오너라. 아무래도 어르신이 운신을 하기 힘드실 것 같으니."

홍매의 명에 따라 곧 목욕물이 담긴 오지자배기가 들어왔다. 그녀는 베수건을 따뜻한 목욕물에 적셔 내의만 걸친 김시습의 몸을 구석구석 닦아냈다. 그러는 사이에 어린 기생들도 바지런히 움직여 미리 준비해 두었던 듯, 남자의 내의와 옷가지들을 챙겨다 놓았다.

비록 물수건으로 씻어낸 정도지만 목욕이 다 끝나자, 홍매는 두 어린 기생의 도움을 받으며 김시습에게 옷을 갈아입혔다.

곧 방 아랫목에 침구가 깔리고, 그때서야 김시습은 편하게 누워 잠이 들었다. 사실상 세상모르게 술에 취한 상태였지만, 침구에 편히 눕게 되자 그는 비로소 코를 드르렁드르렁 골며 깊은 잠에 빠져들었다.

홍매는 잠이 든 김시습의 모습을 하염없이 바라보고 있었다. 어린 시절의 일들이 주마등처럼 그녀의 눈앞을 스쳤다. 김시습은 바로 어린 시절 그녀에게 공부를 가르쳤던 스승이기도 했던 것이다.

세월이 많이 흘러 벌써 거의 십 년 저쪽의 일이 되어 버렸지만, 홍매는 그 시절의 김시습을 잊을 수가 없었다. 몇 달 전 신숙주로부터 김시습을 모실 일이 있을 것이니 마음 단단히 먹고 있으라는 언질을 받았을 때, 그녀는 내심 얼마나 반가웠는지 몰랐다. 그런 한편으로 두려운 마음 또한 어찌할 수 없었다.

어린 시절 홍매의 원래 이름은 학매(學梅)였는데, 너덧 살 때부터 기생인 모친에게서 처음 글을 배웠다. 그녀의 모친은 비록 기생이었지만 일찍이 기생청에 들어가 시·서화를 익혔고, 특히 시문에 능하여 제법 한시 명구들을 척척 읊는 실력을 갖춰 문사들의 인기를 독차지하였다. 그녀는 그중 시문에 능한 어느 선비의 사랑을 받았고, 두 사람 사이에 태어난 딸이 바로 학매였다. 그러나 그 선비는 방랑벽이 심하여 씨만 하나 뿌려놓고 어디론가 떠나더니 영영 돌아오지 않았다.

그러한 부모의 피를 이어받아서인지 학매 역시 어려서부터 시문에 능했다. 모친은 딸의 머리를 비구처럼 깎아 글을 잘하는 스님에게 보냈고, 학매는 동자승처럼 나이 열두어 살이 될 때까지 암자에서 시문을 익혔다. 그 당시 방랑 생활을 하던 김시습이 잠시 그 암자에 들러 머문 적이 있었는데, 천자문이며 경서를 줄줄 외는 학매를 보고 무척 귀여워해 주었다. '오세신동'으로 이름을 날렸던 김시습으로서는 어린 시절의 그 자신을 본 것 같았던 것이다. 그래서 그는 〈시학매(示學梅)〉라는 시 두 수를 지어 어린 제자에게 주기까지 했다.

그 시절 김시습에게 글을 배운 것이 불과 석 달이 채 못 되었지만, 학매는 그 기억을 잊을 수가 없었다. 그러나 당시 변성기가 되기 전의 동자승 모습이었으므로 김시습은 학매를 사내아이로 알고 있을 것이었다.

아무튼 학매의 모친은 관기였으므로, 그녀 역시 자연 기생이 될 수밖에 달리 방도가 없었다. 그녀는 모친처럼 나이 열서너 살 때 기생청에 들어가 정식으로 기생 수업을 받았다. 거기서 가무는 물론, 시·서화 등을 익혔다. 정식으로 기생이 되고 나서 그녀는 이름도 '학매'에서 '홍매'로 고쳤다. 특히 그녀는 시와 거문고로 고관대작들의 사랑을 한 몸에 받았다.

원래 홍매는 모친이 그랬던 것처럼 강원도 춘천(春川)의 관기였었다. 그러다 신숙주가 강원도와 함길도 도체찰사로 야인 정벌을 하고 돌아오던 길에 춘천에 들렀을 때, 시와 거문고에 능한 홍매의 재주에 반하여 한양으로 데려온 것이었다. 그녀는 그 후 운종가 옆의 탑골에 자리를 잡고, 주로 고관대작들을 상대로 술을 팔았다.

아무튼 홍매는 오랜만에 다시 보게 된 스승 김시습의 곁에서 뜬눈으로 밤을 새웠다. 그러면서 비로소 그녀는 처음 김시습에게 학문을 배우던 어린 시절부터 자신이 그를 연모하고 있었다는 사실을 깨달았다. 그래서 맑은 정신으로 대하게 될 그 아침이 기다려지면서도 은근히 두려운 느낌을 떨쳐 버릴 수가 없었던 것이다.

다음 날 아침, 김시습은 목이 타는 느낌에 잠에서 깨어났다. 들창 밖에서 새들의 지저귀는 소리에 먼저 정신이 맑아져 저절로 눈이 떠진 것인지도 몰랐다. 눈을 뜨자 그 위에 여인의 얼굴이 있었다. 홍매였다.

"그대는 대체 누구인가?"

깜짝 놀라 일어난 김시습은 사방을 두리번거렸다.

"나리께선 비몽사몽일 때 더 정신에 총기가 있으신 모양이옵니다."

홍매는 차마 눈길을 마주치기가 겁이 나서 눈을 내리깔았다.

"그건 또 무슨 소리인가?"

"어젠 만취되신 상태에서도 지분 냄새만으로 소첩의 이름을 알아맞히셨나이다. 그런데 오늘 아침엔 말짱한 정신으로 어찌 소첩을 알아보지 못하시는지요?"

홍매는 그러면서 손으로 살짝 입을 가리고 웃었다. 그것은 김시습이 혹시 자신의 얼굴을 알아볼까 두려워서 얼떨결에 취한 행동이었다.

"누구를 닮은 듯하구나. 내가 꿈을 꾸고 있는 것인가? 그대는 혹시 백화가 아니신가?"

김시습은 잠시 착각이 일어난 듯했다. 그때 홍매는 속으로 뜨끔하지 않을 수 없었다.

"여기 자리끼가 있으니 드시고 정신부터 차리시어요."

홍매는 머리맡에 놓여 있는 물 사발을 김시습에게 건넸다. 그는 자리에서 일어나 물부터 받아 마셨다.

"커어, 시원타. 이제야 좀 정신이 드는 듯하구나."

"어젯밤엔 나리께서 많이 취하셨나 보옵니다. 취중에 '백화'라는 여인을 자주 찾더이다. 그러더니 오늘 아침엔 소첩을 보고 백화라 하시니 많이 섭섭하옵니다."

홍매는 김시습을 향해 눈을 살짝 흘겼다. 아마도 김시습은 옛날 어린 시절의 '학매'를 기억하지 못하는 모양이었다. 그것이 어쩌면 그녀에게는 천만다행으로 여겨지기도 했다.

"아침부터 새소리가 서로 앙탈을 부리듯 지저귀는구나. 어서 들창부터 열어 보아라.”

김시습은 정신을 차릴 겸 맑은 공기부터 마시고 싶었다. 그러면서 사실은 새를 빗대어 홍매의 시샘하는 눈길을 잠재우고자 한 것이었다. 어쩌다 ‘백화’라는 이름이 그의 입에서 툭 튀어나왔는지 몰랐다. 그리고 보니 앞에 있는 여인의 자색이 백화와 닮은 데가 없지 않다는 생각이 들기도 했다.

홍매가 들창을 열었다. 신선한 바람이 새소리와 함께 방 안으로 기습하듯 스며들었다. 들창 밖에 어리는 빛은 흰색과 진초록이었다. 흐드러지게 핀 것은 하얀 꽃의 수국이었고, 그 꽃나무의 이파리들이 아침 햇살을 받아 진한 초록빛을 띠었다. 아직 이슬이 채 걷히기 전이라, 초록의 이파리마다 햇살에 반사된 물방울이 아롱지고 있었다. 간밤의 비바람은 씻은 듯이 어디론가 사라져 버린 모양이었다.

“소첩은 홍매라 하옵니다.”

홍매가 김시습에게 나부시 절을 하였다.

“흠, 어쩐지 낯설지 않더라니. 나는 매월당이니 그대 이름과 썩 어울리는 바가 있구나. 매월과 홍매라, 그 이름만으로도 우리는 기인한 인연이 아닌가 싶구나.”

매월당은 홍매의 자색을 찬찬히 훑어보며 고개를 끄덕거렸다.

“나리께서도 매화를 좋아하시는 모양이옵니다. 앞으로는 이 홍매도 어여삐 여겨 주시옵소서.”

홍매도 이제는 제법 대범해져서 그윽한 눈길로 김시습을 바라보았다.

“헌데, 내 어찌 여기에 와 있느냐?”

“나리, 기억이 나시지 않는 모양이시군요? 웬 건장한 사내의 등에 업혀서 오셨나이다.”

홍매는 사내의 이름을 알고 있건만, 굳이 말하지는 않았다. 기주는 김시습을 맡기고 돌아가며 자신의 이름은 물론 신숙주에 대해서도 입도 뻥긋하지 말라는 당부를 하였던 것이다.

"허허헛! 그놈, 다시는 내 앞에 얼씬대지 말라 하였더니만……. 의외로 재치와 눈썰미도 있는 놈이로다. 그놈이 이런 곳은 어찌 알았을꼬?"

김시습은 자신을 이곳까지 업고 온 사람이 금조인 줄로만 알고 있었던 것이다.

지난밤 주막에서 마지막으로 정신을 잃었으니, 술이 좀 과했던 것은 사실이었다. 김시습은 어제 저녁 때의 일을 떠올렸다. 개인적으로 친분이 두터운 서거정에겐 조금 미안한 마음이 있었지만, 한명회나 김질에게는 할 말을 제대로 했다는 생각이 들었다. 앞으로 그들이 자신에 대해 어떻게 생각할지는 미지수였다. 그러나 그는 그러한 객기로 인하여 그들이 자객을 보내거나 글을 도둑질해 가는 허튼 짓거리만이라도 하지 않았으면 하는 바람이었다.

"품을 여자는 있는데 술이 없구나?"

김시습은 속이 쓰렸다. 해장술이라도 해야 속이 좀 풀릴 것 같았다.

"나리, 성질도 참 급하시옵니다. 안즉 조반도 안 자셨는데."

홍매가 애교스럽게 김시습의 옷소매를 살짝 잡아당겼다.

"그게 아니다. 조반은 됐고. 술국에 탁배기 한 사발이면 족하니라."

김시습은 손바닥으로 배를 쓸어내렸다.

그때서야 홍매는 눈치를 채고 얼른 방에서 나가 작은 술상을 준비해 들여왔다. 술국은 머위 줄기를 넣고 끓인 된장국이었고, 호리병에 든 것은 청주였다. 김시습은 술국부터 숟가락으로 떠서 몇 모금 마시고, 홍매가 따라주는 술을 연거푸 석 잔 마셨다.

“이제 됐네. 상을 물리시게. 나는 한숨 더 자야겠네.”

김시습은 서둘러 이부자리로 기어들었다. 그러고는 늘어지게 한숨 푹 잤다.

들창 밖에서는 새소리가 여전했지만, 김시습의 꿈속에까지 들려오지는 않았다. 오히려 그는 꿈속에서 백화의 거문고 타는 소리를 듣고 있었다. 무현금인데도 그 소리에는 아주 그윽한 정취와 고고한 무게가 실려 있었다.

2.

느지막한 오후쯤 되어서 김시습이 일어나자, 미리 준비해 둔 밥상이 들어왔다. 늦은 점심을 먹은 뒤 그는 서둘러 일어났다.

"내 의관은 어디 있는가? 이런 비단옷은 도무지 벌레가 기어 다니는 것 같아 근지러워 못 입겠네. 뭐니 뭐니 해도 내겐 무명옷이 제격이야."

그런 김시습을 홍매가 붙들어 앉혔다. 무슨 이유를 대서라도 꼭 붙들어 두라는 신숙주의 당부가 있었기 때문이다.

"나리께선 바쁘실 일도 없으시면서 왜 이리 서두르시어요?"

"자네가 내 사정을 어찌 아는가?"

김시습이 홍매를 똑바로 쳐다보며 눈을 크게 떴다.

"나리의 의관은 빨아서 말리는 중이니 오늘 안으로 입으시기 어려울 거예요. 더구나 비승비속(非僧非俗)인 걸 소첩이 아는데, 서두르실 일이 무어 있어요?"

홍매는 도망이라도 치면 큰일이라는 듯 김시습의 팔짱을 끼고 놓아주지 않았다. 그녀의 몸이 가까이 다가오자 지분 향내가 코끝을 스쳤다.

"홍매라고 했느냐? 자못 향기가 그윽하구나."

김시습은 그러면서 어쩔 수 없다는 듯 허허거리고 웃었다.

"나리는 홍매의 향기를 아시와요?"

홍매의 말에 문득 김시습은 명나라 초기의 시인 양유정(楊維楨)의 〈홍매〉란 시를 떠올렸다.

"명나라 시인 동유자(東維子)는 이렇게 홍매를 노래했다네."

'동유자'는 양유정의 호였는데, 김시습은 그 자리에서 다음과 같이 읊었다.

나부의 아름다운 여인이 궁주를 속이고 잔치를 열었는데
(羅浮仙子宴謫宮)
바다 색깔은 봄기운에 생기를 띠고 보조개는 붉게 취했네
(海色生春醉靨紅)
구중궁궐의 십이 난간에 걸친 달빛은 밤을 환하게 밝히고
(十二闌干明月夜)
하늘 가득한 노을 따뜻한 휘장 되어 동풍을 잠들게 하네
(九霞帳暖睡東風)

홍매는 제법 그 뜻을 알아들었다.

"보조개가 취하려면 술이 있어야겠네요."

"허허, 어쩐지 시를 읊는데 목이 깔깔하더라니."

김시습이 장단을 맞추었다.

도도한 시흥은 저절로 술을 불렀다. 홍매는 어린 기생들에게 술상을 준비토록 시켰고, 오후의 느슨한 햇살이 들창을 비추는 가운데 곧 제대로 된 술자리가 마련되었다. 이미 차려놓은 술상이라 방으로 들이기만 하면 되었던 것이다.

"이제야 그대 보조개에 동유자의 시처럼 생기가 도네 그려."

술을 주거니 받거니 몇 순배 돌고 나자, 김시습이 홍매의 보조개 붉은 것을 보며 지나가는 말로 추임새를 넣었다.

"나리께 자작시 한 수 부탁드려도 될까요?"

홍매가 눈웃음을 살살 쳤다.

"거기 방문을 활짝 좀 열어놓아라."

김시습이 소리쳤다. 술시중을 들던 어린 기생 하나가 황급히 문을 열었다. 문밖에 마당이 보였고, 마당 한가운데 작은 연못이 있었다. 그리고 연못 가운데 봉긋하게 솟은 바위와 바위 사이에서 연분홍 철쭉꽃이 하릴없이 꽃잎을 지우고 있었다.

김시습은 봄이 가는 길목에서 문득 〈이생규장전〉에 써먹었던 시 한 수를 떠올렸다. 그 이야기 속 주인공인 최랑의 누각 한쪽 벽에 걸린 그림에 써넣은, 사계절을 읊은 대목 중에서 봄에 관한 시 한 토막이었다.

봄빛 집 안 가득 황색을 깊이 감추고(春色深藏黃四家)

붉은 꽃 초록 이파리 사창에 어리네(深紅淺綠映窓紗)

정원의 우거진 풀 봄날 시름에 겨워(一庭芳草春心苦)

주렴 가볍게 들고 지는 꽃 바라보네(輕揭珠簾看落花)

이 대목에서 홍매는 김시습을 다시 쳐다보았다. 미리 지어놓은 시인데, 그녀는 방금 문을 활짝 연 채 늘어진 주렴 사이로 정원을 내다보고 지은 시로 알았던 것이다. 신숙주가 특별히 모시라고 한 매월당의 명성을 모르는 그녀가 아니었지만, 지난밤부터 보아온 그의 행색이며 몰골로는 긴가민가한 느낌을 지우지 못했던 것이다. 오래전 동자승 차림으로 그에게 글을 배울 때와 전연 다른 느낌이 들었기 때문에 더욱 그랬다.

그도 그럴 것이 여인으로서의 홍매가 볼 때 김시습은 그저 평범하게 생긴 얼굴에다 뚱뚱한 몸매에 작달막한 키여서, 언뜻 보아서는 그 행색에서 문자향(文字香)을 느끼기 어려웠다. 그런데 같이 술을 마시며 나누는 대화나 시를 읊어대는 가락을 보고 나서야, 비로소 그가 '오세신동'이라 일컫는 김시습임을 확신할 수 있었던 것이다.

여자의 속성은 하나를 인정하고, 그것에 매료되고 나면 다른 것은 보이지 않는 법이었다. 홍매는 김시습이 읊은 시에서 향기를 전달받자 금세 그 속에 푹 빠져 버렸다. 그의 평퍼짐한 얼굴이며 키며 볼품없는 자태까지도 너무 높게 우러러보이는 것이었다.

'이 사내를 어찌하면 녹일 수 있을까?'

홍매의 마음속에서는 그런 욕망이 걷잡을 수 없이 솟구치기 시작했다. 이제는 김시습이 어린 시절 스승이 아니라 그녀가 사랑을 갈구하는 사내로 보이기 시작한 것이었다.

얼마 전에 홍매는 신숙주로부터 김시습이 산에 들어가면 스스로 만든 산금을 가지고 즐겨 탄다는 말을 들은 적이 있었다. 경주에선 거문고를 잘 타는 '백화'라는 기생에게 흠뻑 빠져 금오산에서 내려오면 며칠씩 묵기도 했다는 말을 들었다. 그래서 백화가 정체 모를 자객들에게 목숨을 잃었을 때 억장이 무너지는 슬픔을 이기지 못했다는 이야기도 이미 알고 있었다. 신숙주가 그러한 기주의 말을 듣고, 애써 백화와 닮은 기생을 물색하였는데 바로 그 장본인이 홍매였던 것이다.

홍매는 어린 기생으로 하여금 거문고를 가져오게 하였다. 거문고의 용두를 무릎 위에 올려놓은 그녀의 자태를 바라보며, 김시습은 묘한 감정에 빠졌다. 꿈에 본 백화가 되살아난 듯했다.

거문고 소리가 낮은 가락으로 방 안을 맴돌기 시작했다. 김시습은 그 소리에 저절로 눈이 감겼다. 감은 눈으로 그는 홍매의 거문고 타는 모습을 보고 있었다. 그는 소리를 통하여 느낌으로 형상을 그리는 데 익숙해 있었다. 눈이 아닌 귀로, 지금 그는 홍매가 아닌 백화를 보고 있었다. 방 안을 맴도는 것은 영락없는 백화의 가락이었다.

다시 김시습은 감았던 눈을 떴다. 백화가 아닌 홍매가 바로 앞에서 거문고를 타고 있었다. 그의 눈에는 백화의 얼굴 위에 홍매의 얼굴이 겹쳐져 혼란스러웠다. 그 형상은 거문고 현이 만들어내는 슬픈 곡조처럼 아스라하게 멀어져 갔다가 다시 안개가 걷힌 눈앞의 산색처럼 진하게 다가왔다. 아스라하게 먼 것은 백화였고, 산색처럼 진하게 다가온 것은 홍매였다. 거문고의 소리는 그렇게 원근법을 무시한 몽혼(夢魂)과도 같은 감정의 열락(悅樂)을 만들어내고 있었다.

술을 마시고, 거문고 소리를 듣고, 다시 술을 마시고, 거듭 청해 거문고 소리를 듣다 보니 저녁노을이 기와지붕 추녀 끝에 걸렸다. 노을은 곧 산을 타고 내려오는 어둠에 잠겨 땅 속으로 스며들었다. 하늘색도 검푸르게 변하더니 곳곳에서 별들이 하나둘 말똥거리며 눈을 밝히기 시작했다.

어느새 방 안에는 황촉불이 타오르고 있었다.

김시습은 취했다. 술에 취하고, 홍매의 거문고 가락에 더욱 흠뻑 젖었다.

"나리, 오늘의 인연을 오래도록 간직케 해주소서."

어느새 홍매는 거문고를 벽에 기대놓고 김시습의 옆으로 와서 앉았다.

"매화 향기는 밤에 더 그윽하렷다?"

김시습은 코로 홍매의 지분 냄새를 킁킁, 맡으며 은근히 기분이 좋았다.

"홍매의 그 향기를 시 한 수에 담아 주소서."

술이 들어가자 홍매는 대담해졌다. 그녀는 스스럼없이 자신의 치맛자락을 걷어 올렸다. 곧 흰 비단 속치마가 나비 날개처럼 방바닥에 펼쳐졌다.

"여봐라, 지필묵을 가져오너라!"

김시습은 도도한 취흥이 시흥으로 앙양됨을 느끼며 호기 있게 소리 쳤다.

술시중을 들던 어린 기생이 급히 지필묵을 대령하였다. 먹을 갈기를 기다려 김시습은 붓에 흠뻑 먹물을 찍었다. 곧 붓끝에서는 낙화하는 꽃 잎처럼 글씨가 어지럽게, 그러나 가만히 보면 어떤 질서를 가지고 홍매 의 속치마 위에서 노닐기 시작했다. 그의 취한 손끝은 떨렸는데, 그래서 글씨의 모양이 다소 일그러지고 삐치는 경우가 있었다. 그러나 그것은 또한 그런대로 흥취와 율격이 묻어나는 조화를 이루어내고 있었던 것 이다.

꽃 필 때의 고고한 품격 방초 중 으뜸이고(花時高格秀群芳)
열매는 잘 어우러져 음식 맛이 향기롭구나(結子調和鼎味香)
곧음과 주밀함이 시종 큰 절개를 지키는데(直到始終存大節)
다른 방초가 어찌 감히 그 곁을 엿보겠느냐(衆芳那敢窺其傍)

홍매는 글씨를 알았다. 감격이 온몸으로 물결쳤다. 그 물결이 마음속 으로도 넘쳐흘러 눈물로 솟았다.

"나리, 어찌 맛도 보지 아니하고 음식 맛을 아시와요?"

눈물이 그렁한 눈으로 홍매가 코맹맹이 소리를 했다.

"꼭 손으로 만져 보고 혀끝으로 핥아 봐야 맛을 알겠느냐? 아름다운 홍매는 흠향으로도 충분하느니라."

김시습은 붓을 놓고 나서 목울대가 들먹이도록 술을 입에 가득 부었다. 그러더니 뒤로 벌렁 나자빠졌다. 대취했던 것이다.

매향은 어린 기생들에게 얼른 술상을 치우라 일렀다. 황촉불이 녹아 나는 방에 김시습은 사지를 벌리고 곯아떨어졌고, 홍매는 천천히 그의 옷을 벗겼다. 입으로 불을 끈 후에는 그녀도 옷을 벗고 그의 품으로 파고들었다.

김시습은 술에 취한 상태에서 홍매의 몸을 흠향하였고, 두 사람은 서로의 향기에 취하고, 그래서 서로의 육체를 탐하면서 오래도록 밤이 깊어가는 줄을 몰랐다.

3.

기주가 신숙주에게 보고했다.

"매월당 어른은 홍매가 잘 모시고 있사옵니다."

신숙주는 가만히 고개를 끄덕이며 말했다.

"오늘밤엔 내가 나서도 되겠구나."

"그럼 오늘 저녁에 뫼시겠습니다."

기주는 고개를 숙이며 물러갔고, 신숙주는 깊은 생각에 잠긴 채 의미 모를 미소를 짓고 있었다.

신숙주에게서 물러나 막 마당을 가로지르던 기주는 대문 밖에서 어떤 인기척을 느꼈다.

"누구냐?"

대문 가까이 다가간 기주는 문을 열지 않은 채 먼저 물었다.

"금조요."

그 소리에 기주는 얼른 대문을 열고 나와 금조를 조용한 곳으로 데리고 갔다. 골목을 벗어나자 한적한 공터가 있었다.

"아니, 이곳을 어찌 알고?"

기주가 물었다.

"사대문 안에서 신숙주 대감댁을 모를 사람이 어디 있소?"

금조가 퉁명스럽게 대답했다.

"허긴 그렇군! 그런데 대체 그날 밤 어찌된 일이오?"

"경주에서 본 자객 일당이 뒤를 밟기에 처치했소. 그중 한 놈에게 약간 상처만 입혀 미행하느라 미처 뒤따라가지 못했소이다. 스승님께선 어디 게시오?”

금조는 무엇보다 김시습의 안위가 걱정되었다.

“염려 마시오. 모처에 잘 모셔놓았으니. 헌데 미행한 일은 잘되었소?”

기주는 신숙주가 비밀을 지키라는 당부를 한 일이 있어, 혹시 금조가 자객 일당의 뒤를 캤을지도 모른다는 생각에 불안한 마음부터 들었다.

“모처에 있는 것을 알아두기는 했는데, 그들을 시켜 스승님을 해코지하려는 배후는 아직 밝혀내지 못하였소. 단지 ‘박 진사’라고만 들었는데, 그가 어디에 사는 누구인지는 알 수 없었소.”

금조 역시 기주가 어디까지 알고 있는지 몰라, 은근히 탐색을 하는 눈빛을 보냈다.

“흐음, 그들의 거처를 알았다면 앞으로 어찌할 셈이오?”

“나도 모르오. 나 혼자 단독으로 움직였다가는 스승님으로부터 어떤 불호령이 떨어질지 모르기 때문이오. 다만 그 행수 역할을 하는 녀석 이름이 ‘거복’인데, 그 뒤를 밟으면 배후를 캘 수는 있을 듯싶소.”

“거복이라?”

기주는 고개를 갸우뚱거렸다. 어디선가 들어본 이름 같았던 것이다.

“왜? 알 만한 이름이오?”

“아니, 그보다는 경주에서 내가 어떤 자의 얼굴에 자상을 입힌 적이 있는데, 혹시 그자의 이름이 아닐까 해서 말이오.”

“맞소. 바로 그놈이오. 나도 전부터 익히 얼굴을 아는 자인데, 전에 없던 자상이 얼굴에 있는 걸 이번에 이 눈으로 직접 확인하였소. 그러나 저러나 스승님의 신변이 걱정되니 계신 곳을 어서 알려주시오.”

금조가 걱정이 되어 다그치자, 기주는 빙그레 여유 있는 웃음을 흘렸다.

"그런 걱정은 안 해도 되오. 내가 수하 몇 명을 주변에 배치해 놓았으니."

"그래도 일단은 내가 알아야 할 것 아니오?"

금조의 목소리가 커졌다. 그는 자꾸만 기주가 자신에게까지 김시습이 있는 곳을 숨기는 것만 같아 은근히 화가 났던 것이다.

"성질도 급하기는. 나도 오늘 저녁때 그리로 갈 것이오. 정 의심스럽다면 내가 지금 수하 한 명을 붙여줄 테니, 그를 따라가시오."

기주는 곧 수하 중 하나를 금조에게 붙여주었다.

한편 김시습은 홍매와 하룻밤을 즐긴 후 다시 다음 날 저녁이 되자 일찌감치 술자리를 차지하고 앉았다. 그는 천천히 술을 마셨다. 그러면서 대문간의 기척에 귀를 기울였다. 그는 신숙주를 기다리고 있었던 것이다.

김시습은 이제까지 홍매의 역할이 신숙주를 불러오기 위한 절차임을 진작부터 알고 있었다. 그래서 어쩌자는 심사인지 두고 보리라 마음먹고 그녀의 수작을 거부하지 않고 모두 받아주었던 것이다. 돌이켜 생각하면 그 또한 그녀에게 이끌림이 없었던 것도 아니었다.

다 늦은 저녁에 신숙주는 기주를 대동하고 집을 나섰다. 홍매의 집 근처에서는 금조가 몸을 숨긴 채 집 안의 동정을 살피고 있었다.

어둠이 골목 안에 짙게 깔려 각기 집의 들창에서 새어나오는 불빛으로 겨우 길을 구분할 수 있게 되었을 즈음, 신숙주는 홍매의 집에 도착했다. 평상복에 두루마기를 걸친 수수한 차림이었다.

신숙주가 대문으로 들어가고 나서, 기주는 근처에 숨어 있던 금조에게로 갔다. 두 사람은 서로 나누어 홍매의 집 앞뒤를 감시하기로 했다.

"대감마님, 어서 오시와요."

홍매가 대문까지 뛰어나와 인사를 올렸다.

신숙주는 점잖게 물었다.

"매월당은 안에 계시는가?"

"네, 편히 잘 모셔놓고 있사오니 어서 들어가 뵈시지요."

홍매는 조심스럽게 신숙주를 안내하여 김시습이 있는 방으로 함께 들어섰다. 신숙주가 방으로 들어서자, 김시습은 짐짓 술에 취한 양 몸을 건들대며 앉아 있었다.

"보한재가 여긴 어인 일이신가?"

김시습은 방으로 들어오는 상대를 빤히 올려다보며 짐짓 놀랐다는 시늉을 해보였다.

신숙주는 김시습보다 무려 18세 연상이었다. 그러나 김시습은 전부터 임금 수양의 밑에서 벼슬을 하는 사람들 누구에게나 안하무인으로 대하였다.

"매월당, 오랜만일세."

신숙주는 주안상을 가운데 두고 김시습과 마주앉았다.

"대감마님! 술잔 받으시어요."

홍매가 신숙주 옆에 앉으며 호리병을 들어올렸다.

"홍매는 매월당을 모시게나. 벌써 거나하게 한잔 걸치신 모양일세."

신숙주가 홍매를 김시습 곁으로 보냈다. 그러자 어린 기생이 얼른 신숙주 곁으로 와서 시중을 들었다.

"그래 당상의 높은 자리에 있는 원상께서 어찌 비승비속의 집도 절도 없는 객인을 보자 하셨소?"

김시습은 빡빡 밀어올린 머리를 앞으로 들이대며 이죽거렸다. 머리는

스님 행색인데 콧수염은 속인의 모습이니 비승비속도 되고 혹은 반승반
속(伴僧伴俗)이기도 했다. 그는 어느 사이 홍매에게 부탁하여 자신이 입
고 온 무명 장삼으로 치장하고 있었던 것이다.

"매월당, 우리 술이나 들면서 천천히 얘기함세. 아직 초저녁이니 밤이
길지 않은가?"

"헛헛헛! 내가 지체 높은 원상 어른과 밤새워 얘기할 깜냥이나 되겠
소?"

김시습은 계속해서 엇나가는 언사를 구사했다.

"매월당! 우리 편하게 얘기하십시다. 나도 영상 자리에서 물러나 그대
처럼 물 좋고 산 좋은 곳 찾아다니며 마음을 닦고 있소이다."

"오, 마음을 닦는다? 그대에게 아직도 닦을 마음이 남아 있는 모양이
오? 실로 가상한 일이로고. 까마귀가 털갈이를 한다고 두루미가 되겠
소?"

김시습은 상대를 마음껏 비웃어 주었다. 그러나 신숙주는 이미 단단
히 마음먹고 온 마당이라 그런 비아냥거림에 조금도 흔들림이 없었다.

이렇게 두 사람이 만나자마자 말로 티격태격하며 일종의 기 싸움 같
은 것을 하는 걸 보고 홍매는 그저 어찌할 줄을 몰랐다. 더구나 김시습
이 삼정승을 거친 최고 권력의 신숙주 앞에서 말을 함부로 하는 것을
보고는 경기라도 들린 듯 움찔움찔 놀라지 않을 수 없었다.

홍매는 이미 김시습을 마음속으로 연모하게 되었고, 그래서 혹시 그
가 말실수라도 하여 잘못되는 사태가 벌어질까봐 가슴이 조마조마하였
던 것이다.

"그래, 이제 나는 마음도 다 비워 버렸소. 그래서 영상 자리도 내놓고
그동안 못다 한 일이나마 해보려는 것이오."

신숙주가 술을 한 잔 들이켠 후 한숨을 푸욱 쉬며 말했다.

"그렇게 주는 밥 널름널름 받아먹고도 뭐가 모자라서 또 먹을 궁리를 하는 거요? 그 위장은 어찌하여 거친 음식도 다 삭이고, 배통은 또 얼마나 크기에 그렇게 채우고도 모자라는 것이오? 이거야 원, 쇠붙이를 먹고 사는 불가사리가 따로 없군!"

"허허헛, 매월당이 하는 욕을 받아먹을 배는 있소이다. 그런데 그 욕이 내겐 아주 묘약 같으이. 마음의 때를 씻어주는 신선한 공기가 따로 없으이."

신숙주의 인내심도 어지간하였다. 이와 같이 신숙주가 화를 내지 않고 오히려 온화한 웃음으로 대하자, 김시습도 조금은 마음이 누그러지는 모양이었다.

두 사람은 한동안 주거니 받거니 술만 마셨다. 그러다 보니 얼큰하게 취기가 올랐다. 이때를 기다려 홍매는 거문고를 타기 시작했다. 두 사람의 팽팽한 긴장감을 거문고 가락으로 무마해 보려는 심산이었다.

가락은 직선이 아니라 곡선이므로 그것을 듣는 사람의 마음을 휘감고 돌았다. 직선은 벽을 뚫지만, 곡선은 그것을 쓰다듬어 종국에는 그 막힌 것을 허물어뜨리는 힘이 있었다. 사람의 닫혀 있는 절벽 같은 마음도 거문고의 가락이 지나가면 어느 사이 허물어져 평온한 안식을 갖게 되는 것이었다.

눈을 감고 있는 김시습은 이미 거문고 가락에 심취한 모습이었다. 신숙주도 술잔을 입으로 가져가며 홍매의 거문고 타는 손길에 넋을 빼앗기고 있었다.

홍매의 거문고 탄주가 끝났을 때, 신숙주가 조용히 입을 열었다.

"매월당! 주상께서 그대를 아껴 곁에 두고 싶어 하시는 건 잘 아실 거요. 크게 쓰일 인재를 애써 찾아 쓰지 않는 것은 나라를 위해서도 큰 손해요. 그러니 내일이라도 입궐하여 나와 같이 주상을 알현토록 합시다.”

“그 일이라면 나는 더 이상 할 말이 없소이다. 작년 봄 원각사 낙성회 때 효령대군께 말씀드린 바 있기 때문이오.”

김시습은 이렇게 한마디로 딱 잘라 거절하였다. 장난기나 비아냥거림은 어느 사이 사라지고, 그의 말투는 직설법으로 상대를 향해 화살처럼 날아갔다.

“매월당!”

신숙주도 김시습이 그렇게 나오는 데는 더 이상 설득할 명분이 없었다.

“더 할 말이 있으면 말하시오, 보한재!”

“좋소이다. 단도직입적으로 말씀드리리다. 금오산에서 그대가 쓰고자 하는 글은 무엇이오?”

신숙주는 뚫어지게 김시습의 눈을 응시하였다.

“그것이 그렇게 궁금하오? 그 글의 내용이 궁금해서 도둑질까지 하였던 것이오?”

“오해하지 마시오, 매월당! 나는 그런 일을 지시한 바 없소이다. 나는 모르는 일이오.”

“대체 보한재가 모른다면 누가 안단 말이오?”

김시습은 목소리에 결기를 세웠다.

“내가 그런 지시를 내렸다면, 왜 그대에게 글의 내용에 대해 묻겠소?”

신숙주도 정색을 하고 말했다.

“그렇다면 좋소. 어제는 나를 죽이려고 자객을 보내고, 오늘은 주상을 알현하러 가자고 하니, 이는 병 주고 약 주는 것이 아니고 무엇이겠소?”

“그것 역시 나는 모르는 일이오. 그대에게 서찰을 전하라고 보낸 아랫사람에게서 그 사실을 보고받고 나도 적이 놀랐소이다.”

김시습이 조근조근 따지고 들자, 신숙주는 본의 아니게 변명하는 꼴이 되고 말았다.

“주상께서 이 몸을 가까이 두려는 것도 보한재께서 주청해서 한 일이 아니겠소? 내가 멀리 금오산에 있으면 대체 무슨 글을 쓰는지 두려우니, 아예 가까이에서 감시를 하는 것이 마음 편한 일이기에 그런 수작을 꾸민 게 아니냔 말이외다.”

이 대목에서 김시습은 거칠게 술잔을 끌어당겨 단숨에 비우고, 수염에 묻은 술을 손으로 훔쳐냈다. 그 손끝이 미세하게 떨렸다. 그의 가슴 저 밑바닥에서 분노가 치밀어 오르고 있음을 신숙주는 모르지 않았다.

“매월당! 진정하시오. 그런 의도는 전혀 없었으니 말이오. 나는 그대가 어떤 글을 쓰든 관여하지 않을 것이오. 그건 그대의 몫일 뿐이니.”

“허면, 주상께 조용히 초야에 묻혀 사는 사람을 더 이상 괴롭히지 말아달라고 주청해 주시오. 나라 일도 바쁜데 그렇게 개인에게까지 신경 쓸 일이 무어 있겠소?”

“주상께서 그대를 크게 쓰고자 하는 것은 일찍이 세종대왕께서 어린 그대의 재주를 아꼈기 때문이오. 당시 세자께 같이 정사를 논하라고 당부한 사실을 그대도 알고 있지 않소이까? 지금 주상께서도 그때 부왕의 일을 잊지 않고 그대를 부르는 것이오.”

신숙주가 말하는 ‘세자’는 문종을 지칭하는 것이었다.

이때 김시습은 신숙주가 왜 그런 말을 하는지 잘 알았다. 그는 은근히 임금 수양이 효자임을 강조하고자 한 것이었다. 사실상 김시습은 연전에 수양의 효심에 대하여 감동한 바 있었다. 그것을 아는 신숙주가 그의 마음을 조금이라도 돌려보기 위하여 그런 말을 꺼낸 것이었다.

수양은 간경도감을 설치하고 효령대군으로 하여금 김시습을 설득해 불경 편찬사업을 추진토록 하였다. 그리하여 계미년(癸未年) 가을, 김시습은 궁궐의 내불당에 들어앉아 역경사업을 도운 일이 있었다. 내불당은 원래 소헌왕후(昭憲王后)가 서거한 뒤, 세종이 왕비의 명복을 빌기 위하여 대궐 뒷산인 북악산 남쪽 기슭에 지은 작은 절이었다.

김시습이 한창 역경사업에 몰두해 있을 때, 수양이 내불당에 송이버섯과 포도·율무·팥배 등을 보내온 일이 있었다. 이때 그는 그것을 가져온 내시에게 물었다.

"주상께서 몇 군데나 보냈는가?"

"철마다 종실이나 외척이 음식을 바치면 반드시 문소전(文昭殿)에 먼저 드리고, 그 다음에 이곳 내불당으로 보내신 후에 드십니다."

문소전은 먼저 서거한 태조의 비 신의왕후(神懿王后) 한씨의 위패가 있는 사당인데, 나중에 태조와 태종의 위패도 함께 모신 전각이었다.

이 말을 듣고 김시습은 임금 수양이 효성뿐만 아니라 불심 또한 돈독하다고 생각하게 되었다. 그래서 그는 수양의 불경언해작업을 크게 예찬하였는데, 역대 어느 군주보다 문치(文治)와 무공(武功)이 뛰어나고 불경을 번역하는 사업으로 큰 업적을 이루었다는 글을 지었던 것이다.

그때의 일을 생각하면 김시습은 조금 면구스러운 면도 없지 않아 있었다. 그것이 결국 신숙주 앞에서 기가 죽게 만드는 이유로 작용하기도 했다.

5.

밤이 깊어갈수록 김시습과 신숙주의 대치국면은 더욱 치열한 공방전으로 이어졌다. 신숙주는 어떻게 해서든 김시습을 금오산에서 하산토록 하여 한양으로 입성시키고자 하였다. 반면에 김시습은 금오정사에 뼈를 묻을 각오를 하고 신숙주의 설득에 넘어가지 않으려고 굳건하게 버티었다.

"주상께서는 앞으로 대대적인 편찬사업을 하려고 하시오. 매월당이 힘을 보태준다면 나라를 위해서도 큰 보람이고, 개인적으로도 글의 효용성을 극대화시키는 일이 되지 않겠소?"

신숙주는 더욱 진중한 태도로 김시습을 설득하였다. 그러자 김시습의 말도 다소 누그러져서 진지함이 묻어났다.

"보한재께서 말씀하신 바는 잘 알고 있소만, 나는 이제 세상과 결별하고 산인이 되어 살 작정이오."

김시습이 말하는 산인은 '산인(山人)'도 되고, '산인(散人)'도 되는 중의법이었다. 그저 깊은 산중에 파묻혀 《금오신화》를 쓰며 살고 싶다는 뜻이었다.

"매월당께서 스스로 산인을 자처하였는데, 금오산에서 쓰고 있다는 《금오신화》란 대체 어떤 내용의 글이오?"

신숙주는 이미 정창손이 전해준 필사본을 통해 〈이생규장전〉을 읽은 바 있지만, 그것에 대해서는 전혀 아는 바 없는 듯이 말했다.

"허면 내가 먼저 묻겠소. 보한재께선 '신화'를 무엇이라 생각하시오?"

김시습이 눈을 빛내며 물었다.

"허허, 그야 구전되는 오랜 이야기들을 상징화시켜 재미있게 꾸민 글
이 아니겠소?"

"맞습니다. 신화는 이미 있었던 이야기, 즉 역사에다 작자가 상상력의
옷을 입힌 사실과 창작의 합체라고 할 수 있지요. 실록은 기록이지만,
신화는 사실을 근거로 한 창작이란 점에서 다르지요."

"사실을 근거로 한다면 대체 매월당은 어떤 사실을 창작과 결합시키
려 하는 것이오?"

바로 그 순간, 신숙주는 긴장이 되지 않을 수 없었다.

"사실은 인간 세상에서 일어난 모든 이야기가 될 수 있지요. 그것을
그대로 꾸미면 썩 재미가 적을 뿐만 아니라, 그 안에 함축된 의미 또한
미미해질 수 있습니다. 거기에 작자의 상상력이 가미된 창작이 곁들여
질 때 상징과 해학은 물론, 더욱 강한 의미 전달이 가능해지겠지요."

"혹여 그 의미 전달이 와전되어 읽는 이로 하여금 혼란을 빚게 된다
면, 그것처럼 큰 화근도 없을 것이오. 자칫하다간 그런 글들이 백성들
을 현혹시킬 수 있단 말이외다."

"현혹이라? 그건 백성들의 알 권리를 무시하는 처사가 아니오? 모름지
기 글은 많은 사람들이 더불어 읽어서 진리를 깨닫게 해야 한다고 생각
하오."

김시습은 신숙주의 입에서 '현혹'이라는 말이 튀어나올 때 저절로 웃
음이 솟는 걸 참았다.

"그건 나라의 정치를 몰라서 하는 소리요. 진리는 정치를 통해서만
구현될 수 있소. 그래야만 백성들이 한마음을 이룰 수 있단 말이오. 구
심점도 없이 남발되는 진리는 백성들의 혼란만 가중시켜 분열을 초래하
게 될 것이오. 물론 글의 진실성을 폄하하려는 것은 아니나, 허구성의

204

남발은 오히려 그 진실마저 흐려지게 만들 우려가 있으니 하는 소리요.”

이러한 신숙주의 말은 진중했지만, 은근히 그의 고집 같은 것이 느껴지는 어투였다.

“정치는 도구일 뿐이오. 어찌 진리를 정치라는 그릇 속에 담으려고 하는 것이오? 진리야말로 이 세상 어떤 그릇으로도 담을 수 없는, 그 어떤 형태로도 색깔로도 표현이 불가능한 것이오. 이 우주, 이 자연 자체가 바로 그것의 상징으로 존재하기 때문이오. 인간의 마음 또한 그러하오. 그 마음을 울려주는 것이 글이니, 그것을 ‘감동’이라고 표현하오. 글은 흐름이니 물이 위에서 아래로 전달되는 것과 같은 이치로 진리를 사람의 마음자리에 심어줄 수가 있소. 저 거문고가 현을 튕겨 가락이란 흐름으로 전달되고, 그것이 매질이 되어 사람의 마음을 감동시키는 것처럼 말이오. 따라서 나는 저 거문고의 몸통이고, 글을 쓰는 행위는 손가락으로 현을 튕겨내는 것이라 할 수 있으며, 그때 나오는 ‘가락’이라는 글은 바로 그 안에 ‘상징’이란 표현기법으로 내재된 진리를 전달해 주는 매개체 역할을 하는 것이오. 그러므로 정치를 통해서만 진리가 구현될 수 있다는 것은 망발이오.”

김시습의 말엔 가락이 있었다.

홍매는 김시습의 말 가운데 문득 ‘거문고’를 지적하는 대목이 나오자, 그때까지도 자신의 무릎 위에 놓여 있는 거문고를 내려다보았다. 너무 두 사람의 대화가 대결구도의 양상을 띠며 격렬해져서, 그녀는 그저 숨이 막힐 지경이었다.

“허면 그대는 그 ‘상징’이란 표현기법을 통해 글에 무엇을 담고자 함이오?”

잠시 뜸을 들이고 있던 신숙주가 조용히 물었다. 그러나 여전히 긴장

감은 두 사람 사이에 거문고의 현처럼 팽팽한 신경전으로 연결되어 한 치의 물러섬도 보이지 않았다.

"사람들이 알고 싶어 하는 것, 그들의 텅 빈 가슴에 뭔가 채워주고 싶은 것, 거짓으로 포장된 사실들은 그 허물을 벗겨 알맹이 그대로를 보여주고자 하는 것이오. 그것을 문(文)이라 하고, 학(學)이라 하오. 이때 '문'과 '학'은 떨어질 수가 없는데, '문'이 꽃이라면, '학'은 그 향기이기 때문이오. 여기 홍매가 있소만, 실제로 매화나무에 피어난 '홍매'의 그 붉음은 '문'이고, 그 향기는 '학'이오. 그러나 모란은 화려하지만 향기가 없기 때문에 결격이 되는 것이오. 보한재, 그대는 '원상'이란 화려함이 있지만, 향기가 없으니 모란과 다를 바 없는 것이오. 사람에게 있어 그 향기란 바로 '사랑'이오. 사랑이 결여된 자가 감히 정치를 한다 말할 수 있겠소? 백성을 사랑하는 마음보다 자신의 사리사욕을 채우려는 데 급급한 작자들이 어찌 학문의 진정한 의미를 알겠소? 오히려 학문을 도구로 하여 벼슬자리나 얻으려 하고, 그것을 무기로 백성을 현혹하려고 드는 무리들이 세상을 활보하니 참으로 한탄스럽소이다."

김시습은 자신이 쓰고자 하는 것이 무엇임을 암묵적으로 밝혔다. 그것을 못 알아들을 신숙주가 아니었다.

"모란꽃 중에도 향기 있는 것이 있소이다."

신숙주는 김시습이 자신을 가리켜 '모란'에 비유하는 것이 싫었다. 그렇지 않아도 엊그제 정원에 핀 모란을 보고 그런 생각을 했기에 실로 기분이 묘했던 것이다. 그래서 애써 자신을 방어하고자 한 것인데, 그것이 그만 김시습의 비위를 상하게 만든 모양이었다.

"그것은 자연적으로 난 모란이 아니지요. 나는 인위(人爲)가 만들어낸 모란 품종을 말하는 거외다. 자연은 그 자체로도 이미 향기로운 것이지만, 일단 인위가 첨가되면 향기는 사라지고 고약한 똥냄새만 풍기지요."

김시습은 그러다가 킬킬대고 웃었다. 신숙주를 가리켜 극단적으로 '똥냄새 운운'한 것이 조금은 쑥스럽기까지 했던 것이다. 그러나 신숙주는 그런 것에 전혀 개의치 않았다.

"그대가 나를 무엇으로 생각해도 좋소. 다만 나는 그대가 말하는 '거짓으로 포장된 사실'이 대체 무엇을 이르는 말인지 알고 싶소."

갑자기 신숙주의 태도는 신중해졌다.

"그것은 보한재께서 더욱 잘 아실 것이 아니겠소? 백성들을 괴롭히는 정치는 그것이 거짓이기 때문이고, 억울하고 서러운 사람이 많은 것은 그것이 사악하기 때문이오. 그 거짓됨과 사악함을 어찌 진리라 하겠소? 거짓되고 사악한 것은 아무리 포장을 잘하고 비단옷을 입혀 놓더라도 언젠가는 그 껍질을 벗고 속내를 드러내는 법이오. 그런 의미에서 아마도 내 글은 천 년 후에나 알아줄 사람이 나타날지도 모르겠소. 그렇지만 나는 그 진리를 내 글 속에 담아내고자 노력할 것이오."

김시습은 심한 갈증을 느끼고 자작으로 빈 잔에 술을 따라 마셨다. 그 갈증은 술로 풀 수 있는 것이 아님을 알지만, 뱃속에 술이라도 털어넣지 않으면 오장이 뒤틀려 참기 어려울 것 같았던 것이다.

"붓끝이 칼끝보다 무섭다더니, 그대의 붓끝에서 나올 글들이 자칫 많은 사람들에게 상처를 주게 될까, 그것이 심히 걱정되는 바이오. 그것에 대한 책임은 대체 누가 질 수 있단 말이오?"

"칼은 반드시 그 끝이 상대를 향하고 있어 위험한 것이오. 그러나 글은 그 끝이 글을 쓰는 사람이나 읽는 사람 자신을 향하고 있다는 것이 다르오. 따라서 진실이 담긴 글은 타인에게 상처를 주지 않소. 어떤 시각에서 읽느냐에 따라 설혹 자기 자신에게 상처가 될 수는 있겠는데,

그것은 인과응보이므로 그 자신이 책임질 일이지 글을 쓴 사람의 책임
은 아니라고 생각하오.”

이러한 김시습의 거침없는 말에 신숙주는 더 이상 대거리할 힘조차
잃어버렸다.

그럴수록 신숙주는 김시습을 놓아주기가 어려웠다. 더욱 욕심이 생
겼다. 그와 함께 자신이 앞으로 하게 될 대대적인 편찬사업을 도모하고
싶었다.

“매월당! 우리 너무 진지한 말만 나눈 것 같소. 오늘은 술이나 진탕
마십시다. 홍매야, 뭘 하고 있느냐? 선생의 술잔이 비어 있지 않느냐?”

신숙주는 머리를 굴렸다. 김시습을 오래 잡아둘 길은 술밖에 없었던
것이다. 김시습도 그만하면 신숙주가 자신의 속 깊은 뜻을 알아들었으
려니 하고 홍매가 따라주는 술잔을 들었다. 그는 말을 뱉어낸 만큼 술
을 들이켜야 할 이유가 있었다. 말을 많이 하다 보면 마음이 허무해지
고, 그 박탈감을 달랠 길은 술밖에 없었던 것이다. 술은 마음의 박탈감
을 잠시 마비시키는 힘을 갖고 있었다. 그래서 김시습은 술을 마시고 또
마셨다. 홍매의 거문고 가락을 듣고 또 들었다. 그러다가 언제 그 자리
에 쓰러져 잠이 들었는지 몰랐다.

다음 날 아침에 눈을 떴을 때, 김시습은 화들짝 놀랐다. 그곳은 홍매
의 집이 아니라 신숙주의 집이었던 것이다. 바로 옆자리에 신숙주가 누
워 깊이 잠들어 있었다.

간밤에 신숙주는 술에 곯아떨어진 김시습을 기주로 하여금 등에 업
어 자신의 집으로 데려오게 하였다. 그것을 알 까닭이 없는 김시습은
당황하지 않을 수 없었다. 신숙주는 다음 날 맑은 정신에 다시 한 번 김

시습을 설득해 보겠다는 욕심이 앞섰기 때문에, 그의 집 같은 방에 잠자리를 마련했던 것이다.

'이크, 내가 와선 안 될 곳을 왔구나!'

김시습은 정신이 번쩍 들었다. 간밤에 신숙주와 술자리에서 한 논쟁도 떠올랐다. 갑자기 그 자신이 부끄러워졌다.

살며시 일어난 김시습은 의관을 챙기고, 소리 없이 방을 나섰다. 기주가 대문 앞에 지키고 서 있다가 허리를 깊이 꺾었다.

"아무 소리 말게."

김시습은 기주를 향해 오른손 검지를 입에 대며 작은 소리로 말했다.

"하지만, 대감마님이 아시면……"

"자네에게 미안하네만, 나를 좀 봐주게. 술에 취한 나를 이곳에 데려온 것은 자네겠지? 그런 면에서 자네도 내게 잘못한 것이 있으니 우리 서로 장군 멍군 한 것으로 치세나."

김시습은 그러더니 익살스럽게 웃었다.

기주는 어찌할 바를 몰랐다. 그러나 더 이상 김시습을 붙잡아 둘 묘수가 떠오르지 않았다.

"저, 어르신!"

기주가 다급하게 외쳤다. 신숙주가 간밤에 어떻게 해서든 김시습을 붙잡아 두어야 한다고 신신당부를 했던 것이다.

"아, 참! 자네는 내 생명의 은인이 아닌가? 이제 마지막이 될지도 모를 일. 큰절이라도 올려야 하지 않겠는가?"

갑자기 돌아선 김시습은 대문 앞에서 기주를 향해 무릎을 꿇을 기세였다.

"아니, 이러시면 안 됩니다."

기주가 동작 빠르게 김시습의 팔을 붙잡아 일으켜 세웠다.

"그럼, 내 사정을 좀 봐주겠나?"

김시습은 얼굴을 일그러뜨리며 익살스럽게 웃었다.

"어르신께서 소인을 놀리시는군요?"

기주도 어이없다는 듯 웃지 않을 수 없었다.

"그럼, 난 이만 가네."

김시습은 뒷모습으로 오른손을 번쩍 들어 보이더니 휘적휘적 걷기 시작하였다.

이렇게 신숙주의 집에서 도망치듯 나온 김시습은 그 길로 서둘러 숭례문(崇禮門)을 벗어났다. 이미 해가 동쪽 하늘을 붉게 물들이고 있었고, 새벽부터 바지런을 떠는 상인들이 성문으로 들어서느라 매우 부산스러웠다.

성 밖으로 나오자 멀리서 김시습의 뒤를 좇던 금조가 발걸음을 빨리하여 따라붙었다.

"마포나루로 가자꾸나."

김시습은 뒤도 돌아보지 않고 금조에게 말했다. 벌써부터 금조가 자신의 뒤를 따라붙고 있다는 것을 그는 알고 있었던 것이다.

김시습은 용산진(龍山津)으로 가려다가 마포나루 가는 길로 발길을 돌렸다. 용산진보다 마포나루가 훨씬 번창했고, 따라서 배를 타고 강을 건너기도 수월한 편이라고 여겨졌기 때문이다.

숭례문에서 만리재를 넘어가면 마포나루가 멀지 않았다. 세종 때 문신 최만리(崔萬里)가 살았던 곳이라 해서 그 고개를 '만리재'라고 불렀다.

만리재에 올라서서 멀리 바라보니 한강 물줄기가 늘펀하게 누워 있었다. 아침 햇살에 비친 강물은 물고기 비늘처럼 싱그럽게 번뜩였다.

"허허헛, '강호산인(江湖散人)'이라 했던가? 그러하면 나는 '금오산인(金鰲散人)'이 아니겠는가?"

김시습은 최만리의 호 '강호산인'을 떠올리며 웃었다. 그는 어서 빨리 금오산으로 돌아가 조용히 글쓰기에만 매달리고 싶었다.

그런 생각을 하는 가운데 김시습은 강 건너 노들 언덕을 바라보았다. 십 년 세월이 무상하다는 생각이 들었다. 성삼문을 비롯한 병자년 충신들이 그곳에 잠들어 있었다. 그가 밤을 틈타 시신들을 수습해 노량 언덕에 만들어 준 묘택이 거기 있을 것이었다.

"노량 언덕을 보고 계시는군요."

금조가 한마디 불쑥 던졌다. 김시습은 고개를 돌려 금조를 일별한 후 다시 강 건너로 시선을 주었다.

"너도 아비 생각이 나는 모양이구나?"

"스승님, 죄송합니다. 소인이 그만 무람없이……."

금조의 목소리가 젖어 있었다.

"괜찮다. 인지상정인 것을……. 어서 가자꾸나."

김시습은 발길을 옮겼다.

마포나루에 도착한 김시습은 출출한 생각이 나서 주막부터 찾아 들었다. 아침인데도 주막은 장사꾼들로 붐볐다. 새벽부터 마포나루에 배를 댄 사공과 장사꾼들이 해장술을 하고 있었다. 김시습과 금조는 장국밥을 시켜놓고 해장술로 탁배기도 한 사발씩 나누었다.

"금조야, 노량나루까지 건너갈 배가 있나 알아보고 오너라."

김시습의 말을 곧 알아들은 금조는 주막 주인에게로 가서 사공을 소개받았다. 곧 금조는 노량나루까지 갈 사공과 함께 왔다. 김시습은 다시 금조에게 일러 포와 과일 몇 개와 청주를 준비하도록 일렀다. 준비가 다 되자 그들은 배에 올랐다. 곧 마포나루에서 배는 물길을 거슬러 오르며 노량나루를 향해 나갔다.

사공의 노 젓는 소리만 삐거덕거리며 들려올 뿐 아무도 입을 여는 사람은 없었다. 김시습은 십 년 저쪽의 일들을 떠올리고 있었다. 사육신 중 박팽년은 고문을 견디다 못해 옥사했고, 유성원은 잡혀가기 전에 거사 계획이 사전에 발각된 것을 알고 집에서 자결하였다. 그리고 성삼문·이개·하위지·유응부 등은 군기감 앞길에서 거열형에 처해졌으며, 이들 충신들의 시신은 다시 목이 잘려 숭례문 앞에 효수되었다. 그렇게 사흘 동안 효수된 이후 시신들은 용산진 인근의 노들에 아무렇게나 버려졌다.

김시습은 충신들의 시신을 수습하기 위해 밤이 되기를 기다려 염장이와 사공을 데리고 노들로 나갔다. 노들의 강변은 안개가 자욱하게 끼어 있었고, 가랑비가 오락가락했다. 여름으로 접어든 날씨였지만 밤공기는 을씨년스러웠다. 강바람이 불자 갈대들이 서걱대며 허리를 구부렸다. 횃불을 들고 이리저리 살피는 사이에 금세 베잠방이가 다 젖었고, 정강이는 갈댓잎에 스친 자리가 쓰리고 아팠다.

거열형을 당한 충신들의 시신은 사지가 모두 떨어져 나가 차마 눈을 뜨고 바라볼 수 없을 정도로 처참하였다. 거기다 효수까지 당했으니 머리 따로 몸 따로 흩어져 그 주인을 찾기 어려웠다.

김시습은 울음이 나오는 걸 억지로 참느라 어금니를 꽉 깨물었다. 먼저 머리부터 찾고, 흩어져 있는 그 몸과 사지를 모아 시신의 제대로 된 모습을 갖추려고 노력했다. 그러나 눈물이 앞을 가리는 데다 비까지 추적거려 작업은 더디고 힘들 수밖에 없었다. 더더구나 어려운 것은 머리와 몸이 그 주인의 것에 맞는지 도무지 알 수 없는 일이었는데, 그래도 다행스러운 것은 시신을 많이 다루어 본 염장이가 사람의 몸을 알아 팔과 다리의 길이를 맞춰보며 제대로 수습을 했다.

이렇게 시신의 머리와 몸을 찾고 염습을 하기까지 꽤나 오랜 시간이 걸려 삼경이 이슥해서야 겨우 배를 띄울 수 있었다. 시신은 모두 다섯 구였다. 성삼문·박팽년·유응부·이개와 다른 한 구는 성삼문의 아버지 성승의 시신이었다. 나머지 충신들의 시신은 노들에 버려지지 않은 모양이었다. 시신 다섯 구를 찾아놓고 나서 한참 동안 주변을 샅샅이 뒤졌지만, 다른 시신을 발견할 수가 없었다.

김시습이 시신 다섯 구를 모두 안장한 것은 사경이 다 지나서였다. 보슬비는 그쳐 있었고, 강안에는 안개가 자욱하여 한 치 앞도 내다보기 어려울 정도였다. 그는 충신들 중 네 구의 시신을 노량 언덕에 나란히 안장했으며 성삼문의 아버지 성승의 유택은 그 위쪽에 따로 마련하였다.

매장을 모두 끝내고 나서 염장이와 사공을 먼저 내려가게 한 다음 김시습은 성승의 묘부터 차례대로 절을 올렸다. 언제 다시 찾아올 수 있을지 기약이 없기에 그는 더욱 서러웠다. 안개 속에서 그는 울고 또 울었다. 멀리서 보면 그의 등이 봉분인지, 봉분이 그의 등인지 알 수 없을 정도로 그는 엎드린 자세에서 일어날 줄 몰랐다.

"배를 대고 예서 기다릴까요?"

옛날 생각에 잠겨 있던 김시습은 사공의 말에 번뜩 눈을 떴다.

"오, 어느새 노량나루에 닿았군! 기다릴 필요 없으이. 그냥 돌아가게."

뱃삯을 주고 나서 김시습은 곧 하선하였다. 금조도 그 뒤를 따랐다.

두 사람은 노량 언덕을 천천히 걸어 올라갔다. 김시습은 옛날 기억을 더듬으며 사방을 둘러보고 묘를 찾느라 걸음이 더딜 수밖에 없었다. 캄캄한 밤중에 묘 자리를 잡은 데다 마지막으로 안개 속을 헤치며 내려왔기에 기억을 되살리기가 쉽지 않았다.

언덕 위에 평지가 있었다. 더부룩한 잡초 더미 때문에 잘 구분이 안 갔지만, 분명 네 개의 봉분이 나란히 있었다. 김시습은 시신을 모실 때 혹여 누군가에게 비밀이 탄로 나서 묘가 훼손될까 두려워 봉분을 약간 솟아오른 정도로 만들었기에 얼핏 보아서는 평지와 구분이 잘 안 갔다.

김시습은 먼저 충신들의 묘 위쪽에 있는 성승의 묘부터 찾아가 성묘를 했다. 간단한 제물을 차린 후 청주를 올리고 절을 했다. 그 다음 다시 네 명의 충신이 잠든 묘 앞에 와서 합동으로 제물을 차리고 청주를 차례차례 뿌렸다. 그리고 묘마다 옮겨 가며 절을 올렸다.

그런 연후 김시습은 한참 동안 잡초 우거진 묘를 둘러보며 다시금 끓어오르는 분노를 삭였다. 노량 언덕 위로 햇살이 눈부시게 쏟아지고 있었다.

"음복은 해야지. 한 잔 따라다오."

김시습은 빈 잔을 금조에게 내밀었다.

제 5 장

동상이몽 同床異夢

1.

　여름 한낮 매미가 자지러지게 우는 오후 늦은 시각에, 신숙주는 서책 더미 사이에 던져 두었던 김시습의 〈이생규장전〉 필사본을 꺼내 다시 읽고 있었다. 한 달 전 김시습이 새벽같이 일어나 도망쳤을 때를 생각하면 비릿한 웃음이 돌기도 했다. 잡아보았자 마음 돌릴 수 없는 사람을 애써 설득해 보려 했던 자신이 우습기도 했고, 전날 밤 술에 취했을 때는 기고만장하던 김시습이 아침에 일어나 기겁하듯 도망치는 모습이 눈에 선하기도 하여 허탈한 웃음이 절로 나왔던 것이다. 그 웃음이 뱃속에서 나올 때는 허탈했는데, 얼굴에 번질 때는 일그러진 모습으로 변형되었다.

　신숙주는 한 달 동안 애써 김시습의 일을 생각하지 않으려고 노력했다. 임금 수양에게는 저간의 이야기들을 생략하고, 김시습을 만나 설득해 보았으나 너무 고집이 강하여 실패하고 말았다는 보고만 하였을 뿐이었다.

　그러나 그 한 달이 신숙주에게는 몹시도 괴롭고 지루한 기간이었다. 홍매의 집에서 벌인 김시습과의 설전은 사실상 피만 뿌리지 않았을 뿐 노련한 검객들의 목숨을 건 한바탕 칼싸움을 방불케 하였다. 서로 달변의 혓바닥으로 상대의 가슴을 찌르고 피하고 다시 겨누면서 설전을 벌였으나, 결과적으로는 김시습의 승리로 끝나고 말았다.

　적어도 신숙주는 그렇게 생각하였다. 그는 자신의 완전한 패배를 인정하지 않을 수 없었다. 김시습은 너무도 교묘하게 말을 엮어서, 자신이 갖고 있는 현실에 대한 불만을 가차 없이 터뜨리면서도 꼭 꼬집어 혐의

될 만한 것을 잡아내기 어렵게 만들었다. 만약 김시습이 조정에 대해 갖고 있는 감정을 적나라하게 드러낼 경우, 그것을 빌미로 엮어 옥에 가둘 수도 있었다. 그렇게 해서라도 그를 가까이 붙들어 두고 싶은 게 신숙주의 욕심이었다. 그러나 김시습은 그러한 혐의를 둘 만한 내용은 얄미울 정도로 에둘러 말하면서 하고자 하는 자신의 주장은 다 했다.

신숙주가 뒤늦게 다시 김시습의 〈이생규장전〉을 읽고자 한 것은, 그 설전을 벌이던 날 그가 적극 피력한 진실을 담은 글에 대한 견해를 생각하며 그 꼬투리라도 잡아보고자 하는 욕심 때문이었다. 그러나 글을 다 읽고 나서도 꼬투리 삼을 만한 것이 거의 없었다. 그저 남녀상열지사의 한계를 넘어서지 않는 글일 뿐이었다. 억지로 갖다 붙이자면 '이생'을 김시습 자신으로, '최랑'을 어린 임금으로 표현한 것이라고 할 수도 있겠으나, 그것은 너무 확대해석한 것에 지나지 않아 소가 웃을 일이라는 비웃음을 살 가능성이 컸다.

'매월당은 과연 《금오신화》란 글 속에 무엇을 담으려 하는 것일까? 그가 글이라는 흙속에 파묻어 두려는 진주는 어떤 빛깔의 진리를 말하는 것일까? 거짓으로 위장된 진실의 옷을 벗기려고 한다면, 그 거짓은 무엇이고 또한 진실은 무엇이란 말인가?'

신숙주는 마음속으로 이렇게 자문해 보았다. 그러나 해답은 없었다. 확실하게 그것이 무엇인지 알 것 같으면서도 막상 입으로 뱉어내기는 어려운, 그런 진퇴양난의 번민만 거듭할 뿐이었다.

바로 그때, 기주가 와서 불렀다.

"대감마님!"

"오, 그래! 기주냐?"

"형판대감께서 찾아오셨습니다."

기주의 말에 신숙주는 보고 있던 김시습의 필사본부터 치웠다.

"형판께서 어쩐 일일까? 우선 뫼시어라."

신숙주는 가슴이 홧홧하여 참지 못하고 서안에 놓여 있던 부채를 들어 활활 부치기 시작했다.

곧이어 형조판서 김질이 방으로 들어섰다. 신숙주는 부채를 다시 서안에 올려놓고 일어서서 그를 맞았다.

"대감! 그동안 적조하였소이다."

김질이 마주 앉으며 말했다.

"허허, 이젠 조회에 나가지 않으니 만날 길이 없구려. 그런데 이 염천에 어려운 걸음을 하셨소이다."

이렇게 말하며 신숙주도 일단 좌정을 하였다. 서로 그동안의 안부를 묻고 세상 돌아가는 이야기를 나누고 할 때, 여종이 다담상을 들여왔다. 상 가운데 화채가 두 그릇 놓였는데, 그릇 안에 앵두며 딸기며 살구가 떠 있어 그 붉고 노란 색깔이 썩 아름다운 조화를 이루고 있었다.

"오! 덕분에 시원한 화채를 맛보게 되었습니다, 그려."

김질이 인사성으로 한마디 하였다.

"덕분이라뇨? 형판께서 어려운 걸음을 하셨는데 대접이 너무 소홀하오이다. 아직 해가 있어 술상을 봐오기도 무엇하구요. 더운데 어서 시원하게 화채부터 드시지요."

신숙주가 손짓으로 권했다.

화채를 한 모금씩 마시고 났을 때 김질이 서둘러 용건을 꺼냈다.

"실은 매월당에 관한 일로……"

김질은 신숙주 앞이라 애써 김시습을 예우하여 '매월당'이란 호칭을 사용했다.

"매월당은 경주 금오산에 칩거하고 있질 않소이까?"

신숙주는 짐짓 김질이 무엇을 이야기하려고 하는지를 알기 위해 상대의 얼굴을 살폈다.

"한 달 전 대감께서 매월당을 만난 적이 있다고 들었소만."

"호오, 그 소문이 형판께도 들어간 모양이오?"

"생각하고 싶지도 않은 일이지만, 그때 매월당이 종루가 있는 대로에서 저지른 작태를 대감도 들어서 아실 것 아니옵니까? 그렇게 떠들썩하게 광태를 부리고 돌아다니니 그자의 일거수일투족이 다 소문으로 나돌게 되어 있지요. 그러니 기생 홍매의 집에서 대감과 매월당이 만나 설전 끝에 고성이 오갔다는 소문도 시전거리에 파다하더이다."

김질의 말에 신숙주는 다소 놀란 표정을 짓지 않을 수 없었다.

'혹시 이 사람이 내 뒷조사까지 하고 다니는 것은 아닐까?'

신숙주는 그걸 의심했던 것이다. 형조판서로서 하고자 한다면 그런 것쯤은 일도 아닐 것이라 생각했기 때문이었다.

"허허허, 고성이 오가다니요? 그날은 화기애애한 분위기였소이다. 그래서 매월당을 우리 집에 데려다 잠자리를 같이하기까지 했습니다."

신숙주는 애써 쾌활한 표정으로 바꾸어 껄껄대고 웃었다.

"그러셨습니까? 아무튼 대감께서도 그날 종루에서 있었던 매월당의 광태는 소문으로 들으셨을 줄 압니다. 사가정이 아니었다면, 내가 가만두지 않을 생각이었습니다. 그날은 보는 눈이 많기에 그냥 넘어갔지만."

김질은 아직까지도 그날을 생각하면 분통이 터진다는 듯 결기를 세웠다.

"그냥 넘어가지 않으면 어찌하시려고 했습니까?"

"나야 참고 넘어간다 해도 감히 좌상대감께 그런 불경죄를 저질렀으니 감옥에 처넣어도 누가 뭐라고 하지는 못하겠지요.”

“형판께선 모르시는 말씀이외다. 매월당은 주상께서 매우 아끼시는 인물이외다. 사실 내가 그를 만난 것도 어명이 있었기 때문이었소이다. 언젠가는 주상께서 매월당을 크게 쓰실 때가 있을 것이니, 그를 경솔하게 대했다가는 큰 화를 입을 수도 있는 일이 아니겠소이까?”

신숙주는 김질이 몰래 김시습에게 자객을 보낸 사실까지 알고 있었으므로, 더는 그런 경솔한 짓을 하지 못하게 단단히 못을 박아두려는 것이었다. 아무리 밉게 굴어도 김시습은 보호받아야 마땅한 인물임을 그는 알고 있었다. 특히 그날 밤의 설전을 통하여 그의 천재성을 재차 확인하였기 때문에 신숙주는 다시금 그런 생각까지 갖게 되었다.

짐작은 하고 있었던 일이지만, 김질은 신숙주로부터 주상이 김시습에 대해 어떤 마음을 갖고 있는지 알게 되자 적이 실망이 되지 않을 수 없었다. 한 달 전 종루 앞 대로에서 당한 일을 생각할 때마다, 그는 김시습이야말로 목에 걸린 가시 같은 존재라고 생각했다. 삼킬 수도 없었고 뱉어지지도 않는, 밥을 먹어도 물을 마셔도 그 자리에 걸려 넘어가지 않는 매우 성가신 존재를 대체 어찌해야 할지 몰라 신숙주에게 조언을 구하러 온 것이었다. 그런데 신숙주의 말을 듣고 보니 별무소득인 데다, 오히려 근심만 한 덩어리 더 끌어안고 돌아가게 생겼다.

주상의 김시습에 대한 마음이 그러하다면 김질로서는 더 이상 어찌해볼 도리가 없다고 생각하였다. 결국 장인을 찾아가 긴밀하게 논의를 해보아야 어떤 대책을 강구할 수 있으리라는 결론에 도달했다.

그래서 김질은 서둘러 일어섰다.

“아니, 왜? 벌써 가시게요?”

신숙주가 놀란 얼굴로 물었다.

"오늘 저녁 봉원부원군 댁에 가기로 되어 있는 걸 깜빡 잊고 있었소이다."

"그러셨군요? 아, 참! 봉원부원군께 감사하다는 말씀 전해 주시오. 보내 주신 매월당의 필사본 잘 읽었다구요."

신숙주가 얼떨결에 그렇게 이야기하자, 김질은 등을 돌려 문을 나서려다 말고 돌아섰다.

"대감께서도 매월당의 글을 읽으셨군요? 어떠하셨소이까?"

"크게 우려할 글은 아니었단 생각이 들었소만……."

신숙주의 말에 김질은 그저 묵연히 고개만 끄덕거렸다. 그러다가 정색을 하며 물었다.

"혹시 매월당, 그자가 의도적으로 그런 글을 유포하고 있는 건 아닐까요?"

"허허헛! 역시 형판께선 직분에 충실하다 보니 모든 것에 일단 혐의를 두고 보자는 생각인 게로군요. 허나 내가 보기에 매월당의 〈이생규장전〉에는 그런 의도성이 전혀 보이질 않더이다."

"아니 내 말은, 매월당이 속마음을 숨기고 일부러 그런 남녀상열지사 중심의 글을 유포하여 세간의 관심을 다른 곳으로 돌리기 위한 수작 아니겠느냐 그겁니다."

이 대목에서 신숙주는 김질을 통해 확인해 보고 싶은 것이 있었다. 그래서 물었다.

"매월당 얘기로는 누군가가 초당에 몰래 들어가 그 글을 훔쳐갔다 하더이다. 그것이 혹시 내 지시로 이루어진 일이 아니냐며 분개를 해서, 내가 아니라는 이유를 대기에 급급했소이다."

"그밖에 다른 얘긴 없었소이까?"

김질은 김시습에게 자객을 보낸 일도 있어, 그것에 대한 반응이 어땠는지 알고 싶었던 것이다.

"그밖에 다른 얘기라니? 또 뭔가 있었다는 말인가요?"

신숙주는 자객 또한 김질이 보냈음을 알고 있기에 은근히 탐색해 보는 말투가 되었다.

"아니, 그게 아니라……."

김질은 약간 당황한 듯했다.

"그게 아니라면, 매월당의 글을 훔치도록 지시한 것은 형판이 한 일이오?"

"그, 그럴 리가 있겠습니까?"

"허면 왜 매월당의 필사본이 봉원부원군 손에 들어갔단 말이오? 아하, 그러고 보니 짐작 가는 바가 없지 않아 있소이다. 아마도 당시 경주부윤께서 매월당의 글을 얻어 봉원부원군께 보내신 모양이로군요."

신숙주는 필시 정창손이 바로 위의 형인 정홍손으로부터 김시습의 글을 얻었으리라 판단하고 있었던 것이다. 그걸 김질의 입을 통해 확인해 보고 싶었다.

"나도 매월당의 필사본을 읽긴 하였소만, 그것이 어떤 경로를 통해 봉원부원군께 전해졌는지는 모르는 바이오. 허나 세간에 김시습의 필사본이 많이 떠돌고 있으니, 그걸 얻는 것쯤이야 어렵지도 않았을 것이오."

김질은 그러면서 서둘러 신숙주의 집을 빠져나왔다. 도둑이 제 발 저린다고, 더 이상 머뭇거리다가는 김시습에게 자객을 보낸 사실까지 추궁당할까 더럭 겁이 났던 것이었다.

정창손의 집으로 달려간 김질은 방금 신숙주를 만나고 온 길이라고 말한 후, 김시습과 관련한 내용을 개략적으로 털어놓았다.

"허허, 주상의 심중이 그러하시다는 말이지? 신숙주가 수하를 보내 매월당의 신변을 보호하게 한 것을 보면, 우리가 만약 그를 추포하거나 주살할 경우 주상의 진노가 이만저만이 아니겠는걸? 이거야, 원! 긁어 부스럼만 만든 꼴이 되었군!"

정창손은 깊은 한숨을 내쉬었다. 사실상 정창손과 김질이 김시습을 제거하려는 것은 그가 쓰려는 글의 내용이 분명 임금 수양과 자신들에 관한 것임을 짐작하기 어렵지 않기에, 그 화근을 미리 도려내려는 것이었다. 이는 같은 고민을 하되 그 해결 방법에 있어서 수양과 신숙주의 전략과 상반된다는 데 문제가 있었다.

피부에 화농이 생기면 초기에 아예 도려내 버리는 방법이 있는데, 그 것이 정창손과 김질이 선택한 전략이었다. 그러나 그렇게 되면 화근의 뿌리를 뽑을 수는 있으나 상처 자국이 남는 것이 문제였다. 다른 하나 는 화농을 더 이상 곪지 않도록 다독여, 그것에 잘 듣는 고약이나 다른 약재를 써서 상처 없이 낫게 하는 방법이었다. 그러나 이 방법 역시 화 농을 잠재우는 데 시간이 오래 걸린다는 단점이 있었다. 그 오랜 기간 동안 화농의 아픔을 참으며 견뎌야 하는 인내심이 필요하기 때문에 어 려움이 많을 수밖에 없는 것이었다.

"전략을 바꾸어야겠습니다."

김질이 고심 끝에 내놓은 말이었다.

"어떻게 말인가?"

"금년 초에 처숙 어른께서 경주부윤 임기가 만료되어 상경하지 않으 셨사옵니까?"

김질이 말하는 처숙(妻叔)은 정창손의 형 정홍손을 이르는 말이었다.

계미년(癸未年)에 경주부윤에 부임한 정홍손은 무술년(戊戌年) 초 임기가 만료되어 상경하였고, 그 다음으로 최선복(崔善復)이 부임하였다.

"그리 되었지. 그래서 어쨌다는 건가?"

정창손이 김질 가까이 귀를 대고 물었다. 작지만 명확한 목소리로 말하라는 뜻이었다.

"새로 경주부윤이 된 최선복은 원각사 중건 때 부제조를 맡은 인물로, 효령대군과 가깝습니다. 효령대군은 김시습을 특별히 아끼니, 최선복 역시 그쪽 사람이라 여겨집니다."

김질이 말하는 '그쪽 사람'이란 김시습과 같은 성향을 가진 패거리란 뜻이었다.

"그러니 상황이 더욱 안 좋을 수밖에 없질 않은가?"

"상황이 그러하므로, 작전을 바꾸지 않으면 안 된다는 말씀이옵니다."

"이런 답답하기는……. 그러니 어서 말해 보게."

정창손은 마음이 급했다. 자신은 관직에서 물러나 있었으므로, 형조판서인 사위 김질에게 기대를 걸고 있는 판이었다. 그런데 그의 우유부단한 성격이 도무지 마음에 들지 않았던 것이다.

"천만다행인 것은 부윤이 바뀌고 나서 얼마 후 통판도 바뀌었는데, 그가 바로 정난손(鄭蘭孫)입니다."

김질이 말하는 경주 통판 정난손 역시 본관이 동래(東萊)로 정창손과 한집안이라 할 수 있었다. 촌수는 멀었지만 같은 항렬(行列)이므로 남다른 친분이 있었다.

"그가 어쨌다는 건가?"

"부사가 안 되면 통판을 가끔 금오산에 올려 보내 동태를 살피도록 해야 하지 않겠사옵니까?"

"이런 우둔한 사람하고는. 그렇게 머리가 안 돌아가 어찌 형판을 하는 가? 이미 정난손은 그런 용도로 쓰려고 내가 박아둔 것일세."

정창손은 사위를 향해 쯧쯧 혀를 찼다.

"네, 그것은 저도 알고 있습니다. 다만 여기서 젊은 승려나 유생을 물색하여 김시습에게 보내도록 하자는 것이옵니다. 김시습에게 학문을 배우기 위해 찾아온 제자로 꾸며 금오정사에 같이 기거토록 하면, 그자의 일거수일투족을 면밀히 감시할 수 있을 것이옵니다. 정난손에게 중간 다리 역할을 맡기면 김시습도 감쪽같이 속아 넘길 수 있을 것이옵니다. 대체 그자가 무슨 글을 쓰는지 알면, 그리고 그 글의 내용이 심히 괴이쩍다면 쥐도 새도 모르게 그것이 적힌 종이 두루마리를 감쪽같이 없애버릴 방법도 있지 않겠사옵니까?"

김질의 이 같은 말에 정창손의 얼굴에 묘한 웃음기가 돌았다.

"흠, 몰래 밀정을 박아 넣자는 말이렸다?"

"그러하옵니다."

"그것 참 묘수로세. 자낸 충분히 형판의 자격이 있네."

정창손은 방금 전에 무참하게 깎아내렸던 사위의 위신을 금세 다시 세워주었다.

"김시습은 시문에 능한 젊은 유생을 좋아합니다. 그런 자를 한번 물색해 보겠사옵니다."

김질은 그러면서 성균관 유생 중 한 명의 얼굴을 떠올렸다.

"젊은 선비도 괜찮겠지만, 의심을 받지 않도록 하려면 승려가 더 좋지 않겠나? 김시습은 명색이 승려로 '설잠'이란 승명을 갖고 있지 않은가? 특히 불경언해작업을 한다거나, 원각사 낙성회에 참여하는 것을 보면 불도에 경도되어 있는 것이 분명하이. 일단 내가 정난손에게 사람을 보내

마땅한 젊은 승려를 물색해 보도록 할 테니까, 자네는 유생을 찾아보게나. 한 사람이 안 되면, 두 사람, 세 사람이라도 보내야 하네. 다만 마땅한 인물을 물색하되, 입이 무거워야 하네.”

이렇게 말하는 정창손은 아직도 마음속으로 김질을 못 미더워하고 있었다.

“입에 재갈을 물려 놓으면 안 되겠사옵니까? 염려 마시옵소서.”

김질 또한 장인이 자신을 못 미더워하는 것 같기에 얼떨결에 입에서 ‘재갈’이라는 말까지 튀어나왔다.

“재갈이라……?”

정창손은 조금 의외라는 표정으로 사위를 쳐다보았다.

“성균관 유생들 중에 벼슬자리 탐하지 않는 자가 있겠사옵니까? 실력이 어중간하여 진사시에 붙을 가망은 없는데, 관직에 대한 욕망이 큰 자를 물색해 미끼를 던지면 됩니다. 그런 자들일수록 벼슬자리 하나 던져준다고 하면 덥석 물게 되어 있사옵니다. 그러면 욕심 때문에 저 스스로는 결코 낚시 바늘에서 빠져나오지 못할 것입니다.”

김질의 이 같은 말을 듣고 나서야 정창손은 천천히 머리를 끄덕거렸다.

2.

　창문에 비친 달빛이 매화나무 가지를 흔들고 있었다. 바람이 부는가, 이파리가 떨어져 앙상한 가지끼리 서로 부딪쳐 댕강거리는 소리도 들렸다. 김시습은 굴원(屈原)의 〈이소경(離騷經)〉을 읽다 말고 문을 열었다. 바람이 찼지만 견딜 만하였다. 자신도 모르는 사이 달빛에 이끌려 마당으로 나온 그는 보름달이 매화나무 가지에 걸린 것을 보았다. 달 속에도 산맥이 있었다. 하도 밝아서 거뭇거뭇한 산맥의 뼈대가 그대로 드러났다.

　문득 김시습은 며칠 전에 다녀간 경주부윤 최선복을 떠올렸다. 그가 술과 먹을거리를 가지고 찾아와 물었다.

　"매월당, 나도 시를 좀 배울 수 없소이까?"

　최선복은 그 이름처럼 사람이 착해서 복이 많았다. 그는 효령대군 밑에서 원각사 중건 부제조로 일하였다. 이태 전 김시습은 원각사 낙성회에 갔다가 그를 만났다. 만나 보니 사람이 무던하였다. 그래서일까, 경주부윤으로 와서 처음 만나는 자리에서 그는 소박하다 못해 그런 바보스런 질문을 던졌다.

　이때 김시습은 다음과 같은 시로 그 질문에 답하였다.

　　객이 시는 가히 배울 수 있는 것이냐 묻기에(客言詩可學)
　　나는 능히 전할 수 없는 것이라고 대답하였네(余對不能傳)
　　단지 그 오묘한 곳을 지켜볼 수 있을 뿐이라고(但看其妙處)
　　소리를 이어 맞추는 것이 있음은 묻지 마시게(莫問有聲聯)

산이 고요하면 구름은 들판에서 걷히게 되고(山靜雲收野)

강물이 맑으면 달은 하늘 위에 높이 뜬다네(江澄月上天)

바로 이러한 때에 한 생각을 얻는 것과 같이(此時如得旨)

나의 시구 가운데서 신선을 찾을 수 있다네(探我句中仙)

어디선가 강물의 울음소리가 들리는 듯하였다. 아니, 그것은 멱라수에 빠져 죽은 굴원의 울음소리였는지도 몰랐다. 김시습은 방금 굴원의 〈이소경〉을 읽으면서 소리 없이 울었다. 돌을 끌어안고 멱라수에 빠져 죽은 굴원, 그 수면 위에도 저 밝은 달은 떠서 흐르고 있을 것이었다. 어쩌면 굴원은 지금도 돌이 아닌 달을 끌어안고 물속에서 울고 있는지도 몰랐다.

가을에는 강물이 깊고, 그래서 거기에 비친 달은 하늘 위에 더욱 높다랗게 뜰 수밖에 없다고 김시습은 생각했다. 그는 굴원을 생각하며 달을 하염없이 바라보았다. 굴원처럼 돌을 안고 물속으로 뛰어들지는 못할망정, 그는 '글'이라는 돌을 안고 금오산에 숨어들어 울분을 삭이고 있었던 것이다. 그러므로 저 달은 아주 오랜 옛날 굴원의 달이면서, 오늘 김시습 자신의 달이기도 했다. 굴원은 김시습이고, 김시습은 굴원이었다. 두 사람은 그렇게 이천 년 가까운 세월을 사이에 두고 같은 달을 바라보며 울고 있었다. 이처럼 시공(時空)이 무시되고도 같이 호흡하고, 같이 흐느낄 수 있는 것이 시문의 힘이었다. 김시습의 시도 앞으로 천 년, 수천 년이 지난 이후 어떤 또 다른 김시습에 의해 하나의 감동으로 만나게 될 날이 있을 것이었다.

김시습은 그렇게 생각했다. 그냥 사건을 기록한 것은 사실 전달의 효과는 있지만 큰 감동을 불러일으킬 수는 없는 것이었다. 그러나 그 사건에 신화적인 상상력이 가미되고 아름다운 시문으로 채색이 되면, 그러한 글은 수천 년이 지나도 그 행간 속에서 살아 숨 쉬는 작가의 향기를 느낄 수 있었다. 그 수천 년을 이어주는 매질이 바로 '감동'임을 김시습은 굴원의 〈이소경〉을 통해 실감하였던 것이다.

바람이 옷깃으로 스며들었다. 달도 어느 사이 매화나무 가지를 벗어나 하늘 높이 떠올랐다. 김시습은 옷깃을 여미며 다시 방으로 들어왔다.

한참 동안 눈을 감고 침잠하여 글을 구상하던 김시습은 종이 위에 〈초굴원찬(楚屈原贊)〉이란 제목을 적었다. 그리고 부지런히 붓끝을 달려 굴원에 대한 글을 써내려가기 시작했다.

지난해 늦봄에 한양에 올라가 신숙주를 만나고 와서 김시습은 심한 부끄러움으로 밤잠을 자주 설쳤다. 술김에 한 얘기였지만, 사실 여과되지 않고 나온 그의 토설(吐說)은 두 번 다시 입에 담기엔 낯간지러운 것들이라고 자책하였다. 그래서 그 다음 날 아침에 신숙주의 집에서 눈을 떴을 때 화급하게 의관을 챙겨 달아나 버렸던 것이다.

다시 경주에 내려와 금오정사에 칩거하면서, 김시습은 마음이 흔들릴 때마다 서책을 통해 읽은 중국 성현들의 이야기를 자신의 글로 새롭게 되새기는 작업을 하였다. 그 어떤 억압에도 굴하지 않고 지조를 지켰던 성인들의 이야기를 통하여 김시습은 자신의 마음을 바로잡고 다시금 굳건하게 의지를 세우고자 한 것이었다.

김시습은 신숙주의 집에서 도망쳐 나오는 바람에 미처 하지 못한 이야기를 〈제왕촉찬(齊王蠋贊)〉이란 제목의 글로 쓴 적도 있었다.

제나라의 왕촉은 어진 사람이었는데, 연나라 장군 악의(樂毅)가 쳐들어와 같이 정사를 논하자고 청하였다. 그때 왕촉은 사람을 보내 다음과 같이 전했다.

"충신은 절조를 지켜 임금을 섬기되 변치 않고, 열녀도 정절을 지켜 두 사내에게 가지 않는다고 하였소."

이렇게 왕촉이 거절하자 악의는 그가 사는 마을 사람들을 몰살시키겠다고 위협했다. 그러자 그는 악의에게 말했다.

"이제 나라도 망했으니, 내가 살아 있다 한들 무엇을 꾀하겠소? 더구나 칼로 위협하려 하다니, 내가 죽는 게 낫겠소."

왕촉은 말을 마치고 나뭇가지에 목을 매달고 죽었다.

그러나 김시습은 왕촉처럼 하지 못했다. 마음으로 어린 임금을 섬겨 수양의 청을 거절했으나, 그렇다고 그는 스스로 목숨을 끊을 수가 없었다. 그는 살아서 해야 할 일이 있었다. 바로 《금오신화》를 쓰는 것이었다.

신숙주를 만나고 돌아와서 김시습은 더욱더 굳세게 《금오신화》를 써야겠다고 마음먹었다. 이는 그가 이 세상에 태어나 반드시 해야 할 당위성(當爲性)이었고, 살아 있다는 존재감 역시 그것을 통해 체현할 수 있다고 생각했다.

김시습은 한명회·정인지·신숙주·정창손·김질 등등을 흉적(凶敵)으로 규정하고, 계유년에 김종서(金宗瑞)를 척살한 사건과 그 후 어린 임금 복위 실패로 여섯 충신이 형장의 이슬로 사라진 사건을 글로 재구성하기로 했다. 그가 허허실실의 전략으로 다른 사람에게 읽히기 위해 쓴 남녀상열지사의 가짜 《금오신화》는 양생·이생·홍생·박생·한생 등등이 주인공들로 되어 있었다. 그러나 그가 비밀리에 쓰고 있는 진짜 《금오신화》에는 실명의 주인공들이 등장하였다. 그들에 대한 적실한 사실들

뿐만 아니라, 냉철한 비판과 분석이 가해진 적나라한 이야기들을 엮어 내려는 의도였다. 거기에 신화적인 요소를 가미하여 사건을 상징화시키고, 온갖 욕설도 장단과 음률을 배합하여 희화(戱畵)하는 글을 쓰기로 했던 것이다. 그런 희화적인 글쓰기를 통하여 그는 썩은 세상에 새살이 돋아나게 하고 싶었다.

가을밤은 길고, 그리고 깊었다. 부뚜막에서 들려오는 귀뚜라미 소리가 서녘으로 기우는 달빛을 쏟아대고 있었다. 김시습은 도무지 잠을 이룰 수가 없었다. 십 년 세월 방랑을 하며 전국으로 떠돌아다녔지만, 그는 실상 그 기간을 어린 임금의 자리를 빼앗은 수양이나 그 일파들에 대하여 백성들이 어떤 원망의 소리를 하고 있는지 파악하는 여정으로 삼았던 것이다. 그는 자신과 같은 감정과 생각을 갖고 있는 백성들을 만났을 때 같이 부둥켜안고 울기도 했고, 비분강개하는 선비들과 시로 문답하며 맺힌 한을 달래기도 하였다.

이제 그러한 체험들을 살려 글로 쓰려고 하는데, 오세신동의 문재를 가진 김시습이지만 붓을 들었다고 해서 바로 종이 위에 글자가 그려지는 것은 아니었다. 남녀상열지사의 가짜 《금오신화》를 쓸 때는 잘도 달리던 붓이 긴장감을 갖고 진짜 《금오신화》를 쓰려고 하면 어깨에 힘이 들어가고 손끝이 무뎌져 글이 나가지 않았던 것이다. 그 누가 '일필휘지(一筆揮之)'라고 했던가, 그것은 문재가 뛰어난 천재에게도 해당되는 말이 아니었다.

문득 김시습은 〈적벽부(赤壁賦)〉를 지은 소동파(蘇東坡)의 일화를 떠올리지 않을 수 없었다. 그는 '적벽부'를 소재로 두 가지 글을 지었는데, 먼저 지은 것을 〈전(前) 적벽부〉, 나중에 지은 것을 〈후(後) 적벽부〉라고 하였다.

〈전 적벽부〉를 지었을 때 어떤 선비가 그것을 읽고 너무 감동한 나머지 당시 소동파가 귀양살이를 하던 초당으로 찾아왔다.

"어찌하면 동파 선생처럼 글을 잘 지을 수가 있겠습니까?"

그러자 소동파가 자랑스럽게 말했다.

"일필휘지! 나는 붓을 잡으면 단숨에 글을 써내려가지요. 마음만 먹으면 앉은 자리에서 한 편의 글을 완결지어 버립니다."

이러한 소동파의 말에 글 쓰는 비결을 한 수 배우러 왔던 선비는 그만 질려 버려 도망치듯 그 자리를 떠났다.

그런데 소동파가 〈후 적벽부〉를 지었을 때, 그 선비는 또다시 감동하여 고맙다는 인사를 하기 위해 초당을 찾아왔다. 때마침, 소동파는 잠시 어딘가 외출하여 방에 없었고 그가 쓰다 놔둔 붓과 종이만 서안 위에 놓여 있었다. 호기심이 강한 선비는 주인이 없는 방에 들어가 서안을 살피다가 그 밑에 잔뜩 구겨진 종이 뭉치들이 쌓여 있는 것을 발견하였다. 그것은 글을 쓰다 망친 것으로, 같은 문장을 자꾸 되풀이해 적거나 고친 것들이었다.

그때서야 선비는 먼젓번에 소동파가 일갈한 '일필휘지'는 그가 농담 삼아 한 말이고, 천하의 대문장가도 좋은 글을 쓰기 위해서는 많은 파지를 내면서 문장을 갈고 닦는다는 사실을 알게 되었다.

김시습은 그 이야기를 어떤 서책을 통해 읽으면서 빙그레 미소를 짓지 않을 수 없었다. 소동파 역시 칠언절구 한 구절을 위해 수십 번의 퇴고를 거치는구나, 하는 생각과 함께 그 자신 또한 그러함을 부끄럽게 여기지 않게 되었다. 그는 소동파의 《남행전집서(南行前集敍)》에 나오는 '글'에 대한 다음과 같은 대목을 특히 마음속에 아로새기고 있었다.

대체로 옛날에 지은 글들은 글을 짓는 능력이 뛰어나서 훌륭하게 된 것이 아니라 글을 짓지 않을 수 없게 된 다음에 지어서 훌륭하게 된 것이다. 산천에 구름과 안개가 있고 초목에 꽃과 열매가 있는 것은, 그 속이 꽉 들어차서 그것이 자연스럽게 밖으로 드러난 것이다.

글이 잘 써지지 않는 것을 한탄하다가도 김시습은 이러한 소동파의 글에 대한 견해를 되새기면서, 아직도 가슴이나 머리에 감정이 꽉 차지 않아서 그것이 자연스럽게 문자로 흘러나오지 않는 것이라고 자위하곤 했다.

며칠 전에 경주부윤 최선복이 찾아와 시에 대해 물었을 때도 김시습은 바로 소동파의 글을 떠올리고 시로써 답을 해주었던 것이다. 대체로 글을 짓지 않으면 안 될 만큼의 절박함이 없으면 좋은 글이 되지 않는다는 것을 그는 인정하지 않을 수 없었다.

《금오신화》의 글쓰기가 잘되지 않는 것은 자신이 그만큼 그것에 대해 절실함을 느끼지 않고 있기 때문이란 생각이 들자, 김시습은 저절로 한숨이 새어나왔다. 그는 자신도 모르는 사이에 소리 내어 〈이소경〉의 한 대목을 읊조렸다.

마음을 굽히고 뜻을 억눌러(屈心而抑志兮)
허물을 참고 모욕을 물리치니(忍尤而攘詬)
청렴결백 바르게 죽는 것을(伏淸白以死直兮)
본디 옛 성인 후덕하게 여겼네(固前聖之所厚)

김시습은 십 년 세월 동안 그렇게 굽히고, 억누르고, 참고, 물리치며 살아왔던 자신을 되돌아보았다. 저절로 눈물이 나지 않을 수 없었다. 뭔가 가슴속에 꽉 막혀 있던 것이 울컥, 식도를 타고 올라오는 듯한 느낌을 받았다. 그것은 바로 헛구역질이었다.

드디어 김시습은 붓을 들어 글을 달렸다. 그 헛구역질의 정체성을 밝히기 위해 글을 썼다. 밤새도록 고민한 끝이어서 그럴까, 엉킨 실 가닥이 풀리기 시작하더니 술술 글줄이 가락을 타고 흘러나왔다.

잠깐 이른 새벽에 눈을 붙였던 김시습은 날이 훤해지자 자리에서 일어나 밖으로 나왔다. 그의 손에는 간밤에 쓰다 버린 파지들이 한 움큼 들려져 있었다. 부엌으로 들어서자 금조가 아궁이에 군불을 지피다 말고 일어섰다.

김시습은 활활 타오르는 아궁이 속에 파지 뭉치를 집어던졌다. 그가 매일 아침에 일어나 가장 먼저 하는 것은 바로 파지 태우는 일이었다. 그는 파지 한 조각조차 다른 사람에게 보여주는 걸 허락하지 않았다. 그래서 그는 다른 사람의 손에 맡기지 않고 직접 태우는 결벽증을 갖고 있었다.

"늦게까지 주무시지 않은 것 같았사온데, 일찍 기침을 하셨네요. 오늘은 저 혼자 심신 수련을 하고 오겠습니다. 스승님은 한숨 더 주무시지요. 방바닥이 찰 것 같아 군불을 지폈으니 아랫목이 곧 뜨뜻해질 것이옵니다."

금조가 아궁이에 나무를 꺾어 집어넣으며 말했다.

"새벽에 한 식경 잤으면 됐지, 날이 훤한데 여기서 더 자면 돼지밖에 더 되겠느냐? 어서 따라나서기나 해라."

김시습은 팔짱을 낀 채 앞장서서 걸었다. 그의 소매 속에는 간밤에 쓴 《금오신화》의 원본 일부가 들어 있었다. 아직 시작에 불과하지만, 매일 써서 모으면 언젠가는 완성할 수 있으리라 생각했다. 그래서 그의 발걸음은 가벼웠다.

매일 아침 그들은 용장사 바로 아래의 너른 공터로 올라가 심신 수련을 하고 있었다. 그것은 하루도 거르지 않는 중요한 일과 중의 하나였다.

간밤에 잠을 설쳤다고 해서 수련을 게을리 할 수는 없었다. 김시습은 금조와 함께 용장사 계곡을 오르기 시작했다. 소나무 숲이 우거진 오솔길을 따라 걷는데 절간에서 풍경소리가 들려 왔다. 용장사 주지승 무적(無寂)의 경 읽는 소리와 목탁 소리도 청아하게 계곡 가득 울려 퍼졌다. 그 소리를 밀어내기라도 할 듯이 안개가 계곡 아래에서 무럭무럭 피어오르고 있었다.

공터에는 금조가 짚으로 엮어 만든 과녁이 나무 기둥에 매어져 있었다. 김시습은 그 과녁을 향해 활을 당겼고, 금조는 비수를 날렸다. 같은 과녁에 화살과 비수가 같이 꽂혔다.

"중국 한나라에 이광이란 장군이 있었다. 태어날 때부터 원숭이처럼 팔이 길었고, 그래서 활을 잘 쏘아 명궁으로 이름을 날렸다. 어느 날 그는 혼자 산으로 사냥을 나갔다가 바로 앞 풀숲에 엎드려 있는 호랑이를 보고 깜짝 놀라 화살을 쏘았지. 백발백중의 명사수인 만큼 그 화살은 정통으로 호랑이의 정수리를 맞추었지. 그런데 가까이 가서 보니 그것은 백호를 닮은 바위였다는 것이야. 그 단단한 바위에 화살이 박혀 있어, 그 자신도 놀랐지. 그래서 그는 화살을 빼어 가지고 먼저 있던 곳에 와서 다시 화살을 쏘아보았지. 그런데 이번에는 화살이 튕겨 나가고 말았던 것이야. 왜 그런 일이 생겼겠느냐?"

김시습은 금조를 향해 물었다.

"……."

금조는 대답을 할 수가 없었다. 김시습이 묻는 의향을 언뜻 짐작하기 어려웠기 때문이었다.

"그것은 집중력의 차이 때문이지. 처음에 화살을 쏠 때는 만약 단번에 적중시키지 못하면 호랑이에게 자신이 물려 죽을 거란 생각에 정신을 최대한 집중하여 당겼지. 그런데 두 번째 화살을 쏠 때는 이미 목표물이 바위라는 사실을 알았기 때문에 생명의 위험을 느끼지 않아 심리적으로 그만큼 집중력이 떨어질 수밖에 없었던 것이야. 목표물이 호랑이일 때와 바위일 때, 이처럼 다른 결과가 나타난다는 걸 알아야 한다. 금조야, 너는 비수를 날려 저 바위에 꽂을 수 있겠느냐?"

"꽂을 수 없사옵니다."

금조는 고개를 저었다.

"네 비수 날리는 솜씨는 뛰어나다. 그러나 바위를 뚫지 못하니 아직 이광의 경지에는 이르지 못했느니라. 그러니 열심히 갈고 닦아라."

김시습은 금조에게 기술이 아닌 정신력 훈련을 시키고 있었던 것이다.

그때 금조는 스승이 과녁을 무엇으로 상상하고 화살을 쏘는지 궁금하였다. 아버지의 원수를 갚겠다고 산속에 들어가 비수 날리기 연습을 할 때 그는 과녁을 원수의 얼굴로 생각했던 것이다.

지난 초여름 금조는 김시습과 함께 한양에 갔을 때 거복을 미행하여 그가 누구의 지시를 받고 자객으로 나섰는지 알게 되었다. 거복이 형조판서 김질의 사저를 자주 드나드는 걸 보았던 것이다.

그래서 다시 경주로 내려올 때, 금조는 김시습에게 넌지시 그 비밀을 털어놓았다. 하지만 김시습은 전에 자객을 보낸 상대가 누구인지 알고 나서도 표정 하나 바꾸지 않았다. 그저 빙그레 웃기만 할 뿐이었다.

금조는 도무지 그런 스승의 속내를 짐작할 수가 없었다. 보통 사람 같으면 부드득, 이를 갈기라도 할 것 같은데 김시습은 그렇지 않았던 것이다.

그래서 금조는 모처럼 용기를 내어 입을 열었다.

"스승님, 궁금한 것이 한 가지 있습니다요."

"무엇이냐?"

김시습은 활로 과녁을 겨냥한 채 물었다.

"스승님은 활을 쏠 때 저 과녁을 누구라고 상상하시는지요?"

"허허헛! 과녁이면 과녁이지 누구는 또 뭐냐? 내가 원수라도 상상하며 활을 쏘는 줄 아느냐?"

금조는 그만 할 말을 잃어버렸다. 그렇다고 모처럼 용기를 낸 것인데, 그대로 물러설 수는 없었다.

"소인은 오래전에 아비의 원수를 갚겠다고 산속에 들어갔을 때 그 원수의 얼굴을 떠올리며 비수 날리기 연습을 했습니다요."

"그래서 너는 나보고 김질이나 정창손의 얼굴이라도 떠올리며 활을 쏘라는 말이더냐?"

"그런 것이 아니옵고……."

"활은 활이고, 과녁은 과녁일 뿐! 나는 원수를 갚기 위해 활쏘기 연습을 하는 것이 아니다. 나의 활쏘기는 나를 버리기 위한 도의 일종이다. 따라서 어쩌면 저 과녁은 다른 사람이 아닌 바로 나 자신일 수도 있느니."

김시습은 그러면서 활을 거두었다.

활쏘기와 비수 던지기를 끝낸 두 사람은, 이번에는 태견 연습을 하였다. 김시습이 먼저 시범을 보이고 금조가 그 동작을 따라하였다. 마치 두 사람의 동작은 학이 춤을 추는 듯하였다.

"이렇게 느린 동작으로 상대를 제압할 수 있겠사옵니까?"

금조가 느린 동작의 발차기를 하면서 물었다.

"힘은 강약의 조절에서 나오는 것이야. 시작은 약하게 마무리는 강하게 해야 파괴력을 가지게 되지. 발을 앞으로 들어 상대의 가슴팍이나 얼굴을 차는 내지르기의 경우를 보면, 유연하게 발을 움직여 곡선을 유지하며 발을 천천히 차올려 끝에 가서 강한 힘을 주어야 한다. 약함과 곡선은 힘을 발끝으로 모으는 과정이라고 할 수 있겠지. 그래야 마지막에 가서 발끝에 힘이 모아져 강한 파괴력이 생기는 것이니라."

그러면서 김시습은 시범을 보였다. 내지르기로 바로 앞에 있는 참나무 밑동을 찼는데, 그 충격으로 나무 가지에서 도토리들이 머리 위로 후두둑 떨어졌다. 금조도 따라서 같은 동작을 취했지만, 그만한 파괴력은 나오지 않았다. 겨우 이슬방울 정도를 떨어뜨릴 수 있었을 뿐이었다.

"스승님은 언제 이런 기술들을 다 수련하셨사옵니까?"

금조가 감동한 얼굴로 물었다.

"십 년 세월 전국을 떠돌아다니며 안 해본 것이 없느니라. 금강산에 들어갔더니 절간에서 염불은 하지 않고 태견만 열심히 하는 괴승이 있어, 그에게 배웠지. 호신용으로는 이만한 운동도 없어."

김시습은 태견 연습을 마치고 나서, 이번에는 금조를 편편한 바위 위에 앉게 한 후 단전호흡을 시켰다.

"단전호흡은 어디에 도움이 되는 것이옵니까?"

금조는 단전호흡이 가장 어려웠다.

"정신 훈련이다. 운동은 육체를 단련시키지만, 단전호흡은 정신을 단련시키는 일이다. 육체와 정신은 하나인데, 서로 밀착된 연결 고리를 갖고 있지. 그래서 어느 하나를 게을리하면 반쪽 인간밖에 안 되는 것이야. 그 두 가지를 다 수련해야 바라고자 하는 경지에 이르느니. 먼저 눈을 감고 크게 숨을 들이쉰다. 이때 달걀만 한 공이 몸 안으로 들어와 목을 타고 심장으로 천천히 내려간다고 상상해야 되느니라. 상상 속에서 그 공이 가슴을 통과하여 배꼽 아래까지 내려간다고 생각하고, 참을 수 있을 때까지 참았다가 다시 그 공을 끌어올리는 방법으로 반복적인 호흡을 하는 거야. 공을 최대한 몸 안에 오래둘 수 있도록 호흡을 길게 참는 것이 중요하니라. 그럼 수련을 계속 해라. 나는 산책이나 하다 오겠다."

김시습은 이렇게 금조에게 단전호흡의 방법을 상기시킨 후 그 자리를 떠났다.

아침 이슬이 맺혀 있는 오솔길의 잡초들 때문에 바짓가랑이가 금세 흠뻑 젖었다. 김시습은 천천히 걸음을 옮겨 용장사 계곡을 거슬러 올라갔다. 용장사를 그대로 지나쳐 더 위로 올라가자 바위들이 병풍처럼 눈앞을 막아섰다. 금오산에서도 특히 용장사 주변에는 기암괴석이 많았다.

천천히 주변을 살피며 발길을 옮기던 김시습은 그 많은 기암괴석들 중에서도 은밀한 곳에 있는 바위 구멍을 찾았다. 그 입구를 바위틈에서 자라난 소나무가 가로막고 있어 사람의 눈에 잘 띄지 않았다. 더구나 그 앞에 사람의 머리통보다 큰 돌이 놓여 있었는데, 그것을 들어내자 어른 팔뚝 하나가 충분히 드나들 정도의 구멍이 나타났다. 그 바위 구멍 안에는 비가 내려도 들이치지 않을 정도로 아늑하고 널찍한 공간이 있었다.

다시 한 번 주위를 살피던 김시습은 아무도 없다는 걸 알고 팔을 구멍 속에 쑥 집어넣어 대나무 통을 꺼냈다. 뚜껑을 달아 가죽 끈으로 단단하게 묶어놓은 대나무 통이었다. 그는 그 뚜껑을 열고 소매 속에 가져왔던 종이 두루마리를 넣고 다시 단단하게 가죽 끈으로 동여맸다. 그가 가져온 종이는 간밤에 쓴 《금오신화》 원본의 일부였다.

김시습은 초당에서 그의 글을 도둑질 당한 이후 이처럼 그만이 아는 석실 속에 아무도 몰래 원본을 감추어 두곤 했다. 이것은 같이 기거하는 금조조차도 모르는 일이었다.

다시 바위 구멍을 큼직한 돌로 막아놓은 김시습은 천천히 용장사를 향해 걸음을 옮겼다. 그때까지도 주지승 무적은 예불을 드리고 있었다.

"매일 공염불이나 하고 있으면 누가 밥을 먹여줍디까?"

김시습이 법당 안을 향해 큰소리로 외쳤다.

그러자 목탁 소리가 멎었다. 무적이 뒤도 돌아보지 않고 말했다.

"공염불이라도 해야 세월이 갈 것 아니오? 낮이면 하늘에 해가 뜨고 지고, 밤이면 달이 뜨고 지니, 낮과 밤이 반복되는 것 아니겠소?"

"허헛! 천하무적인 대사의 공염불 덕분에 해와 달이 매일 떴다 지니 심심치는 않겠소이다."

김시습의 웃음소리를 듣고서야 무적이 목탁을 놓고 일어섰다.

"거, 싱거운 소리 작작하고 차나 한 잔 같이하십시다."

"작설차 말고 곡차는 없소이까?"

"곡차는 경주 저잣거리서 그만큼 마셨으면 됐지, 꼭 절간에 와서 찾아서야 쓰겠소?"

무적은 법당을 나와 김시습과 더불어 요사채로 향했다.

곧 차가 나왔고, 김시습은 따뜻한 차로 칼칼한 목을 적시며 또 농을 걸었다.

"무적이라, 그거 '고요함이 없다'는 뜻이 아니오? 공염불로 아침부터 조용한 산야를 시끄럽게 하니, 딱 들어맞는 이름이외다."

"허허헛! 설잠 선사께서 해석을 잘못하고 계시는 듯하외다. 고요함이란 바람의 그림자이니, 그 자취조차 없다는 뜻이외다."

"바람의 그림자라? 해석이 좋군! 옛날 공자는 노자를 찾아가 예에 대해 물었다 하더이다. 그랬더니 노자가 하는 말이, 예는 먼저 죽은 사람들의 발자취이니 따를 바가 못 된다고 하여 공자에게 한 수 가르쳤다는데……. 허면 바람의 그림자란 부처님의 발가락 사이에 낀 때 같은 것을 말하는 것 아니겠소이까?"

김시습의 이 같은 익살을 무적이 능청스럽게 받았다.

"고맙소이다. 부처님의 발가락 사이에 낀 때는 고행의 그림자와도 같으니, 소승도 득도할 날이 멀지 않은 것 같소이다."

"무적 대사에겐 역시 적이 없는 모양이외다. 나의 빈정거림이 대사를 득도의 경지에 이르게 만들다니……."

이렇게 김시습과 무적은 자주 만나 같은 이야기를 반복하면서도 매번 새로운 것인 양 즐거워하였다.

차를 한 잔 마시고 김시습은 일어섰다. 곧 혼자서 단전호흡 수련을 하고 있을 금조에게 가봐야 했던 것이다. 금조는 우직스러워 그냥 놔두면 한나절이라도 그 자세 그대로 앉아 있을 위인이었다.

3.

김시습은 방문을 활짝 열고 멀리 한눈에 들어오는 산야를 바라보았다. 매화나무 사이로 산 능선을 따라 곡선을 이룬 공제선이 있었고, 그 위쪽은 나뭇가지에 가려진 푸른 하늘이 마치 거미줄을 친 것처럼 얼기설기 보였다.

다시 김시습은 시선을 거두어 벽에 걸린 족자를 쳐다보았다. 그 시구 속에 금오정사의 풍경이 가득 넘쳐흐르고 있었다. 그는 문득 지난 늦봄 한양에 가서 만난 서거정을 떠올렸다. 그 일을 생각할 때마다 심한 부끄러움을 느끼지 않을 수 없었다. 좌의정 한명회와 형조판서 김질의 행차가 지나가고 나서 왜 하필이면 곧바로 이조참의 서거정의 평교자가 나타났는지 모를 일이었다. 앞서 지나간 인사들에게 한바탕 욕설을 퍼붓고 나서, 바로 뒤에 나타난 인사에게 다정하게 굴 수는 없었다. 대로변에서 많은 사람들이 보고 있었기 때문이었다.

초당의 방 안 한쪽 벽에는 서거정이 '금오정사'에 대해 써준 시가 걸려 있었다. 이태 전 원각사 낙성회에 참석차 한양에 갔다가 서거정을 만나 특별히 부탁했던 시를 김시습은 족자로 만들어 걸어두고, 심심할 때마다 한 번씩 들여다보곤 했던 것이다.

족자 속의 시를 눈으로 다시 읽던 김시습의 입가에는 어느새 빙그레 웃음이 돌았다.

'앉아서 굽어보니 동해가 술잔처럼 작다니, 사가정이 나를 그렇게 크게 보았단 말인가?'

김시습은 심히 부끄러웠다. 그리고 지난봄에 종루가 있는 대로에서 서거정에게 객기를 부린 것이 못내 미안하고 죄스러운 기분이었다. 나중에 들리는 바로는 만약 서거정이 아니었다면 형조판서 김질의 졸개들에게 붙들려 어떤 봉변을 당했을지 모를 일이었다는 것이다. 어차피 맞아 죽을 각오로 그런 객기를 부린 것이지만, 지금 생각해도 웃음이 절로 나왔다.

조반을 끝낸 후 김시습은 금조와 함께 산밭에 나갔다. 그는 '일일부작(一日不作) 일일불식(一日不食)'을 자신의 신념으로 삼았으며, 그래서 매일 글을 쓰고 매일 일을 만들어서 하였다.

"금조야, 하루라도 일을 하지 않으면 먹을 자격이 없다는 걸 뼛속에 아로새겨야 한다."

김시습은 금조와 함께 일을 하러 갈 때마다 이 같은 말을 되풀이하였다. 그러나 그것은 제자가 들으라고 한 소리이면서, 동시에 그 스스로 마음의 다짐을 하여 늘 게을러지려는 습성을 경계하고자 하는 것이기도 하였다.

겨울날 양식을 마련하려면 기장과 조와 수수를 수확해야 만했다. 산중에는 서리가 일찍 내리므로, 내일 모레 미룰 것이 아니라 서둘러 탈곡을 하여 갈무리해야 할 것이었다. 효령대군이 특별히 부탁을 하였다며 경주부윤 최선복이 양식만큼은 걱정하지 말라고 했지만, 김시습은 자급자족으로 금오정사의 살림을 꾸려나갈 생각이라고 말했다. 그러니 양식을 보내줘도 돌려보내고 받지 않겠다는 다짐을 여러 번 강조한 바 있었다.

김시습은 금오정사 가까이에 화전으로 산밭을 개간하여 몇 년 전부터 서속을 거두어들이고 있었다. 금조가 오고부터는 더 많은 양식이 필요했으므로 작년 겨울에는 그와 더불어 화전을 더 크게 일구었다.

산밭에 나가니 새떼들이 자욱하게 날아올랐다. 콩새는 나무숲에서 날고, 꿩은 산비탈을 재재바르게 기었다.

"훠어이, 훠어이!"

금조가 양팔을 벌려 새떼들을 쫓느라 이리 뛰고 저리 뛰며 부산을 떨었다.

"허허, 일 년 농사를 지어 새떼들에게 보시를 하는구나. 새들도 생명이니 목숨을 부지해야 할 것 아니냐? 그냥 놔두어라."

새떼들이 날아오르는 하늘을 바라보며 김시습은 껄껄대고 웃었다.

키가 작은 김시습은 낫으로 조를 잘라냈고, 껑충하게 키가 큰 금조는 수수목을 잘라 묶음을 만들었다. 산밭은 돌이 많아 거칠었지만, 화전농이라 나무 태운 재가 거름이 되어 곡식이 제법 알차게 여물었다.

한나절이 겹게 수확을 하고 나자 산밭에는 빈 수숫대만 껑충하게 남았다. 조도 알곡이 달린 순만 잘라냈으므로 무게가 실리지 않아, 비로소 고개를 바짝 쳐든 빈 대궁들만 바람에 서걱대는 소리를 내고 있었다.

"스승님은 이제 쉬십시오. 수숫대는 제가 뽑아내겠습니다."

금조는 팔을 걷어붙이고 다시 빈 수숫대를 향해 달려들었다. 수숫대는 뿌리가 억세기 때문에 낫으로 잘라내면 다음해 농사를 짓기가 어려웠다. 그래서 일일이 뽑아내야 하는데, 뿌리가 땅 속에 깊이 박혀 팔에 뚝심이 있어야 수월하게 뽑아낼 수 있었다.

'그 녀석, 힘도 좋구나!'

김시습은 부러운 눈으로 금조의 팔뚝에 솟은 울뚝불뚝한 근육을 바라보았다. 잠시 나무 그늘에서 쉰 후 그가 낫을 들고 조밭으로 들어서려할 때, 저쪽에서 누군가가 숨을 헐떡대며 걸어 올라오고 있는 것이 보였다. 머리가 햇빛에 반짝이는 걸 보면 승려가 틀림없는데, 용장사로 가지 않고 산밭을 향해 오는 것이 이상했다.

몸집이 크고 어깨가 떡 벌어진 것이 힘깨나 쓰게 생긴 젊은 승려였는데, 김시습 앞에 오더니 털썩 무릎을 꿇고 큰절을 세 번 올렸다.

"그대는 누구인가?"

김시습은 무심한 듯, 그러나 상대가 알지 못하게 은근히 경계하는 눈빛으로 물었다.

"설잠 스님! 소승은 '도의(道義)'라 하옵니다. 스님의 명성은 익히 들어 알고 있사옵니다. 제자로 삼아 주시옵소서."

'도의'라는 그 젊은 승려는 무릎을 꿇은 채 일어나지 않았다.

"금조야, 초당에 가서 활을 가져오너라."

김시습은 금조를 향해 소리쳤다.

수숫대를 뽑다 말고 금조는 급히 초당으로 달려가 활과 화살 통을 메고 왔다.

"스승님, 활로 무엇을 하시려고 그러시는지요? 새를 잡으시려는 건가요?"

금조는 영문을 몰라 고개를 갸우뚱거리지 않을 수 없었다.

"새가 아니라 사람을 잡으려고 한다."

"네에?"

금조는 놀란 입을 다물지 못했다.

그때 김시습은 활에 시위를 먹여 저 멀리 언덕 아래로 힘껏 쏘았다.

"이놈아, 네 이름이 도의라고 했더냐? 그렇게 멍청하게 서 있지 말고 내가 날린 화살이나 주워 오너라."

도의는 처음 무슨 뜻인지 몰라 그저 어리둥절한 표정을 짓고 있었다.

"방금 뭐, 뭐라고 하셨는지요?"

"이런 멍청한 놈 같으니라고! 내가 날린 화살을 주워 오라고 했다. 이 제 알아들었느냐?"

김시습이 다시 호통을 치자 도의는 그때서야 벌떡 일어나 방금 자신이 숨을 헐떡이며 올라온 언덕 아래로 달려갔다. 여기저기를 두루 살피며 한참을 헤맨 후에야 겨우 화살을 찾아든 도의가 김시습이 있는 쪽으로 뛰어왔다.

그때 김시습은 연달아 도의를 향해 화살을 날렸다.

"이놈아, 당장 이 산에서 내려가지 못할까?"

호통소리와 함께 김시습이 날린 화살은 도의가 달려오는 바로 코앞에 떨어졌다.

도의는 문득 그 자리에 멈춰 섰다. 그렇지 않으면 김시습이 쏘는 화살에 맞을 것만 같았던 것이다. 화살은 그의 앞과 옆으로 계속해서 날아왔다. 움치고 뛰지도 못하는 상황에서 도의는 화살이 날아올 때마다 몸을 이리 피하고 저리 피했다.

"스님! 왜 소승에게 화살을 쏘시는 겁니까?"

도의도 이젠 화가 나서 소리쳤다.

"내가 왜 네놈에게 화살을 쏘는지 그걸 모르느냐?"

이렇게 김시습이 소리칠 때는, 이미 그가 가지고 있던 화살을 남김없이 다 쏜 후였다.

"모르옵니다."

"이놈아! 모른다니, 그 벌로 내가 쏜 화살을 남김없이 거두어 오너라."

김시습은 그러더니 호탕하게 껄껄껄 웃었다.

도의는 시키는 대로 그의 주변 땅에 떨어진 화살들을 모두 주워들었다. 그리고 뒤뚱거리며 김시습에게로 달려와 화살을 바쳤다.

"여기, 화살을 가져왔사옵니다."

"허허헛! 무지한 놈! 나 같으면 화살이 무서워 벌써 도망쳐 산을 내려 갔을 거다."

김시습은 화살을 받아 챙기고 나서, 도의에게 낫을 들려 주었다.

"네놈에겐 활보다 낫을 쥐어 주는 것이 더 어울리겠다. 지금 당장 저 조밭의 빈 대궁들을 모두 베어내도록 해라."

"감사하옵니다. 스님!"

도의가 다시 무릎을 꿇고 절을 올렸다. 그는 김시습이 그런 시험을 거쳐 자신을 제자로 받아들였다고 생각했던 것이다.

"금조야, 이놈이 머리보다 힘을 잘 쓸 것 같으니 앞으로 일이나 실컷 시키도록 해라."

이렇게 이르고 나서 김시습은 금조와 도의를 산밭에 남겨둔 채 홀로 금오정사로 향했다. 자신이 기거하는 초당으로 들어선 김시습은 방 안에 벌렁 드러누웠다.

'도의라?'

김시습은 자신도 모르는 사이에 입술을 비틀었다.

"훙, 제 놈이 견디다 정 못 참겠으면 스스로 떠나겠지."

김시습은 두 팔을 머리 위로 뻗어 베고 누웠는데, 어느 사이 깜빡 잠이 들고 말았다. 조를 수확하느라 힘을 뺐더니 피곤이 한꺼번에 몰려왔던 것이다.

금오정사 안마당으로 저녁 어스름이 기어들 무렵, 김시습은 소란스러운 느낌이 들어 번쩍 눈을 떴다. 조와 수수를 묶어 어깨에 짊어진 금조와 도의가 사립문 안으로 들어서고 있었다.

"수숫대를 마저 뽑고 오느라 좀 늦었습니다. 곧 저녁밥을 지어 올리겠사옵니다."

금조가 뜰에 짐을 부려놓고 서둘러 부엌으로 들어가려고 했다.

"그런데 저놈은 왜 아직도 가지 않고 있느냐?"

김시습은 도의를 보고 소리쳤다.

"네에?"

도의는 마당에 우두커니 서서 어찌할 바를 몰랐다.

"어서 내려가지 못할까? 더 어두워지면 호환이 나올라."

김시습이 도의를 향해 계속 호통을 치자, 금조가 부엌으로 발을 들여놓다 말고 빙긋이 웃었다.

"스님, 소승은 내려갈 수 없사옵니다."

도의는 땅바닥에 무릎을 꿇었다.

"허헛, 그놈! 네 눈에는 내가 스님으로 보이더냐? 빡빡 머리를 밀었으니 중이다만, 지저분하게 수염을 길렀으니 속인이니라. 그런 반승반속에게 대체 무엇을 배우려 하느냐? 나는 네게 가르칠 것이 없으니 썩 물러가거라."

그러더니 김시습은 바로 돌아서서 방 안으로 들어가 문을 쾅 닫아버렸다.

도의는 마당 한가운데 꿇어앉아 장승이라도 된 듯 꼼짝도 하지 않았고, 금조는 부엌에 들어가 아궁이에 불을 지피고 밥을 짓느라 분주했다.

산속의 어둠은 빨리 왔다. 어스름이 내리는가 싶더니, 금세 짙은 어둠이 마당 깊이 들어찼다. 짐승의 울음소리가 도처에서 들려왔다. 그 소리가 어둠의 수위를 더욱 높여 마당에 꿇어앉은 도의의 목까지 차올랐다. 그렇게 압박해 오는 어둠에 질식이라도 할 것만 같았다.

그러는 사이 금조는 밥상을 차려 김시습이 가부좌를 튼 채 앉아 있는 방 안으로 들여갔다.

"스승님, 시장하실 텐데 어서 드십시오."

"음, 오늘은 일을 했으니 밥맛이 좋겠구나."

김시습은 상을 끌어당겼다. 수수와 조를 섞은 잡곡밥인데, 입안에 깔깔했다. 메조가 더 많이 든 듯했다. 그래도 그는 맛있게 먹었다.

"저는 그럼……"

금조가 방에서 나가려고 했다.

"네 밥은 어찌했느냐? 같이 먹자꾸나."

김시습이 금조를 올려다보았다.

"오늘은 저……"

금조는 밖을 가리켰다.

평소에 금조는 김시습과 겸상을 차렸었다. 그런데 도의가 와서 입이 하나 더 늘었으므로, 금조는 그와 함께 먹으려는 것이었다.

"허헛, 참! 저놈이 있었구나? 지금 어찌하고 있더냐?"

김시습이 작은 소리로 금조에게 물었다.

"아직도 무릎 꿇은 자세 그대로 있사옵니다."

"흠, 꽤나 질긴 놈이로다. 아무래도 쉽게 포기하지 않을 놈 같지?"

"스승님, 저 도의라는 자를 어찌하시려는지요?"

금조가 조심스럽게 김시습의 눈치를 살폈다.

"일은 잘하더냐?"

"힘이 좋아, 가르치면 제법 소처럼 부릴 수 있을 것 같사옵니다."

"소처럼 부린다고?"

김시습은 갑자기 소리 내어 껄껄 웃었다.

"소가 없으니 밭갈이를 할 때 사람이 그 노릇을 해야 하지 않겠사옵니까?"

금조는 은근히 도의와 같이 있고 싶었던 것이다.

"그래? 그럼 네가 저놈을 소처럼 부려 보거라."

김시습은 다시 밥상으로 눈길을 주었다. 그러고는 열심히 수저를 입으로 가져갔다. 허기진 배가 그의 손을 부지런히 입과 밥그릇 사이에서 움직이게 만들었던 것이다.

4.

　어쩌다 보니 김시습은 금조와 도의 두 명의 제자를 둔 셈이었다. 그러나 금조에게는 새벽마다 심신 수련을 하도록 했지만, 도의에게는 아무것도 가르치지 않았다. 도의가 가르침을 받고자 한 것은 시문과 불교 경전이었다. 그러나 김시습은 그에게 일만 시켰지 글은 가르치지 않았다. 불경은 더더구나 신경도 쓰지 않았다.

　겨울을 나는 동안 도의는 매일 땔나무를 해 와야 했고, 장작을 패야만 했다. 그러고도 모자라서 굵은 통나무에 밧줄을 매어 산비탈 오르내리는 일을 반복해야만 했다. 김시습이 그렇게 시켰기 때문에 도의는 그저 따를 뿐이었다.

　"스승님, 도의에게 왜 저런 일을 시키시는 겁니까?"

　옆에서 지켜보던 금조가 김시습에게 물었다.

　"허허헛, 소처럼 일을 시키려면 가르쳐야 되지 않겠느냐?"

　"네에?"

　"작년처럼 네가 괭이로 일일이 밭을 파서 고랑을 만드는 것보다 저놈에게 멍에를 지워 소처럼 밭을 갈게 하면 수월하지 않겠느냐?"

　"그건 그렇지만, 도의가 너무 힘들어 하는 것 같아서요."

　금조는 산비탈에서 땀을 뻘뻘 흘리며 통나무를 끌고 올라오는 도의의 모습을 안타깝게 지켜보았다.

　"저놈은 우직스러워서, 저렇게 고생을 좀 해야 깨닫는 바가 있을 것이다."

　김시습은 그러면서 의미 모를 미소를 지었다. 문득 어느 선사가 크게 깨우치고 읊었다는 선시(禪詩)가 생각났기 때문이었다.

"힘들지?"

금조가 도의에게 물었다.

"너희 둘 다 이리와 내 말을 들어봐라. 어느 선사가 있었느니라. 매일 힘든 일을 하다가 문득 득도를 하고 이렇게 외쳤다는구나."

김시습은 그 선사의 선시를 들려주었다

오, 놀라운지고!
내가 장작을 패네!
내가 샘물을 긷네!

선사는 도를 깨우친 다음 그가 하는 모든 것이 즐겁고, 그가 보는 모든 것이 신기해 보이기만 했다고 한다.

"그 선사의 외침처럼, 이 세상 모든 것은 늘 새롭고 놀랍고 신기한 것이다. 그러니 그 이치를 깨닫고 나면 아무리 힘든 일도 즐거울 수밖에 없지 않겠느냐? 도의야, 네가 매일 산비탈에서 통나무를 끌고 땀을 뻘뻘 흘리며 올라와야 하는 이유를 알겠느냐?"

김시습이 도의를 쳐다보았다.

"네, 스승님!"

"너는 내게 시문을 배우고 싶다고 했지만, 우선 일을 하면서 기뻐할 줄 아는 마음을 갖는 것이 더 중요함을 알아야 한다. 불경 공부 또한 마찬가지니라. 경을 마음속에 집어넣고 소가 되새김질을 하듯 심심파적 삼아 꺼내 읽으면 되지 않겠느냐? 너는 사람이 아니라 소다. '쇠귀에 경 읽기'라는 말도 있지 아니 하냐? 그러니 불경 공부도 소가 되새김질을 하듯 그리 하라는 뜻이다."

김시습의 이 같은 말에 도의는 물론, 금조도 숙연한 마음이 되었다. 알 듯 모를 듯한 말이었지만, 그 근엄함에 두 사람은 숨소리조차 낼 수 없었다.

다음해 봄이 되자, 김시습은 정말로 도의에게 멍에를 지워 금조로 하여금 쟁기로 밭을 갈게 했다. 도의는 소처럼 밭을 갈았다. 땀을 뻘뻘 흘리며, 단내가 나도록 숨을 몰아쉬며, 이를 악물고 쟁기를 끌었다. 지쳐서 쓰러질 것 같아 잠시라도 쉬려고 하면, 김시습은 달려가 들고 있던 대지팡이로 그의 등짝을 후려쳤다.

"이놈아, 밥값을 하려면 꾀부리지 말고 열심히 일해야지. 그렇게 쉬다가 해 넘어가겠다. 이런 무지한 놈! 그러니 네놈이 내게 시를 묻는 것이다. 시는 무엇이냐?"

"……"

도의는 아무 대답도 못한 채 땀만 뻘뻘 흘렸다.

"이놈아! 시는 노동이다, 땀이다, 소다, 쟁기다……. 이 세상의 이름 있는 것, 의미 있는 것은 다 갖다 붙여도 통하는 것이 바로 시란 말이다. 그러한 은유(隱喩)의 세계를 알아듣겠느냐?"

김시습은 호통을 쳤다.

"네, 스승님!"

도의는 다시 이를 악물고 밭을 갈기 시작했다.

"뭘 안단 말이더냐?"

"시는 즉, 노동입니다."

"그리고 또?"

"시는 즉, 땀입니다."

도의는 힘들게 쟁기를 끌면서, 땀을 뻘뻘 흘리면서 대답했다.

"미련한 놈! 누가 내 말을 따라서 하라고 했더냐?"

김시습은 또다시 호통을 쳤다. 이렇게 되자 도의는 이러지도 저러지도 못하고 그저 김시습의 대지팡이 세례를 받아가며 그렇게 밭을 갈고, 씨를 뿌리고, 김을 매고, 곡식이 다 자랄 때까지 일만 고집스럽게 했다. 이젠 관성이 붙어서 누가 시키지 않더라도 그 스스로가 알아서 일을 하게 되었다.

김시습은 이처럼 도의에게 일만 시킬 뿐, 불경 공부나 시문을 짓게 하지 않았다. 일을 시키는 것, 그 자체가 공부임을 도의 스스로 알게 하려는 것이었다.

금오정사에 와서 도의는 책이나 붓을 들어본 적이 없었다. 그러므로 도의는 김시습이 기거하는 초당에는 발도 들여놓아 보지 못했다. 금조가 자는 바깥채에서 같이 먹고 자고 할 뿐이었다.

김시습이 도의를 초당에 들이지 않는 이유는 아직도 그를 믿지 못하기 때문이었다. 그리고 그에게 험하고 고된 일만 골라서 시키는 것은, 힘들고 지쳐서 제 풀에 포기하고 산을 내려가도록 하기 위한 전략이기도 했다.

삼월 삼짇날이 다가왔다. 김시습은 백률사(栢栗寺)의 옥판사(玉版師)가 주재하는 법요식에 참석하기로 하였다. 전에도 한두 번 옥판사의 설법을 들은 적이 있는데, 그 시원하고 명쾌함이 소나무 숲 사이로 이는 청풍(淸風) 같았다.

백률사는 경주 소금강에 있는 절로, 법당에는 향나무로 만든 불상이 모셔져 있었다. 그래서 법당 안으로 들어서면 따로 향을 피우지 않더라도 향내가 그윽하게 풍겨 마음이 저절로 경건해지는 것이었다. 주변에 특히 동백나무와 밤나무가 숲을 이루어 절 이름이 ‘백률사’가 되었는데, 동백꽃이 피는 이른 봄이나 밤꽃이 피는 늦봄이면 그 아름다움이 빼어나 전국 도처에서 신도들이 많이 몰려들었다. 삼월 삼짇날에는 절 앞으로 흐르는 물가에서 재액을 떨어버리는 수계(修禊) 의식을 올리는데, 김시습은 ‘백률사의 수계’에 대하여 시를 지은 적도 있었다.

금오정사를 떠나기 전에 김시습은 몰래 금조를 불러 단단히 일렀다.

“저놈을 철저히 감시해라.”

그러고 나서 김시습은 다시 도의를 불러 말했다.

“하룻밤 자면 돌아올 터인데, 내가 돌아올 때까지 저 사래 긴 밭을 다 갈아놓아야 하느니라.”

“네!”

도의는 시키는 대로 고분고분 따랐다. 사실상 이틀 동안 남아 있는 산밭을 다 간다는 것은 무리였다. 소라면 하루 한나절이면 수월하게 끝낼 일이지만, 사람의 힘으로 밭을 갈기는 그만큼 힘들었던 것이다.

김시습이 금오정사를 떠나고 나서 금조와 도의는 하루 종일 열심히 산밭을 갈았다. 소 대신 멍에를 짊어진 도의는 어깨에 허물이 벗겨질 정도로 쟁기를 끌었다. 또한 금조는 김시습이 시킨 대로 도의가 잡생각을 하지 못하도록 억척스럽게 일을 시켰다. 김시습처럼 대지팡이로 때리지는 않았지만, 쉬는 시간도 주지 않고 도의를 소처럼 몰아 밭을 갈았던 것이다.

그날 밤 도의는 끙끙 앓았다. 옆에서 잠을 자다 그 소리를 들은 금조는 조금 미안한 생각이 들었다.

다음 날 아침, 도의는 언제 앓았냐는 듯 일찍 일어나 조반을 준비했다. 금조는 그 시간에 금오정사 안팎을 청소했다. 도의는 김시습이 없는 것도 잊고 밥을 평소대로 많이 했다. 그래서 저녁밥이 남았는데, 금조 때문에 아침밥을 새로 다시 지었던 것이다. 도의는 새로 지은 아침밥을 금조 앞으로 밀어놓고 자신은 찬밥 덩어리를 챙겼다. 그때 금조가 찬밥 덩어리를 빼앗듯이 낚아챘다.

"밭을 갈려면 힘을 써야 하는데, 찬밥 덩어리를 먹어서 쓰겠느냐?"

금조는 자신의 앞에 있는 새로 지은 밥을 도의 앞으로 밀어놓았다.

"찬밥이나 새로 지은 밥이나 그게 그거죠, 뭐. 찬밥 이리 주시오."

도의가 찬밥 그릇을 빼앗으려고 했다.

"멍에를 질 놈은 뱃속이 든든해야 해. 나는 뒤에서 쟁기나 잡고 있으면 되니, 소처럼 힘을 써야할 네가 많이 먹어야지."

금조는 그릇을 부여잡은 채 찬밥 덩어리를 열심히 입으로 가져갔다. 약간 밥이 쉰 듯한 냄새가 났지만, 개의치 않고 먹었다. 한여름도 아닌데 하룻저녁 묵은 찬밥이 쉴 리는 없다고 생각했던 것이다.

그런데 그날 산밭에 나가 한창 밭을 갈 때 금조의 뱃속에서 꾸르륵거리는 소리가 났다. 배탈이 난 것이었다. 금조는 갑자기 쟁기를 팽개치고 숲 속으로 뛰어가 엉덩이를 까고 용변을 봤다. 금조는 쟁기질을 하며 두세 번 그렇게 숲 속으로 뛰어가 설사를 하더니, 나중에는 그것도 못 참아 그대로 옷에다 실례를 해버리고 말았다.

"아이쿠, 도의야! 초당에 가서 내 옷 좀 챙겨 오너라."

금조는 계곡 아래 물웅덩이로 뛰어가며 소리쳤다.

그때서야 도의는 어깨에서 멍에를 벗어던지고 초당으로 뛰어갔다. 그런데 그는 금조의 옷을 챙기기 위해 바깥채로 가지 않았다. 곧바로 김시습이 기거하는 초당으로 뛰어들어 서안이며, 서책을 쌓아놓은 책장까지 구석구석 뒤지기 시작했다. 김시습이 쓴 글을 찾고 있는 것이었다.

도의는 처음 금오정사로 김시습을 만나러 올 때 사실상 반신반의(半信半疑)했었다. 그가 정창손과 김질이 보낸 첩자인 것은 맞지만, 그들이 그런 제의를 했을 때 오히려 김시습의 제자가 될 수 있다는 기대가 더욱 컸었다. 비록 그는 한양 저잣거리를 떠돌며 탁발이나 하고 사는 걸승이었지만, 오래전부터 귀동냥으로 시문에 밝은 김시습의 이야기를 들어 잘 알고 있었다.

도의 역시 어린 시절부터 '오세신동'처럼 시를 쓰고 싶었다. 어려서부터 양친을 잃고 천애고아가 되어 돌아다니는 것을 어떤 탁발승이 암자에 데려다 키웠고, 그에게서 글을 배웠던 것이다. 그리고 몇 해 전에는 탁발승이 죽고 나서 그가 암자의 주인이 되었다. 그러나 그는 불경 공부나 염불보다 시문을 익히는 데 몰두하였다.

아마도 그러한 이야기가 암자에 올라오던 신도들을 통하여 정창손의 귀에 들어갔던 모양이었다. 정창손은 수하를 암자로 보내 그를 불러오도록 했고, 김질과 함께 있는 자리에서 그에게 김시습을 감시하는 첩자가 되어달라는 부탁을 하였다. 그들은 당시 도첩도 없는 걸승인 그에게 일만 성공적으로 해내면 정식으로 승려 신분이 될 수 있도록 해주고, 큰 절의 주지 자리도 마련해 주겠다는 제시를 하였다.

그때 도의는 도첩을 받거나 큰 절의 주지가 되는 일보다 김시습을 만날 수 있다는 기대감에 부풀어 정창손과 김질의 제의를 흔쾌히 받아들였다. 그러나 막상 김시습을 만나 보니 시문은 가르쳐 줄 생각도 않고 일만 죽도록 시키는 것이었다. 그는 그동안 인내심을 갖고 기다렸다. 김시습이 자신을 정식 제자로 인정해 주면 그때는 시문을 익힐 수 있을 것이라는 기대감을 버리지 않았던 것이다.

그러나 해가 바뀌어도 김시습의 태도는 변함이 없었다. 도의는 마음속에서 적개심이 부글부글 끓어올랐으나 그것을 꾹꾹 눌러 참았다. 김시습이 분명 밤새워 무슨 글인가를 쓰고 있는 것은 알겠는데, 초당 안에 한 번도 들어가 본 적이 없었다. 김시습이 의심의 눈초리로 늘 그를 바라보았고, 옆에 붙어 있는 금조 역시 감시를 게을리하지 않았기 때문이었다.

때마침 김시습이 출타 중이고, 금조 역시 배탈이 난 것은 도의에게 절호의 기회가 아닐 수 없었다. 그래서 그는 금오정사로 달려오자마자 김시습이 기거하는 초당에 들어가 글이 적혀 있는 종이란 종이는 모두 찾아냈다.

그렇게 급히 글이 적힌 종이 두루마리를 찾아 품안에 챙겨 넣은 뒤, 도의는 방에서 나와 곧바로 부엌으로 들어갔다. 아궁이 속엔 조반을 준비하느라 불을 땐 잉걸불이 남아 있었다. 그는 아직도 불덩어리가 그대로 있는 타다 남은 나무을 꺼내 들고 다시 방 안으로 들어가 종이며 서책에 불을 붙였다.

불이 붙어 활활 타는 것을 본 도의는 방 안에서 뛰쳐나와 초당 처마에도 불을 붙인 후 산 아래로 도망을 치기 시작했다. 금조가 내려간 계곡의 물웅덩이와는 반대쪽 길을 택하여 그는 꽁지가 빠져라 줄행랑을 놓았다.

금오산을 내려온 도의는 곧 경주통판 정난손을 찾아갔다.

"김시습이 쓴 글들이옵니다."

도의는 소매 안에서 종이 두루마리를 꺼냈다.

"오, 그래? 고생 많았겠구먼! 김시습이 일만 죽도록 시킨다는 소문은 들었네."

정난손은 종이 두루마리를 챙겨 문갑 속에 넣어둔 후 자물쇠로 잠갔다.

"시간이 없습니다. 빨리 도망쳐야 합니다. 도피 자금이 좀 필요합니다요."

"도피 자금?"

도의의 말에 정난손이 번쩍 고개를 들었다.

"화가 난 김에 초당에 불을 질러 버렸걸랑요. 김시습의 수족과 다름없는 금조가 가만히 있지 않을 겁니다. 어디론가 멀리 도망가서 한동안 산속에 숨어 지내야 할 판입니다."

"허면 지금 이 길로 한양으로 올라가지 않고?"

"적어도 일 년 이상 숨어 있을 생각입니다. 김시습 곁에 붙어 있는 금조란 놈이 보통이 아니기 때문에 당장 한양으로 올라갔다가는 목숨을 부지하기 어려울 겁니다. 그러니 한양의 두 분 대감님들께는 나중에 천천히 들러 인사 올리도록 하겠습니다요. 그리고 참, 서찰을 써서 보내실 때 소승에게 한 약속은 꼭 지켜 주실 것을 부탁드린다고 적어 주십시오."

도의는 마음이 급한지 자꾸만 대문 쪽을 힐끔거리며 바라보았다. 금조가 바로 뒤쫓아올지 모른다는 불안감이 그를 초조하게 만들었던 것이다.

정난손은 도의에게 도피 자금을 마련해 주었다. 도의는 엽전 꾸러미를 챙기자마자 꾸뻑 인사를 하기 바쁘게 정난손의 집 대문을 빠져나가 어디론지 자취를 감추었다.

제6장 — 다정다한 多情多恨

1.

　경주통판 정난손이 보낸 서찰을 읽어보던 정창손은 갑자기 서안을 손바닥으로 치며 소리쳤다.

　"이런, 이런! 미련한 놈 같으니라고! 누가 초당에 불을 지르라고 했단 말인가? 아무도 모르게 감쪽같이 글을 필사해 오랬더니, 그런 실수를 저지르다니?"

　정창손을 더욱 화나게 만든 것은, 금오정사에 불이 난 후 경주부윤 최선복이 김시습을 위해 새로 그럴 듯한 초당을 지어 주었다는 소식이었다.

　서찰을 집어던진 정창손은, 이번에는 그것과 함께 보내온 김시습의 글들을 하나하나 읽어나갔다. 크게 문제될 만한 내용은 없었다. 간혹 〈예양전〉, 〈소옹전〉 등 중국 고전에서 보고 다시 쓴 영웅담을 그린 글들이 있긴 했다. 그러나 그 정도의 내용으로는 어떤 혐의를 잡을 수가 없었다. 김시습에게 죄를 묻기 위해서는 확실한 단서가 필요하였다. 그것을 확보하기 위해 스스로 제자가 되기를 청하는 것처럼 꾸며 도의를 첩자로 보냈더니, 초당만 불태워 의심만 더욱 사게 만들었던 것이다.

　그때 김질이 방 안으로 들어왔다. 그는 이미 형조판서에서 우의정으로 제수를 받아 정승의 반열에 올라 있었다.

　"우상! 어서 오시게."

　정창손은 사위지만 김질이 정승의 반열에 오른 것을 우대하여 그렇게 불렀다.

　"경주통판 정난손이 서찰을 보냈다 들었사옵니다."

김질이 급히 달려온 것은 경주의 김시습 소식이 궁금했기 때문이었다.

"일이 참 공교롭게 됐네 그려."

"아니, 왜요? 정난손이 어떤 실수라도 저질렀는지요?"

김질은 장인의 탐탁해 하지 않는 표정에 적이 놀라지 않을 수 없었다.

"그 도의라는 중놈 말이네. 그놈이 김시습의 글을 도둑질하고 아예 초당에 불을 질러 버렸다지 뭔가?"

"초당에 불을 지르다니요?"

"그놈이 글쎄 홧김에 그랬다더군. 김시습이 소처럼 일만 죽도록 시키고 시문은 가르쳐 주지도 않은 모양이라, 이 종이 두루마리만 정난손에게 전해주고 어디론가 잠적해 버렸다고 하네. 김시습의 손발 노릇을 하는 그 산지니란 놈의 비수가 두려웠던 게지. 나도 뒤늦게 정난손의 서찰을 보고 그 사실을 알았느니."

정창손은 그렇다고 김질 앞에서 크게 화를 낼 수도 없는 처지였다.

사실상 도의는 정창손 자신이 누군가의 천거를 받아 경주로 내려 보냈던 것이기 때문이었다. 김시습이 '설잠'이란 이름으로 승려 행세를 하고 다녀서, 도의야말로 적임자라고 생각했다. 같은 승려라면 접근하기가 더 수월하고, 크게 의심하지 않고 제자로 받아들이리라 판단했던 것이 불찰이었다.

"너무 염려 마시옵소서. 이번에는 불도가 아닌 유생을 보내 보는 것이 어떨지요? 유불선에 통달했다는 김시습이지만, 아무래도 불교나 도교보다는 유학에 가깝다고 생각됩니다. 시문에 능통하고 참하며 인내심이 강한 성균관 유생 하나를 뽑아 경주로 내려 보내겠사옵니다."

김질이 장인을 안심시켰다.

"그래, 지난번부터 알아본다 하더니 그런 일을 맡길 만한 적임자가 있던가?"

"지난번 식년문과에서 낙방한 유생 중 그 재주가 아까운 자가 있사옵니다. 시문이 훌륭하여 눈여겨봐 둔 자이온데, 따로 불러 면담을 해보니 학문의 깊이가 꽤나 있어 보이더이다. 그자에게 일을 잘 마무리할 경우 벼슬자리를 주겠다고 하면, 아마도 쾌히 승낙할 것이옵니다."

김질은 그러면서 그 유생의 이름이 '선행(善行)'이라고 말했다.

"선행이라? 거 유생 이름치고 곱상하구나. 이름처럼 성격이 선하다면 그런 일을 해내기 힘들 터인데……. 인내심은 물론, 오기도 있어야 하고, 모험심과 뚝심도 강해야 한단 말이네."

"그 점은 염려놓으셔도 됩니다. 이름처럼 선하게 보이는 것은 사실이고, 그것이 오히려 장점으로 작용할 것이옵니다. 거기에 영악한 면도 있어 보이니, 웬만해선 실수를 하지 않을 것입니다. 더구나 벼슬 욕심이 강하여 끝까지 목적을 완수하려고 들 것이옵니다."

"그럼 됐네. 나는 우상만 믿겠네."

정창손은 그때서야 안심이 되는 듯 만면에 미소를 머금었다.

집으로 돌아온 김질은 선행을 불러 한 달 동안 철저하게 교육을 시켰다. 우선 김시습의 마음에 들기 위해서는 어떤 경우라 하더라도 고분고분 시키는 대로 일을 해야 하고, 조금도 의심이 가는 행동을 해서는 안 된다는 것을 철저하게 주지시켰다.

금오정사에서는 한창 보리 수확을 하느라 김시습과 금조가 몇날 며칠 동안 눈코 뜰 새 없이 바빴다. 그런데 보리 수확을 막 끝낸 그 뜨거운 여름에, 갓을 쓰고 도포를 입은 젊은 선비가 찾아와 김시습에게 제자가 되기를 청하였다. 그는 스스로 이름을 '선행'이라고 밝히며 학문을 닦고자 한다고 했다.

선행은, 그 이름처럼 성질이 온순하고 착해 보였다. 대갓집에서 자라 난 귀공자처럼 번듯하게 생긴 데다, 고생이라곤 한 번도 해본 적이 없는 듯 손도 하얗고 갸름했다. 손만 놓고 보면 남자 손인지 여자 손인지 구 분하기가 어려울 정도였다.

"보리를 베어낸 밭에 감자를 심어야겠다. 저놈에게 밭을 갈고 돌을 골라내도록 일을 시켜라. 절대로 사정을 봐주어서 안 된다."

김시습은 금조에게 단단히 일렀다.

금조는 도의에게 하던 것처럼 선행에게도 소처럼 멍에를 씌워 밭을 갈게 하였다. 선행이 끄는 쟁기는 한 발짝도 앞으로 나가지 않았다.

"하루라도 일을 하지 않으면 밥을 먹지 말라고 했다, 이놈아! 그래 가 지고 어디 한 끼인들 입에 풀칠을 할 수 있겠느냐?"

김시습이 선행을 향해 호통을 쳤다.

"스승님, 일을 해본 경험이 전혀 없는 것 같사옵니다."

금조가 매우 애처로운 눈길로 선행의 어깨를 바라보며 말했다. 별로 힘을 써본 것도 아닌데, 그는 어깨를 몹시 들먹이며 가쁜 숨을 몰아쉬 고 있었다.

"쟁기를 벗기고 괭이를 주거라."

김시습은 그러더니, 선행으로 하여금 산밭에 박혀 있는 돌들을 캐내 어 밭 가장자리에 돌담을 쌓게 하였다. 화전으로 일군 밭이라 돌들이 많았다. 해마다 골라냈지만, 그래도 발에 밟히는 것이 돌이었다. 더군다 나 칡이며 등나무며 담쟁이 등속이 밭으로 넝쿨을 뻗어와 농사를 망치 므로, 그것들이 침범하지 못하게 돌로 밭 가장자리에 담장을 쌓아야만 했던 것이다. 곡식을 심으면 고랑 사이에서 자라나는 잡초도 문제지만, 특히 구렁이가 담장을 넘듯 은근슬쩍 밭둑을 넘어와 밭 전체를 망쳐놓는 넝쿨 식물들 때문에 그 폐해가 이만저만이 아니었다.

선행은 김시습이 시키는 대로 괭이를 들고 밭에 박혀 있는 돌들을 캐내기 시작했다. 경험이 없는 사람에게는 돌을 캐는 것도 쉬운 일이 아니었다. 괭이질 몇 번에 벌써 손바닥에 물집이 생겼다. 손가락은 날카로운 돌에 긁혀 피가 맺히고 멍이 들었다. 그래도 선행은 이를 악물고 돌을 캐내어 밭 가장자리로 옮겼다.

밭 가장자리에 앉아서 그런 선행의 힘들어 하는 모습을 바라보던 김시습은 장난기가 발동했다.

"돌 굴러간다, 이놈아!"

김시습은 방금 캐내어 힘들게 운반해 온 호박만 한 돌을 굴렸다. 비탈진 밭이라 돌은 데굴데굴 잘도 굴러갔다.

선행은 얼른 돌을 피했다. 김시습은 재미있다는 듯이 자꾸만 돌을 굴려 가장자리에 쌓아놓은 돌을 밭 가운데로 보냈다. 한나절 동안 돌을 캐서 옮긴 일이 헛고생을 한 꼴이 되었다.

보다 못한 금조가 밭에 들어서서 선행을 도와 돌을 다시 밭 가장자리로 옮기기 시작했다.

"금조야, 이놈아! 누가 너보고 도와주라 하더냐? 너는 초당에 가서 지난번에 담가 놓은 좁쌀 막걸리나 걸러 오너라."

김시습의 호통에 움찔한 금조는 땀을 뻘뻘 흘리며 다시 돌을 나르는 선행을 바라보다가 이내 금오정사를 향해 뛰어갔다.

금조가 막걸리를 가져오자, 김시습은 나무 그늘에 앉아 자작으로 술을 따라 마셨다. 누가 이 산중턱까지 올라와 매어놓은 것일까, 언덕 저

편에서 송아지가 풀을 뜯다 말고 어미 소를 찾고 있었다. 음메, 음메, 울었으나 어미 소는 보이지 않았다.

김시습은 도도한 취흥에 겨워 시 한 수를 읊었다.

돌밭에 하도 얼룩덜룩한 자갈이 많고(石田多犖确)

위아래로 반은 등나무와 담쟁이덩굴(高下半藤蘿)

땅이 척박하여 나무가 많이 자라나고(地薄多生木)

밭두둑 너무 험해 벼가 자라지 않네(畦危不長禾)

굶주린 새 나무 가지 골라 앉아 울고(飢鳥鳴樹抄)

여윈 송아지는 언덕 위에 누워 있네(羸犢臥阪陀)

이 산이 깊은 곳에 처해 있는 관계로(縱是山深處)

해마다 세금은 가히 면할 수가 있네(年年可免科)

금조는 김시습이 취중에 읊는 시를 늘 들어온 터라, 그 뜻은 모르지만 그 도도한 흥을 느낄 줄은 알았다. 그래서 빙긋이 웃었다. 그런데 선행은 그 뜻을 알았다. 돌을 나르면서도 그의 눈이 빛났다. 그는 다시금 김시습을 향해 감동의 눈빛을 보냈다.

그러거나 말거나, 김시습은 눈을 지그시 감은 채 취흥이 도도한 경지를 홀로 즐겼다. 어느새 호리병은 비어 있었다.

김시습이 눈을 번득 뜨고 선행을 쳐다보았다.

"선행아, 이제야 네놈이 왜 산밭의 돌을 골라내야 하는지 알겠느냐?"

돌을 나르던 선행이 김시습을 돌아보았다.

"네, 스승님! 경세제민(經世濟民)의 뜻으로 아옵니다."

선행의 말에 순간 김시습의 눈이 크게 확대되었다. 그 시를 통하여 '경세제민'의 함의(含意)를 읽어내기란 쉬운 일이 아니었다.

'돌밭'은 백성들의 삶의 터전이고, 등나무와 담쟁이덩굴은 탐관오리들의 수탈을 뜻하는 중의법(重義法)으로 읊은 것인데, 그것을 선행이 알아들었던 것이다.

"허허, 지금 네가 돌을 골라내는 일의 깊은 뜻을 아는구나. 그것이 그렇게 힘든 것이다. 네 손발이 부르트고 멍이 든 것을 탓하지 말라. 그런 고통 없이는 치국평천하(治國平天下)를 이룰 수 없느니라."

김시습은 일부러 거창하게 '치국평천하'를 들먹여 보았다.

"스승님이 말씀하신 '일일부작 일일불식'의 뜻을 알겠사옵니다."

선행은 팔뚝으로 이마의 땀을 씻어내며 환하게 웃었다. 김시습이 보기에 그런 모습이 밉지 않았다.

"그래, 내가 왜 네게 일부러 힘든 일을 시키는지 안단 말이더냐? 꾀를 부린다고 매로 다스리는 이유를 진정 알겠느냐?"

김시습은 다시 확인하고 싶었다.

"네, 스승님! '선즉노동(禪卽勞動), 노동즉선(勞動卽禪)'의 뜻이 아니옵니까?"

선행은 바로 대답했다.

"헛헛! 네가 십 년 불공을 드린 비구보다 낫구나."

김시습은 선행의 명쾌한 답변에 적이 놀라지 않을 수 없었다.

여러 날에 걸쳐 김시습은 금오정사에서 선행을 쫓아낼 이유를 만들어 보려고 이리저리 궁리를 해보았다. 그러나 그는 반 년이 지나도록 선행을 산에서 내려가게 하지 못했다. 야박하게 하면 할수록 그것을 견뎌내는 선행의 의지가 오히려 미더워 보이기까지 했던 것이다.

2.

다시 봄이 가고 여름이 왔을 때, 결국 김시습은 선행을 정식 제자로 받아들이기로 했다. 그때부터 선행은 김시습이 글을 쓰는 초당에 출입할 수 있게 되었다. 김시습은 방 청소도 그에게 시켰다. 이것은 금조에게도 시키지 않던 일이었다. 김시습이 이렇게 선행에 대하여 태도를 바꾼 데는 한 가지 이유가 있었다.

사실 김시습은 선행도 믿지 못하는 편이었다. 누가 보냈는지 모르지만 너무 깐깐하게 대하면 자칫 역효과가 날 수 있다고 판단하여, 가까이에 두고 오히려 적을 이용하자는 쪽으로 전략을 수정한 것이었다. 이는 지난번에 도의가 초당에 불을 지른 사건이 있고부터 달라진 생각이었다.

김시습은 자신이 쓴 글을 선행에게 필사하도록 시켰다. 물론 그런 글들에서 비밀을 요하는 것들은 철저하게 배제되었으며, 일부러 세상에 알려 사람들의 관심을 다른 쪽으로 돌리기 위한 글들만 필사하는 것을 허락하였다.

"필사도 문장 공부가 된다. 열심히 쓰고, 익혀라."

김시습은 얼마 전에 여기로 쓴 〈취유부벽정기(醉遊浮碧亭記)〉를 선행 앞으로 밀어놓았다.

"네, 스승님!"

선행이 무릎을 꿇은 자세로 김시습이 쓴 원본을 받아들었다.

"주경야독이라 했느니. 낮엔 일을 해야 하니 밤을 도와 필사를 하도록 해라."

"네, 명심하겠사옵니다."

선행이 물러가고 나자, 김시습은 갑자기 허탈한 심정이 되었다.

얼마 전 경주부윤 최선복이 금오정사를 찾아왔었다. 지난봄 도의가 불을 질러 초당이 다 타버린 후 그는 목공과 인부들을 보내 다시 재건해 주었다.

김시습은 초당이 불탄 것도 그렇지만, 아끼던 서책이 모두 재로 변한 것이 너무도 안타까웠다. 뿐만이 아니었다. 서거정이 '금오정사'에 대해 지어준 시도, 백화가 남기고 간 현이 없는 거문고도 모두 불타 버리고만 것이었다. 도의에 대한 배신감과 분개도 그 때문에 더욱 증폭되었다.

그러나 최선복은 초당의 재건뿐만 아니라, 자신이 가지고 있던 서책들도 보내주었다. 초당의 화재 사건은 한양에도 알려져 효령대군이 불교 경전들을, 신숙주는 중국의 고전들과 명나라에서 들어온 신간들을 보냈다.

이러한 모든 일이 최선복의 주선으로 이루어졌음을 김시습은 모르지 않았다. 그래서 그 고마움도 표시할 겸, 김시습은 중추절을 맞아 금오정사로 최선복을 초청한 것이었다.

원래 김시습은 법문을 잘 하지 않았다. 그러나 그날은 모처럼 최선복이 가르침을 청하였다.

"스님을 뵌 지 오래이온데 가르침을 받을 기회가 별로 없었습니다. 때마침 오늘은 모처럼 많은 대중이 금오정사에 모인 바, 원컨대 우리 중생들의 캄캄한 눈을 열게 해주소서."

김시습은 껄껄대고 웃었다.

"반승반속이 무슨 설법을 하겠나이까? 오래전 방랑 생활을 할 때 어느 절에 신세를 진 적이 있는데, 그 절의 젊은 비구들과 절을 찾아온 불도들이 가르침을 청하더이다. 모처럼 사또께서 청하시니 아니 답례를 할 수도 없는 노릇이고, 그때 있었던 일화 하나 들려드리리다.”

이러한 김시습의 말에 최선복 일행이 모두 기대에 찬 눈빛으로 그를 쳐다보았다.

그런데 정작 김시습의 이야기는 설법이라기보다는 일종의 임기응변 같은 것이었다. 또한 다른 한편으로 보면 일종의 화두(話頭)라고 할 수 도 있었다.

당시 김시습이 묶고 있던 절의 비구들은 그의 명성을 듣고 다음과 같 이 가르침을 청하였다.

“스님의 명성을 익히 들어 알고 있사온데, 한 번의 가르침조차 아끼시 니 과연 청정법안(淸淨法眼)을 누구에게 붙이시렵니까? 부디 소승들의 갈 길을 열어 주소서.”

이 같은 젊은 비구들의 청을 김시습은 물리치기 어려웠다. 그는 비구 와 대중들이 모인 자리에서 큰 소리로 외쳤다.

“소를 한 마리 끌고 오너라.”

그러자 대중 하나가 벌떡 일어나 소 한 마리를 끌고 왔다.

“스님, 소를 끌고 왔사옵니다.”

“소만 끌고 오면 어떡하나? 어서 다시 가서 꼴을 한 묶음 가져오너라.”

김시습이 다시 호통을 쳤다.

다시 다른 대중 하나가 꼴을 가져다 김시습에게 바쳤다.

“꼴을 가져왔나이다.”

이때 김시습은 대중으로부터 꼴을 받아 소의 엉덩이 쪽에 놓은 후에 크게 웃으며 다음과 같이 말했다.

“그대들이 내게 법문을 듣고자 함이 바로 이런 따위와 같다.”

큰 가르침을 받기를 소원하고 있던 비구와 대중들은 한동안 어리둥절한 표정을 풀지 못했다.

김시습은 최선복 일행에게 그 이야기를 들려주면서 호탕하게 웃었다.

"선문답 같은 말씀이오이다. 쉽게 좀 설명해 주시옵소서."

최선복이 다시 부탁을 했다.

"불법이란 대중들 스스로가 느껴서 터득하면 되지, 누가 가르쳐서 되는 일이 아니란 뜻이오. 시 또한 이와 같다고 생각하오."

그때서야 최선복 일행은 김시습의 말을 알아들었다.

최선복은 김시습이 제자들을 가르칠 때 매우 엄하게 다스린다는 말을 들었다. 시는 가르치지 않고 험한 일만 시키며, 심지어는 대지팡이로 마구 때리기까지 한다는 소문이 자자하였다. 그런데도 불구하고 떠나지 않고 그 밑에서 수행을 하고 있는 선행을 이상하게 여겼다.

그래서 최선복은 김시습이 없는 자리에서 선행에게 은근히 물었다.

"설잠 스님은 어떤 분이시오?"

선행이 조용히 대답했다.

"우리 스님은 매일 작은 표주박에 물을 가득 채워 불전에 바치고, 기도를 드릴 때는 아침부터 밤이 새도록 삼 일 동안 꿇어앉아 계시옵니다. 이는 곧 살아 있는 부처님이라, 그것이 가르침을 받고자 하는 제자로서 떠날 수가 없는 이유이옵니다."

김시습은 최선복이 산을 내려갈 때 전해준 선행의 말을 그대로 기억하고 있었다.

'살아있는 부처라?'

천장을 바라보고 누운 김시습은 그런 선행의 얼굴을 떠올리며 빙그레 웃었다. 도무지 미워할 수 없는 녀석이었다. 그가 누군가의 지시를

받고 금오정사에 스며들어 온 첩자라 하더라도 믿음이 가는 것은 어찌
할 수 없는 일이었다.

선행은 열심히 김시습의 글을 필사하였다. 특히 글 중간 중간에 나오
는 칠언절구의 시들을 대할 때마다 그는 무릎을 쳤다.

"절창이로다!"

그러면서 필사가 또한 큰 공부임을 선행은 깊이 깨달았다.

그동안 선행이 남모르게 살펴본 바에 의하면 김시습은 주로 밤에 글
을 쓰는 것 같았다. 어떤 날은 거의 밤을 지새우다시피 하였으며, 그런
날 새벽에는 파지를 한 아름씩 안고 나와 초당의 부엌 아궁이에 태워 버
리곤 하였다.

"스승님, 제가 태울까요?"

어느 날 선행은 아궁이 앞에서 파지를 태우는 김시습을 보고 거들려
고 하였다.

"아니다. 이것은 내 일이니 관여치 말아라."

김시습은 종이를 구겨 아궁이 속에 던지며 선행이 근처에 오는 것도
심히 꺼려하는 눈치였다.

그러던 어느 날 아침, 종이를 태우다 말고 김시습이 선행을 불렀다.

"스승님, 시키실 일이라도……."

선행은 김시습의 눈치를 살폈다. 종이를 대신 태워달라는 부탁인 줄
알았는데, 그것이 아니었다.

"선행아, 네가 오늘은 경주에 좀 다녀와야겠다. 종이가 모자라니 경주
부윤에게 청하면 내줄 것이다."

선행은 경주부윤 최선복이 수시로 사람을 올려 보내 김시습에게 종

이를 보급해 주는 것을 알고 있었다.

매일 파지가 한 뭉치씩 나오는 데다, 선행이 김시습의 글을 필사하는 데도 쓰였기 때문에 종이가 다 떨어진 모양이었다.

금오정사에 온 이후 선행은 산을 내려가 본 적이 단 한 번도 없었다. 김시습이 허락을 해주지 않았기 때문이었다.

그래서 선행은 경주통판 정난손과 연락을 취하기도 쉽지 않았다. 적어도 한 달에 한 번 정도는 정난손을 통해 그동안 파악한 김시습의 동태를 보고하라는 김질의 당부가 있었지만, 그것이 결코 쉽지만은 않았던 것이다.

어쩌다 경주부윤 최선복이 심부름으로 보낸 사람을 통해 몰래 정난손에게 서찰을 전하기도 했지만, 선행은 매사가 조심스럽기만 하였다. 그런데 김시습이 그에게 종이를 가지러 경주에 다녀오라고 하니, 그보다 더 좋은 기회는 없다는 생각이 들었다.

선행은 그동안 별도로 필사해 둔 김시습의 글들과 함께 따로 김질에게 보내는 서찰을 써가지고 산을 내려갔다. 경주부윤을 만나 종이를 전달받은 후, 그는 곧바로 정난손을 찾아가 김시습의 필사본과 서찰을 전했다.

"그래, 김시습 그자는 어찌하고 지내는가?"

통판 정난손이 물었다.

"의심스러운 일이 한두 가지가 아니옵니다. 이 종이만 해도 그렇사옵니다. 밤새 무슨 글을 쓰기에 종이가 그렇게 많이 드는지, 아침이면 파지를 한 뭉치씩 태우곤 하옵니다. 그리고 그 파지에 무슨 글씨가 씌어져 있는지 궁금했지만, 직접 태우니 도무지 그것을 알 길이 없사옵니다."

그러면서 선행은 자신이 태우겠다고 나섰지만, 김시습이 직접 태우기

를 고집하는 데다 그 다음부터는 그 근처에 얼씬도 하지 못하게 했다고
말했다.

"분명히 뭔가 비밀이 있는 것이야."

정난손은 눈을 가늘게 뜬 채 고개를 갸우뚱거렸다.

"또 하나 의심이 가는 일이 있사옵니다."

선행은 문득 생각나는 것이 있었다.

"무엇인가?"

"매일 새벽 일어나자마자 김시습과 금조가 단둘이서만 용장사 쪽으
로 올라가 심신 수련을 합니다. 몰래 따라가 보고 싶었지만, 자칫 잘못
하면 들킬 염려도 있어 기회만 보고 있는 중이옵니다."

"흐음, 심신 수련이라? 헌데 자네에겐 왜 심신 수련을 하러 같이 가자
고 하지 않는 것일까?"

정난손의 눈빛이 날카롭게 빛났다.

"그 사이 저는 금오정사 안팎을 청소하고 밥을 지어야 합니다."

"일거수일투족을 잘 감시하게. 새벽마다 심신 수련을 한다면서 분명
뭔가 다른 일을 꾸미고 있는지도 모르지. 그러니까 자네를 참여시키지
않는 것이 아니겠는가? 청소와 밥하는 것은 자네를 금오정사에 묶어 두
기 위한 것일 테고……."

"이것은 그동안 김시습의 글을 필사해 둔 것이옵니다. 그리고 이 서찰
은 제가 금오정사에서 일어난 일들을 꼼꼼하게 적어 놓은 것이니, 한양
으로 보내주시기 바라옵니다."

선행은 정난손에게 종이 두루마리를 건네고 일어섰다.

"매사 조심, 조심하는 걸 잊지 말게. 지난번 도의처럼 실수를 저질렀
다간 한양의 대감님들께 크게 경을 치게 될 걸세."

정난손이 돌아서는 선행의 등 뒤에 대고 말했다.

"네, 명심하겠습니다."

몸을 돌려 대답을 한 선행은 다시 한 번 정난손을 향해 머리를 숙였다.

첩자로서의 임무를 마친 선행은 곧바로 종이를 짊어지고 금오정사로 향했다. 최선복은 종이 이외에 그동안 구한 서책들까지 모아 두었다 주었는데, 그것만으로도 잔뜩 한 짐이 되었다.

3.

　매화가 피기에는 아직 일러, 춘설이 분분히 날리는 추운 날씨였다. 홍매는 들창 밖의 매화나무를 바라보며 깊은 생각에 잠겼다. 벌써 김시습이 홍매의 집을 다녀간 지 거반 이태가 되어 가고 있었다.

　매운바람과 차가운 눈 속에서도 매화의 봉오리는 벌어지는 법이었다. 아직은 이른 봄인데도 홍매는 춘정을 이기지 못해 몸살이 날 지경이었다. 꽃이 피기 전의 매화 봉오리처럼, 그녀는 가슴만 답답하고 그저 나오느니 한숨뿐이었다.

　문득 홍매는 자개장을 열고 고이 간직해 두었던 비단 속치마를 꺼냈다. 이태 전 초여름에 김시습이 잠깐 다녀갈 때 속치마에 적어준 시를 들여다보며, 그녀는 그때의 기억을 되살려 보려고 애를 썼다. 그러나 쉽사리 그 얼굴이 그려지지 않았다.

　'그 못생긴 양반에게 내가 왜 이러나?'

　홍매는 김시습이 하룻밤 머물고 떠난 이후부터 줄곧 그런 말을 자기 자신에게 하고 있었다. 불현듯 그의 얼굴이 떠오를 때마다 자신도 모르는 사이에 마음속으로 그렇게 중얼거리고 있었던 것이다.

　'못생겼지만, 그러나 참으로 잘난 양반!'

　홍매의 마음속에 그려지는 김시습은 그렇게 두 개의 상반되는 모습으로 떠올랐다. 못생긴 것은 그의 외모였고, 잘난 것은 시문에 능한 그의 천재성이었다.

　그런데 자꾸만 김시습을 떠올리다 보니, 못생긴 얼굴 모습은 기억에서 점점 사라져 가고 잘난 천재성만 부각되었다. 홍매는 신숙주와 김시습의 설전이 오가던 그 밤을 잊을 수가 없었다.

삼정승을 지낸 당대 최고 권력의 소유자 신숙주 앞에서도 당당하기만 했던 김시습이, 홍매에게는 그렇게 멋져 보일 수가 없었다. 당당한 정도가 아니라 오히려 상대를 우습게 아는, 어쩌면 거만하게까지 느껴지는 그 태도에 그녀는 마음을 쏙 빼앗겨 버리고 말았다. 더구나 그 연모하는 마음이 어린 시절부터 자라온 것이었으니, 김시습에 대한 애틋한 정이 그녀의 가슴을 꽉 채우고도 남았다.

꽃봉오리가 맺히기 시작한 매화나무 가지를 바라보던 홍매에게 어린 기생이 급히 들어와 알렸다.

"고령군 대감께서 오셨사옵니다."

"무어라? 이 시각에 어인 일로 대감마님께옵서?"

홍매는 옷매무시를 가다듬었다.

'고령군 대감'이라 하면 신숙주를 가리키는 것이었다.

거울을 보고 머리를 매만지던 홍매는 방바닥에 펼쳐놓은 속치마에 눈길이 갔다. 화들짝 놀란 그녀가 급히 그것을 치우려는데 신숙주가 방 안으로 불쑥 들어섰다.

"무엇을 그리 놀라느냐?"

신숙주는 속치마에 무슨 글씨가 씌어져 있는 것을 보고야 말았다.

"아니, 아무것도 아니옵니다."

홍매는 얼른 속치마를 둘둘 말아 장롱 속에 집어넣으려고 했다.

"이리 가져와 보거라."

신숙주는 홍매가 내어주는 보료에 가서 앉았다. 갑자기 홍매의 얼굴이 붉어졌다.

"대감마님, 죄송하옵니다."

여전히 홍매는 속치마를 손에 쥔 채 어찌할 줄 모르고 있었다.

"아직 매화나무 가지엔 움도 트지 않았는데, 홍매의 얼굴은 발그레하니 활짝 폈구나. 그 비단옷에도 홍매가 피었나 보자꾸나."

신숙주는 팔을 뻗어 홍매의 손아귀에서 속치마를 빼냈다. 그것을 펼쳐보니, 거기에 김시습의 시가 씌어 있었다.

"이태 전 그때……."

홍매는 변명을 하려고 했지만, 더 이상 말이 나오지 않았다.

"시와 글씨를 보니 매월당의 것이로다. 홍매, 네가 그때 매월당을 제대로 섬겼구나."

신숙주는 김시습의 시풍을 잘 알고 있었으며, 그의 글을 많이 보아와서 취중에 쓴 글씨라 하더라도 눈에 익었다.

"대감마님, 부끄럽사옵니다."

"아니다. 역시 매월당의 시는 절창이로군!"

신숙주는 빙그레 웃었다.

"하온데……. 아직 저녁이 되려면 이른 시각에 어인 일이시온지요? 얼마 전부터 예조를 맡으셨다 들었사옵니다만."

홍매는 신숙주의 손으로부터 속치마를 거두어 장롱 속에 넣고 돌아앉으며 물었다.

"소식이 빠르구나. 기주가 그러더냐?"

신숙주는 영의정에서 물러나 있다가 불과 얼마 전에 임금 수양의 부름을 받아 예조판서에 제수되었다.

"아니옵니다. 벌써 장안에 소문이 자자하옵니다. 영의정 자리를 마다하시고 전하의 간곡한 청에 예조를 맡으셨다고."

"허허허! 소문이 그리 났던가?"

신숙주도 그런 소문이 귀에 설지 않았다. 그가 예조판서에 제수되고 나서 저잣거리에 그런 소문이 나돌고 있다는 것을 기주를 통해 들은 바 있었기 때문이었다.

"정사로 바쁘실 터인데, 어인 일로……."

홍매는 슬쩍 신숙주의 눈치를 살폈다. 어쩌면 김시습의 소식을 갖고 왔을지도 모른다는 기대감에 마음이 설레기까지 하였던 것이다.

"저녁때는 주객들로 번다할 것 같아 이렇게 일찍 왔느니라."

"……."

"홍매야, 너는 매월당을 어찌 생각하느냐?"

"어찌 생각하다니요……?"

"네 마음속에 들어 있는 매월당을 내가 아느니라. 달밤 매화나무 가지에 홍매가 열렸으니, 이는 천생연분이 아니런가?"

신숙주는 고개를 늘여 무엇을 확인하기라도 하듯 홍매의 얼굴을 빤히 쳐다보았다.

"대감마님! 잡자기 왜 이러시나이까? 부끄럽사옵니다."

홍매의 얼굴이 더욱 붉어졌다.

"허허헛! 오늘 홍매의 비단 치마에 씌어져 있는 글씨를 보고 새삼 매월당의 마음을 알았느니. 실은 내가 오늘 온 것도 매월당의 일 때문이니라."

"혹여, 매월당 나리께 무슨 일이라도?"

홍매도 작년에 김시습이 거처하는 초당이 불에 탔다는 사실을 소문으로 들어 알고 있었기에, 또 다른 어떤 일이 일어났을까봐 더럭 겁이 났던 것이다.

"아니, 아니다. 무슨 일은. 그보다 홍매, 네가 경주 금오정사를 찾아가 매월당을 모시는 게 어떠한지를 묻고자 왔느니라.”

“……네에?”

신숙주의 느닷없는 물음에 홍매는 어찌할 줄 몰랐다. 그녀는 자신의 내면을 들켜 버린 것만 같아 얼굴이 저절로 붉어졌다.

“이것은 내가 너에게 내리는 명이니라. 그대로 시행할 수 있겠느냐?”

“무슨 말씀이온지?”

“금오정사에 조석을 끓여줄 손도 부족하고, 매월당도 외로움이 클 것이다. 네가 가서 부엌일도 돕고 술추렴도 하면서 외로움을 달래 주었으면 하는 것이 나의 바람이다.”

신숙주가 무슨 뜻으로 하는 말인 줄 그때서야 알아들은 홍매는, 순간 가슴이 꽉 막혀 도대체 어떤 대답을 해야 할지 막막하기만 하였다. 분명 ‘명’이라고 했으므로, 그것은 좇을 수밖에 없는 일일 터였다. 그러나 너무 갑작스러운 일이라 쉽게 어떤 결단을 내리기가 어려웠다.

그때 홍매의 눈앞에 김시습의 얼굴이 떠올랐는데, 그 호탕한 웃음소리가 꽉 막힌 그녀의 가슴을 시원하게 뚫어주는 것이었다. 실제 웃음소리가 들리지는 않았지만, 그녀의 귀에는 또렷하게 각인이 되어 있었다.

‘홍매야, 나도 네가 그립구나.’

분명 홍매의 귀에 김시습의 그런 소리가 맴돌았다. 그렇게 정인이 자신을 부르고 있는데 폭풍한설인들 두려울 까닭이 없었다. 그때부터 그녀의 가슴은 두방망이질을 하기 시작했다.

드디어 홍매가 어떤 결심이 선 듯 떨리는 목소리로 조심스럽게 운을 떼었다.

“대감마님의 명이라면 아니 따를 수 없는 일 아니겠사옵니까? 허면, 그 소임이 따로 있을 것이라 사료되옵니다만…….”

홍매는 눈치가 빨랐다. 그래서 신숙주가 겉으로 하는 말과 속으로 전하는 뜻이 다름을 이미 간파하고 있었던 것이다.

"그래, 네가 이미 그것을 알고 있었구나. 그러면 내가 왜 매월당을 아끼면서 한편으로 우려를 하는지도 알 것이다. 글이란 잘 쓰면 묘약이 되고, 잘못 쓰면 독약이 된다. 나는 멀리 있으니 매월당이 무슨 글을 쓰고 있는지 모른다. 그러니 네가 가서 매월당의 손발이 되어 일하면서 그것을 내게 알려 달라는 것이다."

"무슨 말씀인지 알겠사옵니다. 허나 나리께서 선선히 소첩을 받아주실지……."

홍매는 아까부터 걱정하던 바를 털어놓았다.

"그것이 나도 걱정이다. 네가 지금 이 모양 이대로 간다면 아마도 매월당은 받아들이지 않을지도 모른다. 해서, 나는 너를 기적에서 빼주려고 한다. 그리고 금오정사에 머무르려면 아무래도 남장을 하고 배움을 청하는 제자로 행세해야 할 것이다. 외부의 시선이 있기 때문에 그러하다. 나중에 일이 잘 성사되면 네게는 신분 상승의 기회도 주어지게 될 것이니, 매사 신중하게 처리하도록 해야 할 것이야. 내게 연락을 취할 때는 경주부윤 최선복을 통하면 된다. 그쪽에는 내 미리 통기해 놓을 것이니, 그리 알고 있도록."

신숙주의 말은 그대로 시행하라는 뜻임을 홍매도 모르지 않았다. 기적에서 빼주고 신분 상승의 기회까지 준다는 말도 그녀에겐 새로운 충격이지만, 무엇보다도 김시습을 가까이에서 모실 수 있게 되었다는 그 사실 하나만으로도 가슴 뛰는 일이 아닐 수 없었다.

홍매는 한양에 있던 모든 것을 정리하고, 상투를 틀고 갓을 쓴 남장

차림으로 괴나리봇짐 하나만 어깨에 걸머진 채 길을 떠났다. 누가 보아도 아주 잘난 양반집 자제였고, 그 영특함이 느껴지는 자태가 학문도 깊은 젊은 선비의 모습으로 보였다.

신숙주는 기주를 불러 홍매를 경주까지 말에 태워 보내도록 해주었다. 그러면서 기주를 통해 경주부윤 최선복에게 전할 서찰도 전하도록 했다.

기주의 도움으로 홍매는 생각보다 빨리 경주에 도착할 수 있었다. 때마침 경주 금오산에는 매화꽃이 한창이었다. 김시습이 마당에 나와 활짝 입을 벌린 매화꽃에 넋을 잃고 있을 때 홍매가 금오정사 입구로 들어섰다.

"나리! 홍매이옵니다."

남장을 한 홍매가 땅바닥에 그대로 엎드려 나부죽이 절을 올리자, 김시습은 놀란 눈을 그저 껌뻑대기만 할 뿐이었다.

"누구라고?"

"홍매이옵니다."

"허헛! 홍매가 나뭇가지에만 피는 줄 알았더니, 마당 가운데 피었구나. 그대가 어쩐 일인가? 그 해괴한 차림은 또 뭐고?"

당황한 모습이 역력한 김시습은 뒤늦게 홍매가 남장한 것을 알아보았다.

"나리께서 더 이상 한양 행차를 안 하시기에 이렇게 찾아뵙게 되었나이다."

"허어? 이런 변괴가 있나?"

"나리! 홍매가 나타난 것을 변괴라 하시다니요? 많이 서운하오이다."

홍매는 그러면서 살짝 얼굴에 미소를 띠었다. 남장을 하였지만, 그래도 아름다운 여성미는 감출 수가 없었다.

"보한재가 보냈더냐?"

김시습이 정색을 하고 물었다.

"나리! 이렇게 마당 가운데 세워둘 작정이시옵니까?"

"음, 허허허! 딴은 그렇구나. 일단 들어오너라."

김시습이 먼저 초당의 방으로 들어서고, 홍매가 그 뒤를 따랐다.

방 안은 구들이 데워져 있어 따뜻한 온기가 느껴졌다. 그만큼 밖은 아직 쌀쌀한 기운이 감돌고 있었던 것이다. 김시습이 좌정을 하였고, 그 때를 기다려 홍매가 정식으로 사내처럼 방바닥에 엎드려 꾸벅 절을 올렸다.

"아니? 이런, 이런!"

김시습은 당황하여 홍매의 절을 받고 나더니 허허거리고 웃었다.

두 사람은 곧 서안을 가운데 두고 마주 앉았다.

"감히 가르침을 청하고자 왔나이다."

홍매가 먼저 입을 열었다.

"뭐라? 내게 가르침을? 내가 공부를 하는 데 있어서 신분이나 성별을 따지지는 않는다만……. 그래도 너는 명색이 기생이니, 어엿하게 따로 할 일이 있지 않더냐?"

김시습이 생각을 가다듬으며 말했다.

"이제 소첩도 기생이 아니옵니다. 보한재 대감이 소첩을 기적에서 빼주셨나이다. 자유로운 몸이니 이렇게 나리를 뵙고자 불원천리 달려온 것이 아니오니까?"

홍매의 말은 거침이 없었다.

"보한재가?"

김시습은 이미 짐작을 하고 있던 터였지만, 짐짓 놀라는 표정을 지었다.

"네, 그러하옵니다. 실은 소첩이 소원하여 새로 예조판서가 되신 대감마님께 떼를 쓰듯 졸랐나이다."

홍매의 말이 아니더라도, 김시습은 신숙주가 예조판서에 제수되었다는 소식을 경주부윤 최선복을 통해 들은 바 있었다.

"그렇다고 방금 전에 말한 것처럼 네가 정녕 나의 가르침을 받고자 온 것은 아닐 터……."

김시습은 도중에 말을 잃어 버렸다.

"소첩은 정녕 나리께 가르침을 받고자 왔사옵니다. 십여 년 전 강원도 춘천의 '학매'라는 이름을 기억하시옵니까?"

홍매는 정색을 하고 말했다.

"학매라?"

"춘천 암자에서 동자승으로 있던 학매 말이옵니다."

"음, 어렴풋이 기억이 나는 듯하구나. 그런데 그 학매의 이름이 어찌 자네 입에서 나오는가?"

그러면서 김시습은 홍매의 얼굴을 뚫어지게 쳐다보았다.

"그 학매가 여기 있는 이 홍매이옵니다."

"무엇이라?"

"당시 춘천 관기였던 소첩의 어미가 글을 배우게 하기 위하여 동자승처럼 꾸며 암자에 보낸 것이나이다."

"흐음……."

김시습은 도무지 믿을 수 없다는 듯이 고개를 좌우로 흔들었다.

"정 못 믿으시겠다면, 그때 스승님께서 써주신 〈시학매(示學梅)〉란 시

두 수 중 한 수를 읊어 보겠나이다."

홍매는 마침내 어린 시절부터 수없이 외고 있던 김시습이 준 시 〈시
학매〉를 읊기 시작했다.

학매라는 까까머리 시와 글 배우는데(學梅髡者學詩書)

집은 소양강 상류의 목로지점에 있네(家在昭陽江上盧)

짜던 베 끊은 어미 근친 갔다 돌아와(斷織有親新覲到)

문장 논할 처지 못 돼 나를 참여시켰네(論文無地已參余)

푸른 덮개 같은 소나무, 솜 같은 구름(松如翠蓋雲如絮)

서리 구슬 가루 같고, 달 얼레빗 같네(霜似瓚糜月似梳)

점아, 넌 나와 전부터 인연 있는 사이(點爾與吾曾有夙)

청산 안온한 곳이면 필히 그를 따르리(靑山穩處必從渠)

김시습은 눈을 감고 있다가 홍매가 시 읊기를 마치자 번쩍 눈을 떴
다.

"음, 자네가 분명 그 까까머리 학매이렷다?"

"그렇사옵니다. 당시 어미는 명색이 관기였지만, 스승님께는 소양강 목
로에 산다고 둘러대고 이 학매를 맡겼나이다. 까까머리 학매에게 주신
스승님의 시에 분명 '청산온처(靑山穩處)'라 하였사온데, 바로 이곳을 이
르는 것 아니온지요? 또한 '필종거(必從渠)'라 하였사오니, 스승님께선 그
때의 약속을 반드시 지키셔야 하옵니다."

홍매는 아예 이참에 단단히 다짐을 받아두려는 듯 당차게 말했다.

"내 시가 맞다. 기억이 나는구나. 허나……."

김시습은 또다시 그 다음 말을 이을 수가 없었다. 어찌됐든 홍매의

청을 거절해야 하는데, 마땅히 떠오르는 말이 없었던 것이다.

그때 홍매는 괴나리봇짐을 끌러 김시습의 글씨가 씌어져 있는 비단 속치마를 꺼냈다.

김시습은 흠칫 놀랐다. 그것은 이태 전에 한양에 갔을 때 술에 취해 붓장난을 한번 해본 것임을 그 역시 잘 알았다. 그러나 홍매가 그것을 보여주는 까닭이 무엇인지 알 수 없었다.

"이 시와 글씨를 기억하시옵니까?"

"기억하고 있다."

틀림없이 김시습이 취중에 쓴 글씨이고, 그가 '매화'에 대해 읊은 시였다.

순간, 김시습은 심한 부끄러움을 느꼈다. 술에 몹시 취한 상태로 홍매의 비단 속치마에 그 시를 써주고 나서, 그녀를 껴안고 뒹굴던 방사의 장면이 기억 저편에서 어렴풋이 떠올랐던 것이다.

"그때부터 이 홍매는 나리의 것이었나이다. 거두어 주시옵소서."

홍매는 눈물을 비쳤다. 그냥 겉으로 보여주기 위해 흘리는 눈물이 아니었다. 그리움에 사무쳐서 마음속으로 숱하게 뿌리던 눈물이, 겨우내 봄꽃이 참고 참았던 꽃망울을 터뜨리듯 그렇게 분출되었던 것이다.

"나는 그리할 수가 없다. 산을 내려가거라."

김시습은 한마디로 홍매의 청을 거절하였다. 어린 시절의 제자를 탐한 것은 분명 술김에 한 짓이라 하더라도 그 자신이 용납할 수 없는 일이었다.

"나리! 이 홍매가 거두어 주십사 하는 것은 그냥 곁에 있게만 허락해 주시길 바라는 것이옵니다. 정인이 아니라 제자로서 받아 주시옵소서. 이 홍매도 나리께 시를 배우고 싶사옵니다."

홍매는 일단 한 발 물러서기로 하였다. 이대로 산을 내려가면, 이제 그녀는 그 어디에도 갈 데가 없었다.

"제자로서도 아니 된다."

"그럼, 조석을 끓이는 부엌데기로라도 써주시옵소서."

홍매는 두 발 물러섰다. 이제는 더 이상 물러설 입장도 못되었다. 그런 막막함 때문일까, 서러움 때문일까, 눈물이 펑펑 쏟아졌다. 콧물까지도 나왔다.

그런 홍매의 모습을 가만히 바라보고만 있던 김시습은 기침을 두어 번 하고 나서 마침내 입을 열었다.

"이곳은 수련의 도량이라, 여자는 받아들일 수가 없다. 수련에 방해가 되기 때문이다. 네가 그 복장 그대로 살겠느냐? 남정네가 하는 밭을 갈고 김을 매는 거칠고 험한 일을 할 수 있겠느냐?"

"네! 나리, 아니 스승님! 이제부터 남정네로 살겠습니다."

홍매는 눈물을 멈추었다.

"내가 두 녀석을 제자로 받아들여 저 바깥채에 기거하고 있다. 너도 그들과 행동을 같이 해야 한다. 먹고 자는 것 역시 거친 밥에 거친 잠자리인데도 참을 수 있겠느냐?"

"네, 그리 하겠사옵니다."

홍매는 고개를 반듯이 들고 말했다.

"허면, 네 이름도 어린 시절 그때의 이름인 '학매'로 부르겠다."

그리하여 김시습은 홍매를, 아니 학매를 제자로 받아들일 수밖에 없었다.

4.

　학매가 금오정사의 새로운 식구가 되면서 김시습의 제자들 사이에도 각자 하는 일에 구분이 있었다. 바깥채에 기거하는 금조와 선행은 주로 들일을 책임졌고, 김시습이 기거하는 초당의 부엌에 딸린 작은 방을 사용하게 된 학매는 가사를 전담케 하였다. 아무래도 다른 제자들에 비하여 연약한 학매를 생각해서 김시습이 취한 조치였다.

　매화나무에 꽃이 피고 나서 봄은 생기를 회복했다. 땅에선 쑥부쟁이며 냉이며 들풀들이 싹을 내밀었고, 온갖 나무들이 저마다 이파리들을 피워 올렸다. 봄꽃은 마음도 성급하게 먼저 꽃망울을 터뜨리는데, 거의 때를 같이 하여 연둣빛 이파리들도 가지 끝에 참새 혓바닥 같은 촉수를 매달았다.

　이처럼 들과 산에 봄기운이 무르익게 되면서 금오정사의 식구들도 바빠지기 시작하였다. 식구가 하나 더 늘었으므로 산밭도 더 넓게 개간해야 했고, 밭갈이와 파종도 그만큼 품이 더 들게 마련이었던 것이다.

　금조와 선행이 산밭을 갈 때, 학매는 산나물을 캐고 차나무의 잎을 땄다. 그 뒷모습을 지켜보던 선행이 금조를 향해 한마디 했다.

　"저 학매 말이오. 아무래도 이상하지 않소?"

　"뭐가 이상하다는 건가?"

　금조는 선행이 무엇을 묻는지 잘 알고 있었지만, 그저 관심이 없는 듯 무뚝뚝하게 되물었다.

　"저것 봐! 엉덩이 둘러대는 것하며 팔을 젓는 모양이……."

　선행은 자꾸만 고개를 갸우뚱거렸다.

“자네, 스승님 앞에서 그런 소릴 했다간 경을 치고 말걸세. 어서 밭갈
이나 열심히 하세.”

금조는 멍에를 짊어지고 앞에서 쟁기를 끌었으며, 선행은 뒤에서 몰
았다. 전에 초당에 불을 지르고 도망친 도의가 하던 일을 금조가 맡았
던 것이다. 선행의 체격이나 힘으로는 소처럼 쟁기를 끌기에 역부족이었
다. 처음에는 선행에게 멍에를 씌워 쟁기를 끌게 해보았으나 힘이 달려
도무지 능률이 오르지 않았다. 그래서 생각다 못한 금조가 앞에서 끌고
몸이 약한 선행이 뒤에서 모는 형태로 역할 바꾸기를 한 것이었다.

“목소리도 그렇고, 얼굴도 계집아이 같지 않소?”

선행은 뒤에서 자꾸만 중얼대고 있었다.

“허헛, 참! 자네 학매에게 얼이 빠졌군. 허긴 선행, 자네가 처음 왔을
때 내가 그랬다네. 자네는 뭐 별다른 줄 아는가? 사내치고는 너무 결이
곱지 않은가? 난 처음에 자네가 여자인 줄 알았다네. 마음 같아서는 꼭
끌어안고 싶었다만……”

금조가 하는 말은 사실이었다. 선행도 전에 있던 도의에 비하면 그 얼
굴이며 몸매가 여자의 그것을 닮았다. 그래서 같은 남자이지만, 금조는
사내가 사내에게도 빠질 수 있다는 생각이 들었던 것이다.

“원, 형님도! 별 소릴 다하십니다, 그려.”

선행은 금조를 ‘형님’이라고 불렀다. 금오정사에서는 반상이 따로 없었
다. 나이 많은 순서, 먼저 들어온 순서에 따라 선후배를 정하도록 김시
습이 지침을 내렸기 때문이었다.

물론 선행도 금조가 어떤 출신인지 잘 알고 있었다. 한양에서 김질이
그에게 지침을 내릴 때, 금조의 출신 성분은 물론 비수를 잘 날리는 사
내이므로 늘 경계하고 조심해야 한다는 주의를 주었기 때문이었다.

"내가 경고하는데, 앞으로 학매에 대해서 이상한 눈길을 주어선 안
되네. 만약 그런 낌새를 보였다간 아마도 스승님의 대지팡이가 자네 다
리를 분질러 놓고 말 걸세."

금조는 자꾸만 학매를 대하는 선행의 눈길이 이상하게 마음에 걸렸
다. 처음부터 단단히 오금을 박아놓지 않으면 분명 사단이 나고 말 것이
라는 것을 그는 느낌으로 알았다.

이미 금조는 학매가 누구인지 짐작하고 있었다. 이태 전 한양에 갔을
때, 그는 김시습의 뒤를 그림자처럼 따라다녔다. 그때 기주와 함께 기생
집 근처를 배회하면서 자주 집 안을 엿보았고, 그 기억을 통해 '홍매'라
는 기생의 얼굴을 되살려낼 수 있었던 것이다.

아무튼 학매가 금오정사 식구로 들어왔을 때, 김시습의 태도는 그 전
의 도의나 선행을 대하던 것과 너무도 달랐다. 도의에게 하던 것처럼 활
을 쏘아 위협하거나 이놈 저놈 소리를 지르며 야단을 치지도 않았다.
또 선행에게 하던 것처럼 힘든 일을 시켜 손에 물집이 생기도록 한 적도
없었다. 그런 김시습 특유의 제자를 삼는 통과의례 없이 학매를 받아들
인 것이었다.

처음부터 학매에게 부엌살림을 맡긴 것이나, 험한 밭일이 아닌 나물
을 캐거나 빨래하는 일 등 흔히 여자들이 하는 일만 시키는 것도 이상
했다. 금조부터가 그랬으니, 선행으로서는 더욱 의심을 가지게 될 것이
란 생각이 들었다.

어찌 되었든 김시습이 학매를 남달리 아끼는 것만은 사실이었다. 며
칠 학매의 행동을 지켜보면서 금조는 한양에서 본 기생 홍매가 남장을
한 것임을 확신할 수 있었다. 김시습이 이름까지 고쳐서 금오정사 식구
로 받아들였다면, 금조 역시 학매를 남다르게 대해야만 하였다. 스승이

아끼는 것은 사람이건 물건이건 조심스럽게 대해야 한다는 것이 금조의 단순한 생각이었다. 그것을 스승에 대한 제자로서의 마땅한 도리로 여기고 있었던 것이다. 그래서 금조는 자꾸만 학매에게 관심을 가지려고 드는 선행을 경계하지 않을 수 없었다.

선행도 금조가 은근히 자신을 경계하는 눈초리를 벌써 오래전부터 느낌으로 알고 있었다. 그가 김질의 첩자로서 맡은 바 임무를 수행하는 데 있어, 일차적인 걸림돌로 생각하고 있는 것은 바로 금조였다. 선행은 금조가 늘 곁에서 의심의 눈초리로 바라보기 때문에 함부로 행동하기가 곤란했던 것이다.

선행이 학매의 정체를 알게 된 것은 김시습의 명을 받고 경주로 종이를 구하러 갔을 때였다.

정난손이 먼저 선행에게 물었다.

"지난 이른 봄에 온 제자가 하나 있지 않은가?"

"네, 그걸 어찌?"

선행은 정난손의 말에 깜짝 놀라지 않을 수 없었다.

"그자는 원래 한양에서 기생 노릇을 하던 '홍매'라는 여자라네. 지금 예조판서가 된 신숙주 대감이 금오정사에 몰래 심어놓은 첩자란 말일세. 그 임무란 것이 자네와 다르지 않으니, 앞으로 기회를 봐서 둘이 호흡을 잘 맞춰 보도록 하게."

정난손의 이 같은 말에 선행은 학매가 여자라는 사실보다 신숙주가 보낸 첩자라는 데 더욱 놀라지 않을 수 없었다.

"허면 신숙주 대감도 김시습이 무슨 글을 쓰는지 알고 싶어 한다는 말씀 아니옵니까?"

"그렇다네. 아마도 내 짐작에 신숙주 대감은 어명을 따르고 있는 것이란 생각이 드네. 주상께서 김시습의 글에 관심이 많으신 게야."

"주상께서……."

선행은 벌어진 입을 다물지 못했다.

"그러니 자네의 임무가 매우 막중하다는 것일세. 그 '홍매'라는 기생을 어떻게 해서든 자네 편으로 만들어 김시습이 비밀리에 쓰고 있는 글을 감쪽같이 빼돌려야 하네."

"금오정사에선 그를 '학매'라고 부르고 있사옵니다."

"학매라? 그거 말 되는군!"

정난손은 실소를 머금었다.

"그럼 저는 종이를 구하러 가겠사옵니다."

선행이 절을 꾸뻑하고 물러가려고 할 때, 정난손이 불러 세웠다.

"지난번에 말한 김시습과 금조가 한다는 심신 수련 말이네. 그 장소를 알아냈는가? 과연 그들이 그곳에 가서 무슨 짓거리를 하는지 확인해 보았느냔 말일세."

"아직 그럴 기회가 없었사옵니다. 금조의 감시가 너무 심해서요."

"반드시 알아보게. 특히 김시습의 일거수일투족을 낱낱이 살펴야 하네. 금오정사에서 일어나는 일이야 자네가 함께 있으니 잘 알 테고. 내가 걱정하는 것은 바로 그 심신 수련장이야. 김시습의 행동이 숨겨져 있는 부분이 바로 그 시간, 그곳이란 말일세. 그러니 반드시 알아내야만 하네. 알겠는가?"

정난손은 선행에게 거듭하여 다짐을 받아두었다.

"네, 명심하겠사옵니다."

선행은 곧 정난손과 헤어져 경주부윤 최선복을 만나러 갔다.

선행이 종이를 받아 짐을 챙겨 금오정사로 떠날 때, 최선복은 안주로 견과류와 해조류 말린 것을 포함하여 옛날부터 신라의 비주(秘酒)라 일컬어지고 있는 경주 전통술을 전해 주었다. 이것들과 종이 짐까지 어깨에 짊어지니 제법 묵직하였다.

선행이 경주에 다녀온 지 며칠 후 삼월 삼짇날이 돌아오자, 김시습은 마당에 술상을 차리게 하였다.

"경주부윤이 신라의 비주를 선물했으니 이 좋은 봄날 아니 마실 수 있겠느냐? 그동안 밭을 갈고 씨를 뿌리느라 고생들 많았다. 오늘은 용장사 무적 스님까지 불러 봄놀이나 즐기자꾸나."

김시습은 금조로 하여금 용장사에 올라가 무적을 불러오게 하였다. 곧 무적은 장삼자락을 휘날리며 금오정사로 달려왔다.

한편, 학매는 진달래꽃을 따다 화전(花煎)을 부쳤다.

"허허허! 오늘이 삼월 삼짇날, 화전 부쳐 먹는 날이 맞구먼. 설잠 스님, 이 진달래로 부친 화전을 두견화전이라고도 한다지요?"

무적은 술보다 더 화전에 눈독을 들였다.

"무적 대사! 신라의 비주도 한번 맛보시오. 경주부윤이 보내준 술이오."

김시습은 무적에게 먼저 술잔을 돌렸다. 그런 다음 금조와 선행, 그리고 화전을 부치는 학매에게도 술을 따라주었다.

금오정사 안마당에서 벌어진 술자리지만, 눈만 들면 산자락에 봄꽃이 지천이라 취흥이 절로 날 수밖에 없었다. 뿐만 아니라 정원에 심은 복숭아나무에선 시나브로 연분홍 꽃잎이 바람에 날려, 머리 위로 꽃비를 맞으며 마시는 술맛은 운치가 그만이었다.

술이 몇 순배 돌자 김시습은 취흥이 도도해졌다.

"손님을 불러 같이 술을 마시니, 갑자기 소동파의 〈적벽부〉가 생각나는구나. 누가 적벽부 중 한 대목 읊어 보거라."

"〈전 적벽부〉 중 한 대목이옵니다."

선행이 문득 나섰다.

　　이윽고, 달이 동산 위에 떠올라(少焉, 月出於東山之上)

　　북두성과 견우성 사이 배회하니(徘徊於斗牛之間)

　　흰 이슬 안개 강을 가로질러 덮여 있고(白露橫江)

　　물 위에 비친 달빛은 하늘과 맞닿았네(水光接天)

김시습이 무릎을 쳤다.

"참으로 좋구나. 이번엔 학매가 〈후 적벽부〉 한 대목을 읊어 보아라."

"네, 그럼 한 대목 읊겠사옵니다."

학매가 청아한 목소리로 읊기 시작했다.

　　강물은 소리 내어 흐르고(江流有聲)

　　깎아지른 절벽은 천 길이나 되네(斷崖千尺)

　　산은 높고 달은 작은데(山高月小)

　　물이 줄어 돌이 드러났구나(水落石出)

"허허, 학매가 제법이로다!"

김시습은 기분이 매우 좋았다. 해마다 그는 삼월 삼짇날에는 백률사 주지 옥판사의 법문을 들으러 가곤 했다. 그러나 작년에 도의가 초당에 불을 지르는 사건이 나고부터 웬만하면 산을 내려가는 일을 삼가고 있었던 것이다.

무적도 오랜만에 맛보는 신라 비주에 얼굴이 불콰해져 한마디 거들었다.

"커, 좋구나. 조선의 소동파 설잠 스님께서도 한 수 읊어 보시지요."

"그렇다면, 내가 최근에 지은 〈취유부벽정기〉에 나오는, 홍생이 부벽정에 올라가 읊은 시들 중 한 대목을 들려드리지요."

김시습은 스르르 눈을 감았다.

모래밭에 달빛이 희니 기러기 돌아갈 길을 잃고(江沙月白迷歸雁)

정원 풀밭에 연기 걷혀 반딧불만 점점이 맺혔네(庭草煙收點露螢)

풍경마저 쓸쓸하니 사람 사는 일마저 바뀌었구나(風景蕭條人事換)

한산사 깊고 깊은 곳에서 종소리만 들려오고 있네(寒山寺裏聽鍾鳴)

"한산사라면 어디에 있는 절이오?"

무적이 물었다.

"아, 그 절은 당나라 때의 시인 장계(張繼)가 읊은 〈풍교야박(楓橋夜泊)〉에서 따온 것이오. 원래 부벽정 근처에는 영명사가 있지요. 주인공 홍생이 문득 〈풍교야박〉이란 시를 떠올리고 읊은 것이라 그리 표현한 것일 뿐이외다. 어느 절이면 어떠하오? 종소리만 그윽하면 되지 않겠소? 여기서 들으니 바람결에 한산사 종소리도 들려오고, 영명사 종소리도 들려오는 것 같소이다."

김시습은 그러면서 술잔을 입으로 가져가 단숨에 들이켰다.

"한산사, 영명사뿐이겠소? 용장사 종소리도 들려오는구려."

무적의 말에 모두들 웃었다.

"무적 대사께서 여기와 계신데 종이 저 혼자 울고 있구려."

김시습도 농을 던졌다.

"소승이 절에서 내려올 때 누가 종을 훔쳐갈까 싶어 이 가슴속에 숨겨 가지고 왔소이다. 용장사 종소리는 바로 이 가슴속에서 울려 나오고 있지요."

"역시 무적 대사께선 고요함이 없으시군. 종소리를 가슴속에 담고 다니다니."

김시습은 껄껄대고 웃었다.

"스승님! 제자들이 모두 한자리에 모였고, 여기 무적 대사께서도 계시니 시를 설법으로 풀어 한 가르침 주시기 바라옵니다."

선행이 간절한 소원을 담은 얼굴로 김시습을 쳐다보았다.

"이미 그대들이 다 마음으로 알고 있는 것을 다시 구태여 이 입을 통해 말로 표현하란 말인가? 방금 소동파의 글을 통해 우리가 느꼈듯이, 시란 자연 그대로의 모습을 언어로 그린 것에 불과하다네. 이때의 자연은 인간의 심성을 비추는 거울이라고 할 수 있겠지. 그 자연 속에 비추어진 인간의 심성을 그대로 언어로 옮겨 적으면 시가 되는 것이야. 인간의 심성 가운데 아름다움과 추함이 있는데, 아무리 자기 자신을 속이려고 해도 자연이라는 거울은 그 모습을 그대로 비추어 낸다네. 그것이 바로 진실이지. 그러므로 시는 진실을 그대로 보여줘야지, 사술을 부려서는 아니 되는 것이야. 출세를 위해서 과거를 보는 것, 그 글에 얼마만큼의 진실이 포함되어 있는지 나는 모르겠네. 진실보다는 개인적 욕심이, 낯간지러운 아부가 은연중에 글 속에 표현될 것이니 말일세."

김시습은 자신이 젊은 시절에 과거시험에 낙방했던 기억을 떠올렸다. 사실은 과거를 보아 출세를 하고 싶은 욕망에 사로잡혀 있는 선행에게 깨우침을 주고자 한 것인데, 어쩌다 보니 김시습 자신의 변명을 늘어놓는 꼴이 되고 말았다.

십여 년 전인 계유년 봄에 김시습은 과거시험에 낙방하였다. 그가 '오세신동'으로 이름을 날리던 천재임을 안 모든 사람들의 기대가 무너졌다. 기대가 대단했던 만큼 실망 또한 적지 않아서, 어려서 천재가 커서 둔재가 되었다며 사람들은 모두들 혀를 끌끌 찼다. 그러나 그는 과거시험에 나온 책문(策問)에 곧이곧대로 답하는 것이 마음에 들지 않았다. 정답은 이미 책문을 낸 시험관인 좌주(座主)의 머릿속에 있었다. 따라서 좌주의 마음에 들어야 과거시험 답안을 통과할 수 있고, 그것은 결국 장원을 한 사람과 밀접한 관계가 형성되어 파벌을 만드는 원인이 되기도 했다. 이는 고려시대부터 고질적인 병폐로 인식되고 있던 관료사회의 악습이었는데, 조선시대에 와서도 그런 폐단은 없어지지 않았다.

김시습은 그런 이유로 책문을 낸 좌주에게 아부하는 글을 애써 피하기로 했다. 그것이 바로 과거시험에서 낙방하게 된 이유였는데, 사실 그는 그 충격에서 한동안 벗어나기 어려웠다. 당시 그는 책문의 주제에 가장 잘 어울린다고 생각한 내용을 글로 적었다. 즉, 사람은 곧 자연이므로, 자연을 거스르는 것은 백성에게 이롭지 못하다는 요지였다. 은근히 백성의 고혈을 빨아먹는 고관대작들을 비웃은 것인데, 그것이 책문을 낸 좌주의 마음에 들지 않았던 모양이었다. 어찌됐든 과거에 낙방한 그는 한동안 실의에 빠졌고, 그래서 마음도 다스릴 겸 공부를 핑계로 삼각산 중흥사(重興寺)에 들어가 칩거하고 있었다. 그런데 수양이 조카인 어린 임금의 자리를 빼앗았다는 비보를 접하고, 그는 비분강개 끝에 읽던 책을 불사른 채 방랑의 길을 나섰다. 그렇게 십 년 세월을 보낸 뒤에 다시 마음을 다잡고 금오정사에 칩거해 글쓰기에 전념하게 된 것이었다.

그러나 세 명의 제자들과 무적은 김시습의 그러한 과거에 대해서는 깊이 생각할 겨를도 없이, 그의 자연과 인간의 심성에 대한 깊은 인식에 감동하여 그저 고개만 주억거릴 뿐이었다.

"글을 표현하는 데 있어 미추(美醜)에 대한 말씀을 하셨는데, 미와 추 가운데 어느 것을 내세우고 어느 것을 감추어야 하는지요?"

선행의 질문은 제법 날카로웠다.

"미와 추는 그대로 인간 심성이거늘, 그 무게를 저울질 하는 것은 잘못이다. 있는 그대로 아름다운 것은 아름답게, 추한 것은 추하게 표현할 뿐이다. 자연이란 거울엔 주렴이나 창이 없다. 그냥 맑은 것이다. 그러므로 인간의 심성이 비친 자연에 주렴을 늘이거나 창을 만들어 닫는 것은 사술일 뿐이다. 글은 진실로 공자의 말처럼 '사무사(思無邪)'의 경지를 지향하고 있느니라. 또 노자는 '도가도 비상도(道可道 非常道)'라 하였다. 도는 그 자체로서 의미가 있을 뿐, 애써 도를 설명하려고 하면 그것은 이미 도가 아닌 것이다. 이와 마찬가지로 시 역시 그러하다."

이러한 김시습의 명쾌한 답변에는 선행도 더 이상 질문을 던지지 못하였다.

"허허, 과연 설잠 스님께선 훌륭한 제자들을 두셨소이다."

무적이 여전히 감동한 얼굴을 지우지 못한 채 한마디 했다.

"물어 이를 말이겠소? 허헛! 저 금조라는 놈은 글을 깨우치지 못했지만, 비수 날리는 것만큼은 천하제일의 명수요. 그 경지가 가히 신기에 가까우니 한번 보시겠소?"

김시습이 금조를 향해 시범을 한번 보이라는 눈짓을 보냈다.

금조는 벌떡 일어나 주변을 살피다가 초당의 처마 밑에 놓인 통나무

300

로 된 절구통을 향해 비수를 날렸다. 어찌나 동작이 빠른지 두 손이 보이지 않을 정도였다. 순식간에 비수 여러 개가 절구의 몸통에 동그랗게 원을 그리며 꽂혔고, 마지막 비수 한 개는 그 가운데에 정통으로 박혔다.

"과연 대단한 솜씨로다. 용장사 밑에 수련장을 만들어 놓더니, 매일 아침 비수 날리는 무술을 연마한 모양이구려."

무적은 놀라움을 금치 못했다.

그러나 누구보다 놀란 것은 선행이었다. 금조의 비수 날리는 실력이 저 정도라면 가히 두려운 존재가 아닐 수 없었다. 만일 선행의 정체가 밝혀지는 날이면 그가 날리는 비수에 결코 살아남지 못할 것이란 두려움이 앞섰던 것이다.

제7장 ― 반신반의 半信半疑

$$1.$$

　김시습과 금조가 용장사 계곡으로 심신 수련을 하러 가고 나면, 학매는 계곡 아래 샘물가로 물을 길으러 가고 선행은 금오정사 안팎을 청소하기에 바빴다. 이른 아침부터 식구들 모두가 저 할 일로 각자가 부지런을 떨었던 것이다.

　매일 아침 이처럼 김시습과 금조가 금오정사를 비우게 되자, 선행은 마음대로 학매의 일거수일투족을 지켜볼 수 있었다. 처음부터 그는 학매를 보았을 때 이상스레 마음이 설레곤 하는 걸 주체할 수가 없었다. 이제 학매가 여자라는 사실을 안 이상, 어떻게 해서든 가까이 접근하여 자신과 한편으로 만들 필요가 있다고 생각했다. 더군다나 학매가 신숙주가 보낸 첩자라니 선행은 더더욱 그래야만 한다는 절실함을 가슴 깊이 느끼고 있었다.

　김시습과 금조는 학매를 남달리 아끼는 편이었다. 그 두 사람은 선행에겐 알게 모르게 경계의 시선을 던지지만, 학매에게 만큼은 달리 의심의 눈초리를 보내지 않는 것 같았다. 학매의 그러한 점을 적극 이용해야만, 선행으로서는 소기의 목적을 달성할 수 있을 것이라고 판단했다. 어떻게 하면 학매에게 접근하여 자기편으로 만들 수 있을까, 그것이 선행의 고민거리였다.

　그런데 기회는 뜻하지 않은 곳에서 왔다. 어느 날 학매가 샘물가에서 물을 길어오다가 발이 돌부리에 걸려 넘어지고 말았다. 그때 물동이가 깨지면서 학매는 온몸에 물벼락을 맞았다.

　"어이쿠, 이런! 조심하지 않고."

빗자루로 안마당을 쓸고 있던 선행이 달려가 넘어진 학매를 일으켜 세웠다. 그때 당황한 학매는 얼떨결에 가슴을 두 손으로 감싸 안은 채 어찌할 줄을 몰랐다. 물에 다 젖은 옷은 학매의 여체를 그대로 적나라하게 보여주고 있었던 것이다.

옷이 착 달라붙은 학매의 가슴에 선행의 손길이 스쳤다. 짜릿한 느낌이 손끝에 왔다. 선행은 온몸이 얼어붙은 것 같은 전율을 느꼈다. 그 순간 가슴 저 밑바닥으로부터 뜨거운 어떤 것이 올라오면서 얼어붙은 몸을 녹여주는 듯한 느낌을 받았다. 그것은 심지에 붙인 불꽃처럼 타올라, 그를 이상한 흥분의 도가니로 몰고 가는 것이었다.

한편, 그 순간 학매는 소스라치게 놀라 엉겁결에 부엌에 딸린 자신의 방으로 뛰어 들어갔다. 얼른 젖은 옷을 갈아입기 위해서였다. 막 몸에 달라붙은 젖은 옷을 벗고 새 옷으로 갈아입으려고 하는데, 그 뒤에 선행이 서 있었다.

"어머나! 이게 대체 무슨 짓이오?"

그러나 선행의 손이 재빨리 뒤에서 학매의 입을 틀어막았다.

"소리치지 마. 나는 네가 한양에서 온 '홍매'라는 기생인 줄 다 알고 있다. 여기 무슨 목적을 갖고 왔는지도 잘 아니, 지금부터 내 말을 잘 듣지 않으면 큰 사단이 일어날 것이다."

선행은 학매의 입을 가렸던 손을 내려 이번에는 대담하게 맨살의 젖가슴을 더듬기 시작했다.

"이러지 마세요. 왜 이러는 거예요?"

다시 입이 열린 학매는 소리치기 시작했다.

"소리치면 곤란하지. 스승님이나 금조 형님이 네 정체를 알게 되면 가만히 있을까? 흥, 네가 바로 신숙주 대감이 보낸 첩자라며?"

"누, 누가 그래요?"

학매는 그 순간 맥이 탁 풀리는 기분이었다.

그러자 선행은 이때를 놓치지 않고 알몸의 학매를 방바닥에 쓰러뜨렸다. 학매가 아무리 발버둥을 쳐도 남자인 선행의 힘을 당할 수는 없었다. 곧 두 사람의 호흡은 가빠졌고, 학매는 천장을 보고 누운 자세로 울었다. 천장이 무거운 돌덩이가 되어 수없이 내려앉는 듯한 아픔을 경험하고 났을 때, 학매는 어디선가 지저귀는 산새 소리를 들었다. 청량하기 그지없는 산새 소리를 듣고 왜 눈물이 샘솟듯 쏟아지는지 모를 일이었다.

어느새 선행은 급한 김에 마구 벗어던졌던 옷을 꿰어 입고 밖으로 나갔다. 그때서야 학매는 눈물을 거두고 마른 옷을 챙겨 입었다.

학매가 부엌에 나가 조반을 준비할 때, 선행이 성한 물 항아리에 샘물을 길어 가지고 왔다. 마당에 흩어졌던 깨진 물 항아리는 어느새 깨끗이 치워지고 없었다.

가슴에 안았던 물 항아리를 부뚜막 위에 올려놓으며 선행이 한마디 했다.

"네 비밀은 지켜주지. 그러나 만약 앞으로 내 말을 듣지 않는다면 언제라도 네 정체를 밝히고 말거야. 그 점 명심해!"

선행은 그러더니 뒤도 돌아보지 않고 부엌에서 나갔다.

봄날은 점점 무르익어 갔고, 금오정사의 생활은 이전과 다름없는 단조로운 일상의 반복을 거듭하고 있었다. 학매와 선행 두 사람만이 가진 비밀이 지켜지고 있었기 때문에, 겉모습은 그저 평화롭기만 했던 것이다. 그러나 두 사람 사이에선 은연중에 심적인 변화가 일어나고 있었다.

특히 학매의 경우 마음의 번민으로 괴로움이 컸다. 선행에게 어처구니없게도 몸을 빼앗긴 이후, 그녀는 오랜 세월 연모하던 김시습에 대하여 죄를 지은 것 같은 마음을 어떻게 부지할 수가 없었다. 그러하니 감히 얼굴을 맞대고 스승을 쳐다볼 엄두가 나지 않았다.

금오정사에 온 이후 학매는 김시습을 향한 연모의 정이 더욱 깊어졌지만, 사실상 두 사람 사이는 가깝고도 먼 관계였다. 김시습과 그녀는 스승과 제자 이상의 관계가 아니었다.

더구나 김시습은 학매를 여성이 아닌 남성으로 여겼기 때문에, 다른 제자들과 마찬가지로 대했다. 야단을 칠 때는 눈에서 불이 나도록 매정하게 호통을 쳤고, 막일도 가리지 않고 마구 시켰다. 물론 험한 일은 금조나 선행에게 더 많이 시켰으나, 그렇다고 학매를 눈에 띄게 두둔하거나 보호하는 입장을 취하지도 않았다.

그런데 물동이가 깨져 물벼락을 맞던 날 선행과의 사건이 있고부터 학매는 김시습이 점점 더 멀어지는 느낌을 어찌해 볼 수가 없었다. 안타깝고, 한스럽고, 그래서 때로는 억하심정이 일어나 엉뚱한 망상에 사로잡히기도 했다. 자살하고 싶은 생각에, 아무도 몰래 금오정사 뒤의 바위절벽에 올라가 본 적도 한두 번이 아니었다.

그럴수록 선행은 집요하게 학매에게 접근을 해왔다. 이른 아침 김시습과 금조가 용장사 계곡으로 심신 수련을 하러 떠나고 나면, 그때부터는 오로지 두 사람만이 남았다. 선행은 그 시간을 이용하여 학매에게 엄포를 주고, 때로는 달래고 어르면서 몸을 요구해 왔다.

초여름으로 접어들면서 학매와 선행의 관계는 더욱 가까워졌다. 이제 학매는 포기한 상태에서 선행의 요구를 들어주는 입장이 되었다. 그리고 선행은 학매를 완전히 손아귀에 넣었다고 생각하고, 그 역시 김질의 첩자로 금오정사에 파견되었다는 사실을 털어놓았다.

"이젠 우리 두 사람이 협동하여 소기의 목적을 달성해야만 하는 거야. 이 일만 잘 끝내면, 나는 높은 벼슬을 차지하고 너는 신분 상승의 기회를 얻어 우리 두 사람이 행복하게 잘살 수 있을 것이다."

선행은 이 같은 미래에 대한 희망에 잔뜩 부풀어 있었다.

"하지만, 이 학매는 스승님을 저버릴 수가 없어요."

"무슨 소릴 하고 있는 거야?"

"스승님에게 피해가 가는 일이라면, 차라리 모든 걸 포기하고 여기서 도망치고 싶어요."

학매의 솔직한 심정이었다.

"그런 소리 하지 마. 우리가 지금 하는 일은 결과적으로 스승님을 돕는 일이 될 거야. 만약 스승님이 비밀리에 쓰고 있는 글이 세상에 알려지면, 그 사태는 정말로 수습할 길이 없게 돼. 그 전에 우리가 그 글을 감쪽같이 빼돌려 없애 버리면 스승님은 목숨을 부지할 수 있지. 그건 내가 보장하마."

선행의 이 같은 말은 억측 같긴 하지만, 어찌 생각하면 꽤나 설득력이 있어 보였다.

"정말 그럴까요? 대체 스승님이 어떤 글을 쓰시기에 무소불위의 권력을 쥔 정승들이 전전긍긍하는 걸까요?"

"그들의 입장에서 생각해 보면 그것은 금방 알 수 있는 일이지. 지금 스승님께서 비밀리에 쓰고 있는 것은 아마도 억울하게 죽은 어린 임금과, 그 임금을 복위시키려다 실패하여 형장의 이슬로 사리진 집현전 학사들에 관한 이야기가 틀림없어. 만약에 김시습이라는 당대 명문장가가 그 이야기를 글로 엮어 남겨 놓는다면 후세 사람들은 지금 이 시대를 어떻게 평가하겠어? 전하는 물론이고, 그를 도와준 한명회·정인지·

신숙주·정창손·김질 등등의 공신들은 역사의 단죄를 받을 수밖에 없게 되지. 그래서 저들은 도둑이 제 발 저린다고, 스승님이 그런 글을 쓸까봐 전전긍긍하고 있는 거야. 내 생각에 역사적 사실은 숨길 수가 없다고 봐. 손바닥으로 하늘 가리기지. 따라서 스승님이 목숨을 담보로 해서 그런 글을 쓸 필요는 없다는 게 내 생각이야. 우리가 그 글을 훔치려는 것은 스승님을 위해서 도움이 되면 되었지, 해가 된다고는 생각하지 않아. 그러니 그런 마음 약한 죄책감에 시달릴 필요가 없다는 얘기야."

이러한 선행의 말을 듣고 나서야 학매는 적이 안심이 되었다. 선행에 대한 미운 생각이 그녀의 마음속에서 좋은 쪽으로 돌아서게 된 것은 바로 그때부터였다.

한편 김시습은 두 사람의 관계를 전혀 모르는 상태에 있었으면서도, 여전히 그들에 대한 의심의 눈초리를 풀지 않았다. 선행의 정체에 대해서도 그랬고, 학매가 저 스스로 찾아온 것처럼 말하지만 사실은 신숙주가 보냈다는 것을 알고 있기 때문에 두 사람에 대한 경계를 게을리 하지 않았다.

그러나 김시습은 그동안 정이 들어 두 사람 다 아끼는 제자로 생각했다. 특히 선행과는 심심풀이 삼아 투전(鬪牋) 놀이도 할 정도였다. 금오정사의 생활은 적적하였고, 날이 좋아 산밭에 나가 일을 하는 날이 아니면 방 안에 들어앉아 서책을 읽거나 글을 쓰거나 공상을 하는 것이 일과였다. 특히 비가 내리는 날이면 그 적적함을 견디기 어려웠다.

그럴 때 김시습은 가끔 초당으로 선행을 불러들여 투전놀이를 즐겼다. 투전은 두꺼운 종이에 각종 문양과 문자가 표시된 패를 뽑아, 그 패의 끗수로 승부를 겨루는 놀이였다.

투전을 할 때 김시습은 천진난만한 어린아이처럼 놀았다. 간혹 투전의 패를 가지고 서로 의견이 달라 말다툼을 벌이는 적도 있었다. 그러다가 다툼 끝에 껄껄 웃으며 김시습은 이렇게 말하기도 했다.

"이기면 기쁘고, 져도 기쁘네."

투전을 끝내고 기분이 좋아진 어느 날, 김시습은 선행에게 장난 삼아 투전놀이에 관한 시를 하나 지어 주었다. 제목이 〈여선행투전박희제(與善行鬪牋檽蒲題)〉, 즉 '선행과 투전놀음을 하고서 장난으로 쓰다'였다. 시를 다 쓰고 나서 그는 마지막 구절을 읊으며 선행에게 소리쳤다.

"이약불승야(爾若不勝也) 기거전작설(起去煎雀舌)이라. 이놈, 선행아! 네가 졌으니 어서 가서 작설차 한 잔 끓여 오너라."

그러면 선행은 벌떡 일어나 부엌으로 달려가 학매의 도움을 받아 작설차를 끓여 대령하였다.

김시습은 또 어느 바람 불고 비오는 날, 〈풍우시선행(風雨示善行)〉이란 시를 지어 선행에게 주기도 했다.

작은 집의 흐트러진 문을 닫고서(小室掩蓬門)

너무 쓸쓸해서 너에게 말하노라(寥寥對爾言)

뜰에 피어난 꽃 편편이 떨어지고(庭花開便落)

섬돌의 풀 깎아도 다시 번성하니(階草剗還繁)

묵연히 앉아 시 짓는 일 숭고하고(黙坐詩成崇)

한가해 잠자는 일 번거롭지 않네(閑眠事不煩)

궁한 생활 누가 도를 좋다 하는가(窮居誰道好)

오랜 비로 하여 울타리 무너졌네(積雨壞籬樊)

이러한 김시습의 시를 받고 선행은 마음 한구석으로 찜찜하지 않을 수 없었다. 김질이 보낸 첩자의 입장에서 스승에 대한 마음의 부담감이 그의 가슴을 더욱 무겁게 짓눌러 왔던 것이다.

여름의 숲은 그 안에 바람과 습기를 잔뜩 머금고 있었다. 특히 이른 아침 나무 이파리에 맺힌 이슬들은 영롱하면서도 섬뜩한 차가움을 느끼게 하였다. 선행은 김시습과 금조가 매일 아침 심신 수련을 하러 용장사 계곡으로 올라가는 것을 늘 주시하고 있었다. 그리고 어느 날부턴가 그 뒤를 밟기 시작했다.

울창한 여름 숲이 선행의 미행을 감쪽같이 가려 주었다. 그가 미행을 하던 처음 며칠 동안은 그 두 사람으로부터 이상한 낌새를 찾아내기가 힘들었다. 숲 속 공터에서 활을 쏘거나 마치 학이 춤을 추듯 태견을 연마하는 것은 그저 그 두 사람의 일상인 듯했다. 바위 위에 나란히 앉아 눈을 감은 채 꼼짝하지 않고 있는 것이 단전호흡임을 선행은 모르지 않았다.

그런데 어느 날인가 선행이 소변을 보러 뒷간에 갔다 오면서 보니, 초당에 거의 새벽까지 불이 켜져 있었다. 그리고 그날 아침 일찍 김시습이 부엌 아궁이에서 한 아름이나 되는 파지를 태우는 것을 보았다. 그것은 김시습이 간밤에 많은 글을 쓰면서 날을 지새웠다는 증거이기도 했다.

그날도 선행은 김시습과 금조의 뒤를 밟았다. 그들은 숲 속으로 난 오솔길을 걸어갔고, 선행은 길이 없는 숲 속에 몸을 숨기고 나무와 바위틈을 이용해 날쌔게 이동하였다. 나무 이파리에 맺힌 이슬방울은 금세 그의 옷을 흠뻑 적서 놓았다.

여느 때와 마찬가지로, 김시습과 금조는 용장사 바로 밑의 너른 공터에서 심신 수련에 열중하고 있었다. 바위 뒤에 숨어서 그 모습을 엿보는 선행은 오금이 저려올 지경이었다. 바위틈 사이에 숨어 꼼짝도 하지 않고 몸을 잔뜩 웅크리고 있었기 때문에, 쪼그려 앉은 다리를 뻗을 수가 없었던 것이다.

그날따라 산안개가 짙었다. 김시습과 금조의 태견을 연마하는 동작은 안개에 가려 마치 꿈속을 거니는 듯이 보였다. 선행은 그 모습을 지루하게 바라보다 깜빡 잠이 들었던 모양이다. 어느새 동녘에서 해가 솟아오르면서 그의 젖은 옷에서 김이 나기 시작했다.

그때 문득 선행이 눈을 떠보니 햇살이 비치면서 안개가 서서히 용장사 위의 금오봉 쪽으로 몰려가고 있었다. 그런데 공터의 바위 위에는 금조만 혼자서 앉아 단전호흡 자세를 취하고 있는 것이었다. 김시습은 어디로 갔는지 보이지 않았다.

선행은 사방을 주시했다. 용장사로 오르는 길 저편의 안개 끝자락에 김시습의 모습이 어렴풋이 시야에 잡혀왔다. 아마도 금조에게 단전호흡을 시킨 후 용장사 주지 무적을 만나 담소라도 나누려는 모양이라고 선행은 생각했다.

그때서야 선행은 산으로 오르는 안개를 뚫고 들려오는 무적의 목탁 두드리는 소리에 귀를 기울였다. 안개 자락이 자꾸만 시야를 가로막았지만, 그의 시선은 김시습의 뒷모습을 놓치지 않았다.

그런데 김시습은 용장사를 지나쳐 더 높은 곳으로 올라가고 있었다. 문득 선행은 정신을 차리고 재빠르게 몸을 움직이기 시작했다. 그는 금조에게 들키지 않도록 소리 없이 나무숲으로 숨어들어 낮은 자세로 산비탈을 기어 올라갔다. 길이 없는 곳으로만 이동하였으므로, 김시습을 따라잡기는 쉽지 않았다. 그러나 그는 숨이 가슴을 치고 올라와 턱밑에

닿을 때까지 날렵한 동작으로 손발을 재게 놀렸다.

선행은 너무 숨이 차서 잠시 가슴을 감싸 안은 채 주저앉아 있었다. 숨을 고르느라 어깨까지 들먹이며 한참 동안 그렇게 앉아 있었는데, 그는 그러는 가운데도 김시습의 뒷모습을 놓치지 않으려고 애썼다.

김시습은 뱀이 족적을 남기듯 경사가 덜한 곳으로 이어진 오솔길을 따라 걸어가고 있었다. 숨을 고른 선행은 다시 산비탈의 직선거리를 선택하여 길을 좁혔다. 너무 가까이 따라가면 김시습이 눈치를 챌 수도 있다는 생각에, 선행은 숨을 고르고 일정 거리를 유지하며 산비탈을 거슬러 올라갔다.

숲길을 벗어나면서부터 바위산이 나왔다. 바위가 많은 곳에는 나무숲이 별로 없었다. 김시습의 모습이 기암절벽 사이로 사라졌다. 다급해진 선행은 바위와 바위 사이를 이용해 최대한 몸을 숨기며 김시습을 미행했다.

어느 순간, 김시습은 발걸음을 멈추었다. 선행은 잔뜩 몸을 낮춰 바위 뒤로 숨었다. 잠시 주위를 두리번거리던 김시습은 바위틈에 난 소나무 뒤에서 머리통보다 조금 더 큰 돌 하나를 들추어 냈다. 그러자 바위 구멍이 나타났다. 김시습은 그 구멍 안에 팔을 쑥 집어넣어 대나무 통을 꺼냈다.

선행은 바위 뒤에서 숨을 죽이며 김시습의 뒷모습을 응시했다. 김시습은 곧 대나무 통의 뚜껑을 열고 옷소매에서 꺼낸 종이 두루마리를 그 안에 넣었다. 그런 다음 다시 대나무 통의 뚜껑을 닫고 단단히 가죽끈으로 묶었다. 다시 주위를 살피던 김시습은 곧 대나무 통을 구멍 속에 넣고 방금 들어냈던 돌로 입구를 막았다. 그러자 감쪽같이 바위 구멍이 사라졌다.

그 광경을 멀리 바위 뒤에 숨어 지켜보면서 선행은 두근거리는 가슴을 도무지 진정시킬 수가 없었다. 바로 자신이 찾던 그 비밀의 장소를 알아낸 기쁨이 그의 마음속에서 용솟음치고 있었다.

다시 김시습이 오솔길을 걸어 용장사 경내로 들어설 즈음, 선행은 급히 산비탈을 타고 나무숲 속을 기어 산 아래로 줄달음질치기 시작했다. 김시습과 금조보다 일찍 금오정사에 도착해 있어야만 의심을 사지 않을 것이기 때문에, 선행은 그만큼 서두르지 않으면 안 되었던 것이다.

먼저 금오정사로 돌아온 선행은 재빨리 옷을 갈아입었다. 젖은 옷은 계곡 웅덩이의 물로 헹구어 빨랫줄에 널었다. 그러는 사이 학매는 조반 준비를 다 끝내고 김시습과 금조가 돌아오기만을 기다렸다.

조반을 먹고 나서 마당에 나온 금조는 빨랫줄에 널린 선행의 옷을 보고 문득 의심스러운 눈초리로 물었다.

"선행아! 너 요즘 매일 아침 어딜 다녀오느냐?"

"네? 어딜 다녀오다니요?"

선행은 속으로 뜨끔하였다.

"요즘 아침마다 젖은 옷을 말리니 말이다."

"아, 저거요? 요즘 학매가 물을 길어오는 것을 힘들어 해서 내가 샘물가에 가서 물을 길어다 주거든요. 물동이를 어깨 위에 올리고 걷다보니, 자꾸 출렁거려 옷이 젖곤 하네요."

얼떨결에 이렇게 둘러댄 선행이지만, 그것은 사실이었다. 학매가 돌부리에 걸려 넘어져 물동이를 깬 이후부터 선행이 대신 물 길어오는 일을 맡고 있었던 것이다.

"그래, 학매는 몸이 약하니까 네가 좀 많이 도와줘라."

금조도 더 이상 묻지 않고, 오히려 선행의 어깨를 투덕거려 주었다.

속으로 선행은 안도의 한숨을 쉬었다. 꼬리가 길면 잡힌다고, 어서 빨리 임무를 마치고 한양으로 돌아가고 싶었다. 그는 상경할 때 반드시 학매를 데리고 가겠다고 마음속으로 다짐했다. 김질이 약속한 대로 되면 자신은 큰 벼슬자리를 얻고, 그리고 신숙주가 학매의 신분 상승을 보장해주면, 그들은 결혼해서 행복하게 잘살 수 있을 것이라는 꿈에 부풀어 있었던 것이다.

2.

  김시습은 선행과 학매를 아끼면서도, 다른 한편으로는 의심의 눈초리를 풀지 않았다. 같은 제자들이라고 하지만 금조처럼 믿음직스럽지가 못했다. 특히 최근 들어 선행과 학매의 행동을 보면 뭔가 수상하기 짝이 없었다.

  그래서 김시습은 선행에게 여기로 쓴 《금오신화》 소편들을 필사하도록 한 것처럼, 학매에게도 간혹 마음이 흔들릴 때마다 그것을 다스리기 위해 쓴 짧은 글들의 모음인 《유금오록(遊金鰲錄)》을 맡겼다.

  "이것을 필사하면 네 마음공부도 될 것이다."

  김시습은 학매에게 자신이 쓴 짧은 글들을 넘겨주었다.

  "네, 스승님! 마음 깊이 아로새기겠사옵니다."

  학매는 무릎을 꿇고 두 손으로 그것을 받았다.

  이때 김시습이 짐짓 천장으로 쳐다보며 혼잣소리로 한숨을 섞어 말하였다.

  "글 속에 내 마음이 담겨 있다만, 그 뜻을 알아줄 사람이 없는 것이 한이로다. 아마도 천 년 후에나 나를 알아줄 사람이 있을 것이다."

  "……."

  학매는 김시습이 왜 그런 말을 하는지 의중을 잘 짐작하기가 어려워 그저 고개만 나붓이 숙이고 있을 뿐이었다.

  사실 김시습이 학매에게 필사를 하라고 자신의 글을 넘겨준 것은 다 나름대로 깊은 뜻이 있었기 때문이었다. 만약에 학매가 신숙주의 첩자라면 고생하지 않고 그 노릇을 제대로 할 수 있도록 배려하는 마음을 갖고 있었던 것이다.

한편, 김시습은 선행의 행동에 대해서도 예의 주시하고 있었다. 근자에 이르러 김시습은 선행의 눈에서 이글거리며 타오르는 욕망의 덩어리를 보았다. 아무리 숨기려고 해도 눈은 속일 수 없는 것이었다. 선행의 눈엔 언제부터인가 힘이 들어가 있었다.

어느 날 김시습은 선행과 마주치자 다음과 같이 한마디 툭 던졌다.

"선행아! 넌 요즘 눈에 너무 힘이 들어가 있다. 가슴속의 욕망이 눈으로 나오고 있어. 욕망이 네 영혼을 망친다는 걸 명심해야 하느니라. 욕망이 승하면 마음의 눈이 어두워져 학문을 하는 데 큰 방해가 되느니."

김시습이 이 말을 할 때, 선행은 차마 스승의 얼굴을 쳐다볼 수가 없어 고개를 푹 꺾었다.

"네, 스승님 말씀 마음속에 깊이 아로새기겠사옵니다."

선행은 스승이 말하는 '욕망'이 무엇을 뜻하는지 알 수 있을 것 같았다. 그것은 육체적 탐욕과 입신출세의 욕망이 가미된 그런 세속적인 야심임을 그는 모르지 않았던 것이다.

그랬다. 선행은 학매의 몸을 알고부터 육체적 욕망을 안으로 다스릴 수가 없었다. 기회만 되면 언제고 학매의 몸을 탐하고 싶었다. 그리고 그런 탐욕은 그가 입신출세를 하고자 하는 세속적 욕망에 더욱 부채질을 하는 꼴이 되었다. 어느 순간부터인가 학매를 가지는 것과 입신출세가 선행에게 있어서 동질성(同質性)의 그 무엇으로 여겨졌던 것이다.

한편 학매는 달랐다. 전보다 더 말이 없어졌고, 얼굴에 수심 가득한 표정이 그대로 드러났다. 김시습이 그런 낌새를 알고 물었다.

"학매야, 요즘 어디 몸이 아픈 것은 아니냐?"

"아니옵니다."

학매는 김시습을 바로 쳐다보기가 무엇해서 눈길을 피했다. 일부러 그런 것은 아닌데, 언제부터인가 저절로 그렇게 되었다.

"그런데 왜 얼굴에 저 하늘의 구름처럼 수심이 가득 드리워져 있느냐?"

김시습도 학매가 자신과 눈길이 마주치는 것을 애써 피하고 있다는 것을 알기 때문에 하늘을 쳐다보며 말했다.

"아니옵니다."

"뭐가 아니란 말이냐? 뭔가 근심이 있는 것 같구나."

"아니옵니다."

"허허허! 학매야, 넌 요즘 들어 하는 말이 '아니옵니다' 그 말밖에 없느니라."

김시습의 이 같은 말에 학매는 마음속으로 화들짝 놀랐다. 스승이 자신에 대해 크게 관심이 없는 것으로 알았는데, 그것이 아니었다는 생각 때문이었다.

"사실은, 몸이 조금 좋지 않은 것 같사옵니다."

학매는 어떤 식으로든 변명을 해야겠다고 생각해서 불쑥 꺼낸 것이 그 말이었다. 그러나 사실은 '몸'이 아니라 '마음'이 몹시도 아팠다. 선행과의 불미스러운 관계가 계속되면서, 스승에 대한 죄책감이 늘 가슴을 아프게 했던 것이다. 그래서 몸 핑계를 댄 것인데, 그 말이 씨가 될 줄은 몰랐다.

"허허, 그동안 내가 너무 너에게 무심했구나. 몸이 아프다면 숨기지 말고 애길 했어야지. 산속의 생활이 그처럼 고되니라. 너는 다른 남정네들 같지도 않고. 보약이라도 한 재 지어 와야겠다."

김시습은 금조와 함께 장마에 대비해 금오정사의 울타리를 고치고 있던 선행을 불렀다.

"스승님, 무슨 일이시온지요?"

선행은 김시습의 눈치부터 살폈다.

"요즘 글이 좀 되는구나. 또 종이가 다 떨어졌어. 오늘은 비도 올 것 같고 늦었으니 내일 일찌감치 서둘러 경주부윤에게 다녀오거라. 그리고 가는 길에 학매에게 몸의 진상을 물어 한약을 지어 오도록 해라. 학매가 몸이 좀 좋지 않다고 하는구나. 경주부윤에게 부탁하면 용한 의원을 소개해 줄 것이다."

김시습이 이렇게까지 나오자, 학매는 당황하지 않을 수 없었다. 괜히 변명하려고 말을 꺼냈다가 긁어 부스럼을 만든 격이었다.

김시습이 초당으로 들어가고 나서 마당에 둘만 남았을 때, 선행은 작은 소리로 학매에게 물었다.

"무슨 소리를 했기에 스승님께서 한약을 지어 오라는 것이더냐?"

"아무 일도 아니오."

학매는 얼굴을 붉혔다.

"아무 일도 아닌 것 같지 않아서 하는 소리다. 혹여 무슨 엉뚱한 소리를 지껄인 건 아니겠지?"

선행은 잔뜩 긴장이 된 목소리로 학매를 다그쳤다.

"아니라니까요."

학매는 이렇게 말하다가 또다시 화들짝 놀랐다. 김시습의 말처럼 그 '아니'라는 말을 입에 달고 있었다는 사실을 새삼 깨달은 것이었다.

그때 금오정사 밖에서 울타리를 고치던 금조가 사립문으로 들어서다가 두 사람이 뭔가를 심각하게 주고받는 모습을 목격했다.

"둘이서 뭔 수작들인가?"

무심코 금조는 이렇게 물었다.

그런데 학매와 선행은 깜짝 놀라 당황한 얼굴로 금조를 쳐다보았다.

"저, 사실은 스승님께서 내일 하, 학매의 한약을 지어 오라고 해서……."

선행은 말을 더듬었다.

"별로 아픈 데도 없는데, 스승님께서 그런 분부를 내리시니……."

학매도 얼굴을 붉히며 변명을 하였다.

"원, 사람들 하고는. 그걸 가지고 뭘 그리 놀라나? 난 또 두 사람이 뭔 꿍꿍이속이 있는 줄 알았지 뭔가? 그러나저러나 학매가 어디 아프긴 아픈가 보다. 요즘 들어 얼굴이 많이 야위었어."

금조의 말에 학매는 어찌할 줄 몰랐다. 쥐구멍이라도 찾고 싶은 심정이었다. 금조에게 선행과 자신의 관계를 들켜 버린 것 같아 가슴이 몹시 두근거렸던 것이다.

"아니요, 그냥 몸이 조금 피곤한 것 같아서. 몸살기가 있나 봐요."

학매는 마당에 두 사람을 남겨두고 얼른 부엌으로 들어가 버렸다.

간밤에 비가 살짝 뿌렸는데 다음 날 아침은 매우 화창했다. 김시습과 금조가 심신 수련을 하러 가고 없을 때의 일이었다.

아침에 일어나 부엌으로 나가기 전에 학매는 옷을 갈아입다 말고, 문득 김시습이 시를 써준 비단 속치마에 생각이 미쳤다. 유일하게 간직하고 있는 스승의 정표였다.

학매는 더 이상 가까이 갈 수 없게 된 김시습을 생각하며, 그 비단 속치마를 살며시 가슴에 안아보았다. 갑자기 슬픈 생각에 눈물이 솟구쳤다.

'아아, 나는 어쩌다 이런 꼴이 됐을까?'

학매는 마음속으로 울부짖었다.

바로 그때 선행이 학매의 방문을 밀고 들어섰다. 두 사람이 가까워진 이후, 선행은 그렇게 불쑥불쑥 아무 기척도 없이 학매의 방문을 열고 들어설 때가 있었다.

"그건 뭐야?"

선행이 다가오며 호기심 어린 눈으로 학매를 쏘아보았다.

"어머!"

화들짝 놀란 학매는 가슴에 껴안은 비단 속치마를 얼른 등 뒤로 숨겼다.

"등 뒤에 숨긴 게 뭐냐고?"

선행은 달려들어 당장이라도 빼앗으려는 듯 물었다.

"아니에요. 아무것도 아니라구요."

학매는 고개를 좌우로 흔들었다. 그때 선행은 학매의 눈에 고인 눈물을 보았다.

"이리 내봐!"

선행은 학매의 손에서 비단 속치마를 거칠게 낚아챘다.

"안 돼요! 그것만은."

학매가 다시 비단 속치마를 빼앗으려고 했지만, 선행의 힘을 이길 수는 없었다.

결국 학매는 털썩 방바닥에 주저앉아 두 손으로 얼굴을 가린 채 울음을 터뜨리고 말았다. 그녀는 어깨까지 들먹이며 서럽게 울었다.

선행은 그러거나 말거나 학매에게서 빼앗은 비단 속치마를 펼쳤다. 그리고 거기에 쓰여 있는 시를 읽어 나갔다.

"이건…… 스승님의 시가 틀림없어. '매화'에 대해 읊은 시! 바로 너 학매, 아니 홍매에게 써준 시로구나!"

선행은 갑자기 비단 속치마를 움켜쥔 채 부르르 떨었다. 비단 속치마에 시를 써주었다는 것은, 두 사람이 깊은 관계임을 증명하고도 남는 일이 아닐 수 없었다. 그는 화가 났다. 스승으로서 도대체 제자에게 이럴 수 있단 말인가, 하는 생각이 미치자 가슴속에서 울컥 하고 분노가 치솟아 올랐다. 그것은 사랑에 대한 질투였다.

학매는 여전히 울고 있었고, 선행은 비단 속치마를 들고 밖으로 뛰쳐나갔다.

"안 돼요! 그것만은."

학매는 아까처럼 또 같은 말을 되풀이해서 외쳤다.

그러나 밖으로 나간 선행은 부엌의 아궁이속에 비단 속치마를 넣고 불을 질러 버렸다. 뒤미처 학매가 부엌으로 뛰어들었지만, 이미 불길 속에 들어간 자신의 비단 속치마를 보고 그만 땅바닥에 털썩 주저앉아 버렸다.

그날 선행은 산을 내려가 경주부윤을 만나 종이를 전달받고 나서, 곧바로 통판 정난손에게 가서 김질에게 보내는 서찰을 전했다. 그 서찰 안에는 최근 김시습이 비밀리에 쓴 글을 감춰두는 석실을 발견했다는 내용이 들어 있었다. 그리고 김시습이 그 비밀의 글을 완성했다고 판단되는 순간, 석실에서 그것을 훔쳐 상경할 것이라는 대목도 적어 넣었다.

서찰을 전하고 나서 선행은 정난손에게 조심스럽게 입을 열었다.

"저 부탁이 하나 있사옵니다."

"무엇인가?"

"비상을 좀 구해주십시오."

"뭐라? 비상을? 자네 혹시 김시습 그자를 어찌하려는 건 아니겠지? 그건 안 될 말이네. 만일 김시습을 위해하는 사태가 발생되면 우리 모두가 살아남지 못할 것이야."

정난손은 단단히 선행에게 다짐을 박아두었다.

"그것이 아니오라, 만약의 어떤 사태가 발생했을 때를 위해 몸에 지니고 있어야 할 것 같사옵니다. 꼭 무엇에 쓰려는 것은 아니고, 그래야 조금이라도 마음이 편할 것 같아 부탁드리는 것이옵니다."

선행은 자신의 비밀이 탄로 날 때를 대비해서 비상을 갖고 있겠다는 말로, 정난손을 설득했다. 그 말은 비밀을 지키기 위해 만약의 경우 스스로 비상을 입안에 털어 넣겠다는 뜻으로 들릴 수도 있었다.

정난손도 그렇게 알아들은 모양으로, 한참을 생각하다가 고개를 갸우뚱거리며 말했다.

"그럴 필요까지 있을까? 아무튼 정 그렇다면 구해는 주겠네."

정난손은 곧 수하를 시켜 비밀리에 비상을 구해 오게 했다.

비상을 따로 챙긴 선행은 경주부윤이 소개한 의원을 만나 한약을 지었다. 학매의 증상을 잘 몰랐으므로, 그냥 기가 허해 몸이 약해진 것 같다고만 말했다. 사실 이른 아침에 학매의 방문을 연 것은, 몸이 어떻게 불편한지 물어보기 위해서였다. 그런데 김시습의 시가 쓰어 있는 비단 속치마를 발견하는 순간, 분노가 머리끝까지 치밀어 올라 학매의 증상을 미처 물어보지도 못했던 것이다.

한약을 지어 가지고 금오정사로 가는 산길을 오르면서도 선행은 자신이 불태워 버린 학매의 비단 속치마가 눈에 삼삼하게 잡혀오자 두 주먹을 꼭 움켜쥐고 부르르 떨었다. 그는 근처 소나무 그늘에 주저앉아, 정난손이 얻어다 준 비상을 꺼내 보았다.

"음, 이걸……"

선행은 이를 악물었다. 그의 눈앞에 김시습이 먼저 어른거렸고, 그 다음에 금조의 얼굴이 떠올랐다.

선행은 다시 조심스럽게 비상을 챙겨 넣고, 천천히 금오정사를 향해 발걸음을 옮겼다.

3.

계절은 지루한 여름 장마 끝에 가을의 초입으로 들어섰다. 산속의 가을은 빠르게 자연의 색채를 바꾸어서, 진초록이 어느 사이 샛노랗고 붉은 단풍으로 물들었다. 추수의 계절에는 금오정사 식구들도 바빴다. 산밭에 심은 기장이며, 조며, 수수 등등의 곡식을 거두어들여야 했기 때문이었다.

김시습은 여러 가지로 바빴다. 자신이 비밀리에 쓰고 있는 《금오신화》가 거의 마무리 단계에 와 있었기 때문에 밤중에서 새벽에 걸쳐서 하던 작업을 낮에도 해야만 했다. 글이란 시작을 할 때는 매우 더디지만, 막상 중간 정도만 넘어서면 그때부터는 달리는 붓을 멈추기가 어려울 정도로 빨랐다. 그가 낮에도 글을 쓸 수밖에 없는 사정은 바로 그런 붓의 속도와 마음의 급박함에 있었다.

그런데 가을이 한창 깊어 갈 무렵, 한양으로부터 날아든 소식은 김시습의 마음을 더욱 급박하게 만들었다. 임금 수양이 붕어하였다는 소식을 경주부윤 최선복이 인편을 통해 전해 왔다.

"아아, 이렇게 하여 일진광풍(一陣狂風)이 지나가는구나!"

김시습은 임금 수양이 나라 정사를 한 손아귀에 쥐고 흔들던 시대를 '일진광풍'의 사자성어로 표현했다. 그는 비로소 자신의 글도 마무리를 지을 때가 되었다고 판단했다. 다른 사람들에게 보여주기 위해 여기로 쓰고 있는 남녀상열지사나 귀신 이야기로 점철된 《금오신화》도 이미 다섯 편 모두 써놓은 상태였다. 저승의 이야기를 다룬 〈남염부주지(南炎浮洲志)〉, 용궁의 이야기를 다룬 〈용궁부연록(龍宮赴宴錄)〉 등이 여름 내

쓴 글들이었다.

이러한 글들은 허허실실의 전술로 세간의 사람들에게 다른 관심을 갖도록 만들기 위한 것이었고, 김시습이 비밀리에 쓰고 있는 진짜 이야기는 용장사 위의 석실 속에 감추어 두고 있었다. 거기에는 수양이 조카인 어린 임금의 자리를 빼앗은 계유년의 일과, 그로부터 삼 년 후 집현전 학사를 중심으로 한 임금 복위 운동이 실패로 돌아간 병자년의 일, 그리고 그 두 사건으로 공신의 반열에 올라 출세가도를 달린 '오흥'에 관한 이야기가 적나라하게 전개되고 있었다.

이러한 글은 김시습이 꼭 누구에게 보여주기 위한 것이 아니었다. 그것을 쓰지 않으면 그는 가슴이 터져 죽을 것만 같았다. 죽더라도 저승에 가서 어린 임금과 복위 운동 실패로 형장의 이슬이 된 충신들을 볼 낯이 없다고 생각했다. 그는 쓰지 않으면 안 되는 당위성을 스스로 만들었다. 그가 십 년 방황 끝에 금오정사에 칩거하게 된 것도 오직 그것을 쓰기 위한 단 하나의 목표가 있었기 때문이었다. 이제 그 목표가 곧 실현 단계에 와 있었다.

임금 수양이 저승으로 떠났다면, 이제 세상은 다르게 바뀔 것이었다. 그런 기대를 희미하게나마 걸어 보지만 김시습은 곧 머리를 절레절레 흔들었다.

"그 까마귀들이 계속 권력을 쥐고 있는 한 세상은 쉽게 바뀌지 않을 것이다!"

김시습은 스스로 계유년과 병자년의 원흉들을 전부터 '까마귀들'이라고 불렀다. 까마귀는 죽은 짐승의 시체를 뜯어먹거나 쓰레기장을 뒤져 썩어가는 음식을 파먹고 사는 새였다. 스스로 사냥을 하지 못하고 도둑질을 해서 먹고사는 까마귀처럼, 흉도들은 많은 사람들을 죽이고 권력을 도둑질하여 그 덕에 부귀영화를 누리고 있었던 것이다.

김시습은 며칠 동안 밤낮으로 붓을 달려 《금오신화》를 완성하였다. 새벽마다 하던 심신 수련도 쉬고 오직 글을 쓰는 데만 전념했던 것이다. 그리고 드디어 글을 다 쓰고 났을 때, 그는 날이 밝기를 기다려 종이 두루마리를 소매에 넣고 금오정사를 나섰다. 금오산에 올라 그만이 알고 있는 비밀의 장소인 석실에 그것을 숨겨두기 위해서였다.

금조가 따라나서려고 하자, 김시습이 말렸다.

"오늘은 나 혼자 갈 것이니, 쉬도록 해라. 몸이 별로 좋지 않아 심신 수련은 할 수 없을 것 같구나. 용장사에 가서 무적 대사와 차나 한 잔 나누고 오련다."

이때 금조 옆에 서 있던 선행은 김시습이 용장사 위의 비밀 석실에 가는 것임을 직감적으로 깨달았다. 그리고 그 표정에서 그동안 써온 글이 완성되었음을 알아차렸다. 며칠간 스승의 일거수일투족을 예의 주시해 온 뒤에 내린 결론이었다.

선행은 기회를 봐서 김시습을 미행하고 싶었지만, 옆에 금조가 달라붙어 있어 꼼짝도 할 수가 없었다. 언제부터인가 그는 금조가 은근히 자신을 감시하고 있는 듯한 느낌을 받았다. 뒤통수에는 늘 금조의 시선이 매달려 있어 근질근질할 정도였다. 김시습이 금조에게 철저하게 감시하라고 시켰는지도 모를 일이었다. 그래서 일부러 금조를 자신 곁에 남겨두고 혼자 비밀 석실로 간 것이란 생각이 문득 들었다.

한편 산길을 오르는 김시습의 발걸음은 가벼웠다. 《금오신화》를 완성했다는 기쁨에 그는 홀가분한 마음으로 산길을 걸었다. 그는 가끔 뒤를 돌아보았다. 누군가 자신을 미행할지도 모른다는 불안감을 느꼈기 때문이었다. 미행을 한다면 선행이나 학매일 가능성이 높았다. 요즘 와서 그 두 사람의 행동이 전 같지 않게 뭔가 변화된 모습을 보이고 있었다. 그래서 그는 금조에게 두 사람의 행동을 예의 주시하라고 일러둔 바 있었다.

용장사를 지나쳐 비밀 석실이 있는 장소에 온 김시습은 다시 한 번 조심스럽게 주위를 살폈다. 그리고 아무도 보는 사람이 없다는 것을 확인한 후, 그는 구멍의 입구를 막은 돌을 들쳐 내고 석실에서 대나무 통을 꺼냈다. 대나무 통에는 그동안 써온 글들이 두루마리 형태로 들어 있었다. 마지막으로 가져온 종이 두루마리를 함께 보태 다시 대나무 통에 넣고 뚜껑을 닫은 후 가죽 끈으로 단단히 묶었다. 석실에 비가 들이치더라도 종이가 젖지 않도록 하기 위한 조치였다.

다시 돌로 석실 입구를 틀어막고 일어섰을 때, 김시습은 갑자기 현기증을 느끼며 비틀거렸다. 그래서 그 자리에 털썩 주저앉고 말았는데, 그 순간 가슴 저 밑바닥으로부터 뭔가 뜨거운 것이 울컥 올라오는 느낌을 받았다. 구토증이 느껴져 침을 뱉었는데, 그것은 침이 아니라 검붉은 핏덩어리였다.

하늘이 노랗게 보였다. 몸이 덜덜 떨렸다. 김시습은 그렇게 한동안 차가운 바위 위에 누워, 하늘이 다시 파랗게 변하기를 기다렸다. 일어나려고 몸부림을 쳐봤지만 꼼짝도 할 수가 없었던 것이다.

그때 서서히 동녘에서 해가 솟아올랐고, 김시습의 몸 위로 눈부신 햇살이 부서져 내렸다. 햇살을 받으니 굳었던 몸이 서서히 풀리고, 온기가 되살아나면서 조금씩 움직일 수가 있었다. 겨우 정신을 차린 그는 천천히 걸음을 옮겨 용장사까지 갔다.

예불을 드리던 무적은 비틀거리며 다가와 법당 앞에 쓰러지는 김시습을 보고 놀라지 않을 수 없었다. 무적은 김시습을 부축해 요사채로 데려다가 방 안에 눕혔다. 따뜻한 차를 끓여 마시게 했더니 창백하게 굳었던 얼굴에 겨우 핏기가 돌았다.

"여기 잠시 누워 있으시오."

무적은 그 길로 절을 나서서 금오정사로 달려갔다. 김시습이 쓰러졌다는 이야기를 듣고, 급히 금조와 선행이 무적을 따라나섰다.

용장사로 달려간 금조는 김시습을 등에 업었고, 선행은 뒤에서 받치면서 금오정사로 돌아왔다.

김시습은 초당 방 안에 누워 며칠을 끙끙 앓았다. 아무래도 그동안 글을 쓰느라 체력을 너무 소진한 데다, 《금오신화》를 완성하면서 그에 따른 어떤 정신적 허탈감까지 겹쳐 심한 몸살이 난 모양이었다.

그래도 학매가 곁에서 지극정성으로 병간호를 해주어서 겨우 김시습은 자리를 털고 일어날 수 있었다. 몸은 가뿐해졌지만, 그는 며칠 전 피를 토한 것이 은근히 걱정되었다.

'흉도들보다는 오래 살아야 한다. 그래서 내 눈으로 그들의 최후를 똑똑히 보아 두어야 한다.'

김시습은 얼굴이 여위어 쑥 들어간 퀭한 눈으로 천장을 노려보았다.

바로 그때 학매가 죽을 끓여 가지고 들어왔다.

"네가 고생이 많구나."

김시습이 겨우 자리에서 일어나 앉으며 말했다.

"제가 뭘 고생입니까? 스승님께서 얼른 쾌차하셔야지요."

"그래야지."

김시습은 수저로 죽을 떠서 입안으로 가져갔다.

그때 갑자기 학매가 구역질을 하더니 몸을 돌려 밖으로 뛰어나갔다. 깜짝 놀란 김시습이 수저를 놓고 일어나 비틀걸음으로 학매의 뒤를 따라 나가 보았다.

부엌 쪽에서 학매가 나무 기둥을 잡은 채 연신 구역질을 해대고 있었다.

"비위가 그렇게 약해서야. 죽 냄새 때문에 그러느냐?"

"아니옵니다. 저는 괜찮습니다. 물을 마시면 낫겠지요."

학매는 얼른 부뚜막 위의 물동이에서 바가지로 물을 떠서 마셨다. 그러자 속이 조금 가라앉는 느낌이 들었다.

"조만간 내가 직접 경주에 가서 의원이라도 모셔와야겠다. 아무래도 저번에 먹은 한약 가지고는 듣질 않는 모양이로구나."

김시습은 심히 걱정하는 눈빛으로 학매를 한참 동안 쳐다보다가 다시 방으로 들어갔다. 그는 며칠 전 피를 토한 것 때문에 자신도 의원에게 진맥을 받아볼 필요가 있다고 느꼈던 것이다.

부엌의 부뚜막에 몸을 기댄 학매는 다시 헛구역질을 하는 순간 가슴이 덜컥 내려앉았다.

'혹시……?'

요즘 들어 자주 헛구역질이 나왔다. 임신일지도 모른다는 생각이 머리를 스치자, 학매는 그 자리에 털썩 주저앉아 버렸다. 벌써 두 달째 월경이 없었던 것이다.

부엌에서 나온 학매는 급히 선행을 찾아보았다. 때마침 금오정사 안팎을 두루 청소하고 안마당으로 들어서는 선행과 마주쳤다.

학매는 선행을 마당 구석으로 끌고 가서 작은 소리로 말했다.

"아무래도 임신을 한 것 같아요. 자꾸 헛구역질이 나는 것이……."

"뭐? 이거 큰일이로군!"

선행도 예상치 못한 일인 듯 벌어진 입을 다물지 못했다.

“스승님께서 조만간 경주에 가서 의원을 불러오시겠대요. 이걸 어쩌죠?”

“그래……?”

선행은 갑자기 머릿속이 텅 비는 느낌이었다.

“우리 도망쳐요. 의원이 와서 진단하면 내가 임신한 것이 바로 들통나고 말 거란 말이에요.”

“잘 생각해 보자. 이 사태를 어떻게 수습해야 할지.”

그때 사립문 사이로 금조의 옷깃이 보여 두 사람은 얼른 떨어졌다.

학매는 돌아서서 다시 부엌으로 들어가며 눈물이 마구 솟구치는 것을 참을 수가 없었다.

‘어쩌다 이렇게 됐을까?’

학매는 그만 칵 그 자리에서 죽어 버리고만 싶었다.

“왜 그러고 있어? 우는구나? 방금 선행이 너를 울린 것 아니냐?”

깜짝 놀라 학매가 돌아보니, 물동이 앞에 금조가 서 있었다. 목이 말라 물을 마시러 들어온 것이었다.

“아, 아니에요.”

학매는 당황해서 고개를 가로저으며 소리쳤다.

“그럼, 됐고.”

금조는 물을 한 바가지 떠서 마시고 부엌에서 나갔다. 그때 선행은 마당을 서성이며 깊은 생각에 잠겨 있었다.

“선행아, 네가 학매를 울렸느냐?”

금조가 따지듯이 물었다.

“아, 아니오.”

선행이 당혹스런 얼굴로 금조를 쳐다보았다.

“아무래도 요즘 너희 둘 사이가 수상하다. 무슨 일이 있는 거지?”

“일은, 무슨 일?”

“그런데 왜 너와 이야기하다 말고 학매가 쫓기듯 부엌으로 들어가 우는 거냐?”

“학매가 울어요?”

“그래.”

금조는 선행의 얼굴에서 수상한 기미라도 살피듯이 뚫어지게 상대를 쳐다보았다.

“스승님이 편찮으셔서 그렇겠죠. 학매가 걱정을 많이 하거든요.”

선행은 김시습의 핑계를 대며 꼬치꼬치 캐묻는 금조의 곁을 벗어나 뒷간으로 향했다. 대변이 마렵지도 않은데 일부러 변을 보는 척했던 것이다.

‘아무래도 둘이 수상해! 분명 뭔 일이 있는 거야.’

금조는 마음속으로 이렇게 중얼거리며 일을 하러 가기 위해 낫과 괭이 등을 챙겼다.

“오늘은 학매를 쉬게 하고, 우리 둘이서만 추수를 하자.”

선행이 뒷간에서 나오기를 기다렸다가, 금조가 그렇게 말했다.

“그래야겠네요.”

선행은 금조의 손에 들린 괭이를 받아들고 앞장서서 사립문을 나섰다.

학매는 자신이 임신을 한 것을 확연하게 깨닫게 되자 김시습을 차마 쳐다볼 수조차 없었다. 마음은 아직도 김시습을 가슴에 심어 두고 있었지만, 몸은 이미 선행에게 가 있었다. 이러한 이율배반의 감정이 학매를 견딜 수 없게 만들었다.

부엌에서 김시습을 위한 죽을 끓이면서 학매는 심한 자괴심을 달랠 길이 없었다. 몸을 선행에게 주고도 김시습을 마음에 담아 두고 있는 자신이 미웠다. 선행에게 겁탈을 당한 이후 가슴속에 숨겨 두었던 김시습을 밀어내려고 노력을 해보았지만, 그것이 마음대로 되지 않았다. 그럴 때마다 가슴속에서 구역질 같은 수치심이 밀고 올라오는 것을 학매는 느꼈다.

학매가 솥에서 죽을 푸는데 눈물 한 방울이 죽 그릇으로 뚝 떨어졌다.

'차라리 죽어 버릴까?'

마음속에 도사린 또 다른 학매가 그렇게 속삭이는 것 같았다.

선행과 몸을 섞은 이후 학매는 몇 번이나 죽어 버리고 싶은 감정에 휩싸였지만 차마 그러지 못했다. 그때마다 학매는 자신의 가슴속에 살아 있는 김시습의 목소리를 들었다.

'아니 된다.'

학매는 자신의 가슴속에서 울려나오는 소리에 깜짝 놀라 정신을 차리곤 절벽 위에서 되돌아서곤 했다.

그런데 이제 다시 죽고 싶은 생각이 학매를 유혹하고 있었다.

하염없이 죽 그릇을 바라보고 있던 학매는 그것을 소반에 받쳐 들고 일어섰다.

'그래도 스승님이 죽을 드시고 기운 차리게 해야지.'

학매는 소반을 들고 방 안으로 들어갔다.

누워 있던 김시습이 일어나 앉았다.

"스승님, 몸은 좀 어떠신지요?"

요즘 늘 묻던 말을 학매는 김시습에게 했다. 그런데 그 말을 하면서도 학매는 고개를 들어 스승을 쳐다볼 수가 없었다.

"나는 이제 쾌차한 것 같다만, 네가 걱정이구나. 요즘 너무 몸이 여윈 것 같아. 무슨 남모를 걱정이라도 있는 것은 아니냐?"

김시습은 걱정스러운 눈길로 학매를 쳐다보았다.

"아, 아니옵니다."

어깨가 들썩일 정도로 화들짝 놀란 학매는 고개를 가로저었다.

"내가 요즘 네 걱정을 많이 한다. 이곳 생활이 힘들다면 산을 내려가도 좋다. 경주부윤에게 얘기를 잘해서 네가 있을 만한 곳을 알아볼 수도 있어. 그렇게라도 하겠느냐?"

김시습은 며칠 동안 심사숙고를 하던 끝에 마음속에 사려두었던 말을 조심스럽게 꺼낸 것이었다.

"아, 아니옵니다. 스승님! 저를 스승님 곁에 있게 해주시옵소서."

학매는 강하게 거절했다.

"내 생각이 그렇다는 것이다. 언제고 네 생각이 바뀐다면 그때 가서 주저 없이 말하도록 해라."

김시습은 자신이 아무리 산을 내려가라고 강요해도 학매가 듣지 않을 것이라는 사실을 잘 알고 있었다.

학매는 자신에 대하여 김시습이 제자들 중에서 특히 더 배려를 해주고 있음을 스스로 느끼고 있었다. 그러기에 선행과 한통속이 된 것이 더욱 괴로웠다. 도무지 눈을 바로 뜨고 스승을 볼 낯이 없었다.

"저는 이만 나가 보겠사옵니다."

학매는 급히 일어섰다. 눈물이 왈칵 쏟아질 것 같아 참을 수가 없었던 것이다.

부엌으로 돌아온 학매는 울음소리를 참은 채 어깨를 들먹이며 울었다. 김시습이 자신에게 보내주는 애틋한 정을 학매는 받아들일 수가 없었다. 그것은 양심이 허락지 않는 일이었다.

'아아, 내가 어쩌다 이렇게 됐을까?'

학매는 자신의 가슴을 쥐어뜯었다. 자신의 뱃속에서 자라고 있을 태아까지도 저주스럽게 느껴졌다. 그런 심리 속에는 선행에 대한 미움과 우유부단한 자신의 입장까지도 포함되어 있었다.

'나를 이렇게 만든 것은 선행이야. 선행, 그 자식을 죽여 버릴까?'

이러한 무서운 생각이 학매를 사로잡았다. 그것은 자신까지도 죽어 버림으로써 앙갚음을 할 수 있는 방법이라고 생각했다. 자신이 죽으면 자연히 뱃속의 태아도 살아남지 못할 것이기 때문이었다.

'더러운 선행의 핏줄을 내 뱃속에서 키울 순 없어!'

또 다른 학매가 가슴속에서 소리쳤다.

그 순간, 학매는 자신도 모르는 사이에 도마 위에 놓여 있던 식칼을 집어 들었다. 그리고 눈을 감은 채 심호흡을 했다.

두 손으로 식칼을 머리 위로 치켜 올린 학매는 이를 사려 물었다.

"스승님!"

학매는 작은 소리로 김시습을 부르며 눈물을 쏟았다. 그러면서 막 두 손에 힘을 주어 칼을 배에 꽂으려는 순간이었다. 누군가의 손이 학매의 손을 잡으며 칼을 낚아채 갔다.

"무엇하는 짓이야?"

작은 소리였지만 날카로운 그 목소리는 선행의 것이었다.

그런데 그때 방 안에서 밖의 소란을 듣기라도 한 것일까, 김시습이 문을 열고 나왔다.

학매와 선행은 너무 갑작스러워 어찌할 줄 몰랐다.

"무슨 일이 있는 게냐?"

김시습이 부엌을 들여다보았다.

"아, 아니옵니다."

학매는 거세게 머리를 좌우로 흔들었다.

"아까부터 너는 아, 아니옵니다만 연발하는구나! 그리고 선행아, 너는 어찌하여 이곳에 있느냐?"

김시습은 순간적으로 학매와 선행을 날카롭게 쏘아보았다.

"금조 형님이 일을 하다가 목이 컬컬하다며 막걸리를 걸러 오라 해서……."

선행은 자세를 바로잡고 말했다. 그러나 손에 들려 있는 칼을 감출 겨를은 없었다.

"그런데 네 손에 들려 있는 그 칼은 무엇이냐?"

김시습의 목소리엔 결기가 서려 있었다.

"하, 학매가 칼을 갈아달라고 해서요. 그래서 칼부터 먼저 갈아주려구요."

선행의 목소리는 사뭇 떨렸다. 그러지 않으려고 했는데, 김시습의 지엄한 목소리에 기가 눌려 그렇게 되었다.

"그 칼은 이리 주거라. 내가 갈아주마. 너는 어서 막걸리 걸러서 가져가거라. 금조가 기다리고 있지 않느냐?"

김시습은 선행에게서 칼을 건네받고 마당으로 나왔다.

안마당 구석에는 숫돌이 있었다. 칼을 가는 것은 늘 금조의 몫이었다. 김시습은 칼을 갈기 전에 날을 자세히 살펴보았다. 엊그제 금조가 칼을 가는 것을 보았기 때문이었다. 손가락으로 점검을 해본 결과 칼은 날이 잘 서 있었다. 그렇다면 선행이 자신에게 거짓말을 하고 있는 것이었다.

그래도 김시습은 숫돌에 칼을 갈기 시작했다. 칼을 갈면서 생각을 가다듬기 위해서였다.

'아무래도 둘이 수상하구나.'

김시습은 전부터 선행과 학매의 행동이 수상하다고 생각하고 있었다. 그리고 학매가 헛구역질을 하는 것을 보고 확연하게 깨달은 바가 있었다.

'학매가 임신을 했다.'

다시금 김시습은 이러한 생각을 굳히면서 칼을 갈던 손을 멈추고 부엌 쪽을 바라보았다.

그때 막 선행이 막걸리를 호리병에 담아 가지고 부엌에서 나왔다.

"어서 가 보거라."

김시습은 부지런히 안마당을 통과해 걸어 나가는 선행의 뒷모습을 노려보았다. 칼을 쥔 그의 손이 잠시 떨렸다.

'선행이, 저놈이!'

그때 김시습은 헛구역질하던 학매의 모습을 떠올리며 마음속에서 분노의 감정이 일어나는 것을 느꼈다. 김시습은 몇 번 더 숫돌에 칼을 문질러대다가 부엌으로 가서 학매에게 건네주었다. 학매는 칼을 받아서 도마 위에 놓고 돌아섰다.

"칼이 썩 잘 드니 손 베이지 않게 조심해라."

그러면서 김시습은 재빠르게 시선을 굴려 학매를 일별했다. 울었던 탓으로 학매의 눈은 벌겋게 충혈이 되어 있었다.

"스승님!"

학매가 무너지듯 김시습의 가슴으로 넘어졌다. 어떨결에 김시습은 학매를 안아 버렸다. 그렇지 않다면 학매가 부엌 바닥에 쓰러질 것 같았기 때문이었다.

김시습은 학매의 어깨가 흔들리는 걸 온몸으로 느낄 수 있었다.

"잠시 방 안으로 들어가자."

김시습이 돌아섰고, 학매가 그 뒤를 따랐다.

방 안으로 들어온 두 사람은 한동안 침묵을 지켰다. 학매는 울음을 진정시키고 나서 코맹맹이 소리로 말했다.

"스승님, 죄송하옵니다."

"우선 마음부터 진정해라. 내게 할 말이 있는 모양이로구나. 차근차근 조리 있게 말해 보거라."

김시습은 이미 짐작을 하고 있었지만 학매가 선행과의 관계를 스스로 털어놓기를 바라고 있었다. 학매 역시 이미 스승이 눈치를 챘다고 생각했기 때문에, 더 이상 버틸 재간이 없었다. 그래서 선행과 저간에 있던 일들을 순순히 자백하였다. 다만 자신이 신숙주가 보낸 첩자이고, 선행이 정창손과 김질이 보낸 첩자라는 사실만은 말하지 않았다.

그러나 김시습은 이미 그러한 모든 것을 미루어 짐작하고 있었기에 학매가 정체를 숨긴다 해도 크게 탓하지 않았다. 그보다는 차라리 이 기회에 두 사람이 인연을 맺도록 해주어 산을 내려가게 하고 싶었다.

"그러하면, 네 몸이 걱정이구나. 생명이란 소중한 것이다. 난 네가 방금 전에 부엌에서 무슨 짓을 저지르려고 했는지 알고 있다. 그리고 네 심정을 충분히 이해한다. 허나, 그런 못된 생각은 지금 이 순간부터 버려라. 내 앞에서 맹세를 해라. 다시는 그런 나쁜 마음을 먹지 않겠다고."

"……."

“어서!”

김시습은 애써 목소리를 낮추었으나, 거기에서는 거역할 수 없는 어떤 위엄이 묻어나고 있었다.

“네, 스승님!”

학매의 목소리가 모기소리처럼 들렸다.

“그럼, 됐다! 내 너를 믿으마. 내일 나는 경주에 다녀올 것이다. 의원을 데려와 네 진맥을 보고, 태기가 확실하다면 산을 내려가거라. 물론 선행도 같이 보내줄 것이다.”

김시습은 말을 마치고 나서 곧 학매를 방에서 내보냈다.

4.

김시습은 밤중에 깨어났다. 들창이 달빛을 받아 환했다. 하루 종일 방 안에만 누워 있어 갑갑했다. 그는 자신도 모르는 사이에 달빛에 이끌려 문을 열고 밖으로 나왔다. 그는 달빛의 유혹을 참지 못했다. 아직 몸살기가 남아 있었지만 가을 달빛은 시리도록 맑았다. 자연이 그 거울처럼 맑은 달빛 속에 알몸을 그대로 드러내고 있었다. 달빛에 드러난 밝음과 그림자로 인하여 더욱 짙어진 어둠이 교차하는 가을밤의 풍경은 그래서 더욱 그윽하였다.

마당에 서자 가을달이 중천에 떠서 흐르고 있었다. 검은 하늘에 푸른빛이 도는 구름 덩어리 몇 개가 편편이 흘러가고 있었는데, 그 사이로 보이는 달이 오히려 멈춰져 있는 구름 위를 떠가는 것 같았다.

소슬하니 가을바람이 불었다. 정신이 맑아졌다. 그러나 김시습은 옷깃으로 스며드는 한기 때문에 오래도록 달을 바라볼 수가 없었다.

방으로 들어온 김시습은 오랜만에 붓을 들었다.

금오산에 올라가서 가을의 달을 바라보고 있자니(金鰲峰上望秋月)

가을의 달빛에 비친 푸르른 산은 만고의 마음이라(秋月山靑萬古心)

산발하고 미친 듯이 노래하다 피 토하고 쓰러지니(散髮狂歌嘔血臥)

현릉의 송백이 꿈속에서도 삼삼하게 떠오르는구나(顯陵松栢夢森森)

김시습은 이 시를 쓰고 나서 눈물을 흘렸다. 참으려고 해도 쏟아지는 눈물을 그는 멈추게 할 수 없었다. 막으면 막을수록 솟구치는 회한을 그는 눈물로도 씻어내기 어려웠던 것이다.

시에 나오는 '현릉(顯陵)'은 문종과 현덕왕후의 능인데, 김시습은 세자 시절부터 부왕인 세종의 부탁을 받아 그를 아껴 주었던 문종과 그 왕후를 잊을 수가 없었던 것이다. 문종이 오래도록 살아 있었다면 그의 동생 수양이 감히 임금의 자리를 넘보지 못했을 것이다. 일찍 붕어하였기 때문에 어린 그의 아들이 왕위를 이어받았고, 왕권이 약해진 틈을 타서 수양이 흑심을 품는 바람에 계유년의 일진광풍이 몰아쳤음을 김시습은 모르지 않았다. 그런 안타까움을 수양이 죽고 나서 비로소 시로 표현해 본 것이었다.

시흥은 샘물과도 같아서 한번 땅을 뚫고 올라오면 쉬지 않고 솟아나는 것이었다. 김시습은 내친김에 종이를 바꾸어 시 한 수를 더 지었다.

지난여름에 김시습은 서거정에게 작설차를 선물했었다. 연전에 한양에 갔다 운종가 대로에서 술에 만취하여 광태를 부린 것이 마음에 걸려 손수 대나무 밭에 심어 키운 차나무에서 새순을 따서 만든 차를 인편에 보냈던 것이다. 그랬더니 서거정이 〈사잠상인혜작설차(謝岑上人惠雀舌茶)〉란 시를 지어 보냈다. 즉, '잠상인'은 김시습을 이르는 말인데, 작설차를 보내준 고마움을 표시하는 글이었다.

그런데 김시습은 그에 대한 답서를 쓰지 못했다. 여름 내내 《금오신화》를 쓰느라 그럴 여유가 없었던 것이다. 이제 그 글도 완성을 하였고, 날이 밝아 경주에 가는 길에 인편을 통해 서거정에게 보낼 시 한 편을 써야겠다는 생각이 들었다. 그래서 다시 붓을 들어 일필휘지로 써내려갔는데, 쓰고 보니 마음과는 다르게 서거정에게 핀잔을 주는 시가 되어버렸다.

산속에서 약초를 캐는 사이 봄이 가고 가을이 왔는데(采藥山中春復秋)

이 한 몸 기쁜 일도 없지만 또한 걱정할 일도 없어라(一身無喜亦無愁)

멀리서도 육조 거리를 치달리는 것 잘 알고 있느니(遙知六街驅馳者)

더러운 티끌이 흰 머리를 덮어도 깨달을 수 없으리라(不覺紅塵沒白頭)

깊은 산속의 금오정사에 있어도 들려오는 소문은 다 귀에 와서 박혔다. 김시습은 형조판서 김질이 우의정이 되면서, 서거정이 그 자리를 이어받았다는 소식을 뒤늦게 들었다. 신숙주도 삼정승 다 거치고 나서 관직에서 잠시 물러났다가 다시 예조판서가 되었고, 서거정도 형조판서에 오르면서 육조의 중심적인 인물로 떠올랐다는 것이다.

그 소식을 경주부윤 최선복으로부터 듣고 나서 김시습은 며칠 동안 속이 쓰려 밥맛을 잃었다. 그래서 곧바로 답서를 쓰려다가 몇 번이나 붓을 팽개치고 미루던 차에 다시 시를 썼으니, 시일이 꽤 지났으나 그 비분강개가 완전히 지워지지는 않았던 모양이었다.

날이 밝자, 아침 일찍부터 김시습은 행장을 꾸렸다. 실로 오래간만에 산 아래로 내려가는 것이었다. 그는 가급적이면 의원을 금오정사로 데려와 학매가 진단을 받게 하려는 생각이었다. 제자들을 보내면 어떤 의원도 험한 산길을 올라오려고 하지 않을 것임을 그는 잘 알고 있었던 것이다. 그가 어떻게 해서든 의원을 설득하여 억지로라도 끌고 오는 수밖에 다른 도리가 없었다.

아침 일찍 김시습은 금오정사를 나섰다.

"내가 없다고 일을 게을리해서는 안 된다. 올해는 산밭을 많이 일구어 추수할 것도 더 많으니 부지런히 서둘러야 하느니라."

김시습은 언덕까지 따라 나온 세 제자들에게 이렇게 당부하는 것을 잊지 않았다. 그는 무엇보다도 일의 중요성을 제자들에게 심어 주려고 노력했다. 일을 잘하는 것, 그것이 결국 시문과 무도를 잘하는 것에 다름 아니라는 사실을 인식시켜 주려는 것이었다.

"스승님, 제가 모시고 가면 안 되겠습니까?"

금조가 걱정이 되어 물었다.

"아니다. 이젠 괜찮다. 임금도 바뀌었는데, 이제 와서 어떤 자들이 다시 나의 목숨을 노리겠느냐?"

김시습은 껄껄대고 웃었다.

스승의 뒷모습을 바라보던 세 제자는 그 옷자락이 솔숲 사이로 완전히 사라지자, 금오정사로 돌아와 추수할 농기구들을 챙겼다.

"나하고 선행이 밭에 나가 추수를 할 테니, 학매는 조금 쉬었다가 새참이나 내오너라. 일할 것이 많으니, 끼니를 때우려고 왔다 갔다 할 시간조차 아깝구나."

금조는 학매를 남겨두고 선행과 함께 일을 하러 나섰다. 그때 선행이 말했다.

"형님! 스승님도 안 계신데, 오늘은 새참에 술이라도 한잔 하면 어떨까요? 술이 없으면 너무 힘들어서 일도 능률이 오르지 않잖아요."

"허긴 그렇다. 너무 많이 마시면 안 되지만, 적당량의 술은 일을 하는데 흥이 나게 만드는 효과도 있지."

술을 좋아하는 금조가 동의했다.

"그러면 지난봄에 담가놓은 매실주를 내올까요?"

학매도 덩달아 좋아했다.

"그거 좋지. 학매가 직접 담근 매실주라니, 그 맛이 기가 막히겠구먼!"

선행이 맞장구를 쳤다.

산밭에 나가 정신없이 일을 하다 보면, 배가 출출함을 깨닫고 나서야 시간이 그만큼 갔다는 것을 알았다. 추수하는 기쁨은 힘든 일도 잊게 하였다.

금조는 땀을 뻘뻘 흘리며 일에 몰두하였다.

그러나 선행은 일을 하면서도 한편으로 머리를 굴리느라 바빴다. 그는 감시습도 없는 지금이 절호의 기회라고 판단했다. 더구나 경주에서 용한 의원을 데려와 학매의 진맥을 보게 한다면, 금세 임신한 사실이 밝혀질 것이었다. 그렇게 될 경우 선행과 학매의 관계는 물론, 두 사람이 무슨 목적으로 금오정사에 잠입했는지 그 정체도 드러나게 될 것은 불을 보듯 뻔한 일이었다. 따라서 그 전에 어떻게 해서든 금조를 따돌리고 학매와 함께 도망을 쳐야한다는 생각에, 선행은 도무지 일이 손에 잡히지 않았다.

"선행아, 뭘 그리 꾸물거리고 있느냐? 스승님의 당부를 벌써 잊었느냐?"

금조가 수수목을 자르다 말고 뒤를 돌아다보았다.

"형님, 저기 학매가 옵니다. 그늘에 가서 목이나 축이고 하십시다."

선행이 먼저 학매를 발견하고 소리쳤다.

"오, 벌써 새참 때가 됐나?"

금조도 반가운 마음에 선행을 따라 근처의 소나무 그늘로 가서 자리를 잡았다.

"매실주가 아주 향이 좋네요."

학매가 금조에게 술을 따라주며 말했다.

"이거 스승님 먼저 맛을 보셔야 하는 거 아닌가?"

술의 향기를 맡던 금조가 문득 생각난 듯 말했다.

“스승님 드실 것은 따로 한 항아리 잘 보관해 두었으니 염려 마세요.”

“한 항아리씩이나?”

“애초에 두 항아리 담갔거든요.”

학매는 선행의 잔과 자신의 잔에도 술을 채웠다.

“자, 건배 한 번 합시다.”

선행이 잔을 번쩍 들어올렸다.

세 사람은 건배를 하였다. 술이 몇 순배 돌다보니 금세 호리병이 비었다.

“벌써 한 병 다 마셨네?”

학매가 호리병을 금조의 잔에 기울이며 말했다. 잔이 차다 말았다.

“이런, 너무 아쉽군! 형님이 더 드시죠.”

선행이 자신의 잔을 들려다 말고 금조에게 내밀며 말했다.

“아니다. 이만하면 난 됐다.”

금조가 선행의 잔을 물리치며, 자신의 반도 안 찬 잔을 들어 단숨에 비웠다.

“부엌에 한 병 더 놔뒀는데…….”

학매가 일어서려고 했다.

“아냐, 학매 넌 여기 있어. 내가 빨리 뛰어갔다 오지.”

선행이 학매를 주저앉히고 일어섰다.

“다음에 먹지, 뭐.”

아쉬운 표정이었지만, 금조는 너무 많이 마시면 일에 지장이 있을 것 같아 그렇게 말했다.

“형님, 잠깐이면 돼요. 마실 때 더 마십시다.”

선행은 벌써 저만큼 뛰어가고 있었다.

초당 부엌으로 들어가니 정말 호리병 하나가 부뚜막 위에 놓여 있었다. 선행은 술을 조금 따라 마셔보았다. 그러면서 그는 여러 가지 생각으로 복잡한 머리를 굴리기 시작했다. 분명 어제 부엌에서 학매가 자살하려고 했을 때 칼을 빼앗는 순간을 김시습에게 들켰다. 그리고 보면 이미 김시습은 모든 것을 알고 있을지도 몰랐다. 그는 이제 더 이상 머뭇거릴 여유가 없다고 생각했다.

'그래, 지금이 절호의 기회야.'

선행은 무슨 결심을 굳힌 듯 입을 한 일자로 다물며 고개를 끄덕거렸다. 그리고 나서 그는 늘 몸에 지니고 다니던 비상을 주머니에서 꺼내 호리병에 털어 넣었다.

'오늘밖에 없지. 금조를 살려두면 언젠가는 그의 비수에 내 목숨이 달아날 거야. 이참에 아예 죽여 버려야지.'

선행은 이렇게 마음속으로 중얼거리며, 호리병을 들고 다시 산밭으로 향했다. 그는 마음이 급해 뛰다시피 하여 금조와 학매가 있는 소나무 그늘로 갔다.

선행은 금조의 잔에 술을 가득 따랐다.

"형님, 한 잔 쭉 드세요."

그런데 술을 따르는 선행의 손이 미세하게 떨렸다.

"왜 손을 떠느냐?"

금조가 선행을 쳐다보았다.

그 순간, 선행은 속으로 뜨끔하지 않을 수 없었다.

"빨리 뛰어 오느라 숨이 차서 그래요."

얼떨결에 선행은 이렇게 둘러댔다.

금조는 천천히 잔을 입에 가져다 댔다.

“너희들도 마셔라.”

금조의 말에 선행과 학매는 아직 술이 남아 있는 잔을 들었다.

“자, 그럼 다시 한 번 건배!”

선행이 호기 있게 소리쳤다. 그러나 어쩐지 목소리가 떨려서 나왔다.

세 사람은 공중에서 잔을 부딪쳤다. 그때 선행은 잔을 기울이는 금조를 조마조마한 심정으로 쳐다보았다. 술이 식도를 타고 내려가는 것을 분명히 목격했다. 술을 마실 때마다 금조의 툭 튀어나온 목울대가 아래위로 꿈틀대며 움직였던 것이다.

잠시 후, 금조는 인상을 쓰며 배를 움켜잡았다. 비상의 기운이 곧 위에 자극을 주었던 것이다.

“허걱!”

금조는 괴로운 듯 손으로 가슴을 쥐어뜯으며 선행을 노려보았다.

“혀, 형님! 왜 그러세요?”

“서, 선행! 이놈아! 네, 네가 감히……”

금조는 채 말을 다 끝내기도 전에 앞으로 엎어졌다.

“어머!”

학매는 겁을 집어먹고 비명을 지르며 자신의 얼굴을 감쌌다.

“자, 이제 도망가자.”

선행은 학매의 손을 잡아 일으켰다.

“대체 무, 무슨 짓을 한 거예요?”

학매가 손을 뿌리치며 소리쳤다.

“나도 몰라. 이 기회를 놓치면 우리는 둘 다 죽어. 어서 도망치자구.”

선행은 학매의 손을 억지로 잡아끌고 금오정사를 향해 달려갔다.

“이제 어떻게 해? 이제……”

학매는 질질 끌려오면서도 눈물범벅이 되어 울었다.

"간단하게 짐을 꾸려. 나는 잠시 다녀올 데가 있으니까."

선행은 학매를 마당에 세워두고 용장사 계곡을 향해 달려가기 시작했다. 그는 나는 듯이 뛰어 김시습과 금조가 심신 수련을 하던 공터를 지나쳤고, 곧바로 용장사 뒤편의 바위산까지 한달음에 도착했다. 숨이 턱까지 찼지만, 숨을 고를 시간조차 없을 만큼 그는 마음이 급했다.

이미 선행은 전에 미행을 하여 김시습이 글을 숨겨둔 비밀 석실을 알고 있었기 때문에, 입구를 막아둔 돌을 들쳐 내고 그 안에서 쉽게 대나무 통을 꺼낼 수 있었다. 그는 가죽 끈으로 묶은 대나무 뚜껑을 열고 그 안에서 종이 두루마리를 꺼냈다.

잠시 글의 내용을 들여다보던 선행이 외쳤다.

"바로 이거야!"

선행은 종이 두루마리를 품속에 넣은 채 다시 금오정사를 향해 줄달음질을 쳤다. 학매는 마당에 서서 종종걸음을 치며 초조하게 그를 기다리고 있었다.

"사람을 죽여 놓고 대체 어딜 갔다 온 거예요?"

학매는 선행을 노려보았다.

"후후훗! 바로 이걸 찾으러 갔었지."

선행은 품속에서 종이 두루마리를 꺼내 학매에게 보여주었다.

"이것은 스승님의 글이잖아요?"

"그래, 우린 이것만 있으면 앞길이 훤히 열리는 거야."

선행은 학매에게서 종이 두루마리를 낚아채 다시 품속에 넣었다.

"당신 정말 독한 사람이구먼!"

"난 학매, 너의 행복을 위해서라면 무엇이든 할 수 있어. 이것도 모두

우리 두 사람의 행복을 위한 것이야. 그러니 아무 말 말아줘."

선행은 학매의 손을 잡아끌었다.

"지금 어쩌려는 거예요?"

"스승님이 돌아오시기 전에 도망을 쳐야지. 경주를 빨리 벗어나 한양으로 올라가야만 해."

선행은 마음이 급했다.

"스승님은요?"

"뭐? 지금 한가롭게 스승님 생각하게 됐어?"

선행은 학매의 소매를 잡아끌었다.

"자, 잠깐만요. 나도 간단히 챙길 것이 있어요."

학매는 자신이 기거하는 방으로 뛰어 들어가 급히 작은 봇짐을 꾸렸다. 그 봇짐에 그동안 김시습의 글을 필사해 둔 《유금오록》을 챙기는 것도 잊지 않았다.

잠시 후 두 사람은 산 아래를 향해 줄달음질치기 시작했다. 급한 마음에 선행은 학매의 손을 잡아 이끌었고, 질질 끌려가듯 하면서도 학매는 차마 그의 손을 뿌리치지 못했다. 정신이 없는 가운데 자신도 이 사태를 도무지 어찌해야 할지 몰라 선행이 하는 대로 맡겨둘 수밖에 없었던 것이다.

학매는 선행의 손에 이끌려 산을 내려가면서도 자꾸만 무엇에 켕기는 듯 뒤를 돌아보았다. 이제 금오정사는 숲 속에 가려 보이지도 않았다.

'······스승님!'

경황 중에도 학매는 김시습을 떠올리며 마음속으로 그렇게 불러보았다.

한달음에 경주 영내로 들어선 선행과 학매는 곧바로 통판 정난손을 찾아갔다.

"김시습이 쓴 《금오신화》를 입수했습니다. 어서 한양으로 올라가야 하니 말 두 필만 내주십시오."

선행은 마음이 급했다. 이미 죽었을 것으로 짐작되지만, 금조가 되살아나서 쫓아오는 것만 같아 조바심이 나는 걸 어찌하지 못했다. 더구나 아침에 경주에 온 김시습과 마주치기라도 하면 큰일이 아닐 수 없었다.

"알았네."

정난손은 수하를 시켜 말 두 필을 끌고 오게 했다.

곧 선행과 학매는 말 위에 올랐다. 학매도 기생 시절에 말 타는 법을 배워 엉덩이가 말의 등에 착 달라붙었다.

두 사람의 말이 멀어져 가는 것을 보고 나서 정난손은 급히 수하를 시켜 모처에 숨어 있던 거복 일행을 불러오게 하였다.

한 달 전 김질은 선행이 보내온 서찰을 통하여 김시습이 글을 써서 숨겨두는 비밀 석실을 찾아냈다는 보고를 받고 나서, 곧바로 밀명을 내려 거복 일행을 경주로 내려 보냈다. 특급 밀명을 받은 거복은 수하 두 명과 함께 정난손이 마련해 준 비밀 장소에 숨어 금오산에서 선행이 가져올 소식만 학수고대하고 있던 참이었다.

거복이 달려와 부복하고 물었다.

"부르셨습니까?"

"방금 선행과 학매가 김시습의 글을 훔쳐 가지고 한양으로 떠났네. 말 두 필을 내주었으나, 자네들이라면 쉽게 따라잡을 수 있을 걸세."

거복은 급히 수하 두 명과 함께 말에 올랐다. 모두들 검은 옷에 삿갓을 썼으며 허리에는 칼을 차고 있었다. 질풍노도처럼 경주를 벗어난 거복 일행은 한 식경이 못되어 숲이 **빽빽한** 산길에서 선행과 학매를 따라 잡을 수 있었다.

일은 순식간에 끝났다. 거복 일행은 말이 필요 없었다. 곧바로 선행과 학매에게로 말을 달려 전광석화처럼 칼을 휘둘렀다.

두 사람이 피를 흘리며 말에서 떨어지자, 거복은 선행의 품속에서 김시습이 쓴《금오신화》를 찾아냈다.

"바로 이것이야!"

거복이 이렇게 외치는 순간, 어디선가 날아온 화살이 그의 등에 정통으로 박혔다. 깊이 박힌 화살이 날개를 부르르 떨었다.

신음 소리 한 번 제대로 내보지도 못하고 거복이 앞으로 거꾸러지는 것을 본 수하들이 사방을 두리번거리며 소리쳤다.

"어떤 놈이냐?"

그때 말을 타고 질주해 오는 복면의 사내가 있었다.

거복의 수하들이 급히 칼로 맞섰으나, 바람처럼 달려온 사내는 칼춤을 추듯 두어 번 칼을 휘둘러 두 목숨을 간단하게 해치웠다.

말에서 뛰어내린 복면의 사내는 거복에게 달려가 《금오신화》부터 챙겼다.

"네, 네놈은 누, 누구냐?"

거복이 죽어 가면서 물었다. 눈에 힘을 주려고 안간힘을 썼으나 이미 동공이 풀려가고 있었다.

"곧 죽을 목숨이 그건 알아서 무얼 하겠느냐? 곧 독이 퍼지면 얌전해 지겠지."

복면의 사내는 거복을 뒤로 하고 곧 학매에게로 가다갔다. 그는 학매의 코끝에 손가락을 대보고, 손으로 맥을 짚어 보기까지 하였다.

"다행히도 아직 숨은 붙어 있군!"

복면의 사내는 학매를 번쩍 들어 올려 자신이 타고 온 말에 태웠다. 그러고는 선행이나 거복의 수하들은 더 이상 거들떠보지도 않고 말 위에 훌쩍 뛰어올랐다. 그는 학매를 가슴에 안고 급히 박차를 가하고 말 채찍을 휘두르며 앞으로 달려 나갔다.

점심때 식사를 하면서 반주를 곁들인 김시습은 불콰해진 얼굴로 경주부윤 최선복과 마주앉았다. 이런저런 담소 끝에 김시습이 문득 말을 꺼냈다.

"사또께 어려운 부탁이 한 가지 있소이다."

"무엇입니까? 매월당의 부탁이라면 발 벗고 나서야지요. 허허헛!"

최선복이 사람 좋게 호탕한 웃음을 터뜨렸다.

"조만간 내가 남녀 두 사람을 사또에게 보낼지도 모르오. 그들이 원하는 대로 당분간 어디 조용하게 지낼 만한 곳을 물색해 주시오."

김시습은 금오산을 내려오면서 줄곧 학매와 선행에 대해 생각하고 있었다. 깊이 생각한 끝에 그래도 가장 믿을 만한 것은 경주부윤 최선복밖에 없다고 생각했던 것이다.

"산속에 계시면서 속세 인연 또한 있으신 모양이외다."

최선복은 다소 의외라는 듯한 표정으로 김시습을 바라보았다.

그러나 최선복은 분명 김시습이 말하는 남녀가 선행과 학매임에 틀림없을 것이기에 내심 놀라지 않을 수 없었다. 그 역시 찔리는 구석이 없지 않아 있었다. 오래전에 신숙주가 몰래 사람을 보내 학매에 대한 부탁을 한 바 있었기 때문이었다. 그래서 그동안 여러 번 직접 또는 수하를 봉하여 남모르게 학매가 전하는 비밀 서찰을 전달받아 한양의 신숙주에게로 올려 보낸 일이 있었던 것이다.

물론 최선복은 김시습에게 오로지 선의적인 입장이었다. 하지만 신숙주의 부탁을 아니 들어줄 수도 없는 형편이었다. 그는 관직에 있는 몸이고, 권력의 실세인 신숙주에게는 죽으라면 죽는 시늉까지도 해야 할 입장이었던 것이다.

"내가 원래 비승비속인 것은 사또께서도 잘 아시지 않소이까? 허나 그들 또한 사또께서 알 만한 사람들이니, 선처를 부탁드리는 거외다."

"알겠습니다. 너무 염려 마십시오."

최선복은 이제 확실하게 금오산방에서 두 사람이 무슨 문제를 일으켰음을 간파하였다. 혹시 그들이 첩자인 것이 밝혀졌다면, 최선복 역시 관련이 없다고 할 수 없기에 속으로 뜨끔하지 않을 수 없었다. 김시습이 내색은 하지 않고 있지만, 그래서 더욱 최선복의 마음은 좌불안석이 되었다.

"그리고 하나 더……."

김시습은 잠시 말을 끊었다.

"오늘은 기쁜 날이올시다. 매월당께서 부탁할 일이 많으시니, 본관에겐 더 없는 영광이 아니오니까? 허허헛!"

최선복은 짐짓 기분이 매우 좋은 듯이 너털웃음까지 흘렸다.

"잘 아는 의원 한 명만 소개해 주시오."

"지난번에 선행이란 제자를 통해 한약을 지어 가지 않으셨습니까? 제자 중 누군가가 몸이 허약하다구요?"

"그렇습니다. 이번에는 금오정사까지 의원을 동행해야만 할 것 같아서요."

김시습은 그 점이 걱정되어 최선복에게 부탁을 하고 있는 것이었다.

웬만하면 아무 의원에게나 가서 자신의 진맥 정도만 짚어보면 될 터이지만, 학매를 위해서는 반드시 금오정사까지 의원을 대동해야만 했던 것이다.

"그렇다면 같이 가시지요. 본관의 부탁이라면 어디라도 따라갈 의원이 있습니다."

최선복은 자리에서 일어났다. 김시습이 같이 따라나설 것 없다고 말렸으나, 최선복은 굳이 의원의 집까지 동행하기를 자청하였다.

의원의 집에 도착한 김시습은 먼저 자신의 진맥부터 보았다.

"가끔 기침이 나지 않으십니까?"

진맥을 짚어본 의원이 김시습에게 물었다.

"그렇소이다."

"흉부에 압박감이 있지요?"

"가끔 그럴 때가 있소이다."

김시습은 용한 의원임에 틀림이 없다고 생각했다. 그가 최근에 느끼고 있는 몸의 상태를 진맥 한 번 짚어보고 그대로 맞추고 있었기 때문이었다.

"최근 몸이 고되도록 무리하신 일이 있으시군요."

"허허, 그도 그렇소."

"심신의 안정이 절대적으로 필요합니다. 몸에 무리가 가는 일은 삼가도록 하서야 하옵니다. 폐가 조금 약한 듯하니, 폐장을 강화시키는 첩약을 지어 드리지요."

의원은 김시습을 위해 첩약을 지어 주었다.

"본관이 의원께 부탁 한 가지가 더 있어 동행한 것이오."

의원이 첩약을 지어 가지고 나오자, 최선복이 말했다.

“네, 사또! 무슨 부탁이신지요?”

“실은 금오산 용장사 계곡까지 가서 사람 하나 진맥을 해주서야 할 일이 있어서.”

“용장사 계곡이오?”

의원이 그러면서 김시습을 쳐다보았다.

“그렇소이다. 내가 그곳에 금오정사를 짓고 사는데, 제자 한 명이 산을 내려올 수 없는 처지라 의원께서 동행을 해주셨으면 하는 바이오.”

김시습의 말에 의원이 반색을 하였다.

“그러하시다면 혹시 매월당 선생 아니신지요?”

“의원께서 어찌 나를 아시오?”

“천하의 매월당을 모르는 사람이 어디 있사옵니까? 경주 바닥에 자자하게 소문이 나 있는데요.”

의원은 새삼스럽게 김시습을 향해 허리를 굽혔다.

김시습과 최선복은 껄껄대고 웃었다.

김시습이 의원을 대동하고 금오정사로 되돌아온 것은 그날 늦은 오후였다. 초당이 텅 비어 있어 산밭에 나가본 그는 경악을 금치 못했다. 소나무 그늘 아래 금조가 엎어져 있었고, 그 옆에 호리병이 나뒹굴고 있는 것을 발견한 것이었다.

이상한 낌새가 느껴져 김시습은 금조의 몸을 흔들어 보았다.

“금조야!”

그러나 금조의 몸은 이미 딱딱하게 굳어 있는 상태였다.

김시습을 따라온 의원이 금조의 몸을 이리저리 살펴보았다. 그는 가져온 침술 도구가 든 보따리에서 은침을 꺼내 시신의 입안에 넣어보았다. 한동안 시신의 입을 오므려 두었다가 다시 은침을 빼내어 살펴보니 짙푸른색으로 변해 있었다.

"비상을 탄 술을 마셨군요. 이미 이 세상 사람이 아닙니다."

의원은 다시 한 번 확인이라도 하듯, 손으로 금조의 부릅뜬 눈꺼풀을 더 크게 열고 가만히 들여다보았다. 그러더니 혀를 끌끌 차며 고개를 좌우로 흔들었다.

"선행, 이놈이?"

금조의 시신을 들여다보던 김시습의 눈에서는 순간적으로 불꽃이 일어났다. 선행의 행동에 대해 반신반의하고 있었던 자신의 우유부단함을 한탄하지 않을 수 없었다. 그래서 자신의 가슴을 쥐어뜯어 보았지만, 그런다고 죽은 사람이 살아 돌아올 리는 만무한 일이었다.

김시습은 의원과 함께 금조의 시신을 금오정사로 옮겼다.

"허헛, 참! 진맥을 보러 왔다가 장례를 치르게 생겼구먼!"

의원이 금조의 시신을 바라보며 말했다.

"이것 참, 여러 가지로 미안하게 됐소이다. 내 급하게 다녀올 데가 있으니, 잠시만 여기 있어 주시오."

김시습은 그때서야 《금오신화》를 숨겨둔 비밀 석실에 생각이 미쳤던 것이다. 그는 숨이 찬 것도 잊은 채 석실까지 뛰어올라갔다. 그러나 석실 구멍은 열린 채였고, 그 앞에 빈 대나무 통만 아무렇게나 나뒹굴고 있었다.

"이놈, 선행아! 네가 감히 내 뒤통수를 치다니……. 학매까지도 나를 배반했단 말인가? 결국 두 연놈이 한패였어!"

김시습은 눈이 튀어나올 것 같은 분노를 느끼며 빈 대나무 통을 움켜쥔 채 부르르 몸을 떨었다. 그리고는 그 자리에 털썩 주저앉아 비통하게 울부짖었다.

저녁 해가 서산에 걸려 있었다. 김시습은 뒤늦게 의원을 금오정사에 남겨두고 왔다는 사실을 깨닫고 겨우 힘을 내어 일어섰다. 중간에 용장사에 들러 무적을 대동하고 내려오자, 초당 사립문을 들어서기도 전에 날이 어두워졌다.

김시습은 무적과 의원의 도움을 받아 금조의 장례를 치렀다. 그러고 나서 며칠 후 그 역시 낡은 삿갓에 실밥이 너덜거리는 검은 장삼을 걸친 모습으로, 금오정사를 떠났다. 어깨에 바랑을 메고 손에 대지팡이를 짚은 그의 뒷모습은 그날따라 힘이 없어 보였다. 그 쓸쓸한 어깨 위로 갈색 낙엽이 시나브로 떨어지고 있었다.

다시는 돌아오지 않을 생각이었으므로, 김시습은 그동안 정붙이고 살던 금오정사를 뒤도 돌아보지 않았다. 그는 그렇게 표표히 금오산을 내려갔다.

'내 마음속의 석실까지 네놈들이 뒤질 수는 없을 터……'

김시습은 이를 악물며 축 늘어진 두 손을 바르르 떨었다. 그는 바람에 마구 날리는 낙엽을 머리 위로 맞으며, 펄럭이는 장삼자락을 자꾸만 손으로 여미었다. 그가 무심코 올려다본 가을 하늘은 얄미울 정도로 푸르고 드높기만 했다.

제8장 — 행운유수 行雲流水

1.

김시습의 부릅뜬 눈이 바로 코앞에 있었다. 분노로 일그러진 그 얼굴은 무서웠다. 온몸의 피가 모두 눈과 얼굴로 모여 있는 것 같았다. 그 불길은 뜨거웠고, 학매는 숨조차 제대로 쉴 수 없을 만큼 공포에 질려 있었다.

"스, 스승님!"

이렇게 불렀으나 학매의 입에서는 그것이 제대로 소리가 되어 나오지 않았다. 소리를 내어 보려고 안간힘을 썼지만 끙끙 앓는 신음만 입술 사이로 새어나올 뿐이었다.

"여보시오. 정신이 좀 드시오?"

누군가의 소리가 학매의 귀에 어렴풋이 들려왔다.

그 순간 학매는 번쩍 눈을 떴다. 그 눈 위에 낯설지 않은 얼굴이 있었다. 그는 스승 김시습이 아니라 신숙주의 집사인 기주였다.

"아, 아니? 선다님께오서 어찌?"

학매는 당황하지 않을 수 없었다.

"그만하길 다행이오. 이제 정신이 들었으니 내가 의원을 불러오리다."

기주는 급히 방에서 나갔다.

학매는 정신을 가다듬고 기억을 되살려 보려고 애썼다. 분명 선행과 함께 도망치다가 복면한 괴한들의 습격을 받았다. 그런데 어찌 자신이 기주의 보호를 받아 목숨을 부지하고 있는지 도무지 알 수가 없었다.

'선행은 죽었을까, 살았을까?'

문득 학매는 선행이 어찌되었는지 궁금했다. 선행과 함께 숲 속에서

괴한들의 습격을 받아 꼭 죽은 줄로만 알았는데, 자신은 번연히 살아 있었던 것이다. 너무도 꿈 같은 일이라 제 살을 꼬집어 보고 싶었지만, 손가락 하나 까딱할 수가 없었다. 자신이 정말 살아 있다면 필시 그것은 기주의 도움을 받았기 때문일 것이었다.

그때 밖에서 급한 발소리와 함께 누군가의 목소리가 들려왔다.

"정신을 차렸다니 천만다행이오. 허나 태중의 아기씨는 나도 어찌할 수 없었소이다. 너무 하혈을 많이 한 관계로."

"네? 태중의 아기씨라면?"

놀라서 잠시 멈춘 듯 발소리가 뚝 그친 뒤에 들려온 그 목소리는 분명 기주의 것이었다.

"이런, 츠츳! 모르고 계시었소? 임신 삼 개월이 다 되어 가는데……."

"흠, 그런 일이 있었군!"

기주는 목소리 뒤에 얕은 한숨을 매달았다.

다시 발소리가 들려왔고, 곧 방문이 열리며 두 사람이 급히 들어섰다.

학매는 방금 두 사람이 한 말을 들어서, 자신이 낙태를 했음을 깨달았다. 그 순간, 눈물이 볼을 타고 흘렀다.

기주가 데리고 온 사람은 의원이었다.

"이제 안심해도 되겠소. 그러나 몸이 매우 허하니, 에서 한 열흘 몸조리를 한 연후에 따나는 것이 좋겠소이다."

진맥을 해본 의원이 말했다.

"귀중한 생명을 살려 주셔서 정말 고맙소이다."

기주가 의원을 향해 허리를 굽혔다.

"허허, 그거야 의원이 마땅히 해야 할 일인 걸요. 탕약을 달여 올리도록 할 테니, 환자의 몸조리나 잘 시키시오."

의원이 방에서 나가고 나자 기주가 학매에게로 다가와 얼굴을 가까이 대고 물었다.

"홍매, 큰일 날 뻔했소이다. 몸은 좀 어떠하시오?"

"그보다 선다님!"

학매는 오랜만에 '홍매'라는 이름을 듣자 갑자기 기주 앞에서 부끄러워졌다.

"이제부터는 마음 급할 일 없으니, 편안하게 내 얘길 들으시오."

기주는 학매, 아니 홍매에게 그동안 있었던 일들을 들려주었다. 그때서야 홍매는 자신이 복면 괴한들의 칼을 맞고 쓰러진 지 삼 일만에야 겨우 정신이 들었다는 것을 알 수 있었다.

"그렇다면, 동행했던……"

홍매는 기주 앞에서 선행을 어떻게 지칭해야 할지 몰라 잠시 말을 끊었다.

"그자는 자상이 깊어 피를 많이 흘렸으니 아마도 살아남기 어려웠을 것이오. 나는 홍매, 그대의 목숨을 구하려고 급히 서두르느라 그자를 미처 챙기지 못하였소."

기주의 말을 듣자 홍매는 또다시 두 볼을 타고 흐르는 눈물을 막을 수가 없었다. '애증(愛憎)'이란 그런 것인지도 몰랐다. 마음속으로 깊이 사랑하지는 않았지만, 자신의 몸에 아기씨를 심어 주었던 사내를 홍매는 또한 결코 미워할 수가 없었던 것이다. 그런데 그 아기씨까지 잃어 버렸으니, 복잡한 감정이 하나로 뭉쳐 눈물로 얼룩지고 있었다.

"이미 짐작을 하고 있겠지만, 의원의 말이 이번에 충격을 너무 받은 데다 하혈이 심해 낙태를 하였다고 했소. 태중에 자라던 아이가 그자의 씨앗이었소?"

기주의 목소리가 사뭇 갈라져서 나왔다. 홍매는 말없이 고개만 주억거렸다.

한참 동안 그런 홍매를 바라보고 있던 기주는 화가 난 듯이 몸을 휙 돌려 방을 나가 버렸다.

홍매는 의원이 끓여서 보낸 탕약을 마시면서 여러 가지 생각으로 마음이 복잡해졌다. 앞으로 어찌 살아가야 할지 자신의 신세가 그저 한스럽기만 했다.

이리 뒤척 저리 뒤척 하다가 홍매는 깜빡 잠이 들었다. 그러다가 벌컥 방문 열어젖히는 소리에 눈을 떴다.

기주가 불콰해진 얼굴로 들어섰다. 어디 가서 술을 잔뜩 마시고 온 모양이었다.

"선다님, 약주를 드셨군요?"

"홍매, 내가 왜 술을 마셨는지 아시오? 내가 왜 오늘 잔뜩 취하지 않으면 안 되었는지 그대가 알기나 하시오? 내가 홍매에게 전부터 할 이야기가 있었다오."

기주는 꺽꺽대고 신트림을 해대며 주절거렸다.

"선다님, 약주가 과하신 것 같으니 건너가 주무시고 내일 이야기하시지요."

홍매는 기주의 말투에서 본능적으로 이상한 느낌을 받았다. 그의 눈빛이 무섭게 빛났다. 그가 지금 어떤 이야기를 하려는 것인지 그 눈빛만으로도 충분히 짐작이 가는 것이었다.

"아니 되오. 난 오늘 홍매, 그대에게 내 마음속의 것을 다 털어놓아야겠소. 지금 그렇게 하지 않으면 이 가슴이 터져 버리고 말거요."

기주는 갑자기 품속에서 김시습의 《금오신화》를 꺼내들었다.

"아니, 그것은?"

"맞소! 그날 내가 거복이란 자의 품속에서 찾아낸 것이오. 이것을 대감마님께 전해드리면 내 임무는 끝이 나오. 나도 이제 내 삶을 찾아 떠날 것이오."

"……."

홍매는 기주의 입에서 어떤 말이 튀어나올지 미루어 짐작하기 어렵지 않았다. 그러나 그 말을 들어야 하는 자신의 입장이 매우 곤혹스러웠다. 그래서 두렵기만 했다.

사실 전부터 홍매는 기주의 특별한 눈빛을 느끼고 있었다. 춘천에서 신숙주를 처음 만날 때부터 홍매는 자신을 바라보는 기주의 눈길이 남달랐음을 알고 있었다. 그러나 신숙주가 홍매를 가까이 두고 아끼는 한 기주는 일정한 마음의 거리를 둘 수밖에 없었을 것이다. 입이 무거워 그저 신숙주가 전하는 말밖에 하지 않았지만, 홍매를 쳐다보는 기주의 눈빛은 이글이글 타오르는 잉걸불처럼 뜨거웠다.

바로 그런 눈빛이 지금 기주의 눈에서 불똥처럼 튀고 있었다.

"홍매!"

기주가 갑자기 홍매를 향해 무릎을 꿇었다.

"선다님! 대체 왜 이러시오?"

홍매는 당황해서 소리쳤다.

"이것을 대감마님께 전해 올리면 난 자유의 몸이 되오. 그대 역시 기적에서 풀려난 것을 내가 알고 있소. 우리 같이 떠납시다. 멀리 가서……."

"선다님, 지금 무슨 말씀을 하시는 거예요? 너무 많이 취하신 것 같아요."

홍매는 이 사태를 대체 어찌 수습해야 할지 난감하지 않을 수 없었다.

한동안 주절대던 기주는 꿇어 엎드린 자세에서 끄덕끄덕 졸기 시작했다. 그러더니 어느 사이 방바닥에 널브러진 상태로 드르렁드르렁, 코를 골았다.

홍매는 그런 기주를 바라보며 깊은 고뇌에 빠졌다. 기주가 내심 신숙주의 곁을 떠나겠다는 결심을 하게 된 것은 아마도 자신을 사랑하기 때문이라고 홍매는 생각했다. 그러나 그 순간, 홍매는 고개를 좌우로 흔들었다.

'아니야, 나는 이제 누구도 연모할 수가 없어. 지금 이 마당에 내게 있어서 정인이란 사치고 분수에 넘치는 일이야.'

이런 생각을 하게 되면서 문득 홍매는 스승 김시습의 얼굴을 떠올렸다. 사경을 헤매다가 의식에서 깨어날 때 꿈자리에서 보았던 스승의 무서운 눈빛이 기억나자 홍매는 숨이 턱 막혔다. 스승에게 씻을 수 없는 죄를 지은 자신이 죽도록 밉기만 했던 것이다.

홍매에게 있어서는 오직 김시습 한 사람만이 정인이었다. 그래서 이제 더 이상 다른 남자를 연모한다는 것은 있을 수 없는 일이라고 생각했다.

'아마도 천 년 후에나 나를 알아줄 사람이 있을 것이다.'

김시습의 목소리가 들려오는 듯했다.

홍매는 김시습의 마음을 알고자 했으나 결국 알 수 없었다. 알고자 하면 할수록 김시습은 홍매의 마음속에서 오리무중(五里霧中)일 뿐이었다.

'그래, 아마도 천 년 후에 내가 다시 태어난다면 스승님의 마음을 알

게 될 것이다.'

바로 그러한 생각이 드는 순간, 홍매의 머리가 재빠르게 돌아갔다.

홍매는 벌떡 일어나 자신의 봇짐을 챙겼다. 봇짐 속 갈무리해 두었던 《유금오록》을 꺼냈다. 홍매는 기주의 손에서 떨어져 방바닥에 뒹굴고 있는 《금오신화》와 그것을 바꿔치기했다.

홍매는 옷매무시를 고치고 《금오신화》를 봇짐에 챙겨든 채 곧바로 방을 빠져나왔다. 그때까지도 기주는 세상모르게 깊은 잠에 빠져 있었다.

아침에 잠에서 깨어났을 때 기주는 홍매가 없어진 것을 알고 아차 싶었다. 홍매가 사라진 것은 전적으로 자신의 잘못이었다. 그런데 방바닥에 떨어진 김시습의 글을 챙기려다가 글자가 둔갑한 것을 보고 기주는 자신의 눈을 의심했다.

"아니, 이게 어찌된 노릇일까?"

기주는 《금오신화》가 《유금오록》으로 둔갑한 사실을 깨닫는 데 한참이나 시간을 소비했다. 그때까지도 숙취가 덜 풀린 것이었다.

그러다가 홍매가 사라진 것과 《금오신화》가 《유금오록》과 뒤바뀐 사실이 같은 맥락으로 이해되는 순간, 기주는 벌떡 일어났다. 급히 《유금오록》을 챙겨든 그는 방문을 박차고 뛰쳐나가 말 위에 올랐다.

"멀쩡한 몸이 아니니, 멀리 가지는 못했을 것이다."

기주는 급히 말채찍을 휘둘렀다.

그러나 아무리 찾아도 홍매의 그림자를 발견할 수는 없었다. 기주는 뒤늦게 자신의 가슴을 두드렸다. 그러나 소용없는 일이었다. 이미 자신의 손에서 《금오신화》는 떠나 버렸고, 홍매도 멀리 가버린 상태였다.

며칠 동안 홍매를 찾아 헤매던 기주는 결국 생각을 바꾸어 한양으로 말머리를 돌렸다. 그가 찾아 헤매는 사이에 이미 홍매가 한양으로 갔을지 모른다고 생각했던 것이다.

그러나 기주는 한양 저잣거리 어디에서도 홍매의 그림자를 발견하지 못했다. 결국 그는 신숙주에게 《금오신화》 대신 《유금오록》을 바칠 수밖에 없었다.

"어찌 이것뿐이더냐?"

신숙주가 기대했던 것은 《금오신화》였지, 《유금오록》이 아니었던 것이다.

"선행이란 자가 금오산 석실에서 훔쳐낸 것은 이것뿐이었사옵니다. 이 책을 거복이란 자가 선행에게서 탈취했고, 소인이 다시 거복의 품에서 찾아낸 것이니 틀림이 없을 것이옵니다."

기주는 거짓말을 했다. 오직 그것만이 자신이 살 길임을 그는 모르지 않았던 것이다.

"그래, 어쩌면 매월당이 쓴 것은 이것뿐이었을지도 몰라."

한동안 깊은 생각에 잠겨 있던 신숙주는 고개를 주억거리며 기주를 넌지시 바라보았다. 그러자 기주는 고개를 푹 숙였다. 차마 신숙주를 마주 바라보기가 두려웠던 것이다. 너무 긴장한 나머지 오금이 저려왔다.

"그럼 소인은 그만……."

기주는 얼른 신숙주의 앞에서 물러나고 싶었다.

"잠깐, 홍매는 어찌되었느냐?"

"……."

기주는 잠시 망설였다.

"왜 대답이 없느냐? 홍매는 어찌되었는가, 묻고 있지 않느냐?"

"저 실은……."

"실은? 허면 홍매가 잘못이라도 되었단 말이더냐?"

신숙주가 다그치듯 물었다.

"네, 홍매가 선행과 함께 매월당의 글을 훔쳐 금오산에서 내려온 것은 사실이오나……."

기주는 무언가 꾸며댈 말을 찾기 위해 급히 머리를 굴렸다.

"그래서? 어찌 되었단 말이더냐?"

"선행과 함께 그 자리에서 거복의 무리들에게 그만……."

기주는 끝말을 흐릴 수밖에 없었다.

"알았다. 홍매가 그리 되다니? 내 잘못이 크구나."

신숙주는 기주의 말을 믿는 듯했다. 아니, 당시 상황으로서는 그럴 수밖에 없었다.

"아니옵니다. 소인의 잘못이옵니다. 소인이 한발 먼저 그곳에 당도했더라면 홍매의 목숨만은 구할 수 있었을 것이온데……."

기주의 마지막 목소리가 목울대에 걸렸다.

"그동안 수고했다. 그만 물러가 있거라."

신숙주는 기주를 내보내고 나서 《유금오록》을 펼쳤다. 김시습의 시와 짧은 글들이 거기에 있었다. 세태를 비판하는 저항적인 내용들이 많았지만, 크게 문제삼을 만한 것들은 아니었다.

신숙주는 일단 김시습의 글을 입수했으니, 소기의 목적을 달성했다고 생각했다. 다만 아쉬운 것은 그 바람에 홍매가 희생당했다는 소식이었다. 신숙주는 기주의 말을 곧이곧대로 믿었다.

그런데 그날 이후 기주는 모습을 감추었다. 쥐도 새도 모르게 어디론지 사라져 버린 것이었다.

"흐음, 괴이한 일이로다."

신숙주는 뭔가 일이 기묘하게 틀어졌음을 직감하였다. 기주가 분명 죽을죄를 짓지 않았다면 그렇게 사라질 위인이 아님을 잘 알고 있었기 때문이었다.

그때서야 신숙주는 기주가 가져온 김시습의 글이 진본이 아님을 알아차렸다. 글씨부터가 김시습의 것과 달랐던 것이다. 누구의 손을 탔는지는 모르지만 김시습의 《금오신화》가 사라져 버린 것이 틀림없다고 신숙주는 생각했다.

2.

산사의 새벽은 도량석의 목탁 소리와 함께 깨어나기 시작했다. 그때쯤이면 새들도 깃을 치고 일어나 이슬방울 구르는 듯한 울음소리로 그 소리에 화답을 했다.

명선(明善)은 글을 읽느라 밤을 꼬박 새웠다. 《금오신화》의 마지막 장을 넘길 때 새소리가 아직은 어둠이 짙게 드리운 문창호지를 적셨다.

명선은 스승 김시습을 기억 속에 떠올리며 잠시 눈물을 머금었다.

홍매는 두 해 전에 스스로 깊은 산속의 비구니 절을 찾아 들어왔다. 그리고 얼마 전에 주지승으로부터 정식으로 수계를 받고 '명선'이란 법명을 얻었다.

그동안 몇 차례에 걸쳐 《금오신화》를 통독했지만, 명선은 다시 읽을수록 새로운 느낌이 드는 것을 어찌하지 못했다. 그것은 아직도 스승 김시습을 가슴속에서 깨끗하게 지우지 못하고 있다는 증거이기도 했다.

이태 전, 기주로부터 《금오신화》를 훔쳐낸 홍매는 한양으로 가지 않고 곧바로 모친이 있는 춘천으로 갔다. 낙태를 한 후 몸조리도 제대로 못한 채 도망을 쳤으므로, 춘천까지 가는 동안 고생을 많이 하였다. 자꾸만 하혈을 하였으며, 그렇게 아픈 몸을 이끌면서 이를 악물고 걷고 걸었다. 혹시 기주가 추격할지도 몰라 말이 자주 다니는 큰길보다는 산길을 택하여 걸었으므로, 두 배나 힘든 행로였다.

그렇게 고생 끝에 한 달 걸려 춘천에 도착했다. 주막을 하는 모친의 집에 들어섰을 때, 홍매는 그대로 쓰러져 몸져눕고 말았다. 퇴기인 모친 월향은 오랜만에 자신의 곁으로 돌아온 딸을 극진히 보살폈다.

그 덕분에 홍매는 보름 남짓 앓고 나서 다시 옛날 기력을 되찾았다.

"저는 곧 떠나야만 해요."

홍매는 간단한 짐을 꾸리며 모친에게 말했다.

"아니, 왜? 어딜 가려고 그러느냐? 이젠 여기서 나하고 같이 살자꾸나."

모친이 딸을 원망 어린 눈으로 바라보았다.

"저는 쫓기는 몸이라오. 그래서 아예 이참에 깊은 산속에 들어가 비구니나 되려 하오."

홍매는 모친이 극구 옷소매를 붙드는 것을 뿌리치고 집을 나섰다.

"어디 가든 기별은 해라. 나도 이젠 얼마 못 살 것 같다."

모친이 눈물을 뿌리며 홍매를 겨우 놓아주었다.

집을 떠난 홍매는 그 길로 강원도 깊은 산속에 있는 비구니 절에 찾아들어가 주지 스님의 상좌 노릇을 자처하였다.

상좌 노릇을 하면서 홍매는 틈틈이 김시습의 《금오신화》를 읽었다. 마치 《금강경》을 독송하듯이 《금오신화》를 읽고 또 읽었다. 그러면서 자신이 기주로부터 그 책을 훔쳐오기를 천만 번 잘했다는 생각을 하였다.

이미 세조가 붕어한 뒤였지만, 그 추종 세력들이 아직까지도 시퍼렇게 살아서 권력을 좌지우지하고 있었다. 만약 그들의 손에 《금오신화》가 들어갔다면, 스승 김시습이 큰 위험에 처할 수도 있다는 생각을 했던 것이다.

소설 《금오신화》는 김시습 자신의 방랑 생활을 그리는 일종의 자전적 형태를 띠고 있었다. 그러나 그 배경이 되는 인물 군상들은 임금 수양과 그 추종 세력들이었다. 그 인물들이 부조처럼 시대의 흐름 위에 돌을새김으로 음각된 배경 속에서, 백성들의 살아 숨 쉬는 생생한 이야기들이 한 방랑 시인의 눈을 통해 그려지고 있었다. 그들의 신음소리와 한 맺힌 절규와 원성들이 권력을 쥔 까마귀들을 향해 뱉어지고 있었다. 방랑 시인은 그 소리들을 때로는 해학적으로, 때로는 거친 폭언과 욕설로, 때로는 비탄과 눈물로 얼룩진 문장으로 표현해 내고 있었다. 그러면서 그것들은 상징이 되고, 환상이 되고, 간혹 역설로 현실과 비현실이 모호하게 뒤섞이어 새로운 신화로 탄생되고 있었던 것이다.

홍매는 《금오신화》를 읽으면서 그 속에서 바람이 불고 번개와 천둥이 치는 소리를 들었다. 구름과 구름이 몰려들어 부딪치고 흩어지며 변화무쌍한 그림들을 만들어 내는 것을 보았다. 때로는 이슬비가 뿌리며 대지를 촉촉하게 적시고, 산야에 새싹이 돋는 자연의 아름다움도 느낄 수 있었다. 그러한 자연 속에 사람이 있었다. 사람도 자연의 일부가 되어, 계절이 바뀔 때마다 초목이 새로운 이파리를 피웠다가 지우듯이 사람에게도 생사의 갈림길이 있음을 깨닫게 하였다.

소설 《금오신화》가 또한 그러한 자연에 다름 아니었다. 그 자연은 안개에 가려져 있었고, 쉽사리 그 속내를 드러내 주지 않았다. 그러한 안개 저쪽에서 한 사내가 걸어오고 있었다. 스승 김시습이었다. 홍매는 그런 줄 알았다. 그러나 안타깝게도 그 모습은 거리조차 잴 수 없을 정도로 아련하게 멀어만 보였다.

벌써 홍매는, 아니 비구니 명선은 《금오신화》를 다섯 번이나 통독하였다. 그 마지막 장을 넘길 때 역시 눈물로 얼룩져, 자꾸 멀어져만 가는 스승 김시습의 모습을 떠올리기 어려웠다.

그러나 이제 떠나보내야만 했다. 명선은 반드시 그리 해야 한다고 생각했다.

  몇 달 전, 명선은 모친이 세상을 떠났다는 소식을 들었다. 모친은 그 동안 벌어놓은 재산을 모두 딸이 거처하는 절에 기부하였다. 때마침 절에서는 새롭게 대웅전을 중창하고 있었고, 모친이 기부한 재산은 본전에 안치할 불상 제작에 쓰여지게 되었다.

  새벽 예불을 알리는 목탁 소리에 명선은 꿈에서 깨어나듯 일어섰다. 문밖으로 나서자 도량석을 도는 비구니의 염불 소리에 어둠이 서서히 걷히고 있었다.

  새벽 예불이 끝나고 나서 주지승은 명선을 가까이 불러 말하였다.

  "오늘 부처님 봉안하는 날이란 걸 잊지 않았겠지? 이 금강경을 비단보에 싸서 가져오너라. 부처님 봉안식 때 쓰일 복장유물이니, 특히 정성을 다하도록……. 그리고 시주자인 모친의 유물도 챙겨오는 것 잊지 말고."

  요사채로 돌아온 명선은 새벽까지 읽었던 김시습의 《금오신화》를 다시 펼쳤다. 과연 그 책을 어찌할 것인가 오래도록 고민해 오던 끝에 내린 결론은, 모친이 시주하여 새로 중창한 법당에 봉안할 불상 복장유물에 함께 넣을 생각이었다. 그래서 간밤에 마지막으로 다시 한 번 통독을 한 것이었다.

  그런데 막상 금강경과 함께 《금오신화》를 비단 보자기에 싸려고 하니, 또다시 망설여지는 것을 명선으로서도 어찌할 수가 없었다. 복장유물로 불상 속에 들어가면 언제 빛을 보게 될지 기약하기 어려운 일이었다.

  다섯 번씩이나 《금오신화》를 읽어본 명선으로선, 반드시 이 소설은 언젠가 많은 사람들에게 읽히게 될 것이라고 생각하였다. 그러나 김시습 생전에는 그 누구에게도 읽혀서는 안 될 금서였다.

  명선은 그렇게 생각했다. 그것은 만약 《금오신화》가 세상에 나올 경

374

우 스승 김시습의 신변을 보장할 수 없다는 판단 때문이었다.

사실상 명선이 《금오신화》를 불상의 복장유물로 넣어두려는 의도는 언젠가 김시습이 말한 다음과 같은 넋두리 때문이기도 했다.

'아마도 천 년 후에나 나를 알아줄 사람이 있을 것이다.'

명선은 스승의 그 말을 잊지 않고 있었다.

'그래, 불상의 복장유물과 함께 넣어두면 앞으로 천 년 후에 어떤 이에게 이 《금오신화》가 발견될 것이다. 그때 가면 세상 사람들이 스승님의 깊은 뜻을 이해하게 되리라.'

이렇게 생각한 명선은 굳은 결심을 하고 마침내 《금오신화》를 금강경과 함께 비단 보자기에 쌌다. 이 비밀은 주지승에게도 밝히지 않기로 했다. 오직 명선 자신만 알고 있는 비밀로 간직하기로 마음먹은 것이다.

그날 오후에 불상 봉안식이 거행되었다. 주지승은 목탁을 두드리며 염불에 열중하고 있었다. 명선도 금강경과 《금오신화》를 싼 비단 보자기를 불단 위에 올려놓고 열심히 기도를 드렸다. 또 하나의 보자기가 있었는데, 그것은 시주자인 명선의 모친이 생전에 아끼던 노랑 삼회장저고리를 싼 것이었다. 명선은 삼회장저고리에 '극락왕생(極樂往生)'이란 글자를 적어 넣어 모친의 천도를 발원하였다.

금분으로 도장한 목조관음보살좌상이 봉안될 때 먼저 복장유물을 넣고 연화대좌 위에 안치되었다. 불상과 연화대좌를 아교로 붙이는 작업을 마무리할 때 명선은 부디 불상이 천 년 동안 그 자리에 그대로 보존되기를 마음속으로 빌었다.

"나무관세음보살!"

명선의 입에서 수도 없이 반복되는 소리였다. 모친의 극락왕생을 비는 간절한 소망이 담긴 기도였다. 그리고 스승 김시습과의 인연의 끈을 놓는 순간이기도 했다.

그런데 기도를 드리던 명선이 눈을 들어 위를 올려다보는데, 부처가 빙그레 웃고 있었다. 얼굴은 부처인데, 그 눈은 스승 김시습이었다.

"스승님!"

명선은 이태 전 죽을 고비를 넘기고 사흘 만에 의식이 돌아올 때 본 눈을 무섭게 부릅뜬 김시습의 얼굴이 지금 부처의 눈을 통해 웃는 얼굴로 돌아온 것에 대하여 안도의 한숨을 쉬었다.

'스승님께서 용서해 주신 것일까?《금오신화》를 불상의 복장유물 속에 숨긴 것이 과연 잘한 일일까?'

명선은 부처의 눈을 통하여 김시습과 화해하고 싶었다. 그리고 그것으로 스승과의 인연을 끊고 싶었다. 속세의 인연을 끊고 오직 비구니로서의 길을 가는 데 정진하기로 마음을 먹었던 것이다. 그래서일까, 어느 순간 명선의 눈에서는 두 볼을 타고 눈물이 주르르 흘러내렸다.

3.

　해가 인왕산 서남쪽 기슭에 어슷하게 턱걸이를 하듯 걸려 있었다. 경복궁 서문인 영추문(迎秋門) 안으로 출렁거리는 노을빛이 흘러들었고, 궁궐 담 자락에 그림자를 드리운 나무들은 시나브로 낙엽을 지우며 가을을 재촉하고 있었다.

　그런데 나무 이파리가 연출하는 가을빛보다 더욱 을씨년스러운 느낌을 자아내게 하는 것은 담 자락을 끼고 영추문 쪽으로 걸어가는 한 사내의 행색이었다. 낙엽을 쓸어가는 바람결에 긴 머리를 휘날리며 허청걸음으로 비틀대고 걸어가는 그의 얼굴은 어디서 구정물이라도 뒤집어쓴 듯 온통 얼룩이 져 있었다.

　낮부터 술을 마셨는지 대취한 상태로 영추문까지 걸어간 사내는 남루한 행색임에도 그 목소리가 당당하고 걸걸하기 이를 데 없었다.

　"에헴! 이리 오너라!"

　사내는 배를 앞으로 쑥 내밀고 수염을 쓰다듬으며 소리쳤다.

　"이놈이? 감히 여기가 어디라고 오너라냐?"

　수문병들이 양편에서 창으로 사내를 가로막았다.

　영추문은 문무백관들이 드나드는 문으로 감히 일반 백성들은 얼씬도 하지 못했다. 그런데도 사내는 기죽지 않고 보무도 당당하게 성큼 앞으로 한 발 더 내디뎠다.

　"비켜라, 이놈들아!"

　"이놈이 죽으려고 환장을 한 모양이로구나! 여긴 이놈아 임금이 계신 궁궐이니라."

사내는 영추문으로 밀고 들어가려고 하고, 수문병들은 그를 힘으로
밀어냈다.

"궁궐인지 뭔지 내 알 바 아니고, 저잣거리에서 들으니 여기 자광이가
있다 해서 찾아왔느니!"

사내의 입에서 '자광'이란 말이 나오자 수문병들은 뒤로 주춤 물러섰
다. 그때 뒤에서 사태의 추이를 가만히 살펴보고 있던 수문장이 앞으로
성큼 나서며 호통을 쳤다.

"네 어찌 그 천한 주둥이로 무령군(武靈君) 대감을 입에 올리느냐?"

수문장이 말하는 '무령군'은 권력의 실세로 떠오른 유자광(柳子光)을
지칭하고 있었다.

"우후(于後)가 내 생질이라네."

사내는 작은 키에 비해 비교적 몸이 뚱뚱한 배를 앞으로 힘껏 내밀었
다. 그의 입에서 유자광의 '우후'라는 호가 튀어나오자 수문장도 대번에
낯빛이 변하였다.

"생질이라면?"

"허헛, 내 누이의 아들일세."

사내는 그저 입에서 흘러나오는 대로 주워섬겼다. 수문장도 들은 이
야기가 있었다.

유자광은 원래 서자라서 벼슬을 얻기 어려운 신분이었다. 그런데 이
시애(李施愛)가 난을 일으켰을 때 자원하여 종군했고, 그 공을 가상히
여겨 당시 임금 수양의 총애를 한 몸에 받았다. 임금이 세자와 더불어
온양으로 행차할 때 그를 총통장(總筒將)으로 임명하여 호위케 했을 정
도였다. 바로 그해에 그는 온양별시문과(溫陽別試文科)에 장원을 했는
데, 당시 임금이 출세의 길을 열어주기 위해 낙제 판정을 받은 답지를

378

찾아내어 급제시켰기 때문이었다. 이러한 일로 인하여 사간원에서는 출신이 미천한 자에게 요직을 맡길 수 없다고 반발하였으나, 수양은 이를 일축하고 오히려 그에게 병조참지(兵曹參知)의 벼슬을 제수하였다. 서자 출신에게 있어서는 파격적인 인사조치가 아닐 수 없었다.

그런데 임금 수양이 붕어하고 나서 유자광은 이시애의 난을 평정할 때 공을 세운 젊은 장수 남이(南怡)가 모반을 꾀한다고 무고하여, 그 공으로 익대공신(翊戴功臣)이 되어 무령군(武靈君)에 봉해졌다. 그는 신진 세력으로 젊은 나이에 권력의 실세가 되었던 것이다.

"호패를 보여주시오."

사내는 허리춤에 차고 있던 호패를 끌러 수문장에게 건넸다.

"강돌(姜乭)이라! 이것이 그대 이름 맞소?"

수문장은 고개를 갸우뚱거렸다.

"이름이 뭐 그리 중하던가? 애초 태어날 때 이름을 가지고 나왔던가? 지어서 부르다 싫으면 바꾸기도 하는 것이 이름이거늘! 다 허명이로세."

사내가 사설가락을 읊어대듯 흥얼거렸다.

수문장은 사내의 수작을 곁눈으로 훑어보다가 난감한 표정을 지으며 수문병 하나에게 무언가 귓속말로 일렀다. 그러고 나서 그는 곧바로 사내에게로 돌아서서 말했다.

"잠시 예서 기다리시게."

수문장은 서둘러 궁궐 안으로 발걸음을 재촉했다.

사내는 그 뒷모습을 노려보면서 혼잣소리로 중얼거렸다.

"자광이 이놈이 외숙의 함자를 기억이나 하고 있을까 모르겠네. 어흠!"

사내는 팔짱을 낀 채 영추문 앞을 서성거렸다.

“게서 어정대지 말고 이리 들어오시오.”

수문병 하나가 눈을 흘겨 사내의 등을 바라보다가 불쑥 손목을 낚아
채더니 궁궐 안 담장 아래 나무 밑으로 끌고 갔다. 사내는 담장 밑에 쭈
그려 앉아 돌멩이로 땅바닥에 글자를 썼다 지우고 다시 쓰기를 반복했
다. 그러면서 가끔 저 혼자 싱긋거리며 웃기도 하였다.

옆에서 지켜보던 수문병들은 사내가 혹시 살짝 미친 사람이 아닌가,
의심을 할 정도였다.

그런데 얼마 후 수문장이 영추문 쪽으로 걸어오더니 벼락같이 소리쳤
다.

“저놈을 잡아라!”

옆에서 감시를 게을리하지 않던 수문병이 사내의 손목을 잡아 비틀
었다.

“아이쿠! 이놈들아, 자광이가 나를 이렇게 접대하라더냐?”

“잔말 말고 이놈을 병조 관아로 끌고 가라. 무령군 대감께서 이놈의
호패를 보시더니, 전혀 모르는 놈이라 하더라. 감히 무령군 대감의 존함
을 들먹이며 무슨 수작을 부리려는지 참으로 수상쩍은 놈이로다.”

수문장이 오라를 지워 사내를 앞세웠다.

병조 관아는 광화문에서 가까운 사헌부 남쪽에 있었다. 이미 관아의
뜰에는 병조참지 유자광의 명을 받은 나장들이 대기하고 있었다.

나장들은 수문장으로부터 사내를 인계받자마자 몸수색부터 하였다.
사내의 몸에서는 나올 것이 별로 없었다. 허리춤에 차고 있던 작은 주머
니에서 공기돌보다 조금 큰 흰 조약돌 서너 개가 나왔을 뿐이었다.

조약돌을 이리저리 살펴보던 나장 하나가 사내에게 추궁을 하였다.

“이것이 무엇이냐? 돌팔매질을 할 때 쓰려는 것이냐?”

"허허헛! 그놈, 그 귀한 백옥을 어찌 함부로 돌팔매질을 할 때 쓴단 말이더냐?"

사내가 방자할 정도로 호탕하게 웃었다.

"이놈이 이제 보니 미쳐도 단단히 미쳤구나!"

나장은 들고 있던 나무 방망이로 사내의 어깨를 힘껏 후려쳤다.

"어이쿠, 이놈이 사람 잡네. 네 이노옴! 우리 생질 자광이가 나오면 당장 네놈부터 장형으로 다스려야겠다!"

사내의 말에 나장은 다시 몽둥이를 든 팔을 올리다 말고 멈추었다.

그때 병조 관아에서 유자광이 나타났다.

"이놈이 내 생질이라 떠벌리고 다니는 작자더냐?"

유자광이 사내를 향해 손가락질을 하며 언성을 높였다.

"오, 네가 천출로 감히 임금을 희롱하여 당상관의 자리에 오른 자광이렷다?"

사내가 결기를 세워 소리치며 유자광을 노려보았다.

"아니, 이놈이? 오장이 뒤틀려 환장을 한 모양이로구나! 이 호패의 주인이 네놈이더냐? 강돌이라, 이름으로 보면 네놈이야말로 천출이거늘 감히 예가 어디라고 함부로 주둥이를 놀리는 것이냐?"

유자광의 목소리가 아까보다 한결 높아졌다.

"허허! 이놈아, 어찌 천출이 내 명성을 알겠는가? 그 호패는 오다가다 길거리에 떨어진 것을 주운 것이고, 나는 호패 없이 다녀도 세상천지가 다 아는 매월당 어른이시다."

사내는 바로 김시습이었던 것이다. 그의 말에 유자광은 한 발 앞으로 성큼 내딛으려던 동작을 멈추었다.

무르춤한 자세로 상대의 행색을 살피던 유자광은 비록 걸인 행색이지만 철판이라도 뚫을 듯한 매서운 눈빛과 당당하면서 의젓한 태도를 보고 잠시 망설이지 않을 수 없었다. 만약 그가 스스로 말한 대로 김시습이 맞는다면 어떤 봉변을 당하게 될지 모를 일이기 때문이었다.

"저놈은 미친놈이올시다. 이걸 보십시오."

나장이 손에 들고 있던 흰 조약돌을 유자광에게 보여주었다.

"이것이 무엇이냐?"

"저놈이 허리춤에 차고 있던 주머니에서 나온 것이옵니다. 글쎄 저놈은 이 조약돌을 보고 백옥이라고 하니, 미친놈이 아니고 무엇이겠습니까? 대감께서 상대할 바가 못 되는 놈이옵니다. 저희가 곤장으로 다스려 혼쭐을 내준 후 북문 밖으로 던져 버리겠사옵니다."

이렇게 말하면서 나장이 건네주는 조약돌을 받아든 유자광은, 한참 동안 그것을 이리저리 돌려보며 깊은 생각에 잠겼다. 흰 조약돌에는 백랍이 칠해져 있었는데, 그것을 백옥이라 우기는 김시습의 의도가 무엇이지 도무지 짐작할 수가 없었던 것이다.

유자광은 앞에 있는 상대가 진짜 김시습임을 직감으로 알아차렸다. 그래서 더욱 긴장이 되지 않을 수 없었다.

한참 동안 조약돌을 들여다보던 유자광이 넌지시 김시습에게 물었다.

"이것이 어찌 백옥이냐?"

"네 이놈, 자광아? 진정 네가 그 뜻을 모르더란 말이냐?"

김시습이 눈에 불을 켠 채 질책하였다.

그 순간 유자광은 김시습의 장난에 걸려들었다고 생각했다.

"이놈, 미친놈이 맞다. 장형으로 다스려 정신이 번쩍 들도록 해라!"

유자광이 소리쳤다.

"자광아! 흰 조약돌에 백랍을 칠했다고 해서 백옥이 되지 않듯이, 네 놈이 간사한 머리를 굴려 아무리 입신출세를 했다 하더라도 평생 천출의 때를 벗지 못할 것이다. 내가 그걸 알려주려고 너를 찾아왔느니라. 이시애의 난을 평정한 남이 장군과 영의정 강순(康純)을 역적으로 몰고, 그 덕에 얻은 당상관 자리가 그리도 좋다더냐? 모두 허명임을 깨닫게 해주기 위해 길거리에서 주운 호패를 네게 보여준 것이다. 에라, 이 더러운 놈!"

김시습은 말을 마치고 유자광을 향해 가래침을 탁 뱉었다.

"여봐라! 이 미친놈이 더 이상 주둥이를 놀리지 못하도록 곤장 백 대를 쳐서 하옥시켜라."

유자광이 더 이상 분을 참지 못하고 나장들에게 명했다.

김시습이 병조 관아에서 유자광에게 추국을 당하고 있다는 소문은 금세 궐내에 퍼졌다. 궁궐 안은 그만큼 좁았다. 거개의 소문이 삽시간에 퍼지곤 했는데, 그것이 입에서 귀로, 귀에서 다시 입으로 옮겨 다니는 중개 역할을 하는 사람들이 내시와 궁녀들이었다.

의정부에서 정무를 보던 서거정에게도 김시습에 관한 소문이 날아들었다. 그는 벼슬이 좌참찬(左參贊)에 올라 있었다. 당시 이조나 병조의 상위 관직에 좌참찬이 있었으므로, 그는 병조와도 무관치 않았다.

서거정은 곧바로 병조 관아로 달려갔다. 이미 김시습은 곤장을 맞고 실신하여 옥에 갇혀 있었다. 곤장 백 대가 아니라 서른 대를 넘기기도 전에 정신을 잃었던 것이다.

먼저 감옥으로 간 서거정이 나무 창살을 붙들고 김시습을 향해 소리쳤다.

"여보게, 매월당! 어찌 여기에 계시오?"

실신했다가 겨우 깨어나 정신을 차린 김시습이 옥의 창살 사이로 보이는 서거정을 보고 엉금엉금 기어왔다. 이미 곤장을 맞아 엉덩이의 살이 터지는 바람에 운신을 하기 어려운 몸이었다. 그래서 무릎걸음으로 어기적거리며 겨우 서거정이 있는 곳까지 와서 창살을 붙들고 매달렸다.

서거정과 얼굴을 마주 대한 김시습이 흰 이를 드러내며 싱긋 웃었다.

"사가정, 집도 절도 없는 방랑객이 어찌 궁궐 감옥에 들어와 보겠소? 이렇게라도 해야 구경을 해보지."

"왜 사서 고생을 하시오? 내가 매월당의 깊은 생각을 모르는 바 아니나, 풍찬노숙의 방랑객일수록 스스로 몸을 소중히 여겨야 하지 않겠소이까?"

"세상이 바뀌면 까마귀들도 사라질 줄 알았는데, 늙은 까마귀부터 철 모르는 까마귀까지 날뛰는 꼴을 차마 두고 볼 수 없었소이다."

김시습이 말하는 '늙은 까마귀'와 '철모르는 까마귀'가 누구를 지칭하는지 서거정은 잘 알고 있었다.

이시애의 난을 평정하고 돌아온 남이는 그 공으로 적개공신(敵愾功臣) 1등에 책록되었으며 의산군(宜山君)에 봉해졌다. 이어서 그는 오위도총부도총관(五衛都摠府都摠管)을 겸했으며, 그로부터 얼마 지나지 않아 병조판서에 발탁되었다. 젊은 나이에 남이는 이렇게 승승장구 출세가도를 달리고 있었던 것이다. 그러나 신숙주·한명회 등 원상 세력들에 의해 신진 세력이 제거될 때, 그는 병조판서에서 해직되어 겸사복장(兼司僕將)으로 밀려났다.

그러던 어느 날 남이는 궁궐 안에서 숙직을 하고 있던 중 하늘에 뜬

혜성을 보고 젊은 기분에 울분을 섞은 혼잣소리로 다음과 같이 말했다.

"혜성이 나타남은 묵은 것을 없애고 새 것이 태어나게 하려는 징조가 아니겠는가?"

때마침 남이의 그 말을 엿들은 병조참지 유자광은 원상들에게 남이가 역모를 꾀한다고 고변을 하였다. 그리하여 남이는 모진 고문 끝에 억울하게도 젊은 나이에 능지처참을 당하였다. 이때 정창손 역시 남이와 강순의 옥사를 잘 다스렸다는 공로를 인정받아 익대공신(翊戴功臣) 3등에 올랐다.

그런 연후 세조의 뒤를 이어 임금이 된 예종이 1년 만에 붕어하였다. 다시 세조의 손자인 혈(娎:成宗)이 왕위를 물려받았을 때, 정창손은 원상이 되어 국정을 좌지우지하였다.

김시습이 '늙은 까마귀'라고 한 것은 누대에 걸쳐 원상의 자리를 차지하고 있는 정창손을 이르는 말이며, '철모르는 까마귀'는 바로 천출로 입신출세한 유자광을 일컫는 것이었다.

서거정은 감옥에서 나오자마자 곧바로 유자광을 찾아가 더 이상 김시습의 죄를 묻지 말고 풀어주기를 청하였다.

좌참찬 서거정은 정2품이었고, 병조참지 유자광은 정3품이었다. 품계에서도 한 단계 낮은 데다, 유자광은 서거정의 청을 함부로 거절할 수 없는 처지였으므로 두 눈 딱 감고 다음 날 아침 김시습을 방면해 주었다.

서거정은 집사를 시켜 감옥에서 나온 김시습을 자신의 집으로 데려와 장형으로 망가진 몸을 추스르게 했다.

4.

김시습은 서거정의 집에 그리 오래 머물지 않았다. 엉덩이 상처가 어느 정도 아물자, 그는 그 집에서 몰래 도망쳐 지팡이를 짚고 절뚝거리면서 운종가로 나섰다. 오랫동안 술을 마시지 않아 목이 칼칼하였다. 우선 선술집을 찾아들어 목을 축인 후 얼큰한 기분에 종로 대로를 비틀대며 걸었다.

이제는 까마귀 떼들의 아수라장 같은 한양 땅이 싫었다. 그래서 서둘러 한양 땅을 벗어난 김시습은 돌고 돌다 양주 땅 수락산으로 발길을 돌렸다. 수락산에는 그가 전에 기거하던 폭천정사(瀑泉精舍)가 있었다. 다 쓰러져 가는 초옥이었는데, 그는 거기서 은둔한 채 혼자 농사를 지으며 살기로 작정했다.

그렇게 해가 바뀌어 한 해 농사를 다 지어갈 무렵, 얼굴에 칼자국이 선명한 걸인 하나가 폭천정사로 김시습을 찾아왔다.

저녁 무렵 김시습이 일을 마치고 막 초막으로 들어서려던 참인데, 걸인 차림의 한 사내가 불쑥 초막에서 나오고 있었던 것이다.

"무얼 하는 놈이냐?"

김시습이 결기를 세워 소리쳤다.

"스승님!"

걸인은 김시습 앞에 털썩 무릎을 꿇은 채 엎드러져서 한동안 일어날 줄 몰랐다. 걸인의 어깨가 사뭇 흔들리더니, 안으로 삭이던 오열이 밖으로 터져 나왔다. 그는 마치 짐승이 울부짖듯 큰 소리로 통곡하였다.

"그대는 누구인가?"

김시습이 걸인의 흔들리는 어깨를 바라보며 조용히 물었다.

"서, 선행이옵니다!"

걸인이 비로소 눈물로 범벅된 얼굴을 들었다. 얼굴에 칼자국이 있어 험악한 인상이었지만, 김시습이 자세히 보니 그가 선행임에 틀림없었다.

"네가 정말 선행이라면, 죽기로 작정하지 아니한 놈이라면 여기가 어디라고 감히 나를 찾아왔느냐?"

김시습은 선행의 얼굴을 보는 순간, 깊은 회한에 사무쳤다. 상대에 대한 증오심이 채 삭지 않은 상태임에도, 어느 한편으로 연민의 정 또한 느껴졌던 것이었다.

"스승님, 죽여 주시옵소서."

"……."

김시습은 할 말을 잃어버렸다.

"스승님, 죽을죄를 지었습니다."

선행은 거의 울부짖고 있었다.

"내가 어찌 그대의 스승이란 말인가? 나는 그대와 같은 자를 제자로 두지 아니하였네."

김시습은 돌아섰다. 선행의 얼굴을 쳐다보기조차 구역질이 났던 것이다. 아니 계속 그 얼굴을 쳐다보고 있다 보면 증오심이 끓어올라 오장육부가 뒤집힐 것만 같았다.

"저는 천벌을 받아 마땅한 죄를 지었습니다. 그런 제가 어찌 감히 스승님께 용서를 구하고자 하겠사옵니까? 마지막으로 스승님을 뵙고 하직인사를 드리기 위해 온 것이옵니다."

"네놈이 곧 죽기라도 하겠단 말이더냐?"

김시습은 고개도 돌리지 않은 채 물었다.

"이렇게 살아 무엇을 하겠사옵니까?"

"네놈은 죽는 것도 용서가 안 된다. 살아서 네가 지은 업보를 다 갚아야 죽을 자격도 생기는 것이다. 죽어서 용서를 받겠다는 것 또한 네놈의 오만이니 허튼 수작 말고 썩 물러가거라."

김시습은 산이 울리도록 큰소리로 외쳤다.

곧 날이 어두워지기 시작했다. 김시습은 선행을 그 자리에 내버려둔 채 초막에 들어가 서속으로 밥부터 지었다. 밥은 두 사람 분이었다.

저녁 식사를 마치고 나서 김시습은 그때까지 초막 밖에 엎드려 있던 선행을 불러들였다.

"네놈이 예서 굶어죽으면 내가 억울하니, 들어와서 끼니라도 때워라."

김시습은 선행이 초막 안으로 들어오기를 기다려 남은 밥을 내주었다. 밥을 다 먹고 난 선행은 다시 김시습을 향해 무릎을 꿇었다.

"금조 형님은 제가 죽였습니다. 스승님의 처분만 기다리겠습니다."

"처분은 내가 아니라 너 스스로 해야겠지. 그건 그렇고 내가 쓴 《금오신화》는 어찌되었느냐?"

사실상 김시습이 선행을 초막으로 끌어들인 것은 사라진 《금오신화》의 행방이라도 알고 싶었기 때문이었다.

"김질이 보낸 수하들의 칼을 맞고 학매와 제가 숲 속에서 쓰러졌는데, 그때 피를 많이 흘려 잠시 정신을 잃었사옵니다. 다시 정신이 돌아오고 나니 김질의 수하들은 모두 죽고 학매만 어디론가 사라지고 없었사옵니다. 그 이상은 모르옵니다. 김질의 수하들을 죽이고 학매를 데려간 어떤 놈이 스승님의 《금오신화》도 가져간 게 틀림없습니다."

"흐음!"

김시습은 신음을 깨물었다. 짐작 가는 바가 없지 않았다.

김질의 수하들을 죽인 자는 분명 신숙주가 보낸 기주라는 호위무사가 틀림없을 것이었다. 그렇다면 《금오신화》는 신숙주의 손에 넘어갔을 가능성이 컸다. 불행 중 다행스러운 것은 지금 어디엔가 학매가 살아 있을지도 모른다는 일말의 기대감이었다. 기주가 데려갔다면 목숨만은 보전할 수 있었을 것이었다.

다음 날 새벽, 김시습은 간단하게 행장을 꾸렸다. 방구석에서 쪼그린 채 잠을 자는 선행을 놔두고 그는 초막을 나섰다. 너덜거리는 삿갓에 검은 도포 차림이었다. 등에 걸머진 것이라고는 달랑 가벼운 바랑 하나뿐이었다.

간밤에 김시습은 몹시 괴로웠다. 불뚝하는 성질로는 당장 일어나 구석에 누워 잠이 든 선행의 목이라도 조르고 싶었다. 금조를 생각하면 그러고도 남을 것이지만, 달리 마음을 돌려보면 죄를 진 놈 역시 죽은 놈의 운명보다 나을 것이 없었다. 그 죄를 뉘우치며 살아가야 하는 고통 또한 스스로가 내리는 끔찍한 형벌이란 생각이 들었던 것이다.

김시습은 누구든 더 이상 불행하게 되는 꼴을 보고 싶지 않았다. 더더구나 선행과는 단 하루도 같이 있고 싶은 생각이 없었다. 그래서 그가 먼저 떠나기로 한 것이었다.

'누구도 잠시 나를 가만 놔두지 않는구나.'

폭천정사를 나서면서 김시습은 마음속으로 중얼거렸다.

오히려 정처 없이 떠돌아다니는 것이 김시습에게는 홀가분하고 좋았다. 한곳에 오래 머무는 것은 스스로 마음을 가두는 것에 다름 아니란 생각도 들었다.

산길을 터덜거리며 내려가는데, 멀리서 누군가 부르는 소리가 들리는 것 같았다. 그러나 김시습은 그냥 앞만 보고 걸었다. 어쩐지 뒤돌아보는 것이 두려웠다. 만약 실제로 그 소리가 귀에 들려왔다면, 그 목소리의 주인은 선행일 터였다. 이상하게 뒷머리가 당겨 올라가는 느낌이 들었지만, 그래서 더욱 그는 발걸음을 빨리하여 그곳에서 벗어났다.

그로부터 한 달 후, 김시습은 영월 땅으로 들어서는 소나기재를 넘고 있었다. 그 고개를 넘어서면 어린 임금 단종이 잠든 장릉이 있었다.

고개를 내려선 김시습은 허기진 몸을 이끌고 장릉으로 올라갔다. 허리춤에서 호리병을 끌러 잔에 술을 따라 능에 뿌린 후, 그는 엎드려 절을 올리면서 흑흑 흐느끼기 시작했다. 그의 울음소리는 점점 커지더니 통곡으로 변하였다. 눈물이 뚝뚝 땅으로 떨어지고 콧물이 줄줄 흐르도록 그는 애가 끊는 목소리로 울고 또 울었다.

그런데 갑자기 하늘이 컴컴하게 어두워지더니 엎드려 우는 김시습의 등줄기로 눈송이가 흩날렸다. 먹구름이 소나기재로 몰려가 안개처럼 어리더니 세찬 바람을 일으켰다. 그러더니 제법 굵은 눈발이 허공에 사선을 긋듯 줄기차게 쏟아져 내리기 시작했다.

그해 들어 첫눈인데, 폭설이었다. 눈은 곧 길을 묻었고, 김시습은 먼 시선으로 끝 모르는 길을 가늠하며 천천히 걸음을 내딛었다. 다시 그의 행운유수(行雲流水)와도 같은 방랑길이 거기에서부터 시작되고 있었던 것이다.

드디어 나는 《사라진 금오신화》라는 소설을 완성하였다. 탈고를 하고 나서 나는 김신동을 불렀다.

"우리 술 한잔 할까?"

"좋지요. 소설을 끝냈으니 홀가분하시겠어요?"

"글쎄, 지금은 뭐가 뭔지 잘 모르겠어. 머리가 뒤죽박죽이야. 그래서 며칠간 지방으로 여행이나 다녀올까 해. 어디 추천할 만한 곳 없을까?"

"그것도 좋은 생각이네요."

김신동이 적극 추천한 곳은 충청남도 부여의 만수산(萬壽山) 기슭에 자리 잡고 있는 무량사(無量寺)였다. 김시습이 마지막으로 머물다 세상을 떠난 곳이었다.

"맞아. 거기가 좋겠군!"

나는 전에 한 번 가본 적이 있는 곳이지만, 다시 한 번 가서 김시습의 영정을 보고 싶었다.

그날 술집에선 주로 깁시습의 소설에 관한 이야기가 화제로 떠올랐다. 술안주로 그만한 거리도 찾기 힘들었다.

"하 선생님 소설은 제가 사무실에 들를 때마다 도둑질하듯 읽고 있었습니다."

"다 읽어 가는가?"

"끝마무리 부분만 남겨놓고 있습니다. 그런데 그 선행이란 제자는 어찌 되나요? 그 비상을 누구에게 사용하려는 것인가요? 설마 김시습은 아닐 테고. 자기 자신인가요?"

김신동은 소설의 마지막 부분을 보지 못했기 때문에, 그것이 매우 궁금했던 모양이었다.

"내가 얘길 해버리면 재미없지. 나 여행 가고 나면 천천히 컴퓨터에서 꺼내 읽어 보게. 그대도 따로 사무실 열쇠를 가지고 있지 않은가?"

"그래야겠네요. 그런데 참 학매 말입니다. 실제로는 남자 제자일 가능성이 크거든요? 남장여자로 만든 것이 매우 흥미로운데, 어떻게 그런 착상을 하셨어요?"

"우연이 필연이 되어 버린 결과 아니겠나? 처음에 '홍매'라는 기생을 등장시켰는데, 그건 내가 가상으로 만들어낸 인물이거든? 그런데 김시습의 제자 중에 '학매'가 있단 말이야. 발음상 그 둘의 이름이 비슷하지 않나? 그래서 두 인물을 하나로 만들어 버린 거야. '학매'라는 이름도 가만히 생각해 보면 남자보다는 여자에게 어울리는 이름 아닌가? 어쩌면 정말 당시 김시습의 제자인 학매가 여자일 수도 있다는 생각이 들기도 하구."

나는 '학매'를 여자 제자로 만든 것이 소설을 더 흥미롭게 만드는 요소가 되었다고 생각하고 있었다.

그날의 술자리는 길지 않았다. 다음 날 바로 여행을 떠나기 위해 애써 술을 자제했던 것이다.

이튿날은 매우 날씨가 맑았다. 차를 몰고 고속도로로 들어서자 나는 휘파람이라도 휘휘 불고 싶을 만큼 기분이 상쾌해졌다. 뭔가 둔중한 자물쇠로 가슴을 꽉 잠가 두었다가 열어 놓은 것처럼 속이 시원했고, 저절로 마음까지 가벼워지는 것이었다.

무량사는 만수산의 넉넉한 품에 안겨 있었다. 무량사 주차장에 차를 세우고 나서, 나는 아득한 시선으로 절을 안고 있는 만수산 능선을 바라보았다. 밋밋한 능선은 그다지 가파르지 않았고, 절은 산중 분지처럼 아늑하게 고만고만한 능선들이 감싸 안은 곳에 자리를 잡고 있었다. 자연과 어우러져 매우 안정감이 느껴지는 사찰이었다.

절 입구 왼쪽에는 나무 장승들이 늘어서 있어서 소탈한 느낌을 자아냈다. 나는 햇살에 음영이 명확하게 드러나는 장승의 얼굴들을 하나하나 유심히 살펴보았다. 장승은 나무의 구부러진 형태 그대로를 유지하고 있었는데, 그 꾸부정한 자세부터 얼굴의 익살스러운 표정에 이르기까지 지극히 해학적인 느낌을 주었다.

'매월당 김시습을 만나려거든 이쪽으로 올라가야 돼요.'

나무 장승들이 그렇게 말하고 있는 것 같았다.

더 길을 잡아 올라가자 일주문이 나왔다. 일주문의 두 기둥은 원목 그대로를 가져다 쓴 것이 마음에 들었다. 기둥 둘레가 매우 굵어서 듬직해 보이는 게 안정감을 주어, 그곳으로 들어서는 사람들에게 차분하고 경건한 마음을 갖게 해주었다.

나는 문득 주차장 입구부터 누구인가의 안내를 받으며 절 입구로 들어서는 느낌을 지울 수가 없었다. 나를 반기는 얼굴 표정의 나무 장승이나, 일주문의 우람하고 듬직한 두 기둥이 내 발길을 절 안으로 자연스럽게 끌어들이고 있었기 때문이었다.

절 마당으로 들어서면 무량사 극락전(極樂殿)이 높다랗게 하늘을 지붕처럼 이고 서 있었다. 이 극락전은 이층으로 지어졌는데 절의 마당 가운데서 보면 일층 지붕은 산자락과 연결되어 있고, 이층 지붕은 하늘을 이고 있어 장중한 맛을 더해 주었다.

나는 전에 전국적으로 소나무를 보러 다니는 어떤 모임을 따라 무량사에 왔던 적이 있었다. 그때 마침 그 모임의 고문으로 있는 신웅수(申應秀) 대목장의 안내를 받을 수 있었다. 무량사 극락전은 1980년대에 바로 그가 보수 공사를 지휘했다고 하는데, 이층 구조의 전각 중에서 법주사 대웅전과 함께 한국 최고로 손꼽히는 건축물이라고 설명해 주었던 기억이 났다.

극락전 앞마당에는 전각의 정중앙으로 석탑과 석등이 일직선 형태로 서 있었다.

"이 석등 앞에서 봐야 극락전의 참모습을 제대로 감상할 수 있습니다."

몇 년 전 신웅수 대목장에게서 들었던 설명이 떠올라, 나는 잠시 석등 앞에 걸음을 멈추고 극락전을 바라보았다. 푸른 하늘을 배경으로 한 극락전의 이층 지붕이, 새가 막 날개를 펴고 날아가기 위한 동작을 취하고 있는 듯했다. 산의 품에 안기자 사람뿐만 아니라 절집까지도 자연의 일부가 된 듯한 느낌이었다. 신웅수 대목장으로부터 그것이 바로 한국 전통 건축의 백미이자, 철학이기도 하다는 설명을 들은 기억을 나는 다시금 떠올렸다.

극락전을 돌아 뒤쪽으로 올라가자 영산전(靈山殿)이 나왔다. 단청은 오래되어 벗겨졌는데, 검은 칠을 한 바탕에 새겨진 편액과 세로 기둥에 박혀 있는 주렴의 흰 글씨가 선명하게 눈에 들어왔다.

천 길이나 되는 낚싯줄을 곧게 드리우니(千尺絲綸直下垂)

한 물결 비로소 일어나 만 물결 따라 인다(一波纔動萬波隨)

밤은 고요하고 물은 차서 물고기 물지 않고(夜靜水寒魚不食)

배에 가득 허공만 싣고 밝은 달과 돌아오네(滿船空載月明歸)

이 시는 〈금강경오가해(金剛經五家解)〉에 나오는 야부(冶父)의 송(頌) 중 하나였다. 야부 도천(道川)은 중국 송나라 때 승려로 많은 게송을 남겼다.

나는 야부의 게송을 음미하며 영산전을 지나쳐 다시 걸음을 옮겼다.

'만약 김시습이 야부였다면, 그는 천 길 물속에 낚싯줄을 던져 무엇을 낚으려고 했을까?'

나는 그런 생각을 잠시 해보았다.

영산전 오른쪽으로 앞뒤 두 개의 전각이 있었는데, 앞에 있는 것이 바로 김시습의 영정이 있는 영정각(影幀閣)이었다.

영정각 문을 열자 김시습이 쏘는 듯한 눈빛으로 나를 쳐다보았다. 그 순간 나는 어떤 질책을 하고 있는 것처럼 느껴지는 그 눈빛에 가슴이 뜨끔했다. 그러나 다시 영정을 살펴보니, 그 눈빛은 내가 아닌 어떤 허공에 머물러 있었다. 영정은 왼쪽 귀가 보이도록 오른쪽 방향으로 얼굴을 튼 채 무엇인가 뚫어지게 바라보고 있었는데, 아직도 그 눈빛에선 분노와 회한 같은 것이 가시지 않은 듯했다.

그 분노의 눈빛이 나를 향해 소리치고 있었다.

'늙은 까마귀가 죽지도 않는구나. 저런 놈은 어서 빨리 없어져야 하거늘! 칠성판에 누워 있어야 마땅할 늙은 놈이 욕심도 많구나. 어찌하여

귀신은 저런 놈을 잡아가지 않는단 말인가?'

이것은 김시습이 어느 날, 나이 칠순이 넘어서도 영의정 자리를 차지한 정창손을 우연히 만나 호통을 쳤던 소리였다.

정창손은 단종이 노산군으로 강등되어 영월로 유배된 해인 세조 3년에 영의정에 올랐던 적이 있었으며, 그 후 다시 성종 4년 일흔의 나이에 영의정에 재임되어 여든셋까지 권세를 누린 바 있었다.

나는 이런저런 생각을 거듭하면서 오래도록 김시습의 영정 앞에서 발길을 돌릴 수가 없었다. 다른 관광객들 때문에 조금 뒤로 물러서서 바라보다가, 그들이 가고 나면 다시 대면하기를 여러 번 하였다.

김시습은 쉰아홉의 나이에 무량사 선방에서 파란만장한 생을 마감하였다. 그가 임종하기 직전 무량사에서 마지막으로 쓴 글인 《묘법연화경(妙法蓮華經)》 발문에는 법호인 '설잠'이 아니라 '췌세옹 김열경(贅世翁 金悅卿)'이라고 서명이 되어 있었다.

'췌세옹'은 김시습이 말년에 즐겨 쓴 호이고, '열경'은 그의 자였다. 그가 경전 발문에 법호를 쓰지 않고 호와 자를 쓴 것은 아무래도 승려의 신분보다는 모든 것을 털어 버리고 일반인들처럼 서민적인 삶으로 인생의 종지부를 찍고자 하는 마음에서였던 것 같았다. '세상의 쓸모없는 늙은이'란 뜻의 '췌세옹'이란 호를 스스로 지어 사용한 것부터가 능히 그런 내면의 풍경을 엿보게 해주고 있었기 때문이었다.

병이 깊었던 김시습은 봄꽃이 막 피어나는 봄날, 조용히 눈을 감았다.

"내가 죽으면 화장을 하지 말고 땅에 묻어주게."

김시습은 병수발을 들던 비구에게 마지막 유언을 남겼다. 그 유언에 따라 절 근처에 매장을 하였고, 그로부터 이태가 지난 후 무량사 승려들이 다시 그의 시신을 화장하여 부도를 만들었다.

이제 그 부도탑을 보러 갈 차례였다. 김시습의 부도탑은 다시 무량사 일주문을 벗어나 천변 길을 따라 한참 내려오다가 오른쪽 산자락으로 꺾어드는 길가에 있었다. 그 산자락 길은 무진암(無盡庵)으로 향하는 길목이도 한데, 바로 그 길의 오른쪽 승탑밭에 부도탑이 있었다.

부도탑 앞에는 조그만 비석이 보이는데, '오세(五世) 김시습'이라는 글씨가 새겨져 있었다. 말년에 임종할 때는 '췌세옹'이었는데, 부도탑 앞의 비석에서는 '오세'라는 어린 시절 호를 사용하여 묘한 여운을 느끼게 했다. 그는 생을 마감할 때 '세상의 쓸모없는 늙은이'에서, 세상을 떠난 후 다시 '오세신동의 어린이'로 돌아간 모양이었다.

무량사를 거쳐 부여의 여러 관광지를 여행하고 집으로 돌아온 나는, 다음 날 오후 늦은 시각에 사무실로 나갔다. 나는 가벼운 마음으로 컴퓨터를 열었다. 바탕 화면에서 《사라진 금오신화》를 찾아보려고 하는데, 이상하게도 그 파일 이름이 보이지 않았다. 몇 번 거듭하여 찾아보았지만 그 파일만 감쪽같이 사라지고 없었다.

"아니 그럴 리가 없는데?"

나는 그 순간 덜컥, 가슴이 내려앉는 느낌을 받았다. 그러나 다시 한 번 바탕 화면의 파일들을 살폈다. 분명 《사라진 금오신화》는 거기에 없었다.

하드디스크 속의 '내문서'를 열어 보았지만, 거기에도 김시습에 관한 소설 파일은 보이지 않았다. 뿐만 아니었다. 김신동이 애써 찾아다 컴퓨터 속에 저장해 준 김시습 관련 자료들까지도 모두 사라져 버렸다.

이상한 일이 아닐 수 없었다. 나는 문득 USB에 생각이 미쳤다. 책상 서랍 속에 넣어둔 USB를 찾아 컴퓨터에 연결하고 이동식 디스크에서 파일을 찾아보았다. 그러나 거기에서도 소설 《사라진 금오신화》는 보이지 않았다.

책장에 꽂혀 있던 김시습에 관한 책자들, 그와 관련한 논문 자료를 복사해 정리해 놓은 파일들도 모두 사라지고 없었다. 순간, 나는 머릿속이 하얗게 비워지는 느낌을 받았다.

'이건 김신동의 짓이다!'

나는 마음속으로 부르짖었다.

휴대폰을 꺼내 당장 김신동에게 전화를 걸었다.

"없는 전화번호입니다. 다시 확인하고 걸어 주십시오."

전화기 저쪽에서 여자 목소리의 기계적인 음성이 들려왔다.

며칠 전까지 잘 걸리던 전화번호였는데, 그사이 전화번호가 바뀐 모양이었다. 김신동의 짓이 틀림없었다.

나는 사무실에서 뛰쳐나왔다. 김신동이 갈 만한 곳을 다 찾아가 보았다. 도서관에도 가보고, 그가 다니고 있다는 대학원 학과 사무실도 찾아갔으나 헛걸음만 하였다. 대학원 학과 사무실에서는 그런 학생이 등록한 일조차 없다는 것이었다.

그때서야 나는 김신동, 아니 본명이 '김시습'인 그 젊은 학생에게 완벽하게 당했다는 사실을 깨달았다.

나는 혹시 김신동이 유령인물일지도 모른다는 생각을 해보았다. 그렇지 않고서야 이렇게 감쪽같이 나를 속이고, 김시습의 모든 자료와 소설 파일까지 도둑질해 갈 수는 없는 노릇이었다.

다시 사무실로 돌아온 나는 이메일을 열었다. 거기 김신동의 메일이 와 있었다. 나는 급히 메일을 확인해 보았다.

하 선생님, 그동안 수고 많이 하셨습니다. 김시습은 천 년 후에나 자신을 알아줄 사람이 있다고 하였습니다. 아직 오백 년이 조금 지났을 뿐이므로, 다시 오백 년 가까이 기다려야 하지 않겠습니까?

나는 무너지듯 앞으로 엎어지면서 컴퓨터 자판에 머리를 짓찧었다.

이 소설을 쓰는 동안 끈질기게 나를 괴롭힌 것은 '작가는 왜 쓰는가?' 란 질문에 대한 해답 찾기였다. 내게 있어서 김시습의 '금오신화'는 일종의 문학적 화두였다. 나는 그 화두를 붙들고 소설을 쓰는 내내 전전긍긍했다.

소설은 무엇인가?

역사는 무엇인가?

그리고 나는 누구인가?

이러한 질문에 대한 답변을 나는 한마디로 결론지을 수가 없었다. 그 화두는 아직도 현재진행형이기 때문이다.

역사는 흐른다. 그리고 그 과정은 흐르는 물처럼 끊임없는 반복으로 이어지면서 오늘에 이른다. 깊은 산속의 계곡물이 흘러 개천이 되고, 강이 되고, 바다가 된다. 어제의 물과 오늘의 물이 다르지만, 그러나 그 흐름의 형태는 변함이 없다. 역사 속의 인간도 어제와 오늘의 주인공이 다르지만, 그 내면 의식이나 심성만큼은 크게 다르지 않다.

그래서 저 옛날의 김시습이 오늘날에도 존재한다. 이름을 달리한 많은 김시습이 시대의 아픔을 감내하며 오늘을 살고 있다. 자기 정체성의 문제로 고민하고 있다. 이 시대의 새로운 '금오신화'를 쓰기 위해 절치부심하고 있다.

사실 내가 이 소설을 쓰려고 마음먹은 것이 1990년대 초였으니 아주 오래전의 일이다. 1980년 이른바 '서울의 봄'이 신군부의 등장으로 물 건너가고, 작가들이 필화사건으로 고통을 받고, 지식인들이 사찰 대상에 올라 손발이 묶여 있던 그 십 년 세월을 나는 기억하고 있었다.

수양이 조카인 어린 임금을 죽이고 권좌에 오른 직후부터 김시습은 십 년 세월 동안 방랑 생활을 하였다. 그러고 나서 경주 금오산에 초당을 짓고 칩거하여 본격적으로 소설 《금오신화》를 썼다. 신군부 정권이 들어선 이후 십 년이 작가와 지식인들에게는 저 옛날 김시습의 처지와 결코 다르지 않았던 것이다.

이러한 생각으로 나는 이 시대의 자화상을 《사라진 금오신화》란 소설로 복원해내고 싶었다. 정작은 역사 속의 김시습이 주인공이지만, 시공을 초월한 소설적 공간은 현재진행형으로 만들고 싶었다. 그래서 처음 시작을 한 것이 〈비수와 산금〉이라는 짧은 단편이었다. 원래는 장편소설의 서막 같은 글이라 생각하고 쓴 것인데, 당시만 해도 아직 나 자신이 소설 주제를 감당할 만큼 마음의 준비가 덜 된 탓에, 겨우 200자 원고지 40매 안팎의 글을 쓰고 나서 멈출 수밖에 없었다.

결국 나는 미발표작이었던 〈비수와 산금〉을 첫 창작집 《전우치는 살아 있다》에 싣는 것으로 겨우 아쉬움을 달랬다. 그 이후 이십여 년의 세월이 흐르는 동안에도 그런 아쉬움은 마음속에 진한 앙금으로 남아 있었다. 그래서 나는 작년 여름 다시 《사라진 금오신화》를 쓰면서 〈비수와 산금〉에 약간의 수정을 가해 애초의 생각대로 장편소설의 서장으로

삼기로 했다. 따라서 제1장 〈암중모색(暗中摸索)〉 1이 바로 그 부분임을
독자 여러분들께 밝혀두는 바이다.

먼저 소설 초고를 읽고 많은 조언을 아끼지 않은 대학 후배이자 영화
기획자인 고희은 님에게 고마움을 표한다. 그리고 기꺼이 이 책의 출판
을 결정해 준 휴먼앤북스의 하응백 사장님과 편집을 맡은 구본근 님께
깊이 감사를 드린다.

2013년 4월

엄광용